Klaus Wanninger

Schwaben-Fest

Vom Autor bisher bei KBV erschienen:

Schwaben-Rache
Schwaben-Messe
Schwaben-Wut
Schwaben-Hass
Schwaben-Angst
Schwaben-Zorn
Schwaben-Wahn
Schwaben-Gier
Schwaben-Sumpf
Schwaben-Herbst
Schwaben-Engel
Schwaben-Ehre
Schwaben-Sommer
Schwaben-Filz
Schwaben-Liebe
Schwaben-Freunde
Schwaben-Finsternis
Schwaben-Träume

Klaus Wanninger, Jahrgang 1953, evangelischer Theologe, lebt in der Nähe von Stuttgart. Er veröffentlichte bisher sechsunddreißig Bücher. Seine Schwaben-Krimi-Reihe mit den Kommissaren Steffen Braig und Katrin Neundorf umfasst mittlerweile neunzehn Romane in einer Gesamtauflage von über 600.000 Exemplaren.

Klaus Wanninger

Schwaben-Fest

KBV

Originalausgabe

www.kbv-verlag.de
E-Mail: info@kbv-verlag.de
Telefon: 0 65 93 - 998 96-0
Fax: 0 65 93 - 998 96-20
Umschlaggestaltung: Ralf Kramp
unter Verwendung von © Wildis Streng - www.fotolia.de
Lektorat: Volker Maria Neumann, Köln
Druck: CPI books, Ebner & Spiegel GmbH, Ulm
Printed in Germany
ISBN 978-3-95441-381-2

1. Kapitel

Ende September befand sich die halbe Stadt im Ausnahmezustand. Straßen und Wege rings um den Neckarpark waren für den normalen Verkehr gesperrt, Zufahrten und Rampen abgeriegelt, Läden und Erdgeschosswohnungen im weiten Umfeld mit dicken Kartons und massiven Brettern verbarrikadiert. Arbeiter und Angestellte des Ordnungsamtes schoben seit Tagen Überstunden, die Beschäftigten der Straßenreinigung und der Müllabfuhr fügten sich in die lange zuvor angeordnete Urlaubssperre. Alle Polizeibeamten der Stadt und des Umlandes standen in Alarmbereitschaft. Private Sicherheitsdienste fahndeten seit Monaten im gesamten Land händeringend nach Personal, jedes menschliche Wesen, das eine einigermaßen aggressive, dazu noch abschreckende Miene aufzusetzen imstande war, wurde umgehend rekrutiert. Sämtliche Feuerwehren und Rettungsdienste im Umkreis von 100 Kilometern standen Gewehr bei Fuß. Die Notaufnahmen aller Krankenhäuser waren mit dem gesamten verfügbaren Personal besetzt, zusätzlich hielten sich siebzehn verschiedene Ärzte Tag und Nacht bereit. Schwerstarbeit für alle Einsatzretter der Umgebung war für die nächsten Wochen angesagt. Stuttgart feierte wieder sein *Cannstatter Volksfest.*

Tausende fleißige Hände hatten dafür gesorgt, das gesamte Areal des Cannstatter Wasens zwischen der stark frequentierten Mercedesstraße und dem Neckar in einen einzigen gewaltigen Rummelplatz zu verwandeln. Jeder Quadratmeter des weitläufigen Geländes war von den Behörden bis ins letzte Detail verplant, jedes Eck, jeder Platz mit akribischer Sorgfalt unter den großen Brauereien und Festwirten der Region aufgeteilt und von diesen mit Zelten, Bänken und Tischen möbliert worden. Kleine Bäume und Sträucher in großvolumigen Kübeln schmückten die Wege. Zelte, Pommes- und Wurstständе reihten sich aneinander. Karussells, Autoscooter, Wurfbuden, Geisterbahnen samt gigantischem Riesenrad boten ihre Dienste an.

Wie in jedem Jahr zu Beginn des kalendarischen Herbstes üblich war auf und rund um das Gelände 17 Tage lang die Hölle los. Menschenmassen aus nah und fern zwängten sich durch die viel zu schmalen Wege. Alte wie Junge, Frauen und Männer genossen die hautnahen Kontakte, unverhofften Begegnungen, die Musik, das Essen, die Getränke.

Budenbetreiber, Wirte und Brauereien frohlockten angesichts der Umsätze. Je länger der Rummel währte, desto ausgelassener wurde die Stimmung. Bier und Wein flossen, spätsommerliche Wärme sorgte für Durst. Alkoholiker und Quartalssäufer ließen alle Hemmungen fallen. Mehr und mehr Besucher gerieten außer Rand und Band.

Am Freitagabend, kurz nach Einbruch der Dunkelheit, schien ein vorläufiger Höhepunkt erreicht. Alexander Ratz, Oberbürgermeister einer kleinen Stadt im Umland, leerte sein sechstes oder siebtes Glas, erhob sich leicht schwankend von seinem Platz, klammerte sich mit der Linken am Tisch fest. Er blickte in die Runde: Parteimitglieder, Geschäftsleute, Familienangehörige, Freunde – allesamt Leute, die ihn in den vergangenen Jahren auf seinem erfolgreichen Weg nach oben begleitet hatten und ihm weitgehend wohlgesonnen waren. Er betrachtete ihre verschwitzten Mienen.

»Ond, was isch jetzt mit dem Misstrauensantrag von dene Herre Oppositionelle?«, rief eine kräftige, von allzu viel Alkoholkonsum gekennzeichnete Männerstimme. »Hent se dich ins Schwitze bracht, die Greane?«

Ratz thronte inmitten der Runde, sah die gespannten Gesichter der Leute. Er spürte die Schweißperlen auf seiner Stirn, wischte sie mit dem Handrücken weg. Der Politiker genoss die Situation, ließ sich Zeit mit seiner Antwort. Im Mittelpunkt zu stehen, von einer Menschenmenge umringt, die sich der herausragenden Stellung, zu der er es gebracht hatte, bewusst war, gab ihm den ultimativen Kick. Momente wie diese, in denen Menschen aus allen Schichten der Bevölkerung, einfache Leute genauso wie Einflussreiche, zu ihm aufsahen und auf seine Worte warteten, entschädigten für all den Stress und Ärger, der im Alltag in den verschiedensten Formen immer aufs Neue auf ihn wartete.

Ratz spürte alle Herrlichkeit des Lebens in sich pulsieren. Er reckte seinen Stiernacken in die Höhe. »Ob die mi ins Schwitze bracht hent?«, brüllte er in die laue Septembernacht. »Die – mi?«, verschärfte er seinen Ton. Ratz fühlte Wellen der Erregung durch seinen Körper laufen. Die Kapelle schmetterte die letzten Takte des *Besoffen auf Malle* – und verstummte. Für einen Moment war es überraschend ruhig im Zelt. Der Bürgermeister unterdrückte das Ziehen seiner vollen Blase, nutzte die Gunst des Augenblicks. »Nur über meine Leich, han i gsagt«, schrie Ratz in das vielstimmige Menschengemurmel, das vermischt mit verschiedenen Melodien aus den Nachbarzelten zu hören war, »anders kommet ihr net an meinen schöne Poste na!« Er reckte seinen kräftigen Stiernacken noch weiter in die Höhe.

Zustimmendes Johlen und Klatschen setzte ein.

Ratz schien über sich selbst hinauszuwachsen. »I bin Manns genug, dene zu zeige, wo's langgeht!«, brüllte er in die grölende Menge. Er schwenkte sein leeres Glas durch die Luft, reichte es einem Mitarbeiter, der sich dienstbeflissen um den flüssigen Nachschub kümmerte.

»Und dann han i's dene ihrem Rädels... äh, Fraktionsführer, dem Granatedackel ins Gsicht nei gsagt: I bin der Oberbürgermeister dieser wunderschönen, einzigartigen Stadt, ond deshalb wird bei uns immer no des gmacht, was i sag. Ond was ihr wellet, kümmert mi an Scheißdreck!« Er genoss die zustimmende Begeisterung seiner Zuhörer. »An Scheißdreck«, wiederholte Ratz laut, mit sich überschlagender Stimme, »verstandet ihr greane Pflanzefresser des überhaupt?«

Laute Ovationen brandeten über ihn herein.

»Ratzfatz han i's dene gsagt!«, donnerte der Bürgermeister. »I bin der Ratz ond hier wird gmacht, was i will! Merket euch des!«

Die abrupt einsetzenden Rhythmen der Musikkapelle stahlen ihm die Show. Ratz genoss die Szene trotzdem. Er hatte es zu etwas gebracht in seinem Leben, mit seiner eigenen Hände Werk, durch seinen Fleiß, Cleverness, die geschickte Wahl der wichtigsten Freunde. Seine Stadt war zwar nur eine unter vielen im Umkreis, weder besonders schön noch irgendwie von Bedeutung, er hatte es aber durch geschicktes Agieren und die treffende Wortwahl geschafft, dies vergessen zu machen. Mit bewusst großspurigem Auftreten und den richtigen Parolen war es ihm gelungen, immer mehr Einwohner vom Gegenteil zu überzeugen. Und jetzt kamen diese grünen Spinner daher und hielten die Finger auf die wunden Punkte der Stadt. Anstatt sein Lebenswerk zu bejubeln, wagten sie es, ihn mit immer neuen Attacken zu diskreditieren.

Voller Ärger über die aktuellen politischen Probleme nahm Ratz das Glas, setzte es an den Mund und leerte es unter dem Beifall der Tischnachbarn bis auf den letzten Tropfen. »Ihr hent wohl denkt, der packt's net, wie?«, tönte er, spürte den Druck auf seine Blase. Der Drang im Unterleib ließ sich nicht länger unterdrücken.

Ratz schob sich vom Tisch weg, bewegte sich schwerfällig durch die eng stehenden, dicht besetzten Bankreihen. Überall intensive Gespräche, laute Stimmen, Gelächter. Er überhörte die Kommentare, die hinter ihm hergerufen wurden, steuerte in die Richtung der nächstgelegenen Toiletten. Weit über ein Dutzend Frauen und Männer standen wartend davor.

»Sie hent's au eilig, wie?«, kommentierte ein unruhig hin und her tänzelnder, deutlich angetrunkener junger Mann.

Ratz fühlte sich unwohl, winkte ab. Er hatte weder Lust noch Zeit, sich auf ein Gespräch einzulassen oder gar darauf zu warten, bis er an der Reihe war. Dringende Probleme auf die lange Bank zu schieben, das war er nicht gewöhnt. Ohne die Leute vor den Toiletten länger zu beachten, bewegte er sich durch die dicht gedrängte Menschenmenge. Er spürte, dass ihm nicht mehr viel Zeit blieb, kämpfte sich an einer Gruppe laut johlender Teenies vorbei. Ratz wusste genau, wo er sein dringendes Bedürfnis in aller Schnelle erledigen konnte, hatte das Volksfest in den vergangenen Jahren oft genug besucht. Man musste nur darauf achten, sich nicht von einem der diensthabenden Beamten dabei erwischen zu lassen, sonst …

Ratz starrte kurz nach rechts, dann nach links, bog in den dunklen Winkel unmittelbar hinter der Rückwand einer der

Buden ab. Niemand folgte, kein Mensch hatte es bemerkt. Er bewegte sich noch drei, vier Schritte durch den Dämmer, nestelte an seinem Reißverschluss, öffnete den Schlitz. Jeder Augenblick zählte.

Als er endlich alles in die richtige Position gebracht hatte, schoss der Strahl in weitem Bogen auf den kaum erkennbaren Untergrund. Erleichtert schloss der Bürgermeister die Augen, atmete tief durch. Mehrere Gläser verdauten Gerstensaftes verschwanden im Dunkel der Nacht. Langsam ließen die Schmerzen nach, entspannte sich die Muskulatur.

Als Alexander Ratz die Augen wieder öffnete, erspähte er im Dämmerlicht die Umrisse eines menschlichen Körpers vor seinen Füßen. Genau an der Stelle, wo sein Strahl auf den Boden traf. Die Person bewegte sich nicht, unternahm keinen Versuch, der übel riechenden Flüssigkeit auszuweichen. Sie lag einfach leblos vor ihm, die bürgermeisterlichen Ausscheidungen mitten auf dem seltsam verrenkten Leib.

2. Kapitel

Der Fotograf wedelte mit seiner Rechten durch die Luft, formte mit den Lippen ein lautloses *Cheese*. Schlagartig veränderte sich der Gesichtsausdruck der meisten Leute vor ihm. Die Köpfe weit nach vorne gereckt, starrten sie mit breitem Grinsen in seine Kamera.

»Tschiiiiiiiiiiiiiiiiiiisssssssss«, schallte es ihm vielstimmig entgegen.

Er nutzte die Gunst des Augenblicks, drückte auf den Auslöser. Die Begeisterung der Porträtierten schwoll unüberhörbar an. Laute Beifallsrufe, schnoddrige Kommentare, girrendes Gelächter.

»Wunderbar«, meldete er sich zu Wort, bevor die Gruppe wieder in Bewegung kam, »und jetzt noch einmal dasselbe!« Erneut nahm er seinen Arm zu Hilfe, um sich mit heftigen Bewegungen Aufmerksamkeit zu verschaffen, nutzte dann das disharmonisch-schrille Stimmenwirrwarr, das einem neuerlichen *Cheese* nahekommen sollte, zu einer weiteren Aufnahme.

Steffen Braig, leitender Hauptkommissar beim Stuttgarter Landeskriminalamt, hatte das Getöse schon von Weitem vernommen, als er kurz nach 17 Uhr an diesem Freitagabend nach Hause gekommen war. Aufgeregtes Geschnatter, kurze Kommentare kräftiger Männerstimmen, gefolgt von immer wieder neu aufflammendem, schrillem Gelächter, eine Handvoll hin und her wuselnder und Gesichter und Menschengruppen ins Visier nehmender Fotografen, und in der gesamten Umgebung kaum mehr passierbare Gehwege und verstopfte Straßen, weil alles kreuz und quer mit großen Karossen zugeparkt war. Erst das grimmige Gesicht Dr. Genkingers, seines Vermieters, hatte ihn wieder daran erinnert, was da auf dem Nachbaranwesen zugange war.

»Hätte ich mir doch in der Wilhelma eines von den Stinktieren besorgt und denen mitten ins Festbankett gesetzt«, hatte ihn der Tierarzt in seiner Wohnung oben empfangen. Gemeinsam mit Braigs Partnerin und Tochter hatte er die Einweihungsfeierlichkeiten betrachtet.

»Aber, aber, Herr Doktor. Wissen Sie denn unsere politische und wirtschaftliche Elite nicht zu schätzen?«, hatte er gefrotzelt.

Dr. Genkingers Antwort hatte nicht lange auf sich warten lassen. »Doch. Genau deswegen wünsche ich ihnen doch den Kontakt mit ihren nächsten Verwandten.«

Braig konnte die Verstimmung des Tierarztes nachvollziehen, hatte ihn die Veränderung des benachbarten Anwesens im Gefolge des Verkaufs an neue Besitzer doch ebenfalls keineswegs ruhig gelassen. Über Monate hinweg hatten sie mit ansehen müssen, wie das alte, von einem rechteckigen Erker und zwei schmalen Dachgauben geprägte Haus unmittelbar neben Dr. Genkingers Grundstück von Bauarbeitern in Angriff genommen und Stück für Stück seines ursprünglichen Aussehens beraubt worden war. Nach Auskunft des Poliers hatte sich das Mauerwerk als marode erwiesen, sodass es notwendig geworden war, das Gebäude fast vollständig zu entkernen. Diesen Umstand hatten sie genutzt, es in deutlich modernerer Form wieder aufzubauen.

Der Erker und die Gauben waren auf der Strecke geblieben, stattdessen ein von vielen Glas- und Stahlelementen gekennzeichnetes Haus entstanden. Braig war gerne bereit, ihm einen gewissen Charme zu attestieren, hatte man die meisten neuen Elemente doch in überraschend filigranen Formen ausführen lassen. Die Atmosphäre der Umgebung hatte sich seiner Empfindung zufolge dennoch zum Nachteil verändert. Primäre Ursache dafür war der Verlust des alten, verwilderten Gartens. Einen großen Teil des üppigen Grüns hatten die neuen Besitzer durch eine, wie er urteilte, kahle Steinwüste ersetzen lassen. Helle Kieselsteine, terrassenförmig voneinander abgesetzt, betteten das Gelände auf drei Seiten ein, nur im unmittelbaren Eingangsbereich von einem halben Dutzend Bonsaisträuchern ergänzt.

Voller Neugier und mit steigendem Verdruss hatten sie in den vergangenen Monaten gemeinsam mit ihrem Vermieter die Veränderung des Nachbargrundstücks verfolgt, juristisch ohnmächtig, weil alle vorgeschriebenen Bauleitlinien wie auch die notwendigen Abstände zur Grenze eingehalten worden waren.

»Metzger, Autohändler oder Zahnärzte. Die Handschrift ist eindeutig.« Dr. Genkingers ironisch formulierte Mutmaßungen bezüglich des Berufs der neuen Nachbarn hatten sich nur zur Hälfte als korrekt erwiesen, war die Ehe der Bauherren doch – per Klatsch und Tratsch binnen kurzer Zeit in der gesamten Umgebung genussvoll verbreitet – schon in den ersten Wochen der Renovierungsarbeiten zerbrochen. Womit der abtrünnige Partner sein Geld verdiente, war unbekannt geblieben, dass die Bauherrin jedoch in ihrer Zahnarztpraxis mehr als genug zur Seite legen konnte, hatte sich in den folgenden Monaten am eifrig fortschreitenden Baugeschehen deutlich erkennen lassen. Die in der Nachbarschaft schnell aufgekeimten Hoffnungen auf ein Ende des Umbaus hatte der familiäre Umbruch jedenfalls nicht erfüllt – im Gegenteil: Der Elan der Bauherrin schien jetzt endgültig von allen Fesseln gelöst. Und dann hatte sie – offensichtlich kein Kind von Traurigkeit – nur wenige Wochen später einen neuen Mann an ihrer Seite präsentiert.

Braig erinnerte sich noch allzu gut an den Moment, als er die stämmige Gestalt zum ersten Mal über die Baustelle hatte spazieren sehen. »Was will *der* denn da?«, hatte er, eine dicke Schicht Gänsehaut auf seinem Rücken, laut geäußert.

Ann-Katrin hatte die immer häufigeren Auftritte des Mannes auf dem Nachbaranwesen nicht weniger erschrocken verfolgt, waren ihr die Unannehmlichkeiten, denen sich ihr Partner durch die berufliche Zusammenarbeit mit ihm ausgesetzt sah, doch seit Jahren zur Genüge bekannt. »Der wird doch nicht …«

Er hatte es aber doch getan. Etwa ein halbes Jahr, nachdem sie ihn zum ersten Mal die Fortschritte der Umbaumaßnahmen hatten begutachten sehen, war ihnen ein bunter, grafisch sehr gewitzt aufgemachter Brief ins Haus geflattert, auf dem er freundlich lächelnd Arm in Arm mit der mehr als einen Kopf kleineren und sicher um ca. 60 bis 70 Kilogramm leichteren Bauherrin sowie einer jungen Frau posierte.

Herzliche Einladung zur Einweihungsfeier
unseres neuen gemeinsamen Hauses!
Zusammen mit unseren neuen Nachbarn wollen wir
am Mittwoch, den 27. September ab 19 Uhr auf unsere
nachbarschaftliche Zukunft anstoßen.
Dr. med. dent. Nicolette Mander mit Katharina
und Eduard Söderhofer (Oberstaatsanwalt).

Ann-Katrins heftiges: »Oh nein, müssen wir da hin?«, hatte Dr. Genkinger sofort mit einem eindeutigen: »Ohne mich!«, gekontert und zielgerichtet einen seiner Vorträge auf diesen Abend terminiert. Dass der Tierarzt die Einladung so elegant umgehen konnte, hatte mit dem großen Erfolg seiner im Vorjahr kreierten Wunderpille für Hunde zu tun. Als Erfinder der *Bad Cannstatter Dog-Power*, deren Erlös er verschiedenen Tierheimen zukommen ließ, wurde er immer häufiger zu Vorträgen eingeladen, um über die Wirkung des neuen Präparates auf Tiere zu referieren.

Süffisant grinsend hatte er seinen Mietern mitgeteilt, wie sehr er es bedauere, sie zur Einweihung des *Steinwüstenbunkers* leider nicht begleiten zu können. »Ich hoffe aber, ihr werdet unsere alte Hütte gebührend vertreten.«

Vor den Nachbarn waren jedoch die bedeutenderen Persönlichkeiten geladen. Am Freitag Söderhofers Parteifreunde aus dem Gemeinderat, am Samstag die Kolleginnen und Kollegen der Zahnärzte und Juristen und am Sonntag die Familienangehörigen, wie der Oberstaatsanwalt Braig mitgeteilt hatte.

»Braig, wie Sie bemerkt haben, werden wir in Zukunft in unmittelbarer Nachbarschaft leben. Das wird für Sie und Ihre Frau sicher nicht einfach sein, ausschließlich akademisch gebildete Persönlichkeiten in Ihrer Nähe zu wissen. Das intellektuelle Niveau unserer Kommunikation wird Sie oft überfordern, zumal ich mich ohnehin überwiegend in den Kreisen unserer politischen und wirtschaftlichen Elite bewege. Aber, im Notfall, lieber Braig – einfach fragen. Einer von uns Gebildeten wird Ihnen schon helfen! Um von Anfang an eventuelle Berührungsängste erst gar nicht aufkommen zu lassen, haben wir unsere Einweihungsfeierlichkeiten gesplittet. Das ist doch ganz in Ihrem Sinn, lieber Braig. Stellen Sie sich vor, Sie als schlichter Polizeibeamter müssten den Abend inmitten all der wichtigen Entscheidungsträger unserer Stadt und des Landes verbringen. Mit wem sollten Sie und Ihre Frau sich denn unterhalten? Langer Rede kurzer Sinn: Lieber Braig, Sie und Ihre Frau sind herzlich zu unserer Einweihungsfeier am Mittwoch der nächsten Woche eingeladen!«

Braig war lange genug gezwungen, beruflich mit dem Mann zusammenzuarbeiten, um sich noch über irgendeine Äußerung oder Verhaltensweise des Oberstaatsanwalts zu wundern.

»Wenigstens bleibt euch so der direkte Kontakt mit diesen öffentlichkeitsgeilen Wichtigtuern erspart«, hatte Dr. Genkinger sie getröstet.

Kurz vor 18 Uhr an diesem Freitagabend schien die Anzahl der Gäste auf ihrem Zenit angelangt. Jeder Quadratzentimeter der Umgebung, ob Gehweg, Hauseinfahrt oder Straße, war zugeparkt, kaum noch ein Durchkommen möglich. Paar für Paar strebte dem neu eröffneten Anwesen zu, Fotografen wuselten durch die Menge, das Stimmengewirr erreichte volksfestähnliche Ausmaße. Braigs Partnerin hatte längst die Flucht ergriffen, um samt ihrer Tochter ihre Schwester zu besuchen, die in einer Stuttgarter Gemeinde als Pfarrerin tätig war.

»Lust auf eine kleine Fahrradtour?«

Braig sah das verschmitzte Grinsen des Tierarztes, wusste sofort, was sein Vermieter im Schilde führte. »Oh nein, nicht schon wieder!«

»Zwei Jungs sind noch da. Die wollen in die Freiheit«, konterte Dr. Genkinger.

»Und wo spielt die Freiheit?«

»Wo leben die Reichen und Schönen? Immer noch Richtung Killesberg, oder?« Der Tierarzt grinste übers ganze Gesicht.

»Noch ist es warm draußen. Eine kleine Radtour durch den Rosenstein-Park. Unsere Gesundheit wird es uns danken.«

Wenige Minuten später waren sie unterwegs. Zwei Männer auf Fahrrädern, der eine mittleren, der andere fortgeschrittenen Alters, sportlich gekleidet, die am stärksten von Autos terrorisierten Straßen möglichst meidend. Vom Cannstatter Kurpark über den Neckar, an der Wilhelma vorbei die Anhöhe des Rosensteinparks erklimmend. Jenseits des Nordbahnhofs über die Gleise den Killesberg hoch, ab und an von seltsam schrillen Schreien vom rückwärtigen Teil ihrer Fahrräder her begleitet.

Die Dämmerung war längst hereingebrochen, das Tageslicht der Dunkelheit mehr und mehr gewichen. Die Häuser inzwischen niedriger, von großen Schwimmbecken, millimetergenau geschnittenen Rasenflächen und hohen Mauern gesäumt, die Autos noch größer, breiter, wuchtiger.

»Hier sind wir doch richtig, oder?« Heftig atmend kam der Tierarzt zum Stehen.

»Das sind wirklich die letzten zwei?«, vergewisserte sich Braig.

»Wenn mir keine Neuen gebracht werden, ja«, versicherte Dr. Genkinger. Er machte sich an dem kleinen Kasten auf seinem Gepäckträger zu schaffen, schob eine Klappe hoch, sah dem mit einem schrillen Zirpen eilig in der Dunkelheit untertauchenden, flinken Vierbeiner nach. »Viel Glück und guten Appetit«, scherzte der Veterinär, öffnete dann die Klappe auf Braigs Fahrrad und schenkte dem zweiten Tier die Freiheit.

Die Luft war immer noch angenehm warm, der Herbst in weiter Ferne, als sie sich auf den Rückweg machten.

»Wie viele waren das in diesem Jahr?«, fragte Braig.

»Vierunddreißig, wenn ich mich richtig erinnere.«

»Na ja, Hauptsache, sie sind wieder in Freiheit.«

»Und ein paar Karossen weniger auf den Straßen unterwegs«, ergänzte Dr. Genkinger.

Vor mehreren Jahren schon hatte sich der Tierarzt bereit erklärt, in der Umgebung gefangene Marder zu pflegen und sie dann später fern der Stadt irgendwo im Wald wieder auszusetzen. Seit mehreren Jahren genoss er es, den Tieren ihre Freiheit zu schenken, auf seine Art.

Die Straßen und Gehwege waren weitgehend leer, nur noch wenige Fahrzeuge zu sehen, als sie wieder zu Hause ankamen. Keine Menschenansammlungen mehr, keine Fotografen, kein Stimmengewirr.

»Was ist jetzt los?«, wunderte sich Braig. »Die werden doch unsere politische Elite nicht schon nach Hause geschickt haben?«

Sie hatten gerade die erste Bierflasche geöffnet, als sich sein Handy meldete. Mit einer ihm allzu gut bekannten, Unheil verkündenden Melodie. Er griff in seine Tasche, nahm das Gespräch an.

»Wo immer Sie sich aufhalten, Braig, ich benötige Sie auf der Stelle!«

Die altbekannte Stimme brachte ihn augenblicklich in Wallung. Konnte das wahr sein? War der Kerl nicht mehr mit seinen Einweihungsfeierlichkeiten beschäftigt? Er spürte, wie sich seine Nackenhaare aufrichteten und Gänsehaut über seinen Rücken kroch. »Söderhofer«, flüsterte er Dr. Genkinger zu.

Braig musste an sich halten, nicht sofort loszubrüllen, gab seinen Missmut deutlich zu verstehen. »Wieso rufen Sie mich an? Sind Sie nicht mehr beim Feiern?«

»Feiern? Was faseln Sie da? Braig, ich benötige Sie! Auf der Stelle!« Der Oberstaatsanwalt schien zu explodieren. Übertönt von unzähligen Hintergrundgeräuschen polterte er in sein Handy, dass es Braig in den Ohren schmerzte. Er feierte anscheinend doch noch. Aber, wie es klang, eher irgendwo im Freien.

»Was ist passiert?«

»Was wohl? Erinnern Sie sich noch an Ihren Beruf? Mitten auf dem Volksfest! Ich gebe Ihnen zehn Minuten!«

Oh nein, schoss es Braig durch den Kopf. »Ein Anschlag?«, fragte er mit gedämpfter Stimme.

»Nix da!«, brüllte Söderhofer. Er schien den Ausdruck bewusst zu vermeiden. War er etwa darum bemüht, in seiner Umgebung keine Panik auszulösen? So viel Sensibilität war Braig von dem Mann nicht gewöhnt. »Wo sind Sie?«, erkundigte er sich.

»Wo wohl? Direkt an Ort und Stelle. Klassisches Delikt«, hörte er die Antwort. Jetzt mit nicht mehr ganz so kräftiger Stimme.

Klassisches Delikt. Braig war sofort klar, was das zu bedeuten hatte. Söderhofers geschwollene Ausdrucksweise war allen, die mit dem Mann zu tun hatten, bekannt. Ein Mensch war ums Leben gekommen, auf welche Weise auch immer. Und das anscheinend mitten in diesem Massenbesäufnis!

»Zehn Minuten, Braig!«, schallte es ihm ins Ohr. »Zwei Beamte warten am Eingang hinter dem Cannstatter Bahnhof.«

Er seufzte laut auf, steckte das Handy weg.

»Ein Toter?«, fragte Dr. Genkinger.

Braig nickte. »Auf dem Volksfest. Und Söderhofer mit dabei. Lässt einfach seine Gäste im Stich. Seltsam.«

Wenige Minuten später hatte er den Augsburger Platz, die nahe Haltestelle der Stadtbahn erreicht. Er nahm einen der angesichts des Volksfestes auch um diese Zeit noch in kurzen Abständen verkehrenden Züge, suchte nach einem Platz. Die Bahn war gut besetzt. Überall, wohin er auch sah, bestens gelaunte Menschen. Er drückte sich an einer Gruppe laut lachender, junger Frauen vorbei, ließ sich auf einem freien Zweier nieder.

Dass ein im privaten Kreis verbrachter Abend ein dienstlich bedingtes, abruptes Ende fand, war nichts Neues. Zwar kam es selten vor, dass die Kollegen der Nachtschicht nach einem der erfahreneren Kommissare riefen, ausschließen konnte er es jedoch nicht. Sahen sie sich einem Delikt gegenüber, das mit einer aktuellen Untersuchung in Verbindung zu stehen schien, war es ratsam, den zuständigen Ermittler sofort hinzuzuziehen. Ebenso, wenn es sich um ein besonders schweres oder Aufsehen erregendes Geschehen handelte, das nach einer intensiven Begutachtung verlangte. Zu fast jeder Stunde des Tages beruflichen Aufgaben zur Verfügung zu stehen gehörte zu den Pflichten seines Berufes – Braig hatte lange benötigt, sich damit abzufinden. Verbrecher gleich welcher Couleur hielten sich nun einmal nicht an die üblichen Bürozeiten – im Gegenteil, Wochenenden und Feiertage waren ähnlich bevorzugte Aktionszeiten wie die Stunden nach dem Einbruch der Dunkelheit. Wann und wohin er gerufen wurde – er wünschte sich nur, konzentriert und in Ruhe arbeiten zu können, mit den gewohnten Kollegen und den seit Jahren bewährten Methoden. Und genau diese elementare Voraussetzung einer erfolgreichen Ermittlung schien heute in Gefahr. Söderhofer, dieser arrogante Phrasendrescher, hatte nicht nur seine Einweihungsfeierlichkeiten sausen lassen, nein, seinen Worten nach befand er sich an *Ort und Stelle*, weshalb auch immer. Braig wusste nur zu gut, was das an zusätzlichem Kraftaufwand bedeutete.

Er lehnte sich in seinem Sitz zurück, seufzte laut. Eine der jungen Frauen bedachte ihn mit einem überraschten Gesichtsausdruck. Er wandte den Kopf zur Seite, schaute aus dem Fenster. Die Bahn hatte den Uff-Kirchhof erreicht, war genau vor dem Kirchengebäude zum Stehen gekommen. Die Scheinwerfer eines Polizeifahrzeugs tauchten die Straße vor der Friedhofsmauer in ein grelles Licht. Braig sah die beiden ineinander verkeilten Autos mitten auf dem Asphalt, bemerkte das heftige Gestikulieren zweier Männer, die einen uniformierten Polizeibeamten zu beeinflussen versuchten. Menschen schienen nicht zu Schaden gekommen zu sein, jedenfalls waren keine Verletzten und auch kein Krankenwagen zu sehen.

Der Zug setzte sich wieder in Bewegung, pflügte durch das nächtliche Bad Cannstatt. Braig streckte seine Beine von sich, genoss jede Sekunde, in der ihm die Begegnung mit dem Oberstaatsanwalt erspart blieb. Bahnfahren, ob in der Stadt oder über Land, schenkte ihm oft die einzigen Momente der Ruhe inmitten seines meist von Stress und Hektik geprägten Alltags. In einem Zug Platz zu nehmen und sich in einem der Sitze zurückzulehnen, ermöglichte es ihm, wenigstens für eine kurze Zeit aus der Realität abzutauchen und sich von all dem Dreck und Elend zu befreien, in dem zu wühlen er beruflich ständig gezwungen war. Wann immer es möglich war, nutzte er die Minuten oder auch Stunden unterwegs, um innezuhalten und neue Kraft zu schöpfen. Wie andere sich einen ruhigen Platz irgendwo in der Natur suchten oder sich in einem stimmungsvollen Café mit einem Cappuccino für ein paar Augenblicke aus ihrem Leib und Seele belastenden Stress ausklinkten, genoss Braig die Zeit in einem Zug, um unbehelligt von ständig neuen beruflichen Anforderungen aus dem Fenster zu schauen und meditierend in der vorbeifliegenden Landschaft zu versinken. Oft gab er sich der unauffälligen Beobachtung anderer Reisender hin, er lauschte ihren Gesprächen und erhielt so innerhalb kurzer Zeit unverstellte Einblicke in die Lebenswirklichkeiten anderer Menschen.

Er müsse lernen, sich nicht den ganzen Tag über von den Ermittlungen in Beschlag nehmen zu lassen, hatte er während seines Studiums auf der Polizeihochschule in Villingen-Schwenningen gelernt, er solle immer wieder nach kurzen Auszeiten suchen, die es ihm ermöglichen, den Kopf freizubekommen und neue Energie zu tanken. Er solle jeden Tag aufs Neue für kurze Phasen der Regeneration sorgen, sonst hätte er auf Dauer keine Chance, die berufliche Belastung zu bewältigen. Er erinnerte sich noch genau an die Gewohnheit seines Ausbilders, eines älteren Hauptkommissars an seiner ersten Dienststelle in Mannheim, mitten während der Ermittlungen für eine viertel oder halbe Stunde auf einem an der Strecke gelegenen Friedhof abzutauchen, um dort auf einer stillen Bank neue Kraft zu gewinnen. Von vielen Kollegen für seine Marotte verspottet, hatte sich der Mann nicht beirren lassen; seine weit über die Dienststelle hinaus bekannte, hohe Aufklärungsquote hatte Braig angespornt, sich daran ein Beispiel zu nehmen. Nicht Friedhöfe jedoch, sondern die ständig wiederkehrenden Momente in der Bahn hatte er als seine Chance entdeckt, für kurze Zeit aus der Realität auszusteigen und neue Kräfte zu mobilisieren. Dem Chauffeur vorne an der Spitze des Zuges oblag es, sich um das Erreichen des Ziels zu kümmern, Braig lehnte sich derweil in seinem Sitz zurück und überließ sich seinen Gedanken.

An diesem Abend allerdings blieb ihm keine Zeit, länger abzutauchen. Der Fahrer hatte den Wilhelmsplatz ausgerufen und war kurz darauf an der Haltestelle zum Stehen gekommen. Als Braig gemeinsam mit dem größten Teil der Fahrgäste auf die Straße trat, fand er sich in einem unübersehbaren Pulk lärmender Volksfestbesucher wieder. Bier-, Sekt- und kleine Schnapsflaschen in den Händen bewegte sich die grölende Masse durch den Cannstatter Bahnhof auf das Festgelände zu. Selbst zu dieser schon recht späten Stunde quollen aus fast jedem der in kurzen Abständen eintreffenden Züge immer neue Mengen bestens gelaunter, teilweise bereits alkoholisierter, meist junger Leute, viele in bunte Dirndl und kurze Lederhosen gekleidet.

Braig ließ sich treiben, versuchte, über die jetzt schon sichtbaren Auswüchse hinwegzusehen. Glasscherben, leere Flaschen und Dosen auf dem Boden, würgende und sich übergebende Männer und Frauen an den Seiten, aggressiv aufeinander einschreiende, angetrunkene Gestalten. So sehr er vor Jahren noch das ausgelassene Treiben amüsiert zur Kenntnis genommen hatte, stand er ihm inzwischen wesentlich reservierter gegenüber. Wochenlang mit Glasscherben, Essens- und Getränkeresten, Verpackungsmüll und Kotze in allen Variationen verschmutzte Gehwege, Plätze und Bahnen in der gesamten Region, dazu die drastische Zunahme alkoholbedingter Unfälle, Schlägereien und Verletzungen waren inzwischen Jahr für Jahr die normalen Begleiterscheinungen der fünfzehntägigen Festivitäten. Angetrunkene, pöbelnde, auch dem Sicherheitspersonal gegenüber immer aggressiver und rücksichtsloser auftretende Männer gehörten fast schon selbstverständlich zu den Belustigungen auf dem Wasen.

So hatten sich das der württembergische König Wilhelm I. und seine Frau Katharina vor 200 Jahren wohl kaum vorgestellt, als sie 1818 das Volksfest ins Leben riefen, ging es Braig durch den Sinn. Drei Jahre zuvor waren bei den mehrere Wochen andauernden Ausbrüchen des Vulkans Tambora im fernen Indonesien gigantische Massen an Staubpartikeln in die Atmosphäre eruptiert worden, aus denen sich riesige, ganze Länder bedeckende Wolkenkomplexe gebildet hatten. Die gewaltigen Staubformationen waren innerhalb kurzer Zeit von den Winden über weite Bereiche der nördlichen Erdhalbkugel verteilt worden, was das Eindringen der solaren Strahlung in die Lufthülle auf ein Minimum reduzierte. Die daraufhin folgende globale Abkühlung führte 1816 in großen Teilen Asiens, Europas und Nordamerikas zum Ausbleiben des Sommers. Die Ernten fielen so gering aus, dass flächendeckende Hungersnöte und Seuchen das Leben zur Hölle machten. Württemberg mit den kargen Karstböden der Alb und seiner nach den napoleonischen Kriegen ohnehin geschädigten Wirtschaft war von den Folgen dieser Klimaveränderung ganz besonders betroffen: Ganze Landstriche versanken in Armut und Elend, Auswanderungswellen nach Russland und Amerika setzten ein. Um Unruhen und Aufständen vorzubeugen, verfiel das Königspaar auf die Idee, ein Volksfest ins Leben zu rufen. Das Festvergnügen der damaligen Zeit ließ sich mit dem heutigen Geschehen allerdings kaum vergleichen, wusste Braig. Schausteller und Alkoholausschank spielten in den ersten Jahrzehnten nämlich eine absolute Nebenrolle. Angesichts der ausgelassen feiernden, teilweise unübersehbar alkoholisierten Menschen um ihn herum ein kaum vorstellbarer Zustand.

Er hatte den hell erleuchteten Eingang des Volksfestgeländes erreicht, steuerte auf die Gruppe uniformierter Kollegen zu, die die an ihnen vorbeiströmende Menschenmenge aufmerksam musterten. Er zog seinen Ausweis, hielt ihn einer jungen Beamtin hin, erkundigte sich nach dem Vorfall. Die Frau hatte Mühe, ihn zu verstehen, begriff erst im dritten Anlauf, worum es ging. Lautes Lachen, Kreischen, Schimpfen, quietschende Karussells, lärmende Achterbahnen drohten jede Unterhaltung zu ersticken.

»Ich begleite Sie«, versuchte sie den Lärmpegel zu übertönen. Sie verständigte einen ihrer Kollegen, winkte Braig, ihr zu folgen.

Er bemühte sich, sie nicht aus den Augen zu verlieren, drückte sich hinter ihr durch die Menge. Der Weg war hell ausgeleuchtet, auch die Buden, Zelte und Achterbahnen um sie herum erstrahlten in grellem Licht. Wohin er auch sah, überall fröhliche Mienen. Sie kamen nur langsam vorwärts, hielten sich an der rechten Seite. Und dann, mitten in diesem Wirrwarr ausgelassen feiernder, miteinander scherzender und vor Vergnügen kreischender Menschen sah er den Mann. Söderhofers wuchtiger Schädel ragte unmittelbar neben einer der unzähligen Buden im Zentrum eines grell ausgeleuchteten Areals aus der Menge.

Braig signalisierte der jungen Beamtin, dass er sein Ziel entdeckt hatte. Die Leute standen jetzt dicht gedrängt neben- und hintereinander, fast alle in die Richtung des hell aus der Umgebung getauchten Geländes starrend. Er zwängte sich mühsam nach vorne, erntete unwillige Bemerkungen, lautes Schimpfen, aggressive Kommentare. Eine Melange aus den verschiedensten menschlichen Ausdünstungen und biergetränktem Atem in der Nase erreichte er die von mehreren uniformierten Kollegen bewachte Absperrung. Er wies sich aus, schlüpfte unter dem rot-weiß gestreiften Band durch. Als er sich wieder aufrichtete, hatte er den Oberstaatsanwalt unmittelbar vor sich.

Braig blieb stehen, schnappte nach Luft. Er glaubte, nicht richtig zu sehen, musste an sich halten, nicht laut loszuschreien.

»Was will denn jetzt au noch der Kerl?«, kreischte eine tiefe, von reichlich Alkoholgenuss gezeichnete Stimme direkt hinter ihm.

»Die sollet jetzt endlich bekannt gebe, was da bassiert ischd«, krakeelte ein anderer.

Braig nahm das Geschrei kaum wahr, hatte nur Söderhofer im Blick. Die füllige, über 1,90 Meter große Gestalt versuchte, wild mit den Händen gestikulierend, mitten in dem hell ausgeleuchteten Areal auf Helmut Rössle und Dr. Kai Dolde, zwei der profiliertesten Spurensicherer des Landeskriminalamtes, einzuwirken. Er war mit einer kurzen, nicht einmal zur Mitte seiner Oberschenkel reichenden Lederhose, einem rot-weiß karierten Hemd und auf der Brust gekreuzten, ledernen Hosenträgern bekleidet.

Braig musste unwillkürlich an eine dieser unsäglichen als Heimatfilme deklarierten Klamotten denken, in denen urwüchsig aussehende Gestalten jodelnd und in einem primitiven Takt mit den Händen auf ihre Oberschenkel klatschend im Kreis umhersprangen und eine Art heiserer Brunftschreie von sich gaben. Er hatte noch nie verstanden, was Menschen veranlasste, sich freiwillig in solch lächerlichen Posen zu präsentieren, fand Söderhofers Darbietung derart peinlich, dass er ohne jede Überlegung in ein unablässiges Kopfschütteln verfiel. Es mochte ja angehen, wenn Jugendliche in überschäumender Lebenslust das Volksfest zum Anlass nahmen, sich so folkloristisch zu kleiden. Ein mitten im Leben stehender Erwachsener jedoch, dessen Körper die ersten Alterserscheinungen nur noch schwer zu verbergen imstande war …?

Er warf einen letzten Blick auf den Staatsanwalt, fühlte sich zunehmend abgestoßen. Ober- und unterhalb der kurzen Lederhose quollen dicke Fleischwülste hervor, das rot-weiß karierte Hemd wölbte sich kugelförmig wie bei einer Hochschwangeren über dem Bauch. Dazu die speckigen, dicht behaarten Beine des Mannes …

»Hier erteile allein ich die Anweisungen«, hörte er ihn rufen.

Braig riss sich aus seiner Erstarrung, trat ins Licht.

»Alle Idiote von Sindelfinge, Sie hent uns gar nix zum Sage!«, kam die Antwort Rössles nicht weniger laut zurück.

Er sah, wie sich der Spurensicherer von Söderhofer abwandte, prallte mit dem Kollegen zusammen.

»Ah, du bisch es!«, schimpfte Rössle. »Na prima. Dann viel Vergnüge mit dem Lederhoseseppl da!«

Braig hatte Mühe, nicht laut loszulachen, verkniff sich einen zustimmenden Kommentar. Er nickte seinen Kollegen freundlich zu.

»Da sind Sie endlich! Noch eine Runde geschlafen?« Söderhofers Begrüßung ließ ihn jede Zurückhaltung vergessen. Der Mann hatte eine Bierfahne, dass es ihm fast den Atem raubte. Seltsam, wo er doch sonst immer den Konsum dieses proletarischen Getränks vehement ablehnte.

»Wie sehen Sie denn aus?«, blaffte er zurück. »Frisch aus dem Bierzelt, was?«

»Richtig, Braig. Mit meiner kompletten Gemeinderatsfraktion. Der Heimat wie der Tradition ergeben, falls Ihnen diese Verpflichtung noch etwas bedeutet.«

»Heimat?«, wandte Braig ein. »Seit wann ist Stuttgart Ihre Heimat? Sonst jammern Sie doch ständig über das kleinbürgerliche Niveau unserer Region.«

»Richtig, mein lieber Braig. Aber wie Sie wissen, habe ich gerade meiner staatsbürgerlichen Verantwortung Tribut gezollt und mich in Ihrer Nähe niedergelassen. Und um die Verbundenheit meiner Partei mit Stuttgart zu demonstrieren, haben wir beschlossen, unsere Einweihungsfeier hier auf dem Volksfest fortzusetzen. Ich glaube, das kann selbst so ein schlichtes Gemüt wie Sie verstehen.«

Braig wandte sein Gesicht zur Seite, weil Söderhofers Bierfahne vehemente Ekelgefühle in ihm auslöste. »Aha«, sagte er. »Schön, dass auch so ein schlichtes Gemüt wie ich über die spießige Umgebung hier aufgeklärt wird. Aber sagen Sie, seit wann trinkt eine intellektuell so abgeklärte Person wie Sie so ein proletarisches Getränk wie Bier?«

»Wie Sie wissen, neige ich normalerweise zu weniger gewöhnlichen Genüssen. Um aber meine Verbundenheit mit dem normalen Volk öffentlich zu demonstrieren, ist mir kein Opfer zu groß.«

Zum zweiten Mal an diesem Abend spürte Braig, wie sich seine Nackenhaare aufrichteten und eine Gänsehaut über seinen Rücken kroch. Er kannte das politische Engagement des Staatsanwalts zur Genüge, fühlte sich seit Jahren schon von den heuchlerischen und polemischen Parolen genervt. In Lederhosen ins Bierzelt, der Tradition und der Heimat verpflichtet, das passte zu der scheinheiligen Bande. Und es offenbarte, wo deren Wählerklientel zu Hause war. Garantiert hatten sie vorher sämtliche Fotografen und Fernsehteams über ihre volksverbundene Unternehmung benachrichtigt, damit ja alle im Land über das heroische Verhalten der Truppe informiert waren.

»Was genau ist passiert? Und weshalb rufen Sie mich, wieso nicht die ordnungsgemäße Bereitschaft?«

»Braig! Begreifen Sie nicht, wo wir hier sind?« Söderhofer streckte seinen Arm aus, drückte ihn von der Menge weg an die Rückwand der nahen Bude, wo eine blickdichte Plane jede Einsicht versperrte. »Wir haben ein klassisches Delikt, hier, mitten in diesem Trubel! Wissen Sie, was das bedeutet?

Diskretion und noch einmal Diskretion und sehr viel Fingerspitzengefühl. Sie glauben doch nicht, dass Ihre impertinente Kollegin … Die Festivitäten, sie müssen ungestört weiterlaufen, wir dürfen den Menschen doch nicht ihren wohlverdienten Spaß verderben, um Gottes willen!«

Braig hatte augenblicklich verstanden, welche Befürchtung den Mann umtrieb. Was immer geschehen war, die Geschäfte der Veranstalter durften nicht gestört werden. Auf keinen Fall. Das war das A und O, das Einzige, was zählte. Und wenn das Leben sämtlicher Besucher gefährdet war, der Betrieb musste weiterlaufen, die Umsätze und die Profite durften auf keinen Fall beeinträchtigt werden. Deshalb hatte Söderhofer vermieden, die ordnungsgemäße Bereitschaft zu rufen, aus Angst, seine Kollegin Neundorf könne sich damit nicht einverstanden zeigen und eine Räumung des Geländes verlangen, um einer ordentlichen Durchführung der Untersuchungen gewachsen zu sein. »Frau Neundorf hat heute wieder ein Wochenendseminar an der Polizeihochschule in Villingen-Schwenningen übernommen. Sie steht uns erst wieder am Dienstag zur Verfügung.« Er bemerkte Söderhofers überraschte Miene, sah, wie der Mann die Plane zur Seite schob.

»Lassen wir das, Braig. Kommen wir endlich zur Sache.«

Braig versuchte, sich zu beruhigen, folgte ihm zu dem vor allen unbefugten Blicken gesicherten Areal hinter der Bude. Es handelte sich um einen schmalen Streifen asphaltierter Fläche am Rand des Volksfest-Geländes, der mit leeren Flaschen, Dosen, zerfetzten Kartonagen und unzähligen Steinen übersät war. Mittendrin die auf dem Boden kniende Gestalt des Gerichtsmediziners, der sich an einem vor ihm hingestreckten, leblosen Körper zu schaffen machte. Um die obere Körperhälfte des Toten erstreckte sich eine dünnflüssige, dunkle Lache.

Braig hielt einen Moment inne, atmete kräftig durch. So oft er sich in seinen mehr als zweieinhalb Jahrzehnten Berufserfahrung auch schon mit dem Anblick und der Untersuchung toter Menschen konfrontiert gesehen hatte, zur Routine war ihm dieser Vorgang nicht geworden. Smarte, mit coolem Grinsen von einer Leiche zur nächsten spazierende Kommissare gab es nur in primitiven Fernsehkrimis – mit der Realität, wie er sie kannte, hatte das nichts zu tun. Einen gerade verstorbenen Menschen zu begutachten, gehörte zu den unerfreulicheren Momenten seines Berufes – auch langjährige Praxis hatte daran nichts geändert. Er konnte sich nicht vorstellen, dass es Kollegen gab, die das anders empfanden.

»Der Stein hier könnte es gewesen sein. Ich bin mir ziemlich sicher«, erklärte der Arzt, an den Spurensicherer gewandt. »Sie haben ein gutes Auge, Herr Rössle.« Er drückte sich vorsichtig vom Boden hoch, nahm überrascht Braigs Anwesenheit wahr. »Na, da haben wir ja gleich den Richtigen informiert.« Er streifte den Plastikhandschuh von seiner Rechten, reichte sie dem Kommissar.

»Hallo, Doktor«, grüßte Braig. »Auch nichts Besseres vor heute Abend.«

Dr. Schäffler ließ ein kurzes Lachen hören. »Nein. Wie auch. Das ist schon der Dritte innerhalb der letzten Stunde. Erst zwei 18-jährige Raser in einem BMW, jetzt der hier. Passt gut zu der Stimmung der Umgebung, nicht wahr?«

Braig verstaute seine Hände und Schuhe in Plastiküberzügen, beugte sich zu dem Toten nieder. Ein nur noch schwer zu identifizierender, älterer Mann, mit einem langen, ursprünglich wohl hellen Hemd und einer weiten Freizeithose bekleidet. Seine rechte Schädelhälfte war stark deformiert und von unzähligen Wunden, Rissen und Hämatomen übersät, sein Gesicht wie nach einer Säure- oder Pfeffersprayattacke zu einer grauenhaften Fratze entstellt. Und dann ging noch ein sonderbarer Geruch von ihm aus …

»Ich habe mit dem bloßen Auge Hautreste und Haare an dem Stein erkennen können«, erklärte Dr. Schäffler. »Fehlt nur noch die Vergleichsanalyse.«

»Dann wurde er hier erschlagen«, überlegte Braig laut. »Angesichts der Menschenmenge dort vorne wohl nicht anders zu erwarten. Woher rühren die Verätzungen im Gesicht? Pfefferspray?«

»Das ist möglich, ja«, stimmte der Gerichtsmediziner zu. »Ich könnte mir vorstellen, dass er damit außer Gefecht gesetzt wurde. Pfefferspray oder ähnliches Material, das muss ich mir noch genauer anschauen. Anschließend konnte ihn der Täter mit dem Stein malträtieren. Regelrecht totschlagen. Einiges von den Verletzungen im Gesichtsbereich stammt vielleicht auch noch von einem ungeschützten Aufprall auf den Boden. Aber dazu kann ich jetzt noch nichts Genaueres sagen.«

»Wann etwa ist es passiert?«, erkundigte sich Braig.

Der Gerichtsmediziner musterte den Toten. »Ich schätze, er ist seit etwa zwei Stunden tot.« Er warf einen Blick auf seine Uhr, hörte Braigs Schlussfolgerung.

»Gegen 20 Uhr.«

»So etwa, ja. Auf jeden Fall war zu der Zeit hier auf dem Wasen die Hölle los. Da wagt es selbst der skrupelloseste Killer nicht, eine Leiche übers Gelände zu schleifen und hier abzulegen.«

»Es gibt keinen anderen Zugang hierher?«

»Noi«, meldete sich Rössle zu Wort, »des han i als Erschtes überprüft. Da hinte an der Mauer isch Schluss.«

»Und normalerweise ist es hier in dieser Ecke nicht besonders hell. Sehe ich das richtig?« Braig zeigte auf die Strahler der Kriminaltechnik, die den schmalen Bereich hinter der Bude in grelles Licht tauchten.

»Richtig. Des isch a düsteres Loch. Moment. Des hent mir glei.« Der Spurensicherer eilte zur Plane, drückte sich mühsam an Söderhofers massiger Gestalt vorbei, machte sich am Boden zu schaffen.

Braig hörte ein leises Klacken, hatte plötzlich Mühe, die Umgebung zu erkennen. Mit dem Verlöschen der gleißenden Strahler lag das Areal tatsächlich in tiefem Dämmer. Nicht einmal die Überschriften einer Zeitung waren jetzt mehr zu lesen.

»Die Plane ghört nadierlich weg. Aber viel ändert sich dadurch net.« Rössle richtete sich auf, schob den Sichtschutz zur Seite. Viel mehr Licht fiel jetzt wirklich nicht ein. Braig sah sich nur vom Schein der Beleuchtung auf dem Volksfestgelände geblendet.

»Von drauße siehsch du nicht, was hier passiert. Vom Licht ins Dunkel – unmöglich!« Er trat drei Schritte zurück, wartete, bis der Kommissar es ihm nachgetan hatte.

Braig stimmte ihm augenblicklich zu. »Der ideale Platz also für ein Verbrechen«, seufzte er. Er schaute auf, weil die Menschenmenge hinter der Absperrung in Bewegung gekommen schien, merkte, dass die uniformierten Kollegen alle Hände voll zu tun hatten, sie in Schach zu halten.

»Was isch jetzt los?«, hörte er eine laute Stimme. »Warum hent die des Licht ausgmacht?«

»Die Plane isch weg! Kasch du was erkenne?«

»Noi, du Dackel, des isch zu dunkel!«

Braig wartete, bis die Strahler wieder aufleuchteten und Rössle die Plane erneut angebracht hatte, lief zu der Leiche zurück. »Mit diesem Stein also«, sagte er. »Wo habt ihr ihn entdeckt?«

Der Spurensicherer wies auf einen kleinen Metallständer etwa zwei Meter von dem Toten entfernt. »Den Platz han i extra markiert.«

»Dann hat ihn der Täter einfach zur Seite geworfen.« Er musterte den Stein. »Wie schwer ist er? Ich möchte ihn nicht auch noch berühren«, fügte er hinzu.

»Sechs, siebe Kilo«, schätzte Rössle. »Eher noch mehr.«

»So schwer? Wir haben es mit einem kräftigen Täter zu tun, oder?« Er sah nur unschlüssige Mienen um sich herum, merkte selbst, wie hypothetisch seine Überlegung war. »Aber nicht nur ein einziger Schlag.«

Dr. Schäffler zögerte mit der Antwort. »Noch habe ich ihn nicht untersucht.« Er wies auf den Toten. »Sie wissen …«

»Nur eine erste Einschätzung, bitte.«

»Wahrscheinlich mehrere Schläge. Fünf, sechs, vielleicht sogar zehn. Angesichts der starken Deformationen des Schädels …« Er ersparte sich den Rest seiner Aussage.

»Wie muss ich mir das vorstellen? Der erste Schlag im Stehen«, spekulierte Braig. »Er war so heftig, dass der Mann zu Boden ging. Anschließend weitere Attacken?«

»So kann das passiert sein, ja«, stimmte der Gerichtsmediziner zu. »Wahrscheinlich war er durch die Sprayattacke von Anfang an unfähig, sich zu wehren.«

»Und der Täter schlug auch noch auf ihn ein, als er schon auf dem Boden lag?«

Sein Gesprächspartner nickte zustimmend.

Braig gab sich mit diesen Aussagen zufrieden, wusste, dass er Dr. Schäfflers Untersuchungen abwarten musste, um genaueren Aufschluss über den Tod des Mannes hier zu erlangen. Immerhin hatte er bereits eine erste Einschätzung erhalten. Der Gerichtsmediziner galt als weithin bekannte Koryphäe. Er war wortkarg bezüglich erster Stellungnahmen, doch absolut treffsicher, sobald er eine fachliche Äußerung von sich gab. In fast allen Fällen hatten sie sich nach der ausführlichen Obduktion als korrekt erwiesen.

»Der Tote«, erkundigte sich Braig. »Kennen wir seine Identität?«

»Möglicherweise«, antwortete Dolde.

»Wie darf ich das verstehen?«

»Frag die Uniformierten dort vorne. Irgendwelche Blumenzüchter suchen schon den ganzen Abend nach einem Kollegen.«

»Blumenzüchter?«

»Rosen, wenn ich das richtig gehört habe. Ein paar Rosenzüchter haben einen Ausflug aufs Volksfest unternommen und jetzt vermissen sie einen von ihnen.«

»Aha. Aber identifiziert ist er noch nicht? Kein Ausweis, kein Handy?«

»Nein, nichts gefunden. Aber das hier solltest du dir vorher noch anschauen.« Der Spurensicherer bückte sich zu seinem Koffer, zog eine durchsichtige Plastikkladde daraus hervor.

»Was ist das?« Braig nahm die Kladde entgegen, sah ein weißes Blatt Papier vor sich, das mit einem schwarzen Stift in großen, sauber lesbaren Druckbuchstaben beschriftet war.

MENSCHENSCHINDER

Braig schaute verwundert von dem Papier auf. »Wo ist das her?«

Dolde deutete auf den Toten. »Ich fand es in seiner Hosentasche. Ein Teil davon schaute daraus hervor. Als hätte es ihm jemand reingesteckt.«

»*MENSCHENSCHINDER*«, las Braig laut vor. Er wusste nicht, wie er das Papier beurteilen sollte, musterte nachdenklich die Miene seines Kollegen. »Du glaubst, das stammt vom Täter?«

»Na, ich meine, es sieht so aus, als hätte es ihm jemand in die Tasche gesteckt. Um darauf hinzuweisen, warum er ihn ermordet hat.«

»Das heißt also, wir haben es mit einem Verbrecher zu tun, der einen Menschen totschlägt und anschließend die Begründung liefert, weshalb er das getan hat? Ein Verrückter oder …«

»So ein Schmarren!«, fiel ihm Söderhofer ins Wort. »Jetzt lassen Sie doch Ihre Phantasie aus dem Spiel! Das Papier kann wer weiß woher stammen. Irgendein belangloses Stück. Konzentrieren wir uns auf den Toten, sonst wird das nichts mehr heute Nacht!«

»Also, so einfach würde ich das nicht zur Seite schieben«, beharrte Dolde. »Wir fanden das Papier schließlich nicht irgendwo in seiner Tasche unter all dem anderen Krempel. Nein, es steckte so in seiner Hose, dass wir automatisch darauf stoßen mussten. Irgendwie demonstrativ.«

»Paperlapapp«, dröhnte der Staatsanwalt. »Schluss jetzt mit der Märchenstunde! Sie haben hier überhaupt nichts zu melden. Erledigen Sie endlich mal Ihre Hausaufgaben und finden Sie Hinweise auf den Täter. Irgendwo müssen doch Spuren von dem Saukerl zu finden sein!«

Braig musterte Doldes ernste Miene, bat den Kollegen, ihm zu zeigen, wo genau sie das Papier gefunden hatten. Der Spurensicherer griff nach seinem Laptop, rief die entsprechenden Aufnahmen auf, präsentierte sie dem Kommissar. Das Blatt steckte genau so in der Hosentasche des Ermordeten, wie Dolde es beschrieben hatte. Die unbeschriebene Hälfte in die Tasche geschoben, leicht zerknüllt, die andere, beschriebene Hälfte breit daraus hervorragend. Unübersehbar, überlegte Braig, wirklich demonstrativ. So war der Mann vorher nicht zwischen den Buden herummarschiert, niemals. Das hatte man ihm nachträglich in die Tasche geschoben oder besser, wie der Spurensicherer es formuliert hatte, gesteckt. Den beschrifteten Teil unübersehbar daraus hervorschauen lassend. Bewusst, um auf ihn aufmerksam zu machen. Auf das Wort *MENSCHENSCHINDER*. Nur ein Blinder konnte das anders deuten.

»Wir dürfen uns nicht von diesem Trallala mit dem Papier ablenken lassen. Das kostet nur unnötig Zeit«, hörte er die Stimme des Blinden. »Genau das will der Verbrecher doch bewirken: Wir zerbrechen uns die Köpfe wegen so einem Schwachsinn, und die wichtigen Spuren laufen uns derweil davon.«

Er musterte die feiste Gestalt des Lederhosenträgers, den anscheinend ohne Übergang direkt aus den Schultern gewachsenen Schädel, den dicken, von allzu viel opulenten Gelagen kündenden Bauch, dazu die schwabbelig unter den Rändern der kurzen Hose hervorquellenden Fettwülste, schüttelte den Kopf.

»Entweder war der heute Mittag zu lang in der Sonne, oder er hat zu viel Bier intus«, hörte er Rössle im Hintergrund bruddeln. »Der hat doch nemme alle Tasse im Schrank!«

Braig hatte keine Lust, sich auf weitere Diskussionen einzulassen, beschloss, sich später genauer um den seltsamen Fund zu kümmern. Er gab ihn dem Spurensicherer zurück, warf einen letzten Blick auf das Opfer. Die dunkle Lache, die sich um die Brust und den Bauch des Toten auf dem Asphalt erstreckte, verunsicherte ihn. Er wusste nicht, woher sie rührte, beugte sich vorsichtig nieder, um sie aus der Nähe zu betrachten. Blut war es nicht, Farbe und Konsistenz unterschieden sich deutlich davon. Er versuchte, daran zu schnuppern, hatte ein seltsames Potpourri verschiedener Düfte in der Nase. Irritiert schreckte er zurück, warf einen Blick in die Höhe.

»Was ...?« Er hielt mitten in seiner Frage inne, als er Rössles grinsende Miene bemerkte.

»Alle achtzig Deifel von Sindelfinge, dich hat au niemand aufklärt, wie?«

Braig richtete sich wieder auf, schüttelte den Kopf.

»Ein dummes Versehen«, meldete sich Söderhofer wieder zu Wort.

Im gleichen Augenblick dämmerte Braig, was geschehen war. Das dunkle Eck hinter den Buden, der kurze Weg von den Bierzelten hierher ... »Pisse«, sagte er laut. »Irgendein angesoffenes Schwein wollte sich den Weg zu den Toiletten sparen.«

»Langsam, Braig«, erwiderte der Staatsanwalt. »Urteilen Sie nicht ohne Verstand. Bier wirkt schnell, das dürfte Ihnen bekannt sein. Nicht jeder ist sich dessen bewusst. Vor allem, wenn Sie dieses Getränk nicht gewöhnt sind. Sie machen sich auf den Weg zu den Toiletten und dann sehen Sie die langen Schlangen davor... Das dauert eine Ewigkeit, bis Sie an der Reihe sind, solange halten Sie das nicht mehr aus. Was bleibt Ihnen also anderes übrig ...« Er wies mit einer weit ausholenden Bewegung auf den Asphalt vor ihnen.

»Das klingt ja gerade so, als wäre das Ihnen oder einem von Ihren *Parteifreunden*«, Braig formulierte das Wort in anzüglichem Ton, »passiert, so viel Verständnis, wie Sie für diese Sauerei aufbringen. Sie wissen genau, dass das verboten ist, aus guten Gründen. Soweit ich weiß, gibt es hier genügend Toiletten.«

»Du hasch es erfasst«, warf Rössle ein. »Der Herr Bürgermeischter, der sich so erleichtert hat, isch wirklich ein Parteifreund. Von dem hohe Herrn ka'sch net verlange, sich mit hundsgewöhnlichem Volk vor a Scheißhäusle zu poschtiere!«

»Überlegen Sie die Wahl Ihrer Worte!« Söderhofer wandte dem Spurensicherer demonstrativ den Rücken zu, nahm

Braig erneut ins Visier. »Herr Oberbürgermeister Ratz war wirklich in allerhöchster Not. Sie verstehen, was ich meine? Es ist ihm peinlich, jetzt in diesem Zusammenhang …«

»Das hätte er sich früher überlegen können«, fiel Braig ihm ins Wort. Er hatte von dem Politiker gehört. Nichts Außergewöhnliches. Ein typischer Polit-Narziss mit überdimensioniertem Geltungsbewusstsein und wenig Hang zu differenziertem Urteilsvermögen. »Sie können das mit links abtun, aber meine Leute dürfen jetzt in seiner Pisse wühlen. Nur weil der feine Herr sich nicht an die Regeln halten kann.«

Söderhofer wischte die Bedenken mit einer kurzen Handbewegung zur Seite. »Braig, bitte! Jetzt machen Sie doch nicht auf Weltuntergang: Immerhin haben wir den Mann«, er wies auf den Boden, »nur wegen Herrn Ratz so schnell entdeckt …«

»Ach so, jetzt müssen wir dem Wildpinkler auch noch dankbar sein!«, höhnte Braig. »Ohne seine wertvolle Vorarbeit hätten wir den Toten ja noch nicht entdeckt!« Kopfschüttelnd schaute er sich nach dem Mann um. »Aber die genauen Umstände soll mir Herr Ratz dann doch selbst erzählen. Wo finde ich ihn?«

»Jetzt wollen Sie ihn noch sprechen? Aber …« Der Oberstaatsanwalt schien irritiert.

»Was, aber? Haben Sie schon einmal von einem ordnungsgemäßen Ermittlungsverlauf gehört?«

Söderhofer winkte ab. »Herr Ratz war völlig konsterniert, als er bemerkte, auf wen er da …«

»… pinkelte«, ergänzte Braig. »Das ist nachvollziehbar. Aber das soll er mir gefälligst selbst erzählen.«

»Das ist nicht möglich. Ich habe ihn persönlich nach Hause geschickt. Wenn Sie ihn unbedingt selbst sprechen wollen, können Sie morgen bei ihm vorbeischauen. Falls er sich wieder einigermaßen von dem Schock erholt hat.« Der Staatsanwalt schob die Plane zur Seite, warf einen Blick in die Richtung des hell erleuchteten Volksfestgeländes.

»Wie bitte?« Braig glaubte nicht richtig zu hören. »Sie haben den Wildpinkler nach Hause geschickt?« Er musterte die stämmige Gestalt vor sich, schüttelte den Kopf. »Aber, na klar! Damit wir nicht vergessen, wo wir hier leben: Für die Herren Politiker gelten besondere Regeln! Die stehen über dem Gesetz, wie konnte ich das vergessen?« Er klatschte mit seiner linken Handfläche gegen die Stirn, wandte sich fassungslos zur Seite.

»Braig, jetzt echauffieren Sie sich nicht …«

»Morgen früh elf Uhr in meinem Büro«, fiel er seinem Gegenüber ins Wort. »Richten Sie es Ihrem Parteifreund aus. Wenn er nicht pünktlich erscheint, fahre ich mit Blaulicht vor seinem Rathaus vor und lasse ihn von einer Polizeieskorte abführen.« Er spürte eine Berührung an seiner Schulter, sah Rössle mit einem Handy in der Rechten neben sich in die Hocke gehen.

»Immer ruhig Blut!«, brummte der Spurensicherer. Er brachte sich unmittelbar vor Söderhofer in Stellung, drückte zweimal kurz hintereinander ab, einmal den ganzen Mann, dann nur die Partie um dessen Hosen auf den Chip bannend.

»Was soll das!«, schimpfte der Staatsanwalt. »Haben Sie sonst nichts zu tun?«

»Nur zur Erinnerung«, antwortete Rössle. »Damit mir diesen wunderbaren Anblick net vergesset. I find kurze Lederhose oifach sexy.«

»Sexy? Sind Sie des Wahnsinns?« Söderhofers Stimme drohte sich zu überschlagen. Er schnappte nach Luft, hatte Mühe, Worte zu finden. »Wann konzentrieren Sie sich endlich auf Ihre …« Er hörte lautes Schreien hinter sich, verstummte mitten im Satz. Ein kleiner, mit einer Fernsehkamera ausgestatteter Mann eilte mit großen Schritten auf ihn zu.

»Sie sollen stehen bleiben«, schallte die kräftige Stimme eines uniformierten Beamten über den Platz.

Der Journalist ließ sich nicht beirren. »Erst wenn ich darüber informiert werde, was das ganze Polizeiaufgebot hier zu bedeuten hat«, gab er zur Antwort. »Ich will endlich wissen, was ein Oberstaatsanwalt und ein LKA-Kommissar hier zu suchen haben.«

In die Menge hinter der Absperrung schien neue Bewegung zu kommen. Stimmen schrien durcheinander, derbes Schimpfen war zu hören.

Braig kannte den Eindringling, hatte bereits mehrfach mit ihm zu tun gehabt. Er arbeitete für einen regionalen Nachrichtenpool, der verschiedene Internet- und TV-Unternehmen mit aktuellen Informationen versorgte. Die Anwesenheit der Polizei sowie die Absperrungen am Rand des Volksfestgeländes waren inzwischen von derart vielen Passanten bemerkt worden, dass er sich nur darüber wunderte, dass nicht schon eher sensationsgierige Nachrichtenjäger aufgetaucht waren. Wahrscheinlich hatte einer der Festbesucher dem Mann Bescheid gegeben.

»Also, Herr Kommissar, was verschafft uns die Ehre Ihrer Anwesenheit hier?« Heftig um Luft ringend hob er die Kamera hoch, nahm Braig ins Visier.

Der Kommissar wedelte abwehrend mit seiner Rechten durch die Luft. »Stroll, Sie wissen doch, wie das läuft: Sobald es Neuigkeiten gibt, informieren wir die Presse und geben bekannt, was wir wissen. Bei der Gelegenheit erfahren dann auch Sie …«

»Ach, Herr Kommissar«, fiel ihm der Mann ins Wort, »lassen wir doch die Spielchen und reden nicht sinnlos um den heißen Brei. Was ist hier passiert – kurz und knapp?« Er wandte sich um, wies zu der Plane, mit der Dolde die Leiche wieder bedeckt hatte. »Ein Toter oder eine Tote«, spekulierte er. »Das Opfer einer Schlägerei?«

»Verschwinden Sie, Stroll, aber schnell!«, knurrte Braig. Er hatte keine Lust, sich auf eine Diskussion mit dem neugierigen Kerl einzulassen, winkte dem uniformierten Kollegen, den Mann vom Platz zu schaffen. Der Beamte sah sein Gestikulieren, eilte auf sie zu.

»Moment, wir wollen Herrn Stroll doch etwas freundlicher behandeln, oder?« Söderhofers lauthals vorgebrachte Intervention ließ den Beamten mitten im Schritt innehalten.

Der Reporter wandte sich erfreut dem Staatsanwalt zu. »Wusste ich es doch. Wenigstens ein Mann mit einer demokratischen Gesinnung.« Er nahm Söderhofer ins Visier seiner Kamera, bemerkte jetzt erst dessen folkloristische Aufmachung. »Waren Sie zum Vergnügen hier unterwegs?« Grinsend musterte er sein Gegenüber.

»Reine Pflichterfüllung«, erklärte der Staatsanwalt. »In meiner Funktion als Mitglied des Gemeinderates.«

»Aha.« Sein Gegenüber schien schnell zu begreifen. »Und dann wurden Sie hierher gerufen. In Ihrer Funktion als Oberstaatsanwalt.« Er wies mit dem Kopf in die Richtung der Plane, deutete auf seine Kamera. »Sie sind freundlicherweise zu einem kurzen Statement bereit?«

Söderhofer musste nicht lange überlegen. Braig sah, wie er den Sensationsreporter musterte, dann dessen Kamera fokussierte. Im gleichen Moment schien er sich in eine andere Person zu verwandeln.

»Wenn Sie mir einen Augenblick Zeit geben, mich zu konzentrieren«, hörte er den Staatsanwalt mit sanfter Stimme antworten.

Söderhofer verlangte nach einem Papiertaschentuch, tupfte sich den Schweiß von der Stirn. Anschließend wischte er sich übers ganze Gesicht, den Hals und die Hände. Er reichte das Taschentuch zurück, zurrte sein Hemd und die Hose zurecht, richtete den Oberkörper auf. Der gewohnt miesepetrige Gesichtsausdruck war innerhalb eines Sekundenbruchteils verschwunden. Strahlendes Lächeln verzauberte seine Miene. »So, dann wollen wir mal unsere staatsbürgerliche Pflicht erfüllen, nicht wahr«, erklärte er mit pathetischer Stimme. Er machte sich mit den Händen in seinen Haaren zu schaffen, reckte den Kopf in die Höhe.

Braig hatte keine Lust, das Schauspiel länger zu verfolgen. Der Mann war der geborene Polit-Schleimer. »Was möchten Sie denn gerne wissen?«, hörte er seine Stimme. Sobald er sich der Aufmerksamkeit einer Kamera sicher wusste, blühte er auf.

Braig lief an die Absperrung, erkundigte sich bei den uniformierten Kollegen nach den Blumenzüchtern, die angeblich einen ihrer Freunde vermissten. In der Menge der neugierigen Gaffer verursachte sein Erscheinen neue Aufregung.

»Was isch passiert? Wann krieget mir endlich Bescheid?«, schallte es ihm entgegen.

»Wie lang wellet ihr noch weitermache mit eure Heimlichtuerei?«

Er hatte Mühe, sich verständlich zu machen, schrie dem Beamten seine Worte direkt ins Ohr. Der Uniformierte ersparte sich eine Antwort, wies auf zwei Männer mittleren Alters, die mit besorgten Mienen unmittelbar hinter ihm standen. Braig nickte, wandte sich den beiden zu, bat sie, ihm ein Stück von der Absperrung weg zu folgen.

»Jetzt saget doch endlich, was da los isch!«, schallte es hinter ihm.

Er reagierte nicht, lief fünf, sechs Meter von der Menge weg, wartete, bis die beiden Männer bei ihm angelangt waren. »Mein Name ist Braig. Ich bin Kommissar beim LKA.« Er merkte, dass seine Gesprächspartner Schwierigkeiten hatten, ihn zu verstehen, trat auf sie zu. »Dürfte ich bitte Ihre Namen wissen?«

»Herbert Menzinger«, erklärte der ältere der beiden Männer. Er trug ein buntes Freizeithemd, hatte seine Jacke um die Hüfte geschlungen. Die grauen Haare ragten ihm bürstenartig vom Kopf.

Er hat was von unserem Ministerpräsidenten, überlegte Braig, schätzte ihn auf Mitte fünfzig.

»Ich wohne in Ludwigsburg«, setzte Menzinger hinzu.

Braig signalisierte mit kurzem Kopfnicken, dass er ihn verstanden hatte, wandte sich dem schätzungsweise zehn Jahre Jüngeren zu.

»Markus Klutter aus Vaihingen. Stuttgart-Vaihingen«, erklärte der Mann. Er war mit einem weißen Polo-Hemd und einer grünen Weste bekleidet, versteckte seine Augen hinter einer leicht getönten Brille.

»Sie sind miteinander befreundet?«, erkundigte sich der Kommissar.

Menzinger nickte. »Ich habe einen Gartenbaubetrieb. Wir kennen uns von der Rosenzucht.«

»Und heute Abend besuchen Sie das Volksfest«, kam Braig auf sein zentrales Anliegen zu sprechen. »Gemeinsam mit …« Er ließ den Satz unvollendet, weil er den genauen Sachverhalt von einem der beiden Männer persönlich hören wollte.

»Gemeinsam mit unserem Freund Michael. Michael Kreitschmer«, ergänzte Menzinger, die fragende Miene seines Gegenübers im Blick.

»Er ist ebenfalls …«

»Wir züchten Rosen, ja. Aber jetzt ist Michael spurlos verschwunden.«

»Wo haben Sie ihn zuletzt gesehen?«, fragte Braig.

»Vor dem Riesenrad«, erklärte sein Gesprächspartner. »Er wollte zur Toilette und weil er nicht schwindelfrei ist … Markus und ich beschlossen, eine Runde in der Luft zu drehen, während Michael … Na ja, Sie verstehen?«

»Ja. Und wo wollten Sie sich wieder treffen?«

»Vor dem Riesenrad. Das ist ein markanter Punkt, da kann man sich trotz des Gedränges nicht verfehlen. Aber Michael ist nicht aufgetaucht und an sein Handy geht er auch nicht.«

»Wann war das?«, hakte Braig nach. »Vor dem Riesenrad, als sie sich trennten?«

»Gegen acht«, mischte sich Klutter ins Gespräch. »Ich hatte wenige Minuten vorher einen Anruf meiner Frau erhalten, daher weiß ich das.«

Vor etwa zwei Stunden also, überlegte Braig, das stimmte mit der Aussage des Arztes überein. »Herr Kreitschmer war allein, als er sich von Ihnen trennte?«, vergewisserte er sich.

Die Männer nickten.

»Vielleicht hat er jemand getroffen und dann vergessen, was er mit Ihnen ausgemacht hatte. Und jetzt sitzt er in einem Zelt und unterhält sich prächtig.«

»Nein, das ist nicht seine Art«, widersprach Menzinger. »Er wäre auf jeden Fall zum Riesenrad gekommen und hätte uns informiert. Außerdem: Wieso geht er nicht an sein Handy?«

Braig musterte seinen Gesprächspartner, bemerkte dessen nach wie vor besorgten Gesichtsausdruck. Er schien den Vermissten gut zu kennen, so gut jedenfalls, dass er das Verschwinden des Mannes, auch wenn es noch nicht allzu lange her war, nicht auf die leichte Schulter zu nehmen bereit war. »Wie war Herr Kreitschmer heute Abend bekleidet?«, fragte er.

Menzinger musste nicht lange überlegen: »Michael trägt ein hellblaues Hemd und eine beige Hose.«

»Keine Jacke?«

Braigs Gegenüber schüttelte den Kopf. »Keine Jacke, nein.« Die Miene des Mannes überzog sich für einen Moment mit dem Anflug eines Lächelns. »Solange es draußen einigermaßen warm ist, ohne Jacke. Das ist fast schon ein Charakterzug von ihm. Darüber haben sich schon viele gewundert. Dabei verbringen wir sehr viel Zeit in der frischen Luft. Mit unseren Blumen, meine ich. Wir sind also einiges gewohnt.«

»Dann möchte ich Ihnen etwas zeigen.« Braig bat die beiden Männer einen Moment um Geduld, wandte sich den Spurensicherern zu. »Die Fotos«, sagte er, auf die Plane deutend, »wer ...«

Dolde hatte sofort verstanden. Er griff nach dem Laptop, machte sich an der Tastatur zu schaffen. »Ich habe sie dir schon gemailt. Aber hier ist er natürlich besser zu erkennen.«

Braig nahm das Gerät entgegen. Das Gesicht des Toten prangte fast lebensgroß auf dem Monitor. Er wandte sich den beiden Blumenzüchtern zu, setzte zu ein paar mahnenden Worten an, als Klutter plötzlich laut aufstöhnte. »Oh, nein!« Der Mann schlug seine Hände vors Gesicht, sprang zur Seite, fing herzzerreißend an zu weinen. Braig sah die versteinerte Miene seines Begleiters, ersparte sich für einen Moment jede weitere Frage. Die Körpersprache der Männer war Antwort genug. Er reichte Dolde den Laptop zurück, wartete, bis sich seine Gesprächspartner etwas beruhigt hatten.

»Sie haben ihn erkannt? Es handelt sich um Michael Kreitschmer?«

Menzinger war nur noch zur Andeutung eines kurzen Nickens fähig. »Er ist tot?«, stammelte er.

Braig nickte.

»Aber wieso?«

»Das wissen wir nicht.«

»Er war gesund, hat nie geklagt. Ihm fehlte doch nichts.«

»Das kann ich nicht beurteilen«, erklärte Braig. »Mit seinem Tod hat das auf jeden Fall nichts zu tun.«

»Ein Unfall?« Der Mann sah die verneinende Geste seines Gegenübers, schien erst jetzt endgültig zu begreifen, was geschehen war. Er riss den Mund weit auf, kämpfte um Luft. »Das heißt, er wurde …«

»Es sieht alles danach aus, ja«, gab Braig zur Antwort, ohne dass der konkrete Sachverhalt zur Sprache gekommen war. Er zog den kleinen Notizblock samt Stift aus der Tasche, den er immer bei sich trug, erkundigte sich nach dem Familienstand und der Adresse des Toten.

»Er ist verheiratet und hat einen Sohn. Einen erwachsenen Sohn. Der ist schon länger ausgezogen, soweit ich weiß. Michael wohnt in Lederberg, am Hang über dem Tal. Sie haben einen wunderschönen Garten mit unzähligen Rosen. Ein prächtiger Anblick.«

Der nützt ihm jetzt nichts mehr, schoss es Braig durch den Kopf. »Lederberg. Sie sprechen von dem Stuttgarter Vorort?«, fragte er.

»Auf der Höhe über Hedelfingen, ja.«

»Eines möchte ich noch wissen, so seltsam es für Sie auch klingen mag. Vielleicht können Sie mir weiterhelfen: Hatte Herr Kreitschmer mit jemand Streit?«

»Streit? Mit wem denn?« Klutter mischte sich wieder ins Gespräch.

»Das frage ich Sie. Wissen Sie etwas über persönliche oder berufliche Auseinandersetzungen?«

»Michael doch nicht!«, beharrte der Mann.

»Wieso nicht? Kennen Sie ihn gut genug, um das zu beurteilen?« Braig starrte in zwei gleichermaßen von Entrüstung geprägte Gesichter.

»Michael ist kein Typ zum Streiten!«, erklärte Menzinger, sich zwei, drei Mal mit der Rechten über die Stirn streichend. »Er ist vollkommen mit sich im Reinen. Ich kenne keinen anderen Menschen, der so in sich ruht wie Michael. Sie sollten sehen, wie liebevoll er mit seinen Blumen umgeht. Michael kann keiner Seele etwas zuleide tun.«

3. Kapitel

Braig benötigte trotz der späten Stunde fast zehn Minuten, um sich vom Tatort durch das Gedränge der Wasenbesucher zum Ausgang zu kämpfen. Das Volksfest schien jetzt kurz vor 23 Uhr auf seinem endgültigen Höhepunkt angelangt. Lachende, laut miteinander parlierende Menschen, wohin er auch kam. Zwei Mal auf seinem kurzen Weg sah er sich plötzlich von meist jungen, ihm unbekannten Frauen und Männern eingekeilt und mit kaum verständlichen, lallend vorgetragenen Worten angesprochen oder an den verschiedensten Körperstellen betatscht.

Die kaum zwanzigjährige, in ein buntes Dirndl gekleidete Frau, die sich unversehens vor ihm aufbaute und ihm unter dem johlenden Gelächter ihrer Freundinnen und Freunde einen feuchten, nach hochprozentigen Getränken schmeckenden Kuss mitten auf die Lippen drückte, schien sich nur mit größter Anstrengung auf den Beinen halten zu können. »Hättsch no Luscht uf mehr?«, quietschte die von mehreren Tattoos am Hals und den Armen Gezeichnete, kaum dass sie von ihm abgelassen hatte. »Kriegsch aber net, ätsch!«

Das schrille Gelächter der umstehenden Meute dröhnte ihm in den Ohren. Braig ließ sich nicht von seiner angespannten Stimmung leiten, machte gute Miene zum ausgelassenen Spiel. Ohne lange zu überlegen nahm er ihren Kopf in seine Hände, revanchierte sich mit einem laut schmatzenden Kuss auf ihre linke Wange. Die Begeisterung ihrer Begleiter steigerte sich ins Unermessliche.

Mario Aupperle wartete mit griesgrämiger Miene und unablässigem Husten unweit des Westausgangs des Cannstatter Bahnhofs auf sein Erscheinen. »Das halbe Land vergnügt sich, aber mir Dackel schiebet Nachtdienst.«

Braig ließ sich neben dem jungen Kollegen in den Sitz fallen. »So viel zum Thema, Schwaben könnten nicht feiern, sie hätten nur Arbeit und Geldverdienen im Kopf«, brummte er.

Er informierte Aupperle in kurzen Worten über die bisher ermittelten Begleitumstände des Leichenfundes, nannte ihm Kreitschmers Adresse. »Ich möchte persönlich mit seiner Frau sprechen. Auch wenn es schon sehr spät ist und mir derlei Botengänge weiß Gott keinen Spaß machen. Zum Glück bist du dabei.« Er sah Aupperles verständnisvolles Nicken, wusste, dass es dem Kollegen ähnlich erging. Es gab Momente, in denen er seinen Beruf in ganz besonderem Ausmaß hasste, Augenblicke, in denen er es tief bereute, diese Laufbahn eingeschlagen zu haben. Schon wieder war er gezwungen, die grauenvolle Nachricht zu überbringen, einem Menschen seinen Schlaf und sein Glück zu rauben, ihn möglicherweise in wochenlang währendes psychisches Elend zu versetzen. Es sei denn, Frau Kreitschmer wusste längst, was geschehen war. Weil sie selbst ihren Mann …

Ausschließen konnte er diesen Sachverhalt nicht. Ein großer Teil der Gewaltdelikte, mit denen er es ständig zu tun hatte, beruhte auf Auseinandersetzungen einander nahestehender Menschen, wusste er aus Erfahrung. Nicht der große

Unbekannte wurde deshalb als Erster ins Visier genommen, sondern die Personen, mit denen das Opfer einen vertrauensvollen Umgang gepflegt hatte: Ehepartner, Kinder, Eltern, Verwandte, nahe und ferne Freunde.

Auch wenn er die Situation als äußerst belastend empfand, legte Braig daher Wert darauf, den nächsten Angehörigen eines Verstorbenen die Todesnachricht persönlich zu überbringen. Er wollte Kreitschmers Frau Auge in Auge gegenüberstehen, wenn sie das schreckliche Ende ihres Mannes erfuhr, selbst beobachten, wie sie auf seine Worte reagierte. Schon weil er nicht ausschließen konnte, es in diesem Moment mit der Mörderin des Mannes zu tun zu haben. Vielleicht eröffnete ihm dieser für alle Beteiligten unangenehme Augenblick eine erste Einschätzung der Integrität der Frau.

»Blumenzüchter war der Mann?«, riss Aupperle ihn aus seinen Gedanken.

»Auf Rosen spezialisiert.«

»Klingt nicht gerade besonders rabiat.«

»Wirklich nicht, nein. Aber was heißt das schon! Außerdem gibt es diese Bemerkung: *MENSCHENSCHINDER*.«

»Ja, jetzt hört sich die Sache schon anders an. Dem müssen wir nachgehen, unbedingt.« Aupperles Worte verebbten in einem neuen Hustenanfall. Er hatte Mühe, sich auf den Verkehr zu konzentrieren, bremste den Wagen ab.

»Wann gehst du endlich zum Arzt?«, maulte Braig.

»War ich doch längst«, gab der Kollege kräftig hustend von sich.

»Und?«

»Die füllen mich mit Medikamenten ab. Du siehst ja, was es bringt.«

»Hast du schon mal …« Braig wurde mitten im Satz vom Läuten seines Handy unterbrochen. Er zog das Gerät hervor, erkannte Doldes Symbol. »Was Neues?«, eröffnete er das Gespräch.

»Wir haben das Smartphone des Toten.« Der Spurensicherer hatte Mühe, gegen den Lärmteppich des Hintergrunds anzuschreien.

»So schnell? Wo wurde es geortet?«

»Überhaupt nicht. Ich entdeckte es in einem Abfallbehälter. Keine zwanzig Meter vom Tatort entfernt.«

»Du?«, fragte Braig überrascht.

Dolde blieb sachlich. »Wir waren fertig und wollten gehen. Da kam mir die Idee. Der Täter, wer immer es war, nahm das Gerät an sich, um die Identität des Opfers zu verschleiern. Zumindest eine Zeit lang, um uns hinzuhalten. Nehme ich jedenfalls an. Weil auf dem Volksfest aber immer mal wieder Betrunkene für Unruhe sorgen und dann in dem Getümmel auch Unbeteiligte ins Visier unserer Kollegen geraten, wollte er das Handy möglichst schnell entsorgen. Wo ließ sich das besser bewerkstelligen als in dem von klebrigen Flüssigkeiten, zermatschten Pommes-Resten und scharfkantigen Glassplittern übersäten Kübel ein paar Schritte vom Tatort entfernt?«

»Respekt! Du hast den ganzen Müll durchsucht?«

»Rössle war mit dabei. Ich weiß nicht, wie viele Flüche und Verwünschungen ich mir anhören durfte. Dabei mussten wir nicht mal tief graben. Besonders angenehm war es trotzdem nicht. Und die Kommentare der Idioten um uns rum kannst du dir vielleicht denken. ›Hartz Vierer auf Nachtschicht‹ und so weiter.«

»Habt ihr schon mit der Auswertung begonnen? Mit wem hat er zuletzt telefoniert?« Braigs Begeisterung über die unverhoffte Entdeckung des Kollegen war nicht zu überhören.

»Nur mal langsam!«, maulte Dolde. »Erst müssen wir den Müll vollends in den Kübel zurückschaffen. Kannst du dir vorstellen, welche wunderbaren Düfte mir gerade in die Nase ...« Seine Stimme ging im Lärm der Umgebung unter.

Braig wartete einen Moment, bis er wieder besser zu verstehen war, bedankte sich für die Information.

»Das ist noch nicht alles«, fiel Dolde ihm ins Wort. »Wenn wir Glück haben ...«

»Ja?«

»Der Abfallbehälter«, erklärte der Spurensicherer. »Möglicherweise liegt er im Überwachungsbereich einer Kamera.«

Braig begriff sofort, was das bedeutete. »Eine Kamera?«, rief er so laut, dass Aupperle überrascht seinen Kopf zur Seite wandte und zu ihm hersah.

»Noch haben wir die Aufzeichnungen nicht gesehen«, versuchte Dolde, ihn zu bremsen. »Aber ein Kollege ist unterwegs, sich darum zu kümmern. Wenn wir Glück haben ...«

»Du meinst, die Person, die das Handy in den Müllbehälter warf, könnte zu sehen sein?«

»Möglicherweise, ja. Aber bitte, wir brauchen noch etwas Zeit. Noch ist die Kamera nicht überprüft. Ich gebe dir Bescheid, sobald wir Genaueres wissen.«

Braig pfiff durch die Zähne, steckte das Handy zurück.

»Es gibt Aufnahmen einer Überwachungskamera, habe ich das richtig verstanden?«, vergewisserte sich Aupperle, den Blick nach vorne auf die Fahrbahn gerichtet. Er war in Hedelfingen nach rechts abgebogen, folgte jetzt der Heumadener Straße den Berg hoch.

»Mit viel Glück. Sie lassen sie gerade überprüfen.«

»Dann sollten wir Dolde alle Daumen drücken. Vielleicht erspart uns das eine lange Nacht.«

»Schön wäre es, ja. Aber du bist lange genug dabei ...« Braig sparte sich den Rest des Satzes, wollte sich nicht zu früh auf die frohe Botschaft einlassen. Sollte die Auswertung der Kamera nichts ergeben, würde die Enttäuschung umso größer ausfallen.

Er fühlte sich dennoch ein Stück weit erleichtert, als nach der zweiten Serpentine die Lichter Lederbergs vor ihnen auftauchten. Doldes überraschende Informationen hatten der unmittelbar vor ihm liegenden Begegnung mit der Ehefrau des Ermordeten zwar nichts von ihrer unangenehmen Schärfe genommen, die Tatsache jedoch, dass sie hinsichtlich des Täters oder der Täterin möglicherweise nicht völlig im Dunkeln tappten, machte die Situation einen Hauch erträglicher. Er sah, wie Aupperle von der Hedelfinger Filderauffahrt abbog und die gesuchte Adresse ins Visier nahm.

»Hier scheint es zu sein«, keuchte der Kollege nach kurzem Suchen mitten in einem neuen Hustenanfall, die Augen nach draußen ins Dunkel gerichtet. »Wir sollten es versuchen.«

Braig zog den Reißverschluss seiner Jacke hoch, trat ins Freie. Sie befanden sich in einer schmalen Straße, die nur von wenigen Laternen beleuchtet wurde, sahen sich links und rechts von villenähnlichen Anwesen umgeben. Die dunklen Silhouetten unzähliger Büsche und Bäume schirmten die Häuser vor neugierigen Blicken ab, ein würziges Aroma von Laub und Humus lag in der Luft. So abgelegen die Straße auf den ersten Blick auch schien, der unüberhörbare Lärmpegel aus der Tiefe des Tals belehrte sie rasch eines Besseren. Unablässig dröhnende Motoren, quietschende Bremsen, schrilles Hupen – der Lärm kam aus allen Richtungen, verebbte nicht eine einzige Sekunde. Dazu, je nach an- beziehungsweise abflauendem Wind, das Lachen und Schreien einer riesigen Menschenmenge, untermalt von einem Potpourri verschiedenster Musikkapellen.

»Der Tatort liegt nicht weit entfernt«, meinte Aupperle.

Sie steuerten auf den talseitig sichtbaren Eingang des nächsten Anwesens zu, erkannten die Umrisse eines Mannes wenige Schritte hinter dem Gartentor. Die alle paar Sekunden aufglimmende Spitze einer Zigarette machte deutlich, was der Unbekannte zu so später Stunde draußen zu suchen hatte.

Braig und Aupperle näherten sich dem auf einer niedrigen Steinmauer errichteten Zaun aus massiven Metallstreben, sahen sich plötzlich vom grellen Licht eines Bewegungsmelders geblendet. Braig riss seine linke Hand hoch, hielt sie sich vors Gesicht. Im gleichen Moment hörte er die kräftige Stimme.

»Was wellet ihr noch so spät?«

Er trat drei Schritte zur Seite, um dem intensiven Strahler auszuweichen, hatte dennoch Mühe, den Mann zu erkennen. Ein kleiner, kräftiger Endfünfziger, mit einer dunklen Jacke bekleidet.

»Wir möchten zu Frau Kreitschmer. Sind wir hier richtig?«

»Zur Kreitschmere? Des han i mir glei denkt, wie i euch gsehe han. Freitags isch der Alte bei seine Blumesimpel, no empfängt die ihre spezielle *Freund*.« Er formulierte das Wort in anzüglichem Ton. »Aber glei zwoi ond so spät?«

Braig hielt überrascht inne, sah den Mann nähertreten.

»Wollen Sie damit andeuten, dass sie außer uns noch andere *spezielle Freunde* hat?«, hörte er Aupperle fragen.

»Was woiß denn i? Glaubet ihr, die stellt mir die älle vor?«

»Na ja, Sie scheinen Frau Kreitschmer ja gut zu kennen«, frotzelte der Kollege.

»Ach was!« Der Mann hatte unmittelbar jenseits des Gartentors Stellung bezogen, musterte sie durch die Zwischenräume der Metallstreben. »Dass die Kreitschmere viele Männerbekanntschafte hat, woiß bei uns jeder im Ort.« Er steckte sich die Zigarette in den Mund, ließ sie kräftig aufglühen.

»Was ist mit ihrem Ehemann?«, mischte Braig sich ein. »Weiß der ebenfalls Bescheid?«

Ihrem Gesprächspartner schien es die Sprache verschlagen zu haben. Er blies eine kräftige Rauchwolke von sich, starrte mit zusammengekniffenen Augen durch den Spalt. »Wer seid ihr überhaupt?«, fragte er dann. »Was wellet ihr von mir?«

»Wir suchen Frau Kreitschmer«, wiederholte Braig sein Anliegen.

»Hano, dann ganget doch na!« Mit weit ausgestrecktem Arm zeigte der Mann zum Nachbargrundstück, das jetzt im Schein der Lampe in Umrissen zu erkennen war.

Sie verabschiedeten sich von ihm, folgten der annähernd zweieinhalb Meter hohen Mauer, die sich hier anstelle des Metallzauns erstreckte, bis zum Eingangstor.

»Freitags empfängt die ihre ›speziellen Freunde‹. Dass die viele Männerbekanntschafte hat, weiß jeder im Ort«, hörte er Aupperles gedämpfte Stimme. »Was hältst du davon?«

»Was ist Tratsch, was Wahrheit?«, überlegte Braig.

»Wir müssen die Frau auf jeden Fall genauer anschauen. Und ihr Alibi überprüfen. Gleichgültig, wie betroffen sie auf die Nachricht reagiert.«

»Und uns ihre ›speziellen Freunde‹ zur Brust nehmen«, stimmte Braig dem Kollegen zu. »Falls der Nachbar wirklich …«

Der Mann, der wenige Meter vor ihnen auf die Straße trat, ließ ihn mitten im Satz verstummen. Ein großer, kräftiger Typ, mit einer dunklen Jacke bekleidet. Er schaute sich nach allen Seiten um, stutzte einen Moment, als er sie bemerkte, beeilte sich dann, in einem in der Nähe geparkten Kleinwagen Platz zu nehmen und in die entgegengesetzte Richtung zu starten.

»Die Frage ist geklärt«, spottete Aupperle. »Der aufmerksame Nachbar ist kein Märchenonkel. Und was das Autokennzeichen des ›speziellen Freundes‹ betrifft, das habe ich notiert.«

Sie warteten, bis das Fahrzeug verschwunden war, wandten sich dann dem Mauerwerk neben ihnen zu, an dem in großen Lettern der Namenszug zu lesen war. *Michael und Monika Kreitschmer.*

Das Haus wenige Meter hinter dem von einem massiven, mannshohen Metalltor geschützten Eingang lag vollkommen im Dunkeln. Nur im Hintergrund waren Myriaden winziger Lichter zu erkennen. Ein Teil von ihnen verharrte auf der Stelle, andere dagegen bewegten sich in die verschiedensten Richtungen. Häuser, Fabriken und Straßenbeleuchtung sowie Autos in und um die Stuttgarter und Esslinger Vororte Obertürkheim und Mettingen unten im Tal, ahnte Braig. Er musterte die gesamte Umgebung, suchte nach der für den unablässigen Lärmteppich verantwortlichen Bundesstraße. Nur ein kurzes Stück der viel befahrenen Piste war zu sehen.

Sie betätigten die Glocke neben dem Namensschild, hörten den Signalton irgendwo in einem der Räume des Hauses erschallen. Die Reaktion ließ fast eine halbe Minute auf sich warten, dann aber flammten mehrere grelle Strahler gleichzeitig auf und tauchten den Eingangsbereich in ein derart helles Licht, dass sie für ein paar Sekunden jede optische Wahrnehmung verloren. Braig riss seine Arme hoch, hielt sich die Hände schützend vor die Augen.

»Torben?«, krächzte eine weibliche Stimme aus dem Lautsprecher. »Hast du was vergessen?«

Braig wandte den Kopf in die Richtung des Tores, korrigierte mit kräftiger Stimme den Irrtum, stellte sich und Aupperle vor.

»Polizei?« Die Worte schallten jetzt weit kräftiger als vorher in ihre Ohren. »Können Sie sich ausweisen?«

Er hob seinen Ausweis in die Höhe, wo er die Kamera vermutete, bemerkte kurz darauf, dass die Haustür geöffnet wurde.

»Torben heißt er also, der aktuelle Lover«, hörte er Aupperle spotten.

Mehr als die Umrisse einer Frau konnte er nicht erkennen; er benötigte mehrere Sekunden, bis sich seine Augen an das helle Licht gewöhnt hatten. »Frau Kreitschmer?«, erkundigte er sich.

Die Frau kam näher, nahm mehrere Schritte vom Gartentor entfernt Aufstellung. Die Hände vor der Brust verschränkt, musterte sie die Besucher mit kritischem Blick. »Die bin ich, ja. Darf ich wissen, weshalb Sie so spät noch stören?« Der vorwurfsvolle Unterton ihrer Stimme war nicht zu überhören.

»Tut mir leid. Aber das ist nicht unsere Schuld«, antwortete Braig, leicht genervt. »Glauben Sie mir, ich wüsste eine ganze Menge reizvollere Dinge, mit denen ich mich jetzt lieber beschäftigen würde, als Ihnen die Nachtruhe zu rauben.«

»Ich nehme an, Sie möchten meinen Mann sprechen, richtig?«

»Nein«, sagte Braig. »Wir möchten zu Ihnen.«

»Zu mir? Weshalb?« Sie bewegte sich nicht von der Stelle, war immer noch nur in Umrissen zu erkennen.

Braig war nicht bereit, ihr die Nachricht in dieser unpersönlichen Form zu überbringen. Nicht allein deswegen, weil er sie genau im Blick haben wollte, wenn er ihr die entscheidende Information mitteilte. »Also hier auf der Straße …«, er zögerte, wies mit seiner Rechten zum Haus.

Monika Kreitschmer schien zu verstehen. »Sie wollen mir hier draußen nicht sagen, um was es geht?«

»Ich möchte Sie bitten, uns wenigstens in den Eingangsbereich Ihres Hauses zu begleiten. Hier, überprüfen Sie noch einmal unsere Ausweise.« Er nahm beide Kennkarten, reichte sie der Frau. »Sie können gerne im Landeskriminalamt anrufen und sich nach uns erkundigen, bevor Sie das Tor öffnen.« Er sah, wie sie zuerst die Ausweise, dann abwechselnd ihn und Aupperle musterte.

»Also gut«, erklärte sie. »Ich denke, die sind echt.« Sie reichte ihm die Dokumente zurück, lief ins Haus und betätigte den Türöffner. Ein leises Summen, dann schwang das schwere Tor zur Seite.

Sie passierten den Vorgarten, reichten Monika Kreitschmer die Hand.

»Was ist passiert? Warum wollen Sie mich sprechen?«

Braig schwieg, folgte ihr ins Haus. Im Licht der großen, mit hellen Fliesen ausgelegten Diele kam er endlich dazu, die Frau näher in Augenschein zu nehmen. Sie war von mittlerer Größe, hatte eine feine, schlanke Statur. Ihre Haare trug sie kurz, in vorteilhaftem Dunkelblond gefärbt, das Gesicht dezent geschminkt. Er schätzte sie auf Mitte vierzig, um einiges jünger als ihren Mann. Trotz der späten Stunde schien sie nicht müde, wenn doch, konnte sie es gut verbergen.

Monika Kreitschmer führte sie in ein weiträumiges Wohnzimmer, das mit modernstem Designer-Mobiliar ausgestattet war, bat sie, Platz zu nehmen. Silbern glänzende Schwingerstühle um einen schmalen Tisch, an der Wand eine hohe, tiefschwarz ausgeführte Vitrine, ihr gegenüber ein dunkelgrünes Zweisitzersofa. Obwohl er sich nicht übermäßig für Einrichtungsstile interessierte, merkte er doch, dass es sich ausnahmslos um teure, in betuchten Kreisen angesagte Stücke handelte. Designermöbel vom Feinsten, von den Stühlen bis zum Sofa. Allein die Vitrine und der Zweisitzer kosteten wahrscheinlich mehr, als vom Jahresgehalt eines Hauptkommissars zu bezahlen wären. Wenn er dann noch die Lage und die Ausführung des Hauses bedachte, wurde schnell klar, in welcher Besitz- und Einkommensklasse sich die Familie bewegte. Der Rosenzucht- oder Gärtnereibetrieb der

Kreitschmers musste hohe Erträge abwerfen, anders war es nicht zu erklären. Oder hatte einer der Partner, etwa Michael Kreitschmer, ein großes Vermögen geerbt? Er musste der Frage nachgehen, konnte er im Moment doch ein Verbrechen aus Habgier keineswegs ausschließen. Oft genug fielen Menschen Familienangehörigen zum Opfer, weil diese so an deren Geld oder Besitz gelangen wollten.

Er nahm Platz, der Gastgeberin genau gegenüber, sah Aupperles Blick auf die Violine gerichtet, die an der Wand des Raumes lehnte.

»Sie spielen selbst?«, fragte der Kollege. Seine Miene spiegelte Überraschung und Bewunderung zugleich.

Monika Kreitschmer zeigte erstmals Anzeichen von Verlegenheit. »Oh, das wäre zu viel gesagt. Ich versuche es, ja. Mein Sohn war heute Abend hier, er treibt mich dazu an. Aber nur, wenn mein Mann nicht zu Hause ist.«

»Ihr Sohn war hier?«, erkundigte sich Braig.

Ihre Gesprächspartnerin nickte. »Sie hätten ihn beinahe getroffen. Er war gerade gegangen, als ich Ihr Läuten hörte.«

»Wir haben einen Mann aus Ihrem Grundstück kommen sehen. Es war aber zu dunkel, sein Gesicht zu erkennen.«

»Das war Torben, ja. Er ist Musiker und drängt darauf, dass ich meine alte Kunstfertigkeit nicht länger vernachlässige.«

Braig hörte Aupperle kräftig husten, warf ihm einen kurzen Blick zu. Er schien Mühe zu haben, die neue Information zu verdauen. »Ihr Sohn war den ganzen Abend hier?«

Monika Kreitschmer musterte ihn irritiert. »Wieso wollen Sie das wissen?«

»Beantworten Sie doch bitte meine Frage«, beharrte Braig.

»Mein Mann ist mit seinen Rosenfreunden unterwegs«, erklärte die Frau. »Und Torben hat heute Abend keine Verpflichtung. Wieso interessiert Sie das?«

Vater und Sohn schienen sich aus dem Weg zu gehen, überlegte Braig. Einer größeren Auseinandersetzung wegen? Ein weiterer Punkt, den er klären musste. Er bemerkte den kritischen Blick Monika Kreitschmers, wusste, dass er sie nicht länger im Ungewissen über den Grund ihres Besuches lassen durfte. Er musste die offenen Fragen auf später verschieben. »Ihr Mann, Frau Kreitschmer«, kam er daher auf sein zentrales Anliegen zu sprechen, »wir müssen Ihnen …«

»Er ist noch nicht zurück«, fiel sie ihm ins Wort. »Und ich kann Ihnen auch nicht sagen, wo er sich aufhält. Irgendwas mit seinen Gärtnern, nehme ich an.«

Braig glaubte, einen kritischen Unterton in ihrer Stimme zu hören. »Sie waren gemeinsam auf dem Volksfest«, sagte er. »Seine Gärtnerkollegen und er.«

»Auf dem Volksfest?« Ihre Gesprächspartnerin schüttelte den Kopf. »Na ja, da mussten seine Freunde aber sicher schwere Überzeugungsarbeit leisten.«

»Er ist nicht der Typ für derlei Vergnügungen?«

»Nein, wirklich nicht.« Monika Kreitschmer lachte kurz auf. »Aber, was wollen Sie …«

»Wir haben Ihren Mann auf dem Volksfest gefunden. Tot.«

»Wie bitte?« Sie sprang wie von einem Katapult in die Höhe geschleudert aus ihrem Stuhl, blieb mit weit aufgerissenem Mund hinter dem Tisch stehen und starrte ihn an.

Er sah, wie es in ihr arbeitete, erhob sich ebenfalls. »Sie wussten nicht, dass er heute Abend das Volksfest besucht?«

Sie schien mehrere Sekunden zu benötigen, seine Frage zu verstehen, bewegte dann ihren Kopf verneinend langsam hin und her. »Was heißt, Sie haben ihn gefunden?«, brachte sie dann hervor.

»Am Rand des Geländes. Im Schatten verschiedener Buden. Er wurde ermordet.«

Monika Kreitschmer fiel wie in Trance zusammen, plumpste auf ihren Stuhl zurück. Ihre Augen starrten ins Leere. Sie schwieg, versuchte, das Ungeheuerliche zu verarbeiten.

Monika Kreitschmer, die in den Tod ihres Mannes verstrickte Ehefrau? Wenn ja, dann verfügte sie jedenfalls über außergewöhnliches schauspielerisches Talent, überlegte Braig. Er betrachtete ihr vor Entsetzen versteinertes Gesicht, sah, wie eine Träne über ihre rechte Wange rann. Ihre Mundwinkel arbeiteten, ihre Augen irrten ruhelos durch den Raum. Pure Verständnislosigkeit prägte ihre Miene. Plötzlich richtete sie sich ruckartig wieder auf.

»Ermordet?«, fragte sie. Ihre Lippen bewegten sich kaum, sie hatte Mühe, Worte zu finden. »Heute Abend?«

Braig ließ ihr Zeit, wartete, bis sie langsam wieder zu sich fand, nickte mit dem Kopf.

Sie rutschte auf dem Stuhl vor und zurück, legte ihre Stirn in Falten. »Von einem seiner Rosenfreunde?«

»Wir wissen es nicht«, erklärte er wahrheitsgemäß. »Sie kennen diese Leute?«

Sie musterte ihn mit fragendem Blick, schien unfähig, ihm zu antworten. »Weniger«, sagte sie dann. »Seine Blumen, das ist nicht meine Welt.«

»Nicht Ihre Welt?«, fragte er überrascht. Er wusste nicht, was er von ihren Worten halten sollte, sah, wie sie den Kopf hängen ließ und auf den Boden starrte. Sich noch länger mit ihr zu unterhalten, brachte wohl nicht mehr viel; ihr jetzt weitere Fragen zu stellen, verstieß nicht nur gegen jedes Ethos, es führte wahrscheinlich auch zu unklaren, vielleicht sogar absurden Antworten. »Ich nehme an, Sie sind im Moment allein«, sagte er deshalb. »Können wir jemand rufen, der Ihnen Gesellschaft leistet? Ihren Sohn Torben vielleicht?«

Monika Kreitschmer fuhr sich mit einem Taschentuch übers Gesicht, tupfte sich dann sorgfältig die Partien um die Augen ab. »Torben?«, wiederholte sie Braigs Vorschlag.

»Er war doch gerade hier. Hat er Familie?«

»Torben? Nein.«

»Also, dann rufen wir ihn an. Er soll heute Nacht bei Ihnen bleiben. Das wäre doch in Ihrem Interesse, oder?« Er sah das zustimmende Nicken seiner Gesprächspartnerin, fragte nach ihrem Handy. Es dauerte eine Weile, bis sie verstanden hatte. Ohne ein Wort zu verlieren, lief sie aus dem Raum, kehrte kurz darauf mit einem Mobiltelefon in der Hand zurück.

»Hier.« Sie reichte ihm das Gerät, setzte sich wieder auf den Stuhl. »Torben. Er wohnt in Esslingen.«

Braig ließ sich mit dem jungen Mann verbinden, hatte ihn schon nach dem ersten Signalton am Ohr.

»Mama, was gibt es?«

»Herr Kreitschmer, Ihrer Mutter geht es im Moment nicht gut. Mein Name ist Braig. Ich bin Polizeibeamter.«

»Wie bitte?« Die Aufregung in der Stimme des Mannes war nicht zu überhören.

Braig hatte Mühe, ihn zu beruhigen und ihm seine Identität begreiflich zu machen. Dann bat er ihn, so schnell wie möglich zu seiner Mutter zu kommen.

»Aber weshalb denn? Was ist passiert?«, verlangte er zu wissen.

»Das werde ich Ihnen persönlich erklären«, beharrte der Kommissar. »Wir warten auf Sie.«

Es dauerte keine fünfzehn Minuten, bis die Haustür aufgerissen wurde. Den Bruchteil einer Sekunde später stürmte der junge Mann in den Raum. »Was ist passiert?«, rief er, um Luft ringend. Mit zusammengekniffenen Augen blickte er sich im Zimmer um, musterte Aupperle, dann Braig, sprang schließlich zu seiner Mutter und schlang den Arm um sie.

Er musste wie ein Verrückter nach Lederberg zurückgerast sein, getrieben von der Sorge um seine Mutter, ging es Braig durch den Kopf. Hoffentlich hatte er dabei niemand angefahren. Er musterte den jungen Mann, einen kräftigen, großen Typ, schätzte ihn auf Mitte zwanzig. Torben Kreitschmer war mit einem etwas schmuddelig wirkenden, hellgrauen Sweatshirt bekleidet, hatte lange, ungepflegt anmutende Haare. Sein – mindestens – Fünf-Tage-Bart trug ebenso wenig wie seine von Müdigkeit geprägte Miene zu einer besonders attraktiven Erscheinung bei. So wie sich der junge Mann hier präsentierte, wirkte er nicht gerade wie der Schwarm aller Schwiegermütter, im Gegenteil. Kein Wunder, wenn – wie Braig aufgrund der Aussagen Monika Kreitschmers vermutete – keine besondere Harmonie zwischen Vater und Sohn geherrscht hatte.

»Herr Kreitschmer«, Braig erhob sich von seinem Stuhl, streckte dem jungen Mann seine Hand entgegen, stellte sich und seinen Kollegen vor. »Wir haben miteinander telefoniert«, fügte er hinzu.

Torben Kreitschmer achtete nicht auf die ausgestreckte Rechte des Kommissars, tätschelte stattdessen die Schulter seiner Mutter. »Was ist passiert?«, wiederholte er seine Frage.

»Wir müssen Ihnen leider mitteilen …« Braig wurde mitten im Satz von Monika Kreitschmer unterbrochen.

»Dein Vater«, nuschelte sie, gerade noch verständlich. »Er ist tot. Auf dem Volksfest.«

»Was ist los? Der Alte auf dem Wasen?« Der junge Mann löste sich von seiner Mutter, starrte ungläubig erst zu ihr, dann zu den beiden Männern jenseits des Tisches. »Was soll das?«, stieß er dann unter sarkastischem Lachen und mit heftigem Kopfschütteln hervor. »Der Alte auf dem Wasen? Niemals!«

»Er ist tot«, wiederholte seine Mutter. Ihre Stimme war kaum zu verstehen.

»Tot? Auf dem Wasen?« Torben Kreitschmer schien jetzt erst zu verstehen, was die gewichtigere der beiden Aussagen war. »Wie crazy ist das denn?« Er ließ endgültig von seiner Mutter ab, zerrte einen Schwingerstuhl zu sich her, lümmelte sich breitbeinig auf den Sitz. Ohne ein weiteres Wort wartete er auf eine Erklärung.

»Wir haben ihn hinter ein paar Buden gefunden«, sagte Braig. »Er war mit Blumenfreunden dort.«

»Mein Alter auf dem Wasen.« Die Anwesenheit seines Vaters auf dem Volksfest schien den jungen Mann mehr zu beeindrucken als dessen Tod. Er erkundigte sich nicht einmal danach, wie er gestorben war.

»Ihr Vater auf dem Volksfest. Das können Sie sich nicht vorstellen, richtig?«

»Nein«, bekräftigte der Mann. »Mein Alter und der Wasen – das sind zwei Welten, die nicht zueinander passen. Niemals.«

»Sie selbst waren aber schon dort.« Braig musterte die Miene seines Gesprächspartners, konnte keinerlei Veränderung in dessen Mimik erkennen.

»Ja, warum auch nicht? Zusammen mit Kumpeln. Was trinken, essen, labern, mit ein paar Scootern fahren, einfach Spaß haben. Aber mein Alter …«

»Waren Sie heute Abend auch dort?«

»Heute Abend? Nein. Hat meine Mutter es Ihnen nicht erzählt? Freitags ist der Alte mit seinen Blumenspinnern unterwegs, da besuche ich meine Mutter, falls wir keinen Auftritt haben. Klappt leider nicht oft, freitags sind wir oft gebucht.«

»Sie sind Musiker?«

»Gitarrist«, bestätigte Torben Kreitschmer, »bei den *Pink Panthers*. Wir spielen Rock, Pop, auch mal Folk, je nachdem. Inzwischen läuft es ganz gut. Drei, vier Auftritte pro Woche.«

»Heute Abend«, insistierte Braig. »Um wie viel Uhr sind Sie zu Ihrer Mutter gekommen?«

Der junge Mann musste nicht lange überlegen. »Gegen sechs, halb sieben, was weiß ich. Es war auf jeden Fall noch taghell.«

Wenn er die Wahrheit sagte, kam er als Täter nicht infrage, war Braig sich bewusst. Er sah das zustimmende Nicken der Mutter.

»Vor halb sieben. Ich habe das Essen auf sechs gerichtet. Er ist bald gekommen.«

Es sei denn, sie gaben sich gegenseitig ein Alibi. Angesichts des seltsamen Verhältnisses zu dem Ermordeten, das der Sohn unverhohlen zum Ausdruck brachte, kam der Aussage der Frau keine besondere Bedeutung zu. Der Tod seines Vaters schien Torben Kreitschmer in keiner Weise zu beeindrucken. Weil er längst davon wusste? Oder gar selbst der Täter war?

»Sie hatten keine besonders gute Beziehung zu Ihrem Vater. Sehe ich das richtig?«

Der junge Mann wich seinem Blick nicht eine Sekunde aus. Er fuhr sich über seine langen Haare, schlenkerte sie zur Seite. »Nein, ich habe keine gute Beziehung zu meinem Alten. Zwischen uns existiert überhaupt keine Beziehung. Wenn Sie mit ihm zu tun hätten, würden Sie das garantiert verstehen. Der ist so was von crazy!« Er schüttelte den Kopf. »Ich kann Ihnen eine ganze Armee von Leuten aufzählen, die gerne auf eine Beziehung zu ihm verzichten. Meine Schwester hat sich extra in die USA davongemacht, um dem Typ nicht mehr über den Weg zu laufen. Mein Alter ist der geborene Menschenschinder.«

4. Kapitel

Ann-Sofies aufgeregtes Geplapper riss Braig am Samstagmorgen aus dem Schlaf.

»Mama, Papa, Tinnitus hat gespuckt.«

Immer noch müde drehte er sich zur Seite, blinzelte zur Tür, wo er seine Tochter vermutete.

»Wo hat er gespuckt?«, hörte er die flüsternde Stimme seiner Partnerin. »Wir schauen mal gemeinsam nach ihm. Lass den Papa schlafen, der ist erst mitten in der Nacht nach Hause gekommen.«

»Papa kommt immer viel zu spät!«

Er hatte Schwierigkeiten, etwas zu erkennen, bekam gerade noch mit, wie die Schlafzimmertür geschlossen wurde, bevor ihn der Schlaf noch einmal übermannte. Erst kurz nach acht kam er wieder zu sich.

Er fand Ann-Katrin am Laptop, sah, dass sie mit Formularen der Tierarztpraxis beschäftigt war, in der sie Dr. Genkinger assistierte, schlang seine Arme um sie. »Schon wieder fleißig?«

»Die Abrechnungen der letzten Tage. Ich bin gestern nicht mehr dazu gekommen.«

»Und wo ist die Kleine?«

»Wilhelma, ihr Lieblingsausflug. Er hat sie mitgenommen. Sie freute sich doch schon die ganze Woche darauf.«

»Um welche Tiere kümmert er sich heute?«

»Keine Ahnung. Ich habe vergessen, ihn zu fragen. Aber keine Angst, wie ich deine Tochter kenne, wird sie dir in den nächsten Tagen ausführlich davon berichten.«

»Oh ja, davon bin ich überzeugt.«

Seit Ann-Sofies siebtem Geburtstag durfte sie den Tierarzt in den berühmten Stuttgarter Tierpark begleiten, dem er alle paar Wochen mehrere Stunden seiner Arbeit widmete. »Natürlich nur, wenn es sich um harmlose Untersuchungen handelt«, hatte Dr. Genkinger versprochen – Ann-Sofies Begeisterung nach das schönste Geschenk, das ihr jemals gemacht geworden war.

»Und wieso hat Tinnitus heute Morgen gespuckt?«, fragte Braig, das Wohlergehen einer ihrer drei Katzen im Sinn.

»Oh, du bist doch wach geworden? Tut mir leid.«

Er winkte ab.

»Es war harmlos«, erklärte sie. »Der Kleine muss an unseren Zimmerpflanzen geknabbert haben. Er würgte jedenfalls mehrere grüne Blattreste auf den Teppich.«

»Na dann. Du hast schon gefrühstückt?«

Seine Partnerin schüttelte den Kopf. »Ich habe auf dich gewartet. Bis du geduscht hast, bin ich hier fertig.«

Zwanzig Minuten später saßen sie gemeinsam am Küchentisch, den würzigen Duft der frisch aufgebackenen Brötchen in der Nase.

»In der Zeitung schreiben sie, dass mehrere Stadtteile unter einer besonders üblen Plage leiden«, erklärte Ann-Katrin. »Und gestern in der Sprechstunde schilderte eine der besten Kundinnen dasselbe Problem.«

»Nämlich?«

»Zum zweiten Mal innerhalb von vierzehn Tagen konnte sie ihren heiß geliebten Offroader nicht benutzen, um in die Stadt zu fahren. Und weißt du, warum?«

Braig sah das Grinsen seiner Partnerin, nickte mit dem Kopf. »Ich ahne es.«

»Die Schläuche wurden durchgebissen. Zum zweiten Mal in vierzehn Tagen! Und der Zeitung nach sind die Marder in vielen Stadtvierteln zu einer üblen Plage geworden.«

»Na, so was aber auch!« Braig trommelte mit seinen Fingern auf die Tischkante. »Ein paar Autos weniger sind unterwegs. Das ist aber schlimm!«

Ann-Katrin warf ihm ein Brötchen mitten auf die Brust. »Deine Ermittlungen heute Nacht müssen ja gut gelaufen sein, wenn du so über deine Schandtaten spotten kannst.«

»Gut gelaufen?« Er winkte mit seiner Rechten ab. »Nachher um elf habe ich den ersten Termin. Es sieht nach sehr viel Arbeit aus.«

»Na ja, wie soll es auch anders sein. Der Tote vom Wasen ist bereits in aller Munde. Kreitschmer oder so ähnlich. Im Radio bringen sie es schon den ganzen Morgen. Ein harmloser Rosenzüchter, der sich mit anderen Blumenfreunden auf einen schönen Abend freute. Sie fordern dazu auf, sein Bild im Internet anzuschauen und sich zu melden, wenn man ihn auf dem Volksfest mit einer anderen Person gesehen hat.«

»Darüber habe ich mit Kotzbrocken gestritten. Der Ermordete war ja mit Freunden dort. Jetzt werden wir vor allem deren Beschreibung erhalten.«

»Söderhofer? Ich dachte, der feiert seine Einweihung mit den Parteifreunden?«

»Das dachte und hoffte ich auch. Bis ich ihn gestern Abend leibhaftig vor mir hatte. In kurzen Lederhosen und mit kräftiger Bierfahne.«

»Der in kurzen Lederhosen? Oh, nein! Ich darf nicht daran denken, sonst kriege ich Albträume!«

»Soll ich dir genauer beschreiben, wie sexy das aussah?«

»Nein danke!« Ann-Katrin sprang auf. »Kein Wort mehr über den! Ich will mein Wochenende noch genießen.« Sie schüttelte sich. »Was ist mit dem Toten? Ein Rosenzüchter und Fremdverschulden? Wie passt das denn zusammen? Ich dachte bisher immer, Blumenfreunde …«

»Alles auf dieser Welt passt zusammen«, fiel Braig ihr ins Wort. Er holte tief Luft, fuhr sich durch die Haare. Seine gute Stimmung war schlagartig verflogen. »Das solltest du doch langsam wissen. Außerdem war die Rosenzucht nur sein Hobby, nicht sein Beruf.« Er dachte an den Besuch bei der Witwe des Ermordeten zurück, erinnerte sich noch genau an den Moment, der ihn hatte aufhorchen lassen.

Sein Alter sei der geborene Menschenschinder, hatte Torben Kreitschmer mit hasserfülltem Gesichtsausdruck erklärt. Dieselbe prägnante Formulierung, wie sie sie in der Tasche des Getöteten gefunden hatten. Braig hatte geglaubt, nicht richtig zu hören. Konnte das Zufall sein?

Sein Kollege hatte ähnlich überrascht reagiert wie er selbst.

»Menschenschinder?« Aupperle war von seinem Stuhl geschnellt. Das Wort laut und deutlich wiederholend, hatte er den jungen Mann mit stierem Blick fixiert. »Wie kommen Sie auf diesen Ausdruck?«

»Wie ich auf diesen Ausdruck komme?« Torben Kreitschmer hatte ihre Reaktion nicht weiter beachtet, stattdessen unbekümmert weiter ausgeholt. »Sie kennen ihn nicht. Sonst würden Sie mir auf der Stelle zustimmen.«

»Das mag sein. Aber wieso benutzen Sie dieses Wort: *Menschenschinder*? Das ist doch uralt und wird heute kaum mehr gebraucht?«

»Uralt? Was weiß denn ich, wie alt das ist? Ich sage Ihnen doch, mein Alter ist ein Menschenschinder. Das trifft die Sache voll.«

Braig hatte lange gezögert, einfach über die Tatsache, dass der junge Mann sich zu dieser Formulierung hatte hinreißen lassen, hinwegzusehen und die Befragung fortzuführen. Dass Torben Kreitschmer das Zerwürfnis mit seinem Vater so offen zum Ausdruck gebracht hatte, sprach ihn nicht davon frei, das Verbrechen begangen zu haben. Vielleicht war die seit Langem schwelende Auseinandersetzung heute Abend eskaliert und er hatte sich im Affekt in einen Gewaltrausch gesteigert …

»Sie können froh sein, dass Sie meinem Alten nicht in die Quere kamen, sonst würden Sie mich besser verstehen«, war sein Gedankengang von dem jungen Mann unterbrochen worden. Braig hatte sich entschlossen, die Frage nach der Rolle Torben Kreitschmers vorerst zurückzustellen und sich stattdessen nach anderen potentiellen Tätern zu erkundigen.

»Es gibt also eine Menge Leute, die Ihrem Vater nicht besonders viel Sympathie entgegenbringen.« Seine leise vorgetragene Schlussfolgerung war nicht lange unbeantwortet geblieben.

»So kann man das sagen, ja.«

»Wie weit reichen diese Antipathien, was glauben Sie? Gehen die so weit, Ihrem Vater Gewalt anzutun?«

Der junge Mann hatte wohl erst nach einer Weile begriffen, was die Frage beinhaltete. »Sie denken, jemand hat es dem Alten heimgezahlt?«

»Können wir das ausschließen?«

»Wie crazy ist das denn?« Torben Kreitschmer pfiff schrill durch die Zähne. »Rache? Sie glauben wirklich, Rache?«

Braig hatte ihm abwehrend beide Handflächen entgegengestreckt. »Wir müssen mit allem rechnen. Dürfte ich Sie bitten, mir eine Liste mit den Personen zu erstellen, die mit Ihrem Vater in eine Auseinandersetzung verwickelt waren? Bis morgen Mittag vielleicht?« Er war nicht mehr dazu gekommen, sein Anliegen genauer zu erläutern, weil Monika Kreitschmer leise schluchzend um Aufschub gebeten hatte.

»Bitte, Herr Kommissar, muss das jetzt heute Abend noch sein? Mein Mann ist tot …«

Braig hatte sich sofort bereit erklärt, die Unterredung zu beenden. Bis Mitternacht waren es nur noch wenige Minuten gewesen, Mutter und Sohn zudem in erster Linie als Angehörige, nicht als Tatverdächtige zu betrachten. Monika Kreitschmer hatte das Recht, sich der Trauer über den unverhofften Verlust ihres Ehemannes ungestört hinzugeben, soweit ihr das überhaupt möglich war.

Er hatte Torben Kreitschmer gegenüber kurz die Bitte um die Liste wiederholt, war auf den Vorschlag des jungen Mannes eingegangen, sich im Büro des Getöteten zu treffen, wo er die nötigen Unterlagen zu finden hoffte. »Morgen früh um zwölf?«

»In Hedelfingen, in der Spedition.«

»In der Spedition?«, hatte Braig überrascht gefragt.

»Die Firma meines Vaters, ja.«

»Ich dachte, er führt eine Rosenzucht oder eine Gärtnerei?«

»Sie sind echt crazy! Das ist doch sein Hobby!«

5. Kapitel

Zehn Minuten nach elf war der Bürgermeister in Braigs Büro erschienen. Mit noch mehr Gel in den Haaren als der Kommissar es von verschiedenen Fotos her kannte. Die Wolke Moschus-getränkten Rasierwassers, die die klein gewachsene Gestalt umgab, würde ihm wochenlang erhalten bleiben, war er sich beim ersten Atemzug sicher. Selbst wenn die Klimaanlage Tag und Nacht auf Hochtouren lief, ließ sich der penetrante Gestank nicht so schnell eliminieren.

»Der Herr Oberstaatsanwalt Söderhofer hat mich eigens gestern am späten Abend noch ersucht, Ihnen persönlich die genaueren Umstände zu schildern, wie ich auf die sterblichen Überreste des bedauernswerten, mir unbekannten Herrn gestoßen bin«, sprudelte Ratz mit weit ausgebreiteten Armen los, kaum dass er Braig kräftig die Hand geschüttelt hatte. »Der Herr Oberstaatsanwalt versicherte mir auch zugleich, dass es Ihnen bewusst ist, dass Sie es allein meiner absolut vorbildlichen Reaktion zu verdanken haben, dass Sie so schnell Fahndungsmaßnahmen zur Ergreifung des Täters einleiten konnten. Herr Söderhofer hat sich ausdrücklich für mein geistesgegenwärtiges Verhalten bedankt. Dass ich mir auch in der außergewöhnlichen Situation des Fundes des bedauernswerten Toten meiner staatsbürgerlichen Verpflichtung bewusst war und die Sache sofort zur Anzeige brachte, sei beileibe nicht selbstverständlich, hat er mir ausdrücklich noch mit auf den Weg gegeben. Herr Oberstaatsanwalt Söderhofer weiß sich mit Ihnen einig, dass Sie ohne mein blitzschnelles Handeln sämtlicher entscheidender Spuren verlustig gegangen wären.«

Braig wusste nicht, was schwerer zu ertragen war: das süffisant zur Schau gestellte Dauergrinsen seines Besuchers oder dessen selbstgefälliges, jeder Begründung entbehrendes Geschwafel. Er hatte weder Zeit noch Nerven, sich das länger anzutun, war sich schon nach wenigen Sekunden darüber im Klaren, dass von dem Politclown substantiell verwertbare Informationen nicht zu erwarten waren. Ratz schwadronierte gerade seine übliche Litanei von seinem Job als »Oberbürgermeister dieser wunderschönen, einzigartigen Stadt«, als Braig ihm mitten ins Wort fiel.

»Sie mussten also dringend auf die Toilette«, erklärte er. »Weil Sie aber keine Lust hatten, wie die übrigen Volksfestbesucher ordnungsgemäß eine der dafür vorgesehenen Örtlichkeiten aufzusuchen, beschlossen Sie, einfach hinter eine der Buden zu pissen. Korrekt?«

Sein Gesprächspartner erging sich in unzähligen Versuchen, Braig zu erklären, weshalb ihm keine andere Möglichkeit geblieben war, sich Erleichterung zu verschaffen, gab dann nach mehreren Nachfragen zu, in den vergangenen Jahren schon mehrfach an dieser Stelle zugange gewesen zu sein.

»Langer Rede kurzer Sinn: Als langjähriger Gewohnheitstäter ist Ihnen dieser Platz also längst vertraut«, fasste er die Ausführungen des wortgewaltigen Bürgermeisters schließlich zusammen.

»Ich stoße mich etwas an der Wahl Ihrer Worte …«

»Aber sinngemäß stimmen Sie mir zu«, kam Braig einem neuen Worthülsenschwall zuvor.

Zum ersten Mal im Verlauf ihrer Unterhaltung gab sich der Politiker mit bloßem Kopfnicken zufrieden.

»Ihnen fiel nicht zufällig jemand auf, der sich an der besagten Stelle zu schaffen machte, von dort wegrannte oder sich im Dunkeln verbarg?«

Ratz war trotz all der Worte, mit denen er darüber hinwegzutäuschen versuchte, nicht imstande, eine substantielle Beobachtung zu präsentieren. Er hatte niemanden gesehen, sobald er den Platz hinter den Buden angesteuert hatte, war allein auf die Erledigung seines Vorhabens konzentriert gewesen. »Sie dürfen nicht vergessen, ich stand unter Druck, wenn Sie verstehen?«

Dafür lag ihm aber eine andere Sache ganz besonders am Herzen. »Herr Oberstaatsanwalt Söderhofer versprach mir in dieser doch recht privaten, ja fast intimen Angelegenheit äußerste Diskretion und sicherte mir zugleich auch Ihre Verschwiegenheit zu, was Verlautbarungen gegenüber den Medien anbetrifft. Ich spreche von den Umständen meiner Entdeckung des dahingeschiedenen Mannes. Als beruflich in der Öffentlichkeit exponierter Person und angesichts der überaus großen Verdienste, die ich mir völlig uneigennützig zugunsten meiner Mitbürger erworben habe, steht mir das zu. Der Herr Oberstaatsanwalt Söderhofer als Ihr Chef …«

»Er ist nicht mein Chef«, fiel Braig dem Mann ins Wort.

»Er ist nicht Ihr Chef?« Der Bürgermeister starrte verwundert zu ihm her. »Aber der Herr Oberstaatsanwalt …«

… ist völlig unfähig und ohne jede berufliche Kompetenz, dafür aber derselbe aufgeblasene Hohlkörper wie du, lag es Braig auf der Zunge. Er ersparte sich aber den ehrlichen

Kommentar, betonte stattdessen: »Meine Chefin ist Frau Kriminaldirektorin Maria Schmeckenbecher. Sie ist die Einzige, die mir etwas zu sagen hat.« Er hob seine Stimme, betonte den letzten Satz. »Im Gegensatz zu sehr vielen anderen ist Frau Schmeckenbecher aber fachlich sehr kompetent.«

»Das, äh, bezweifle ich nicht.« Ratz war etwas außer Fassung geraten, hatte Mühe, zu seinem eigentlichen Anliegen zurückzufinden. »Ich wollte nur betonen, dass ich voraussetze, dass Sie die Umstände meiner Entdeckung des dahingeschiedenen Mannes mit derselben Diskretion behandeln wie Herr Oberstaatsanwalt Söderhofer. Das darf ich angesichts meiner vielfältigen Verdienste doch von Ihnen erwarten, Herr Kommissar?«

Der unverhoffte Anruf Torben Kreitschmers ermöglichte es Braig, der fast schon physische Schmerzen verursachenden Phrasendrescherei ein Ende zu setzen und den Besucher aus seinem Büro zu komplimentieren. Natürlich juckte es ihn in den Fingern, zum Telefon zu greifen und sämtliche Medien bis ins letzte Detail darüber zu informieren, wie der Herr Bürgermeister auf den Toten gestoßen war. Er riss sich aber zusammen und ließ unter unablässigem Händeschütteln einen weiteren absolut sinnfreien Wortschwall über sich ergehen. Wem auch immer er das erzählen würde, ging es ihm durch den Kopf, was der in sich selbst verliebte Hohlkörper in den vergangenen Minuten so von sich gegeben hatte – kein Mensch würde ihm glauben. Selbst in einem Roman würden die Leser das als völlig unglaubwürdig abtun – und doch war es wahr. Die Moschuswolke hing nach wie vor schwer in der Luft, auch wenn von ihrem Verursacher nichts mehr zu sehen war. Braig schüttelte sich, nahm den Anruf entgegen.

»Sie sind der Polizist, der heute Nacht bei uns war?«

»Der bin ich, ja.«

»Sie haben mir Ihre Karte gegeben. Sie wissen, der Tod meines Vaters.«

»Wir haben miteinander gesprochen, ja.« Die Moschuswolke stach Braig in die Nase. Er griff nach einem dünnen Papierstapel auf seinem Schreibtisch, fächerte sich frische Luft zu. »Um zwölf wollten wir uns in Ihrer Spedition treffen.«

»Meine Mutter, sie gibt keine Ruhe. Deshalb rufe ich vorher schon an.«

»Um was geht es?«

»Zwei Leute. Sie spricht andauernd von ihnen. Zwei Männer, mit denen mein Vater im Clinch lag und die ihm …« Torben Kreitschmer verstummte mitten im Satz, fing dann neu an. »Es klingt crazy, aber meine Mutter glaubt … die könnten damit zu tun haben. Sie hat richtig Angst vor denen.«

»Die Namen der Männer. Sie haben sie parat?« Braig schaltete den Raumlautsprecher ein, nahm sich einen Stift.

»Roland Höcke und Alois Loibl.«

»Ich habe sie notiert. Weshalb hatten die beiden Streit mit Ihrem Vater?«

»Er soll ihnen Aufträge weggeschnappt haben.«

»Es handelt sich um Konkurrenten?«, fragte Braig. »Die selbst ein Speditionsunternehmen besitzen?«

»Genau. Die standen mehrfach vor dem Haus und bedrohten meine Mutter. Einmal haben sie sogar eine Fensterscheibe eingeworfen.«

»Sie haben Anzeige erstattet?«

»Ach was! Mein Alter pflegt solche Probleme anders zu erledigen.«

»Wie denn?«

»Fragen Sie mich lieber nicht. Aber im konkreten Fall könnte ich es Ihnen nicht einmal sagen. Ehrlich.«

»Und Ihre Mutter traut es den beiden Männern zu, mit dem Tod Ihres Vaters zu tun zu haben.«

»Sie traktiert mich seit Stunden damit. ›Die waren es! Ich weiß es!‹ Sie steigert sich richtig in die Sache rein. Crazy, was?«

»Ich werde dem sofort nachgehen. Sie wissen nicht zufällig, wo die wohnen oder wo sich der Sitz der Firma befindet?«

»Natürlich weiß ich das. Die hocken in Leonberg. Mein Alter war mehrfach dort.«

Braig notierte sich die genaue Adresse. Der Wohnsitz der Männer und die Anschrift der Firma waren identisch. Er beschloss, sie sofort zu überprüfen, bat seinen Gesprächspartner, den gemeinsamen Termin im Büro der Spedition auf 14 Uhr zu verschieben.

Weder Höcke noch Loibl waren unbeschriebene Blätter, im Gegenteil. Schon der erste Blick in die Datenbank des LKA brachte in beiden Fällen Gesetzesverstöße in reichhaltiger Auswahl zum Vorschein. Von Geschwindigkeitsüberschreitungen über illegale Beschäftigungsverhältnisse, Transporte mit unzureichend gesicherter Ladung oder defekten Fahrzeugen bis hin zu Trunkenheitsfahrten und mehreren Anklagen wegen Körperverletzung war fast alles vorhanden. Sie mussten sich die Männer vornehmen, ohne jeden Zweifel.

Braig druckte die komplette Palette aus, nahm die Blätter mit in Aupperles Büro. Das Husten des Kollegen war schon von Weitem zu hören. Er hatte gerade den Telefonhörer am Ohr, winkte Braig dennoch in den Raum, als er ihn bemerkte. »Die übliche Scheiße also!«, keuchte Aupperle in den Apparat. »Wir sind es ja nicht anders gewohnt.«

Er beendete das Gespräch, drehte den Kopf zur Seite, um sich auszuhusten, trampelte vor Wut mit seinen Füßen auf den Boden. »Nix mit Kameraaufzeichnungen«, schimpfte er.

»Endgültig. Sie haben es den halben Morgen versucht. Das Gerät war wirklich am Arsch.«

Dolde hatte sie schon am Vorabend kurz vor Mitternacht mit der Hiobsbotschaft konfrontiert, dass die Kamera auf dem Cannstatter Wasen, die den Bereich des Abfallbehälters überwachte, dem ersten Augenschein nach leider defekt war und sie deshalb wohl kaum mit brauchbaren Aufnahmen rechnen konnten. »Es scheint an der Linse zu liegen. Wir werden alles versuchen. Aber es sieht schlecht aus«, hatte er erklärt.

»Wäre ja auch zu schön gewesen«, meinte Braig. »Der Täter auf dem Präsentierteller und wir mit einem freien Sonntag – das darf nicht sein!«

Er informierte Aupperle über den Besuch des Bürgermeisters und den Anruf Torben Kreitschmers, reichte ihm das Material über die beiden Männer.

Der Kollege zögerte keine Sekunde. »Ich habe heute Morgen schon eine Handy-Ortung des jungen Kreitschmer veranlasst. Es sieht so aus, als hätte der uns die Wahrheit erzählt. Sein Handy befand sich jedenfalls gestern Abend von 18.20 Uhr an im Bereich Lederbergs. Bis gegen 23 Uhr. Danach zehn Minuten in Esslingen und dann wieder in Lederberg. Das schließt aber nicht aus, dass er es nicht absichtlich dort deponiert, selbst aber zum Volksfest …«

Braig seufzte laut. »›Mein Alter ist der geborene Menschenschinder.‹ Dir geht es auch nicht aus dem Sinn, wie?«

Aupperle schüttelte den Kopf. »Den Ausdruck benutzt heute kein Mensch mehr. Vor allem nicht so ein junger Typ. Die halbe Welt ist *crazy*«, ahmte er Torben Kreitschmer nach. »Nein, wenn du mich fragst: Das war kein Zufall. Eher Freud. So nennt man das wohl, oder?«

»Dann ist der Hinweis auf diese beiden Figuren in Leonberg nur ein Ablenkungsmanöver?« Braig wiegte seinen Kopf hin und her. »Die Einträge in unserer Datenbank – ich denke, wir sollten uns die beiden zur Sicherheit ansehen.«

»Aber ohne Vorankündigung«, stimmte Aupperle zögernd zu. »Firmenanschrift und Wohnadressen sind anscheinend identisch, vielleicht haben wir Glück.«

Der Sitz des Unternehmens wirkte nicht gerade wie Leonbergs beste Adresse. Zwei etwas schmuddelige, einstöckige Gebäude mit flachen Dächern, zwischen denen ein etwa mannshoher, schätzungsweise sechs, sieben Meter langer Maschendrahtzaun verlief, dahinter ein staubiger, von Schlaglöchern übersäter, nur notdürftig asphaltierter Platz, auf dem ein großer Lastwagen parkte. Dass es sich um eine Spedition handelte, war nur dem großen Kunststoffbanner zu entnehmen, das auf dem breiten Metalltor prangte: *Höcke und Loibl – Transporte aller Art.*

»Denen würde ich nicht mal 'nen Sack Kartoffeln anvertrauen«, zischte Aupperle, als sie das schäbig wirkende Gelände erreicht hatten.

»Seit wann transportierst du Kartoffeln?«

»Haha. Schau dir doch den Saftladen an.«

Sie läuteten an dem breiten Klingelbord, das sowohl *Höcke* als auch *Loibl* zur Auswahl bot, drückten auf beide Knöpfe. Irgendwo war ein sanfter Gong zu hören.

»Wie vornehm!«, wunderte sich Aupperle, laut hustend. »Das passt doch überhaupt nicht hierher!«

»Was hast du erwartet? Irgendein Scheppern und Quietschen?«

»So was in der Richtung, ja. Schrilles, ohrenbetäubendes …« Aupperle verstummte, als er den Mann entdeckte, der wenige Meter hinter dem Tor misstrauisch um die Gebäudeecke schielte.

»Ja?«, schallte es ihnen entgegen.

»Herr Höcke?«, rief Braig. »Herr Loibl?«

Der Mann verharrte auf seinem Platz, ließ über und über tätowierte Arme und seine Halbglatze nur notdürftig bedeckende, strähnig-lange Haare sehen. Bekleidet war er mit einem fleckenübersäten, ursprünglich wohl weißen Unterhemd und einer abgewetzten, dunklen Jeans. »Was gibt's?« Er machte keine Anstalten, näherzukommen.

»Polizei«, erklärte Braig. »Wir haben ein paar Fragen.«

»Bullen?« Der Mann starrte weiter misstrauisch zu ihnen her, zog ein Handy aus der Tasche, fing an, es zu bearbeiten. »Was gibt's?«, wiederholte er.

»Jetzt öffnen Sie endlich das Tor!«, schimpfte Braig.

Ihr Gegenüber ließ keinerlei Reaktion erkennen. Er widmete sich unbeeindruckt seinem Mobiltelefon.

»Der simst«, maulte Aupperle, mit einem neuen Hustenanfall kämpfend. »Der warnt seinen Kumpel, der Dreckskerl.«

Braigs Geduld war endgültig am Ende. »Wenn Sie jetzt nicht endlich das Tor öffnen ...«

»Was dann?« Der Mann trat näher, steckte das Handy weg.

»Wen haben Sie noch schnell vor uns gewarnt?«, maulte Aupperle. »Ihren Kumpel, damit er sich rechtzeitig aus dem Staub machen ...« Er hatte Mühe, den Satz zu vollenden, wurde von einem neuen Hustenanfall daran gehindert.

»Ach du Scheiße! Wie mies seid ihr denn drauf, Jungs? Hat euch Mama nicht rangelassen? Und mit der Gesundheit steht's auch nicht zum Besten. Lungenkrebs, was? Schon mal an einen Termin im Krankenhaus gedacht?« Süffisant grinsend starrte er durch das Tor. »Aber ich will kein Spielverderber sein. Kommt, zeigt mal eure Lappen, dann können wir darüber reden, ob Papa Höcke sich Bullen zum Besuch lädt.«

Braig kämpfte mit sich, ruhigzubleiben. Er hielt seinen Ausweis hoch, sah, wie ihr Gegenüber die Angaben studierte und dann in seine Hosentasche griff, aus der die Schnur eines Schlüsselbundes herausragte.

»LKA.« Der Mann pfiff laut durch die Zähne. »Was verschafft mir die Ehre?«

Braig wartete, bis er das Tor endlich aufgeschlossen und entriegelt hatte, schob es dann zurück. »Herr Höcke?«, vergewisserte er sich.

»Roland Höcke, korrekt.« Er machte keinerlei Anstalten, den Besuchern die Hand zu reichen, ließ das Tor hinter ihnen wieder ins Schloss fallen. »Ins Büro?«, fragte er dann.

Braig nickte zustimmend. Sie folgten ihm um die Gebäudeecke, betraten das Haus durch eine massive Tür. Der würzige Duft warmen Essens strömte ihnen entgegen. Aupperle blieb überrascht stehen, schnupperte in der Luft. »Oh, Sie sind am Kochen.« Im gleichen Moment hörten sie verschiedene Kinderstimmen.

»Meine Frau«, berichtigte Höcke, musterte seine Besucher. »Ob es für Sie reicht? Sie sehen hungrig aus, warum haben Sie sich nicht angekündigt?« Das Grinsen in seiner Miene war nicht zu übersehen. Er wies zur Seite, wo eine gläserne Tür in einen kleinen, mit einem Schreibtisch und drei Stühlen ausgestatteten, kargen Raum führte. »Aber Sie wollen ja ins Büro. Bitte.«

Braig zögerte, wies auf den Hof. »Herr Loibl, Ihr Kompagnon. Wir würden gerne auch mit ihm sprechen. Er ist hier?«

Höcke schüttelte den Kopf. »Da muss ich Sie enttäuschen. Loisa ist auf Tour.«

»Das heißt?«

»Er ist unterwegs. Wir sind Transportunternehmer.«

»Heute am Samstag?«, wunderte sich Braig. »Wohin fährt er? Und seit wann ist er unterwegs?«

»Sie wollen es aber genau wissen«, stöhnte ihr Gastgeber. »Jetzt nehmen Sie sich doch erst mal einen Stuhl.« Er zeigte auf das Mobiliar, wartete, bis sie sich auf den knarzenden Oldtimern niedergelassen hatten.

»Also?«, fragte Braig.

»Polen. Irgendeine Lieferung aus Polen.«

»Geht es etwas konkreter?«

»Konkreter?« Höcke stöhnte laut auf. »Ich weiß nur, dass Loisa am Donnerstag nach Polen startete und gestern Abend oder heute Morgen eine Ladung für den Rückweg erwartete. Kommen Sie morgen Abend wieder oder am Montag, da wird er wieder hier sein.«

»So lange können wir nicht warten. Wir müssen ihn heute noch sprechen, in den nächsten Minuten.«

»Oho!« Höcke lachte aus Leibeskräften. »Da rufen Sie am besten einen Hubschrauber oder einen Überschalljäger oder wie das Zeug ...«

»Verdammt noch mal!«, fiel Braig ihm ins Wort. »Schluss jetzt mit dem Schwachsinn. Wo ist der Kerl? Wenn Sie uns nicht auf der Stelle ...«

Ihr Gegenüber winkte mit seiner Rechten ab. Der Mann war weit abgebrühter, als es auf den ersten Blick wirkte. Er hatte Erfahrung, wie man mit Polizeibeamten umging, sie ausbremste, ihre Ermittlungen sabotierte. »Jetzt erzählen Sie mir erst mal, was Sie von uns wollen. Vielleicht kann ich Ihnen ja weiterhelfen.«

Braig schnappte nach Luft, atmete dann kräftig durch. Er musste einen Gang zurückschalten, Adrenalin aus seinem Gehirn verbannen, um wieder klar denken zu können, sonst hatten sie keine Chance, den Kerl auf dem falschen Fuß zu erwischen. »Kreitschmer«, erklärte er. »Der Name ist Ihnen bekannt?«

»Ach, deswegen sind Sie da? Die Sache auf dem Volksfest. Ich verstehe.« Höcke pfiff leise durch die Zähne. »Aber natürlich kennen wir den. Das wissen Sie doch. Warum tun Sie so scheinheilig? Glauben Sie, mir ist nicht klar, dass Sie Ihren Polizei-Computer über mich und Loisa ausgequetscht haben? Was fragen Sie noch?«

»Was können Sie mir über Kreitschmer erzählen?« Braig ließ sich nicht beirren.

»Über den Arsch? Was sagt denn Ihr kluger Computer?«

»Ich will es von Ihnen hören!«

Höcke winkte ab. »Das wissen Sie doch. Loisa und ich haben jahrelang für das Schwein geschuftet. Über den Asphalt brettern, Tag und Nacht, Sommer wie Winter, Sonntag und Werktag. Mit wechselnden Fahrzeugen, manipulierten Fahrtenschreibern und gefälschten Papieren. Ohne jede Pause. Aber mit der ständigen Drohung, bulgarische oder rumänische oder ukrainische Fahrer einzustellen und uns zum Teufel zu jagen, wenn wir nicht spurten. Der presste uns aus wie eine Zitrone. Bis wir die Schnauze voll hatten und uns selbstständig machten. Da erklärte die Drecksau uns den Krieg.«

»Er Ihnen oder Sie ihm?«, mischte sich Aupperle ins Gespräch.

Höcke war nicht bereit, klein beizugeben. »Jeder jedem. Das wollen Sie doch hören.«

»Wie kann ich mir das vorstellen?« Braig markierte den Unwissenden. »Was für Aktionen sind da gelaufen?«

Höcke lachte laut auf. »Oh, davon haben Sie altgedientes Kommissar-Schlachtross natürlich keine Ahnung, wie?« Er wedelte mit seiner Rechten durch die Luft, schüttelte den Kopf. »Alles harmlos – im Vergleich zu den Halunken, mit denen ihr es jeden Tag zu tun habt.«

»Harmlos?«, konterte Braig. »Ja, klar. Ihre Polizeiakte zeigt es ja Schwarz auf Weiß.«

»Mein Gott, ist ja gut. Okay, wir nahmen eine ganze Stange Aufträge mit. Schleimten uns bei seinen besten Kunden ein.

Ab und zu nahmen wir Fahrer aus Weißrussland oder der Ukraine. Die brettern 30 Tage fast ohne Pause für drei-, vierhundert Euro. Sie wissen doch, was da alles läuft.«

»Dumm nur, dass Kreitschmer sich das nicht bieten ließ.«

Höcke winkte ab. »Ein paar Handgreiflichkeiten. Wie das halt so läuft.«

»Und dann ein kantiger Stein und ein paar kräftige Schläge. Wer war's: Loibl oder Sie?« Braig fixierte seinen Gesprächspartner mit starrem Blick, ließ ihn keine Sekunde aus den Augen.

Höckes Mienenspiel veränderte sich binnen einer Sekunde. »Was soll das?«, fragte er. Jeder Anflug des bisher fast unaufhörlich gezeigten Grinsens war schlagartig verflogen.

»Was das soll? Das wissen Sie ganz genau!« Braig sprang von seinem Stuhl, baute sich unmittelbar vor dem Transportunternehmer auf. »Jetzt ist Schluss mit lustig. Wo waren Sie gestern Abend?«

Höcke schien nicht zu begreifen. »Gestern Abend? Was soll der Scheiß?« Er hielt es nicht länger auf seinem knarzenden Mobiliar, tat es dem Kommissar gleich. So sehr er sich in die Höhe reckte, seine Körpergröße zwang ihn dennoch, zu Braig aufzusehen. »Kreitschmers Tod? Das wollt ihr Scheißbullen mir in die Schuhe schieben?«

»›In die Schuhe schieben‹, trifft die Sache nicht ganz.«

»Seid ihr jetzt völlig durchgeknallt?«, protestierte Höcke. »Mit dem Arsch haben wir seit Wochen nichts mehr zu tun.«

»Bis auf gestern Abend.«

»Nein!« Der Mann brüllte, dass es in den Ohren schmerzte.

»Wir nehmen ihn mit«, drohte Aupperle. »Der hat kein Alibi ...«

»Oh Scheiße, nein. Ihr seid doch wirklich völlig von der Rolle!« Höcke starrte von einem der Besucher zum anderen, bemerkte deren lauernde Mienen. »Dass es Kreitschmer erwischt hat, wollt ihr mir reinwürgen?« Er schlug sich mit der Hand gegen die Stirn, stampfte mit beiden Füßen auf den Boden. »Ihr glaubt allen Ernstes, der hatte nur mit uns Zoff? Nur mit uns!?«

Braig merkte, wie viel Mühe es dem Mann bereitete, Haltung zu bewahren.

»Also gut, gestern Abend. Loisa und ich. Wir spielten Karten und tranken was dazu. Drüben bei ihm.«

»Sie sprechen von Herrn Loibl? Der startete doch am Donnerstag nach Polen, haben Sie uns vorhin erzählt.«

»Das war eine Ausrede. Er fuhr erst heute Morgen los.«

»Jetzt auf einmal?« Braig lachte laut. »Sie sind ein sehr flexibler Mensch. Mal so, mal so. Wie es gerade passt.«

»Nein. So war es. Wir spielten Karten.« Höcke ließ einen tiefen Seufzer hören. »Und Stellz spielte auch mit.«

»Jetzt war plötzlich noch einer dabei«, maulte Aupperle, hinter vorgehaltener Hand einen Hustenanfall bekämpfend.

»So war es. Ich schwöre«, bekräftigte Höcke.

»Wer soll das sein: Stellz?«, hakte Braig nach.

»Christoph Steller.«

Braig nahm den gequält wirkenden Gesichtsausdruck seines Gesprächspartners wahr, wiederholte den Namen, wandte sich Aupperle zu. Er sah, wie der Kollege sein Smartphone bearbeitete, musterte Höckes nach wie vor angespannte Miene. »Angeblich also Karten spielen«, sagte er. »Die genaue Uhrzeit, bitte.«

Sein Gegenüber ließ sich wieder auf den knarzenden Stuhl fallen, überlegte. »Kurz nach sieben ging ich rüber. Stellz war schon da.«

»Aha. Und wie lange ...?«

»Bis kurz nach zwei.«

»Kurz nach zwei? Das wissen Sie so genau? Erstaunlich!«

»Das ist überhaupt nicht erstaunlich. Loisa musste heute Morgen um sechs auf Tour. Deshalb machten wir früher Schluss. Kurz nach zwei, das weiß ich genau.«

»Aber Sie waren nicht die ganze Zeit zusammen. Von sieben bis …«

»Doch«, brüllte Höcke. »Wir waren die ganze Zeit am Spielen.«

»Steller, Christoph«, erklärte Aupperle, auf sein Smartphone schielend. »Interessanter Bursche. Am Steuer erwischt trotz entzogener Fahrerlaubnis; Widerstand gegen die Staatsgewalt; Körperverletzung. Das alles in mehreren Fällen. Und der Herr ist zur Fahndung ausgeschrieben. Seit fünfzehn Tagen.«

»Oh, das ist ja wirklich interessant«, stimmte Braig ihm zu. »Dann wird uns unser freundlicher Gastgeber hier jetzt unverzüglich zu seinem Spielkameraden begleiten, damit der ihm den Verlauf des gestrigen Abends bestätigen kann. Wenn nicht, nehmen wir ihn fest, weil er kein Alibi vorzuweisen hat.« Er musterte das Gesicht des Mannes, sah, wie es vom Schrecken gezeichnet mehr und mehr zu einer Fratze mutierte.

»Das meint ihr nicht ernst«, protestierte Höcke in gedämpfter Stimmlage.

»Oh doch«, konterte Braig. »Bei Mord ist der Spaß vorbei.«

Er merkte, wie es in ihrem Gesprächspartner arbeitete. Sämtliche Gesichtsmuskel des Mannes schienen in Bewegung. Er hob und senkte seine Stirn, schien genau abzuwägen, mit welcher Reaktion er sich am besten aus der Schusslinie bringen konnte.

»Also gut«, erklärte Höcke dann unvermittelt. »Stellz wird stocksauer sein. Aber er wird einsehen, dass es nicht anders geht.« Er erhob sich von seinem laut knarzenden Stuhl, lief zur Tür. »Damit ihr endlich Ruhe gebt.«

Aupperle beeilte sich, dem Mann zuvorzukommen, nahm ihn in die Mitte.

»Oh, Bulle!«, maulte Höcke. »Tag und Nacht misstrauisch, was? Hast du schon nachgeprüft, mit wie vielen es deine Alte treibt?«

Sie verließen das kleine Büro, betraten die Wohnung. Eine schmale, dunkle Diele mit einem Schuhschrank und mehreren Kleiderhaken. Der appetitanregende Essensgeruch hing immer noch schwer in der Luft. Höcke schob Aupperle zur Seite, öffnete eine Tür, hinter der eine Treppe in die Tiefe führte. Er legte seinen Zeigefinger auf den Mund, winkte ihnen, ihm zu folgen. Braig und Aupperle griffen gleichzeitig nach ihren Waffen. Sie folgten dem Mann in den Keller, hörten ihn nach seinem Kumpanen rufen. »Stellz, ich bin's!«

Der kräftige, blonde Mann trat arglos aus einer der Türen, blieb wie erstarrt stehen, die Pistolen der Besucher im Visier. »Verdammte Scheiße, was soll das?«

»Tut mir leid, Stellz. Die Bullen haben mich gezwungen. Die Schweine wollen mir einen Mord anhängen.«

»Einen Mord? Wer ...«

»Kreitschmer.«

»Ach du Scheiße, nein.« Steller spuckte voller Verachtung auf den Boden. »Die alte Drecksau?«

»Die wollen es mir in die Schuhe schieben. Loisa und mir.«

Der Blonde musterte Aupperle, dann dessen Waffe, anschließend Braig. »Die beiden Vögel? Was ...«

»Wo waren Sie gestern Abend?«, fiel Braig ihm mit drohendem Unterton ins Wort.

»Gestern Abend?« Steller musste nicht lange überlegen. »Wir haben gepokert. Zusammen mit Loisa. Den ganzen Abend. Von kurz nach sechs bis nach Mitternacht.«

6. Kapitel

Der mit Torben Kreitschmer vereinbarte Termin im Büro der Spedition war schon lange verstrichen, als Braig und Aupperle dort eintrafen. Sie hatten Kollegen gerufen und ihnen den zur Fahndung ausgeschriebenen Mann übergeben, waren dann in einer Bäckerei vorstellig geworden, deren Verkäuferin gerade schließen wollte, um die letzten Brezeln und zwei Becher Kaffee mitzunehmen. Stetter hatte seinem Kompagnon zwar ein Alibi gegeben, was allerdings die Glaubwürdigkeit der beiden Männer betraf, waren sie sich einig. »Von ›vorher abgesprochen‹ bis ›heute lüge ich für dich, morgen du für mich‹ ist alles drin«, hatte Braig erklärt, Aupperles zustimmendes Kopfnicken im Blick. Typen dieses Kalibers waren zu allem fähig, wusste er aus bitterer Erfahrung, im Notfall verkauften sie dem Teufel für ein paar Cent ihre gesamte Familie. Dennoch: Solange ihnen keine konkreten Beweise gegen den Mann vorlagen, hatten sie keine Handhabe, ihn festzusetzen, so sehr seine arrogante Haltung und die beleidigenden Ausdrücke auch nervten.

Torben Kreitschmer hatte einen Teil der im Büro vorhandenen Aktenordner auf dem großen Schreibtisch ausgebreitet und auf einem Blatt mehrere Namen samt Anmerkungen notiert, als er sie einließ. Wie die gesamte Firma machten auch die Geschäftsräume einen höchst gediegenen, sehr vorteilhaften Eindruck. Nicht nur, dass alles, ob drinnen oder draußen, penibel sauber hergerichtet schien, auch die gesamte Anlage des Unternehmens kündete von einer überaus freundlichen Atmosphäre. Rings um das Bürogebäude gepflegte, abwechslungsreiche Grünanlagen mit den üppigsten Rosenstauden, die Blüten in den verschiedensten Formen und Farben präsentierten. Hier hatte Michael Kreitschmer wohl selbst Hand angelegt, alles kündete von hoher Gartenkunst und viel Liebe für die Pflanzen.

Innerhalb des Gebäudes setzte sich diese Handschrift fort: Kein Raum, auch nicht der Flur, ohne Blumentöpfe. Gelbe, rote, weiße, violette Blüten. Alle frisch bewässert und sauber gepflegt, nirgendwo ein vertrocknetes, zu Boden gefallenes Blatt.

Braig fühlte sich von Anfang an wohl in dieser Umgebung. Er konnte sich nicht erinnern, jemals derart wohnlich hergerichtete Geschäftsräume erlebt zu haben. Wenn er da an sein eigenes Büro dachte …

Ein »Menschenschinder« als Chef dieses Unternehmens – das war nur schwer vorstellbar. Alles, aber auch alles sprach dagegen. Braig fragte sich ernsthaft, ob sie den Aussagen des jungen Mannes wirklich glauben konnten, was das Verhalten seines Vaters anbetraf. Mit Ausnahme Höckes und Stetters hatte er bisher niemand derart abfällig über den Ermordeten reden hören und auf das Urteil dieser beiden Gestalten gab er ohnehin nicht viel. Er musterte das Blatt mit den Namen, das Torben Kreitschmer ihm entgegenstreckte, fragte nach der Bedeutung.

»Das sind einige von den Leuten, mit denen er Zoff hatte. Üblen Zoff. Ich habe mir die Personallisten der vergangenen Jahre durchgesehen und die Namen notiert, soweit ich mich noch erinnern konnte. Alles habe ich natürlich nicht mitbekommen. Aber das hier sind Leute, die es besonders übel erwischt hat.«

Braig las den ersten Namen, versuchte die Anmerkungen zu entziffern, die Kreitschmer dahinter notiert hatte.

Gerd Berger: Ca. 20 Jahre bei uns tätig, dann gefeuert.

»Warum wurde der Mann entlassen?«

»Weil er sich weigerte, tagelang ohne Pause zu fahren. Er war oft dermaßen erschöpft, dass er am Steuer einzuschlafen drohte, schrammte auch mehrfach gerade noch so an einem Unfall vorbei. So hat er mir das jedenfalls erzählt.«

»Er musste ohne Pause fahren?«, warf Braig ein. »Aber die Lkws haben doch Fahrtenschreiber. Das wird doch streng überwacht.«

»Streng überwacht?« Torben Kreitschmer verfiel in ein hysterisch klingendes Lachen. Er klatschte sich ausgelassen auf seine Oberschenkel, starrte Braig ins Gesicht. »Der war gut, wirklich!« Er lachte immer noch, hatte Mühe, sich zu beruhigen.

»Was ist daran so lustig?«

Sein Gesprächspartner verdrehte die Augen. »Ich dachte, Sie sind von der Polizei. Dann wissen Sie es doch selbst.«

Braig blieb ruhig, wartete auf eine Erklärung.

»Sie haben wohl echt keine Ahnung, wie es in dem Metier zugeht, was?« Torben Kreitschmers Miene verlor jeden Anflug von Heiterkeit. Er fuhr sich mit seiner Rechten durch die Haare, wies auf die Papiere vor sich. »Also, ich war ja nie voll im Geschäft, habe meinem Alten nur zeitweise ausgeholfen«, sagte er dann. »Aber ich kenne mehrere Fahrer recht gut, habe mich oft mit ihnen unterhalten. Von daher weiß ich genau, wie die Sache läuft. Überwachung der Fahrtenschreiber? Unangekündigte Kontrollen? Vergessen Sie's! Das passiert so selten wie ein Tsunami im Bodensee. Und wenn, sind die Fahrer entweder vorgewarnt oder die Technik ist manipuliert. Alles andere ist dummes Geschwafel.«

Braig wusste nicht, inwieweit er dem jungen Mann glauben konnte. Er musterte das Gesicht Aupperles, sah ihn genauso ratlos dreinblicken. Was immer es mit den Behauptungen Torben Kreitschmers auf sich hatte, er musste sich bei den Kollegen der Wirtschaftskriminalität nach den genauen Hintergründen erkundigen. »Sie behaupten also, dieser Berger wurde von Ihrem Vater entlassen, weil er sich weigerte, ohne Pause zu fahren.«

»Ja«, bekräftigte Torben Kreitschmer. »Vor allem, als mein Alter die älteren Karren aussortierte und nur noch ganz große Karossen anschaffte. Berger und andere protestierten dagegen.«

»Na ja, aber Ihr Vater war wohl dazu gezwungen, weil größere Fahrzeuge rentabler sind.«

»Ja, natürlich, die Profite steigen. Aber schauen Sie sich doch diese Riesenkisten an. Die benötigen doch die gesamte Fahrbahn für sich.«

»Ja, gut«, gestand Braig. »Ich könnte die nicht steuern.«

»Nicht nur Sie. Lassen Sie die Karren doch mal auf die Städte oder Dörfer los – haben Sie noch nicht bemerkt, wie gefährlich die für die übrigen Verkehrsteilnehmer sind?«

»Allerdings. Das erlebt man ja fast jeden Tag.«

»Sehen Sie. Und genau deswegen wollten mehrere Fahrer die Dinger auch nicht haben. Aber was kümmerte das meinen Alten! So was geht dem doch grad am Arsch vorbei! Wer nicht spurte, den warf er raus. Und holte stattdessen Fahrer irgendwo aus dem Osten. Bulgarien, Moldawien oder was weiß ich woher. Mit denen konnte er umspringen, wie er wollte, und zahlen musste er ihnen sowieso nur Peanuts.« Torben Kreitschmer schüttelte den Kopf. »Und dann passierte das mit Walther.«

»Walther?«

»Auch einer von unseren Fahrern. Ein kleines Mädchen, das mit seinem Fahrrad unterwegs war. Er überrollte es, mitten in Stuttgart. Beim Abbiegen. Er hatte das Kind nicht gesehen. Acht Jahre war die Kleine, so alt wie Walthers eigene Tochter.«

»Und? War er schuld?«

»Schuld, schuld, schuld? Sie sind genauso crazy wie mein Alter. Was heißt denn Schuld? Diese Kisten auf die Straße zu bringen ist der Punkt. Soll ich Ihnen ein paar von den Dingern zeigen? Mein Alter hat wunderschöne Werbevideos. Solche Riesenapparate auf den Straßen – das kostet automatisch Opfer, das geht gar nicht anders. Die sind nicht zu beherrschen, die Fahrer kriegen überhaupt nicht mit, was außen abgeht. Fragen Sie Walther.«

»Er musste ins Gefängnis?«

Torben Kreitschmer schüttelte den Kopf. »Er wurde freigesprochen. Ich sage Ihnen doch, diese Riesenkisten sind nicht zu beherrschen. Die Richter kamen genau zu demselben Urteil. Die sind das ja schon gewohnt. So was passiert alle paar Tage Und was war die Reaktion von meinem Alten? Er stieg bei den noch viel größeren Monstertrucks ein. Gigaliner nennt sich das Zeug. Die sind bald doppelt so groß wie die alten Karren. Häuser auf Rädern. Mehrere Fahrer weigerten sich, da mitzumachen. Leute, die ich seit meiner Kindheit kenne. Mein Alter warf sie raus.«

Braig konnte sich gut an die Bilder dieser Riesenlastwagen erinnern. Sie waren mehrfach in den Nachrichten präsentiert worden. Schon beim ersten Anblick war ihm die furchteinflößende Größe dieser Giganten aufgefallen.

»Mein Gott, wenn es einer verdient hat, dann mein Alter«, hörte er den jungen Mann sagen. »Da hat einer ein gutes Werk getan.«

7. Kapitel

Paul Walther telefonisch zu erreichen, war nicht gelungen. Aupperle hatte zwar im Amt angerufen und den Kollegen Stöhr beauftragt, den derzeitigen Aufenthaltsort und die Verbindung des Mannes zu eruieren, unter der angegebenen Mobilfunknummer hatte sich jedoch nichts getan, nicht einmal die Aufzeichnung einer Mobilbox.

»Wann war das mit dem Unfall?«, hatte Braig nachgehakt.

Torben Kreitschmer hatte eine Weile in den Akten geblättert. »Vor drei Jahren. Und ein Jahr später kam das Urteil.«

»Und Ihr Vater hat ihn dann entlassen?«

Der junge Mann hatte vor Wut auf den Schreibtisch gedonnert. »So ist er, ja. War er, darf ich jetzt sagen.« Kopfschüttelnd hatte er ihn gemustert. »Eigentlich ist es schäbig, was ich hier mache. Ich liefere Ihnen die Opfer meines Alten frei Haus, damit Sie sie jetzt auch noch schikanieren können.«

»Wir werden die Leute nicht schikanieren. Wir suchen nur nach einem Mörder.«

»Wozu? Hauptsache, er ist weg.« Er hatte Aupperle betrachtet, der einem heftigen Hustenanfall erlegen war. »Walther war es niemals. Der ist fertig. Ein totales Wrack. Lassen Sie den armen Kerl in Ruhe!«

»Wer kommt Ihrer Auffassung nach eher infrage?«

»Was weiß ich? Das ist doch alles crazy!«

Gerd Berger war schon nach dem zweiten Läuten an den Apparat gegangen. Braig hatte sich vorgestellt und den Mann um ein persönliches Gespräch gebeten. Berger hatte sofort geahnt, weshalb sich die Polizei für ihn interessierte. »Kreitschmer wurde ermordet. Auf dem Volksfest. Die Leute haben kein anderes Thema. Wollen Sie deshalb mit mir reden?«

Braig hatte seine Vermutung bestätigt.

»Wir sind aber gerade unterwegs. Meine Frau, meine Schwiegermutter und ich. Ein Spaziergang. Von Untertürkheim zur Grabkapelle. In einer halben Stunde etwa haben wir es geschafft. Meine Schwiegermutter ist nicht mehr die Jüngste. Wollen wir uns oben treffen?«

Ein Samstagnachmittagsausflug zur Grabkapelle, hatte Braig überlegt, die traumhafte Atmosphäre dieses einzigartig harmonisch in die Natur gebetteten Aussichtspunktes im Sinn. Warum nicht? Wann sonst fand er die Zeit, dem Trubel der Großstadt trotz beruflicher Verpflichtung zu entfliehen und sich dem Flair eines der zauberhaftesten Orte des ganzen Landes hinzugeben?

Er hatte Aupperle gebeten, gemeinsam mit Torben Kreitschmer nach weiteren Personen zu suchen, die mit dem Ermordeten in Streit geraten waren und danach die Liste der Anrufer der letzten Tage auszuwerten, die Dolde ihnen nach der Auswertung des Handys übermittelt hatte, war dann aufgebrochen.

Schon während des kurzen Anstiegs von der Bushaltestelle in Rotenberg zur Grabkapelle fühlte er sich in eine andere Welt versetzt. Ein unübersehbares Meer im warmen Licht der Sonne rotgolden leuchtender, sanfte Hügel erklimmender Weinreben rings um ihn herum, die Häuser Rotenbergs mit ihren hellen Fassaden und dunkelroten Ziegeldächern auf der Anhöhe, weiter östlich einem pittoresken Postkartenidyll gleich das zwischen die Rebhänge geschmiegte Uhlbach, neben Rotenberg der schönste Vorort, den Stuttgart zu bieten hatte. Und dann, er hatte die Grabkapelle fast erreicht, der Blick über das mit Industrie, Siedlungen und Verkehrswegen vollgepfropfte Tal des Neckars, dessen Lärm von den vorgelagerten Rebenhügeln abgemildert nur gedämpft bis hier oben vordrang. Selbst die unzähligen Zelte, Achterbahnen, Karussells und das Riesenrad mit ihren Besuchermassen waren von dieser Warte lustig anzusehen und akustisch gut zu ertragen.

Kein Wunder, dass sich der württembergische König Wilhelm I. diesen Platz als Grabmal und Gedenkstätte für seine im Januar 1819 mit 31 Jahren allzu früh verstorbene Gemahlin Katharina ausgesucht hatte. Nicht einmal drei Jahre verheiratet, war die Tochter des russischen Zaren an einer bakteriellen Entzündung und einem daraus resultierenden Schlaganfall gestorben. Trotz ihrer kurzen Regentschaft war sie in Württemberg äußerst beliebt gewesen: Nahezu unermüdlich hatte sie sich teilweise mit eigenem, aus Russland geerbtem Geld bemüht, die Situation des zu dieser Zeit völlig verarmten Volkes mit mehreren Hilfsprogrammen zu verbessern. Die Zentralorganisation der Wohltätigkeitsvereine, die erste Sparkasse und das größte Krankenhaus im Land, eine höhere Schule für Mädchen auch aus den ärmeren Ständen, sogar das Volksfest – alles war auf ihre Initiative hin entstanden.

Nach ihrem frühen Tod hatte Wilhelm I. ihr zu Ehren auf dem Württemberg die Überreste der Stammburg der gleichnamigen Herrscher abreißen und eine klassische Rotunde, wie sie von griechischen Tempeln her bekannt war, errichten lassen. Unter großer Anteilnahme der Bevölkerung waren die sterblichen Überreste des »Engels der Herzen« 1824 im Mausoleum der Grabkapelle beigesetzt worden. *Die Liebe höret nimmer auf,* hatte der König in das Portal eingravieren lassen – seines schlechten Gewissens seiner weit bekannten ehelichen Untreue wegen, wie der Volksmund vermutete?

Eine etwa 200 Jahre zurückliegende, landesweit Aufsehen erregende Love-Story, die deutliche Parallelen zum tragischen Geschehen um die englische Prinzessin Diana aufwies, hatte in der Grabkapelle ihr weithin sichtbares Mahn- und Denkmal erhalten, wusste Braig, als er die traumhafte Aussichtsplattform unterhalb der Treppen erreicht hatte. Er ließ seinen Blick über die Weinhügel der Umgebung bis zum Neckartal schweifen, wandte sich der Kapelle über ihm zu, in der neben Katharina auch ihr Gemahl sowie ihre gemeinsame Tochter Marie Friederike Charlotte begraben lagen. Trotz des warmen und sonnigen Spätsommersamstagnachmittags waren nur wenige Spaziergänger auf dem Hügel unterwegs. Die Anmut der Landschaft hatte alle in ihren Bann gezogen; angesichts des Lärms und der Hektik gerade einmal 150 Meter tiefer schien die friedfertige Stimmung hier oben fast nicht zu begreifen.

Braig nahm sein Handy, informierte Ann-Katrin über seinen Ausflug, sagte ihr seine baldige Rückkehr zu. Mitten im Gespräch sah er eine ältere Frau von einem etwa 50-jährigen Paar flankiert die Stufen von der Kapelle herunter auf sich zukommen. Er verabschiedete sich von seiner Partnerin, wartete, bis die Gruppe unten angekommen war. »Familie Berger?«, erkundigte er sich.

»Gerd Berger«, bestätigte der kräftige, mit einer Strickjacke und einer hellen Jeans bekleidete Mann. Sein Gesicht schien von der frischen Luft und der Sonne leicht gerötet, Schweißtropfen perlten ihm über die Stirn. »Meine Frau und meine Schwiegermutter.« Er wies auf die beiden Frauen an seiner Seite. Beide trugen helle Sweatshirts und weite, dunkle Hosen, dazu rustikale Sportschuhe, die ideale Kleidung für den Ausflug in diese Höhe.

Braig wies sich aus, stellte sich vor. »Sie hätten ein paar Minuten für mich?«

Berger nickte, zeigte auf eine der Bänke. »Wir wollten ohnehin eine Pause einlegen.« Sie begleiteten die ältere Dame bis zu der Sitzgelegenheit, nahmen dann nebeneinander Platz. »Meine Frau und meine Schwiegermutter wissen Bescheid. Wenn es Sie nicht stört, dass sie unserer Unterhaltung folgen?«

Braig schüttelte den Kopf. Er sah, wie sich der Mann mit einem Papiertaschentuch über die Stirn wischte, hörte die Stimme seiner Schwiegermutter.

»Du bist noch nicht gesund, Gerd. Der Ausflug ist zu früh für dich.«

Berger steckte das Taschentuch weg, winkte mit seiner Rechten ab. »Alles in Ordnung, Christa. Die frische Luft und die Sonne tun mir gut.«

»Sie waren krank?«, erkundigte sich Braig.

»Nur eine Sommergrippe«, versuchte sein Gesprächspartner zu beschwichtigen. »Zu viel gearbeitet und geschwitzt und danach nicht schnell genug geduscht. Es geht wieder, kein Problem.«

»Ja, ja«, schimpfte seine Schwiegermutter.

»Lass gut sein, Mutter.« Die Stimme ihrer Tochter schien die ältere Frau zu beruhigen.

»Kein Vergleich mit dem, was Kreitschmer passiert ist«, sagte Berger. »Darüber wollten Sie doch mit mir sprechen.«

Braig nickte, dankbar dafür, dass der Mann so direkt zum Thema kam. »Sie waren lange bei ihm beschäftigt.«

»21 Jahre«, bestätigte Berger. »Kaum zu glauben.«

»Dann kennen Sie ihn gut«, schlussfolgerte Braig.

Sein Gesprächspartner rang um Luft. »Ja und nein. Es ist über zwei Jahre her, dass ich zum letzten Mal mit ihm zu tun hatte. Seitdem lebe ich in einer neuen Umgebung. Das Kapitel Kreitschmer ist seit Langem abgeschlossen, wenn Sie verstehen.«

Braig musterte die Miene des Mannes, suchte nach Spuren von Verbitterung, Wut oder Hass. So sehr er sich bemühte, nichts dergleichen war zu bemerken. War Berger dermaßen geschickt darin, sich zu verstellen, oder trug er, bezogen auf seinen früheren Arbeitgeber, tatsächlich keine dieser Emotionen mit sich herum? »Sie wollen nicht mehr an ihn erinnert werden, weil er sich Ihnen gegenüber so …«, Braig suchte nach einem Ausdruck, mit dem er den Sachverhalt am treffendsten darstellen konnte, »verletzend verhalten hat.«

Berger wog seinen Kopf hin und her. »Wir hatten es nicht immer leicht miteinander«, sagte er. »Das ist richtig. Kreitschmer ist, oder war, so muss ich das jetzt ja wohl formulieren, ein tüchtiger Geschäftsmann. Zu ehrgeizig, zu versessen auf Erfolg, ja. Aber wirklich tüchtig. Seiner Konkurrenz gewachsen.«

»Sie müssen ihn jetzt nicht besser darstellen, als er war«, entgegnete Braig. »Ich habe gehört, wie er sich Ihnen gegenüber verhalten hat.«

»So war er aber nicht immer«, beharrte sein Gesprächspartner. »Manchmal frage ich mich, ob er sich nicht so aufführen musste, um in diesem Geschäft zu überleben. Die kämpfen alle mit falschen Bandagen. In der Branche hält sich keiner an die Gesetze. Wir Fahrer sind die Opfer. So ist das.«

»Kreitschmer hat Sie übel behandelt. Oder liege ich da falsch?«

Berger griff erneut nach seinem Taschentuch, fuhr sich wieder über die Stirn. »Die letzten Jahre waren nicht besonders angenehm«, gab er dann zu.

»Inwiefern?«

»Keiner hält sich an die Gesetze. Ich sagte es doch. Wir mussten viel länger fahren als erlaubt war, viel zu große Fahrzeuge … In die Richtung eben.«

»Viel länger fahren?«, fragte Braig. »Wird nicht alles per Fahrtenschreiber überwacht?«

Über Bergers Miene huschte ein mildes Lächeln. »Ja, so sollte das sein«, sagte er.

»Fahrtenschreiber«, warf seine Frau ein, die offensichtlich mitgehört hatte. »Das Zeug ist doch einfach auszutricksen. Doppelte Identität, noch nichts davon gehört? Sie als Polizeibeamter?« Sie warf ihm einen ungläubigen Blick zu.

»Doppelte Identität?« Braig wusste nicht, wovon sie sprach.

»Ein Fahrer. Zwei Ausweispapiere«, erklärte sie.

»Jasmin, bitte.« Berger versuchte abzuwiegeln. »Die Zeiten sind vorbei. Ich möchte nicht mehr darüber sprechen. Das hat sicher nichts mit Kreitschmers Tod zu tun.«

Ein Fahrer, zwei Ausweispapiere. Langsam dämmerte es Braig, was die Frau damit andeutete. Er musste sich wirklich bei den Kollegen der Wirtschaftskriminalität nach den genaueren Hintergründen erkundigen. »Weshalb hat er Sie entlassen?«, fragte er.

»Ich konnte nicht mehr«, antwortete Berger. »Der Stress, die Überstunden, die ständige Angst, vor Erschöpfung einzuschlafen, immer auf der Hut sein und die Polizei austricksen, die viel zu großen Lastwagen und dazu noch seine ständigen Drohungen, uns rauszuwerfen und dafür Leute aus dem Osten zu holen, aus Bulgarien oder ähnlichen Ländern, denen er nur einen Bruchteil unserer Löhne zu zahlen hätte …«

»Er hatte Albträume«, erklärte seine Frau. »Er schrie fast jede Nacht. Erzähl es doch!«

»Albträume?«, erkundigte sich Braig. »Weshalb?«

»Über Monate hinweg. Fast jede Nacht«, bekräftigte die Frau.

Braig wandte seinen Blick zur Grabkapelle, sah das Kreuz über dem Eingang in der Spätnachmittagssonne glänzen. Um sie herum herrschte fast unwirkliche Stille, nur ab und an brachte ein sanfter Windhauch Geräusche aus dem Tal zu Gehör. Er merkte, wie der Mann mit sich kämpfte, ließ ihm Zeit.

»Ich bin am Steuer eingeschlafen. Mitten während der Fahrt. Nach acht Stunden ohne Pause. An einen Baum geprallt. Ich kam grade noch so davon. Und kurz darauf passierte mir das mit dem Jungen ... Ich hätte beinahe einen Menschen überfahren«, stieß Berger schließlich gequält hervor. »Ich hatte ihn nicht gesehen, konnte erst in allerletzter Sekunde reagieren. Zum Glück ...«

»Er wurde gerettet?«

Berger pumpte seine Lungen voll, stieß die Luft dann kräftig von sich. »Dem Kind ist nichts passiert, zum Glück. Ein kleiner Junge. Er lief vorschriftsmäßig über den Zebrastreifen, schob sein Dreirad neben sich her. Als meine Ampel auf Grün sprang, war er noch einen Meter vom Bordstein entfernt. Ich habe ihn nicht gesehen. Er war direkt vor meinem Führerhaus und viel zu klein. Ich war gerade dabei, den Wagen zu starten, als ich die entsetzte Miene einer Frau am Straßenrand bemerkte. Zum Glück habe ich richtig reagiert. Ein Reflex. Wenn nicht ...« Er winkte mit seiner Rechten ab.

»Ihr Kollege hatte nicht so viel Glück«, sagte Braig.

»Sie sprechen von Paul.« Berger schüttelte den Kopf. »Nein. Paul hatte nicht so viel Glück.« Er verstummte, rubbelte mit dem Taschentuch an seiner rechten Wange. »Paul ist nicht mehr er selbst. Er ist völlig am Ende.«

»Haben Sie noch Kontakt?«

»Manchmal. Nicht so oft. Aber jetzt ist er schon längere Zeit in einer Klinik am Bodensee. Zum Glück blieb mir das erspart.«

»Sie wurden beide von Kreitschmer entlassen.«

»Nicht nur wir. Eine ganze Reihe Kollegen. Tobias Weutle, Andreas Utz …« Berger ließ einen tiefen Seufzer hören. »Alle, die sich weigerten, die neuen, großen Wagen zu fahren, die er unbedingt anschaffen musste. Aber dass ich bei ihm aufgehört habe, hat mir nur Gutes gebracht.«

Braig notierte sich die Namen und Adressen der Männer, die sein Gesprächspartner aufgezählt hatte, stellte eine abschließende Frage. »Was machen Sie jetzt, wenn ich fragen darf?«

»Ich arbeite als Mesner an einer Kirche in der Innenstadt. Haus-, Hof- und Gartenarbeiten.«

Braig musterte ihn überrascht. »Da sind Sie aber wirklich in ein ganz anderes Milieu gewechselt.«

Berger lächelte freundlich. »Vielleicht verstehen Sie jetzt, weshalb ich nicht mehr an Kreitschmer erinnert werden will.«

8. Kapitel

Braig hatte sich erst vor wenigen Minuten von Gerd Berger und dessen Begleiterinnen verabschiedet, als ihn Aupperles Anruf erreichte. Die ersten Häuser Rotenbergs vor Augen, blieb er stehen, nahm das Gespräch an.

»Wir haben die Handy-Liste durch«, erklärte der Kollege. »Keine außergewöhnlichen Anrufer in den letzten Tagen. Wir konnten alle identifizieren.«

»Mist. Dann bringt uns das nicht weiter.«

»Sieht nicht so aus, nein. Außerdem haben wir alle, die von Kreitschmer angeblich übel behandelt wurden, gecheckt.«

»Wie viele Personen sollten wir deiner Meinung nach überprüfen?«, fragte Braig. Er fühlte sich zunehmend müde, hatte Schwierigkeiten, sich zu konzentrieren.

»Das ist eine gute Frage. Wenn es nach dem jungen Kreitschmer geht, müssen wir uns die halbe Stadt vornehmen. Sein Vater lag angeblich mit jedem zweiten oder dritten Typen, der ihm über den Weg lief, im Clinch. Und er behandelte die Leute dermaßen … Kurz und gut, ich habe mich jetzt auf die Angestellten konzentriert, denen er am Übelsten mitgespielt hat. Ich habe sie in zwei Kategorien eingeteilt: ›Unbedingt überprüfen‹ beziehungsweise ›sekundär behandeln‹. Das ist natürlich subjektiv, aber mir erscheint es angesichts der großen Anzahl sinnvoll. Wenn ich den Argumenten des jungen Kreitschmer folge, hatten mindestens sechs Leute allen Grund, seinen Vater zu massakrieren. Und vier anderen könnte er es auch nicht verdenken. Der beschreibt seinen Erzeuger wie den Leibhaftigen. Seltsam, dass er ihn bei dem Hass nicht selbst gekillt hat.«

»Du hältst es immer noch für möglich?«

Aupperle zögerte mit seiner Antwort. »Sagen wir mal so: Ganz ausschließen würde ich es immer noch nicht.«

»Dann behalten wir es mal im Hinterkopf«, erklärte Braig. »Was die Leute, die wir überprüfen sollten, angeht: Adressen oder zumindest Telefonnummern sind bekannt?«

»In den meisten Fällen, ja. Ich maile dir die Liste zu. Ich habe auch bei fast jeder Person kurz angefügt, weshalb sie mit Kreitschmer im Clinch gelegen haben soll. Wie wollen wir es machen: Jeder die Hälfte?«

»Drei Leute für jeden? Wenn du meinst …«

»Gut. Dann übernehme ich die ersten drei, du die anderen. Einen versuche ich heute noch zu erreichen, den Rest in den nächsten Tagen. Okay?«

Braig erklärte sich einverstanden, wartete auf den Eingang der Liste. Er hatte gerade im Bus nach Untertürkheim Platz genommen, als er den Signalton hörte. Er überflog die Namen, sah, dass es sich tatsächlich um insgesamt zehn Personen handelte. Allesamt Männer. Der am Mittag angesprochene Paul Walther war ebenso dabei wie die von Gerd Berger erwähnten Tobias Weutle und Andreas Utz. Bis auf zwei Namen waren alle mit Adressen und Telefonnummern versehen, die meisten zudem mit einem kurzen Kommentar, der andeutete, weshalb Aupperle sie hier aufgeführt hatte. War der Mörder Kreitschmers hier unter diesen Männern zu finden?

Björn Beigle, Leonberg: Ständige Überstunden ohne Pausen.

Felix Degen, Riedenberg: Unfall wegen Übermüdung nach stundenlangen Fahrten: Von Kreitschmer zum Lügen gezwungen.

Andreas Utz, Nürtingen: Mehrere Unfälle wegen Übermüdung: Ebenfalls zum Lügen gezwungen.

Braig drohten die Namen vor den Augen zu verschwimmen. Er hatte Mühe, sich zu konzentrieren, warf einen Blick auf die Uhr. 17.30 Uhr. Der Nachmittag war gelaufen. Kein Wunder, er hatte fast den gesamten Samstag mit seinen Ermittlungen verbracht. Er fühlte sich zu erschöpft, einen weiteren Termin wahrzunehmen, sein Gegenüber dabei akribisch auf eine mögliche Tatbeteiligung oder gar Täterschaft zu überprüfen, beschloss, die Sache auf den nächsten Tag zu verschieben. Einzig das Gespräch mit einem Kollegen der Wirtschaftskriminalität wollte er sich noch antun, um endlich eine kompetente Einschätzung der Arbeitsbedingungen im Speditionswesen zu erhalten – sofern jetzt am Samstagabend überhaupt einer der Beamten dort zu erreichen war.

Er sah, dass der Bus den Untertürkheimer Bahnhof erreichte, trat ins Freie. Ein frischer Luftzug strich ihm ins Gesicht. Überrascht nahm er das Gedudel verschiedenster Musikrichtungen wahr, das je nach vorherrschender Windstärke an- und abflaute und das Brummen und Heulen der vorbeifahrenden Autos untermalte. Der Betrieb auf dem nahen Volksfestgelände schien einem ersten samstäglichen Höhepunkt entgegenzustreben.

Braig lief zur Haltestelle der Stadtbahn, wartete auf den Zug zum Augsburger Platz. Er gab die Nummer Jan Ohmstedts ein, eines befreundeten Kollegen, der inzwischen zum Leiter der »Wirtschaftskrim« aufgestiegen war, hatte kurz darauf die Stimme Christiane Sterks am Ohr.

»Du willst Jan sprechen?«, erkundigte sie sich.

»Nicht direkt«, erklärte er. »Mir geht es um eine fachliche Auskunft.« Er kannte die Kollegin seit Jahren, wusste um ihre fachliche Kompetenz und berufliche Integrität.

»Wenn ich sie dir geben kann? Jan ist übers Wochenende auf einer Konferenz in Hamburg.«

»Du hast es vielleicht gehört: Kreitschmer, ein Spediteur, wurde ermordet.«

»Na und ob. Die Sache auf dem Wasen. Die überschlagen sich mit immer neuen Spekulationen. Zuerst haben sie ihn als Blumenfreund verkauft, dann als Rosenzüchter und jetzt mit seiner korrekten Profession. Der Mann und sein Unternehmen sind uns nicht unbekannt.«

»Nicht unbekannt?« Braig verstand sofort, was das bedeutete. Kreitschmer hatte Dreck am Stecken – und das nicht wenig. »Ihr ermittelt gegen ihn?«

Seine Gesprächspartnerin ließ ihn ein paar Atemzüge auf eine Antwort warten. »Du weißt ja, wie das bei uns ist. Wir wissen genug, aber ...«

»Oh, nein«, schimpfte er. »Euch sind die Hände gebunden?«

»Wenn du das so ausdrücken willst. Offiziell hört sich das etwas anders an. ›Die Beweislage ist zu dürftig und wir haben leider nicht genügend Fachkräfte. Wir müssen unsere Leute dort einsetzen, wo es wirklich brennt.‹«

»Das darf nicht wahr sein! Ich könnte nicht bei euch arbeiten. Ich würde wahnsinnig!«, bekannte er.

»Was glaubst du, wie es mir oft geht? Zum Glück habe ich meine Familie, sonst ...«

Braig sah seine Stadtbahn einfahren, verzichtete dennoch darauf, einzusteigen. Die nächste kam nur wenige Minuten später. Er fühlte sich zu aufgewühlt, lief lieber noch ein paar Schritte auf und ab, um das Gespräch weiterzuführen. »Nach allem, was ich bisher gehört habe, hat Kreitschmer seine Fahrer dermaßen schikaniert ...« Das Wort »Menschenschinder« lag ihm auf den Lippen, er verzichtete aber darauf, es auszusprechen. »Angeblich hat er sie gezwungen, ohne Rücksicht auf die gesetzlich vorgeschriebenen Pausen zu fahren ...«

»Nicht ›angeblich‹.« Christiane Sterk fiel ihm mitten ins Wort.

»Ihr seid darüber informiert?«, fragte er.

»Nicht nur Kreitschmer arbeitet so«, erklärte sie.

»Was ist mit der Überwachung durch Fahrtenschreiber und Kontrollen?«

»Die lassen sich leicht manipulieren. Ganze Gruppen von Hackern sind darauf spezialisiert. Und was die Kontrollen betrifft ...«

»Ja?«, fragte er.

»Wenn wir wirklich ernsthaft kontrollieren würden, müssten wir ein Drittel aller Fahrzeuge aus dem Verkehr ziehen.«

»Wie bitte?«

»Nein, das ist nicht ganz korrekt. Die Hälfte. Das trifft die Realität besser.«

»Aha. Und warum kontrolliert ihr nicht ernsthaft?«

»Das ist politisch nicht erwünscht. Die Wirtschaft ist auf möglichst preiswerten Transport angewiesen, also wird alles getan, das durchzuziehen. Wir verfügen nur über einen Bruchteil des Personals, das für flächendeckende Kontrollen notwendig wäre, also gibt es nur wenige Visiten. Die finden dann aber oft mit aufwendiger medialer Begleitung statt, um der Öffentlichkeit vorzutäuschen, der Staat habe auch in diesem Metier alles im Griff.«

»Dann ist es also durchaus realistisch, davon auszugehen, dass Kreitschmers Fahrer wirklich den von ihnen beschriebenen Schikanen ausgesetzt waren«, überlegte Braig.

»Können die das wirklich so gut formulieren?«, fragte Christiane Sterk. »Beherrschen die mehr als drei deutsche Sätze?«

»Du meinst ...«

»Ein deutscher Fahrer arbeitet nicht 80 Stunden die Woche. Vor allem nicht für 300 Euro im Monat. Ein bulgarischer, moldawischer oder ukrainischer aber schon. Für deren Begriffe ist das unter Umständen viel Geld. Deshalb kann man die auch behandeln wie den letzten Dreck. Die erzählen nichts weiter, wehren sich auch selten. Schon aus Angst, den Job zu verlieren. Moderne Sklaverei. Und alle wissen Bescheid. Wirtschaft und Politik. Und damit ja alles so weiterläuft, reißen die Politiker alles nieder, was irgendwie im Weg steht. Die Bahn, die bei gleichen Bedingungen viel billiger und mit wesentlich weniger Umweltschäden fahren würde als sämtliche Lkws, wird von der Politik mit ständig neuen Abgaben belegt wie irrsinnig hohen Mautgebühren, Zuschlägen für Öko-Strom, Abgaben für den Bundeshaushalt, Sonderzahlungen für die Bundespolizei – und du glaubst nicht, was noch alles. Und jetzt erlauben sie noch die Gigaliner. Lkw-Monster, denen unzählige Kinder, Fußgänger und Radfahrer zum Opfer fallen werden, einfach, weil sie nicht zu beherrschen sind. Bei uns sitzen die Falschen hinter Gittern, das ist unser Problem!«

9. Kapitel

Armin Balke stieg auf den kleinen Schemel, streckte sich, so weit er konnte, zog dann die dunkelgrüne Schutzhülle vollends von seinem Strandkorb. Er faltete sie sorgsam zusammen, achtete penibel darauf, dass sie genau rechteckig zu liegen kam und an keiner Stelle beschädigt wurde, verstaute sie unter der ausgezogenen Fußablage des Strandkorbs. Die Sonne thronte seit einer Weile schon über den mächtigen Kronen der hinter den Garagen hoch aufragenden Bäume, tauchte den Strandkorb mitsamt dem ihn umgebenden, kleinen Garten in ein warmes Licht.

Balke musterte den kräftig grünen, akkurat geschnittenen Rasen, entdeckte den winzigen Fetzen Silberpapier auf den ersten Blick. Teile der Verpackung einer Schokoladetafel. Er wusste sofort, woher der Partikel stammte. Pelcher, das fette Schwein im dritten Stock. Seit der Kerl im letzten Sommer oben eingezogen war, fand er alle paar Tage Silberpapierteile im Garten. Kein Wunder, dass der Typ so fett war. Wer so viel Schokolade in sich stopfte …

Vorwurfsvoll richtete Balke seinen Blick in die Höhe. Keine zwei Meter hinter dem Strandkorb ragte die Hauswand vier Stockwerke hoch in den Himmel. Vier Stockwerke, acht

Wohnungen. Mit Ausnahme seiner eigenen, im Erdgeschoss unmittelbar hinter ihm gelegenen, ausnahmslos von Verrückten bewohnt. Inzwischen war es direkt lebensgefährlich, sich hier im Garten aufzuhalten. Jederzeit musste man damit rechnen, etwas auf den Kopf zu bekommen. Dabei hatte er es damals, als er hier eingezogen war, dem Vermieter versprochen, sich um die Pflege der winzigen Gartenparzelle hinter dem Gebäude zu kümmern. Und Balke kam dieser Pflicht gleich zu welcher Jahreszeit akribisch nach. Zwar handelte es sich um eine recht bescheidene, zwischen das Haus und die Rückwände der Garagen gepresste Fläche von gerade einmal 14 Metern Länge und 4,50 Meter Breite; den Rasen jedoch immer akkurat gleichmäßig zu schneiden, die Blumenbeete und den winzigen, etwa vier Quadratmeter großen Teich sauber zu halten und genügend zu bewässern, erforderte schon einen gewissen Aufwand an körperlicher Arbeit. Balke schätzte die Arbeit dennoch. Zum einen verschaffte sie ihm einen wenn auch geringen Mietnachlass, zum anderen hatte er so die Möglichkeit, Stunden, ja ganze Tage in freier Natur zu verbringen, vorausgesetzt, es war warm genug und er fiel dem Dauerbombardement der Idioten über ihm nicht zum Opfer.

Voll wehmütiger Erinnerungen dachte Balke an seine Berliner Jahre zurück, die er zum größten Teil als Hausmeister eines gediegenen, vorwiegend von Ärzten und Anwälten bewohnten Gebäudeensembles in Charlottenburg verbracht hatte. Seinem Nachfolger war die Berufsbezeichnung nicht mehr vornehm genug: »Facility Manager« nannte sich der aus Polen zugezogene, eingebildete Affe inzwischen. Balke legte Wert darauf, stets und ohne jede Ausnahme für absolute Sauberkeit und Ordnung in und um den weitläufigen Gebäudekomplex gesorgt zu haben. Und dann, vor genau zwei

Jahren, hatte er dem Drängen einer neuen Bekannten nachgegeben und war ihr hinterhergezogen, in eine Gegend, in der kein Mensch, so seine bittere Erfahrung, auf Werte wie Sauberkeit und Ordnung Rücksicht nahm. Niemand jedenfalls hier in diesem Haus mitten im angeblich so gediegenen Ludwigsburg, einer Stadt, die gleich drei verschiedene Schlösser samt den sie umgebenden Parkanlagen ihr Eigen nannte. Kaum zu glauben, dass seine Wohnung keine 500 Meter vom filigranen Bau des Favorite-Schlössles und kaum weiter von einem der größten Barockschlösser des ganzen Landes entfernt lag. Seine Bekannte, die ihn hierhergelockt hatte, war natürlich längst auf und davon, und er hatte sich bisher nicht dazu aufraffen können, wieder in seine Heimat zurückzukehren.

Nein, Sauberkeit und Ordnung waren Fremdworte in dieser Umgebung, ein Blick auf die winzige Rasenfläche zeigte das zur Genüge. Kopfschüttelnd klaubte er das Silberpapier vom Boden auf und verstaute es in dem kleinen Blumentopf, der ihm als Abfallbehälter diente. Ein widerliches Schwein, der Kerl im dritten Stock. Er klappte den dunkelgrünen Paravent, der ihm als Sichtschutz vor etwaigen Gaffern aus den Wohnungen der rechten Haushälfte diente, zu voller Länge auf, befestigte ihn im Rasen. Endlich konnte er sich seiner Lieblingsbeschäftigung hingeben.

Balke nahm im Strandkorb Platz, lehnte sich zurück. Er hatte den Kopfteil extra nicht zurückgeklappt, um vor zu Boden fallenden Gegenständen gesichert zu sein, nahm die daraus resultierende, unbequeme Haltung in Kauf. Hauptsache, Sonne, Wärme und – zumindest zeitweise – Ruhe.

Irgendwo in einem der oberen Stockwerke dudelte ein Radio, vielleicht auch ein Fernseher oder ein anderes auf Krach gepoltes Gerät, Balke konnte es nicht genauer einschätzen.

Irgendein Idiot jedenfalls, der Gefallen daran fand, am Sonntagvormittag einer im weitesten Sinn wohl als Musik definierten Lärmquelle zu huldigen und dieses Urwaldgetrommel auch noch den Nachbarn zuzumuten. Er schielte über seinen Paravent hinweg in die Höhe, versuchte festzustellen, welcher Vollpfosten für den akustischen Terror verantwortlich war. Sowohl im dritten als auch im vierten Stock standen die Fenster offen, wahrscheinlich kam es von dem jungen Paar, das neben dem fetten Schokoladefresser hauste. Dann musste er ja direkt zufrieden sein, dass er nur mit Radiogedudel belästigt wurde, oft genug schon hatten sie ihre Umgebung mit Geräuschen völlig anderer Art versorgt.

Balke wollte sich gerade wieder zurücklehnen und nach seiner Bierflasche greifen, als er mitten in der Bewegung erstarrte. Der Radiolärm war zwar nicht verstummt, wurde jetzt aber von ganz anderen Tönen überlagert. Ein ständig an- und abschwellendes Gekeuche und Gestöhne. Hatte er nicht gerade darüber sinniert? Wo war er hier nur gelandet? Ein vom Aussehen her völlig normal, überhaupt nicht ausländisch wirkendes, junges Paar – und es hatte Tag und Nacht, selbst jetzt am Sonntagvormittag, nichts anderes zu tun als ständig zu kopulieren. Was waren das für Leute? In Berlin, da war Balke sich sicher, hatte es solche Typen nicht gegeben.

Er griff nach seiner Bierflasche, öffnete sie, genehmigte sich einen kräftigen Zug *Berliner Kindl Weisse*. Wenigstens das Bier schmeckte wie gewohnt. Er lehnte sich zurück, soweit das fast senkrecht eingestellte Oberteil des Strandkorbs dies zuließ, genoss die wärmenden Strahlen der Sonne. Das Keuchen und Stöhnen aus dem Oberstock wich für ein paar Sekunden dem Radiogedudel, dann war es wieder da. Wie lange sollte das noch so weitergehen? Verärgert stöpselte Balke den Kronkorken auf seine Flasche, beugte sich dann zur Seite, um das Bier abzustellen. Das Toben und Schreien, das plötzlich über ihm einsetzte, ließ ihn erschrocken innehalten. Kein lustvolles Keuchen und Stöhnen mehr, keine poppig-rockigen Rhythmen. Vielmehr infernalisches Kreischen, schrilles, die Nerven zerfetzendes Gebrüll. Und bevor Balke reagieren und seinen Blick in die Höhe richten konnte, prasselten kleinere und größere Gegenstände bereits auf ihn und seine Umgebung nieder, und dann tat es einen so gewaltigen Schlag, dass er vor Schreck aufsprang und mit der Stirn gegen den Kopfteil seines Strandkorbs stieß. Der Wasserschwall, der im gleichen Moment aus dem winzigen Teich aufstieg und ihn völlig einnässte, spielte da nur noch eine Nebenrolle.

10. Kapitel

Wir waren bei den Papageien. Der Rote hatte einen Riss an seinen Federn. Onkel Jens hat ihn repariert. Der war schrecklich aufgeregt.«

»Onkel Jens?«

»Nein, doch nicht Onkel Jens! Der kann das doch! Der hat das schon oft gemacht. Der rote Papagei natürlich. Der flatterte immer ganz wild mit seinen Flügeln. Onkel Jens hat extra Musik laufen lassen und mit ihm geredet, damit er ruhiger wird. Und ich musste ganz still im Eck sitzen.« Ann-Sofies Wangen waren vor Begeisterung gerötet, als sie am Sonntagmorgen von ihrem Ausflug in die Wilhelma erzählte. Sie schilderte den Tag in aller Ausführlichkeit, berichtete von jedem noch so kleinen Tier, dem sie begegnet war, unterstrich ihre Erlebnisse mit weit ausholenden Gesten.

Braig waren diese Stunden heilig, er versuchte seine gesamte Aufmerksamkeit auf seine Tochter zu konzentrieren und ihr das Gefühl zu geben, dass es für ihn nichts Wichtigeres gab, als ihr zuzuhören.

»Aber Onkel Jens hat mit dem Papagei noch was gemacht.« Die Aufregung war ihr ins Gesicht geschrieben, die roten Backen glühten. Sie hatte den Zeigefinger der rechten Hand über den Mund gelegt. »Ich habe es Onkel Jens versprochen, dass ich es niemand erzähle, nur euch. Euch und Oma, wenn sie nach meinem Ausflug fragt.«

»Hat Onkel Jens wieder was angestellt?«, warf Braig in verschwörerischem Tonfall ein.

Seine Tochter sprang vom Stuhl auf den Boden, tanzte vor Aufregung hin und her. Sie kicherte und japste, fand vor Lachen kaum zum Sprechen. »7-8-6-5-4-2-8. 7-8-6-5-4-2-8.« Immer wieder aufs Neue wiederholte sie die Zahlenreihe.

»Was ist damit?«, fragte Braig.

»Onkel Jens hat es immer ganz laut gesagt.«

»Was? Diese Zahlen?«

Ann-Sofie nickte, hüpfte auf und ab.

»Immer dieselben?«

»Immer dieselben«, bestätigte seine Tochter. »Und weißt du, was der Papagei gemacht hat?«

»Der hat die Zahlen nach einer Weile nachgeplappert.«

Vor Freude sprang sie wieder auf den Stuhl. »Der hat sie wirklich nachgeplappert. Bissle komisch, aber genauso, wie Onkel Jens es vorgemacht hat. Genau dieselben Zahlen.«

»Ist das eine Telefonnummer?«, fragte Braig. Er kannte seinen Vermieter gut genug, um zu ahnen, dass eine Absicht hinter dem Ganzen steckte.

Seine Tochter kreischte vor Vergnügen. »Eine Telefonnummer, ja! Und weißt du, von wem?«

Braig schien zu überlegen. »Hat Tinnitus ein Handy?«

»Nein«, schrie Ann-Sofie. »Mit Tinnitus kann Onkel Jens selber sprechen, da braucht er kein Telefon. Der wohnt ja bei uns im Haus.«

»Von wem ist die Nummer dann?« Er kannte seine Tochter gut genug, wusste, dass sie nicht lange mit dem Geheimnis hinter dem Berg halten konnte.

»Von dem Scheier, dem blöden Hund!«, rief sie laut.

»He, was ist denn das für ein Ausdruck?«

»Das sagst du immer selbst. Scheier, der blöde Hund. Jedes Mal, wenn der wieder ums Eck rast.«

»Okay, zu dem darf man das sagen«, gab Braig zu, den Nachbarn vor Augen, den er bereits mehrfach mit weit überhöhter Geschwindigkeit um die Ecke hatte rasen sehen. »Das ist wirklich ein blöder Hund. Aber sonst bitte nicht. Du weißt ja, irgendwann werde ich den erwischen und dann wird er bestraft.«

»Hoffentlich.« Sie klatschte in ihre Hände. »Sonst überfährt der noch Tinnitus.« Sie warf ihm einen besorgten Blick zu.

»Nein«, sagte er. »Ich werde den bald erwischen. Dann kommen meine Kollegen und nehmen ihm den Führerschein weg. Und dann ist es endlich vorbei mit der Raserei.«

»Und deshalb hat Onkel Jens dem Papagei die Telefonnummer gesagt. Damit der das nachplappert und die Leute, die ihn in der Wilhelma besuchen, sich die Nummer merken und den blöden Hund dann anrufen. Damit der sich ärgert, wenn sein Telefon so oft klingelt.«

»Onkel Jens hat einfach gute Ideen!«

»Er hat gesagt, den Scheier muss man totschlagen. Aber erst machen wir mal das mit der Nummer.«

»Na ja, totschlagen ist keine so gute Idee.«

Er sah die Miene seiner Tochter vor Begeisterung glühen, hörte sich weitere Episoden ihres Ausflugs an. Es war schon kurz nach elf, als sich sein Handy meldete.

Ann-Sofie sah, wie er nach dem Gerät schielte, hielt mitten in ihrem Bericht inne. »Du hörst überhaupt nicht zu, Papa!«, beschwerte sie sich in vorwurfsvollem Ton. »Du guckst bloß zu deinem blöden Handy!«

Er bemerkte, dass es sich um einen Anruf seiner engsten Mitarbeiter handelte, versuchte, seine Tochter zu beruhigen. »Ich hab dir die ganze Zeit zugehört, mein Schatz. Und ich werde dir auch noch viel länger zuhören. Aber das sind die Leute aus meinem Büro und da muss ich leider ...« Er nahm ihren mürrischen Gesichtsausdruck wahr, streichelte ihr über die Stirn. »Nur mal hören, was die wollen, okay?«

»Das sagst du immer!«

Er nahm das Gespräch an, hatte den Kollegen Stöhr in der Leitung.

»Es ist so, äh, wir haben einen Toten. Aus dem obersten Stockwerk gestürzt.«

»Suizid?«

»Es ist so, äh, Fremdeinwirkung.«

»Wo ist das passiert?«

»In Ludwigsburg. Nicht weit vom großen Schloss. Der hätte, äh, beinahe noch einen erschlagen bei seinem Sturz. Rössle und Dolde sind unterwegs.«

»Und es ist eindeutig Fremdeinwirkung?«

»Äh, es ist so, ja, sagen die Kollegen. Sie haben ein Papier entdeckt.«

»Was für ein Papier?«

»Sie kennen das, äh. *Menschenschinder* steht darauf.«

»Oh Gott, nein!«, rief Braig. Er bemerkte die großen Augen seiner Tochter, dämpfte seinen Ton. »Wo fanden sie das Papier? Bei der Leiche?«

»Es ist so, äh, in der Wohnung.«

»Ich komme. Adresse und so weiter per SMS, okay?« Er strich Ann-Sofie über den Kopf, sah ihre entrüstete Miene. Manchmal verfluchte er seinen Beruf. Nie gab es Ruhe. Nicht nachts und nicht am Sonntag. *Menschenschinder,* schon wieder. Was immer das zu bedeuten hatte.

»Ach, Papa!«, seufzte die Kleine. »Immer musst du weg!«

»Willst du dich nicht um Tinnitus kümmern?«, versuchte er, sie auf neue Ziele aufmerksam zu machen.

»Das sagst du nur, um mich abzulenken!«, konterte Ann-Sofie mit mürrischer Miene.

Wie fast immer hatte sie wieder mal recht.

Das vier Stockwerke hohe Gebäude war von den Kollegen weiträumig abgesperrt worden. Rot-weiße Plastikbänder ringsherum, von mehreren uniformierten Beamten bewacht. Eine große Ansammlung Neugieriger hatte sich dennoch nicht davon abhalten lassen, unmittelbar vor der Absperrung Posten zu beziehen und alles und jeden zu begaffen, der sich jenseits des Flatterbandes zu schaffen machte. Laut miteinander parlierend wurde die Arbeit der Polizei begutachtet.

»Heut morge hent se do drin oin erschosse!«

»Der Dote liegt hinterm Haus.«

»I dät mir den Kerl gern agucke, aber die Bulle lasset mi net durch. Jetzt gibt's endlich mal was Gscheits zum sehe und no kennet die oim nur schikaniere!«

Braig passierte den Pulk mit großen Schritten, folgte dem Kollegen, der ihn am Bahnhof abgeholt hatte, ums Haus. Die Szene, die er vor sich sah, mutete fast skurril an. Eingezwängt zwischen dem Wohngebäude und den grauen, steril gleichförmigen Rückfronten einer langen Garagenreihe erstreckte sich ein schmaler Streifen grünen Rasens. So winzig die Fläche auch schien, jeder Quadratzentimeter war akkurat gepflegt. Kein Halm zu lang, keiner zu kurz, jeder auf den Punkt genau abgemessen. Nirgends Unkraut, nicht der kleinste Partikel Unrat. Typisch schwäbischer Rasen, überlegte Braig, wie im Klischee. Wo sonst waren die Leute noch so verrückt, die Natur mit einem derartigen Aufwand in akkurate Bahnen zu pressen?

Am Rand der Grünfläche thronte ein ehemals wohl rotweiß gestreifter Strandkorb mit ausgefahrenen Fußschemeln, wie er sie von der Nordsee her kannte. Gerade mal einen Meter von dem Korb entfernt kniete Dr. Schäffler vor dem auf den Boden gestreckten Körper eines Mannes. Ebenso wie die unmittelbare Umgebung der seltsam verrenkten Gestalt war auch die gesamte Innenfläche des Strandkorbs von einer braunen Kruste überzogen, Reste von Schlamm, wie Braig nach kurzer Überprüfung bemerkte. Er sah Rössle mit einem durchsichtigen Wasserbeutel in der Hand hinter dem Strandkorb stehen, bemerkte den Fisch, der darin schwamm.

»Des isch der oinzige Überlebende«, maulte der Spurensicherer, auf eine kleine Ansammlung toter Goldfische auf dem Rasen weisend. »Die sind älle hinüber.«

Braig musste nicht lange überlegen, begriff sofort, was geschehen war. Der Mann war nicht auf dem Rasen aufgekommen, sondern in einen winzigen Teich gestürzt.

»Einen schönen Sonntagmorgen wünsche ich.« Dr. Schäffler hatte sich aufgerichtet, reichte Braig die Hand. »Wieder ein Menschenschinder«, sagte er dann in gedämpftem Ton. »Ihre Kollegen haben es sofort entdeckt.«

Braig zeigte fragend auf den Toten, dann in die Höhe.

»Drobe uf dem Tisch in dem Zimmer, wo der Saukerl ihn 'nausgstürzt hat«, erklärte Rössle. »Der Dolde isch in der Wohnung.«

»Die Spuren sind eindeutig?«, fragte Braig.

»Hundertpro. Das Zimmer obe sieht aus wie a Schlachtfeld.«

»Der überraschte ihn mit Pfefferspray, schlug auf ihn ein und warf ihn dann aus dem Fenster«, erklärte der Gerichtsmediziner. »Dass der Mann in einem kleinen Teich landete, half ihm leider nicht. Das Wasser war zu niedrig. Etwa fünfzehn Zentimeter, schätze ich.«

»Wer ist das Opfer? Haben wir …«

»Dr. Ralf Meyer«, erklärte Dr. Schäffler. »Chefarzt in Stuttgart.«

»Sie haben ihn gekannt?«

»Flüchtig. Von einer Fortbildung. Er war der Leiter.«

»Ein hohes Tier.«

»Das nützt ihm jetzt nichts mehr«, meinte der Gerichtsmediziner.

»Er wohnt hier?«, fragte Braig.

»Mit seiner derzeitigen Partnerin. Sie hatte Frühdienst.«

»Sie ist ebenfalls Ärztin?«

»Noi«, mischte sich Rössle wieder ins Gespräch. »Pflegerin im Altenheim. Hier in Ludwigsburg.«

Braig wandte sich dem Toten zu, musterte ihn, soweit er noch menschliche Gesichtszüge trug. Sein Kopf war fast komplett von einer dünnen Schlammschicht überzogen, aus dem Mund ragte die Schwanzflosse eines kleinen Fisches. Braig stöhnte leise auf, verzog sein Gesicht.

»Ach, du moinsch des arme Fischle in seinere Gosche?«, kommentierte der Spurensicherer. »Ja, das hätte der Herr Chefarzt sicher net denkt, dass er mal so endet.«

»Gebt ja nichts an die Presse weiter!«, bat Braig. Er schaute nach oben, bemerkte die Aufmerksamkeit eines jungen Paares auf sich gerichtet. »Wenn ihr fertig seid, deckt ihn bitte schnell ab. Nicht dass …« Er wies in die Höhe.

»Ich bin bald so weit«, erklärte Dr. Schäffler. »Und was das Fotografieren angeht: Die Kollegen haben alle Bewohner ermahnt, das habe ich selbst gehört. Was allerdings bis zu deren Eintreffen los war …«

»Wir werden es sehen«, seufzte Braig. »Spätestens wenn entsprechende Fotos auftauchen. Wer hat den Toten entdeckt?«

»Entdeckt?« Rössle lachte laut. »Der Kerle aus dem Erdgeschoss war live dabei. Hier in seinem Strandkorb …«

»Als der Mann herabstürzte?«

»Allerdings. Der isch voll nebe der Kapp! Den hätts ja beinahe selbst erwischt.«

»Wo ist der Mann?«

»In seiner Wohnung. Der wollt sich dusche. Hier, die Kollege hent ihn fotografiert.«

Braig warf einen Blick auf Rössles Monitor, entdeckte eine völlig durchnässte, mit dicken Schlamm-, Erde- und Pflanzenplacken verunreinigte Gestalt. Der Mann sah aus, als wäre er gerade einem Ganzkörper-Fangobad entstiegen – allerdings vollkommen bekleidet. Die Haare verklebt, das Gesicht von Schlamm überzogen. Selbst sein Hemd und seine Hose waren fast überall verschmutzt.

»Der arme Kerl«, sagte er. »Mal sehen, was er mir berichten kann.«

»Net viel, sag i dir: Der isch voll nebe der Kapp!«, wiederholte Rössle.

Braig bat den Gerichtsmediziner, ihm seine erste Einschätzung wie gewohnt bald zukommen zu lassen, lief dann zur Eingangstür des Gebäudes, die von einer uniformierten Kollegin bewacht wurde. »Der Mann vom Strandkorb«, wandte er sich an die Beamtin.

In der Menge der neugierigen Gaffer kam Unruhe auf. »Was isch jetzt des für oiner?«, hörte er eine kräftige Stimme.

Braig konzentrierte sich auf die Kollegin. »Balke«, sagte die Frau. »Unten links. Die Tür ist offen.«

Er bedankte sich für die Auskunft, trat ins Haus. Eine überraschend angenehme Atmosphäre erwartete ihn. Der Flur wie die Treppen waren in hellem, marmorähnlichem Ton gehalten, das Metallgeländer in kräftigem Rot gestrichen. Feines Citrus-Aroma lag in der Luft. In diesem Haus war ein Mensch mutwillig in den Tod gestürzt worden?

Braig folgte den Stufen zu Balkes Wohnung, sah, dass die Tür angelehnt war. Er klopfte zwei Mal, wartete vergeblich auf eine Reaktion. »Herr Balke?« Er schob die Tür zurück, betrat die Wohnung, sah einen Mann kopfschüttelnd und leise vor sich hin murmelnd in einem an die Diele grenzenden Zimmer hin und her laufen. Er trug helle Badelatschen und einen dunkelblauen Hausanzug, hatte ein feuchtes Handtuch über die Schulter gelegt. Seine Haare trieften vor Nässe. »Herr Balke?«, wiederholte Braig seine Anrede, nannte dann laut seinen Namen.

Der Mann zeigte keinerlei Reaktion. Braig lief zu ihm hin, berührte ihn an der Schulter.

Erschrocken sah der Mann zu ihm auf. »Wat willste denn, Junge?«, fragte er, ihn mit großen Augen musternd. »Ick hab doch schon allet erzählt, wa? Ick weeß nich, wie et passiert is. Ick sitze in meinem Strandkorb, gönne mir eenen Schluck *Kindl Weisse* und plötzlich macht et platsch!«

»Platsch?«, kam es Braig über die Lippen. Er beobachtete seinen Gesprächspartner, schätzte ihn auf Anfang, Mitte fünfzig, merkte, dass er immer noch Mühe hatte, das unverhoffte Geschehen zu verarbeiten. Er musste sich erkundigen, ob die Kollegen bereits einen Psychologen verständigt hatten. Der Mann benötigte dringend Hilfe.

»Platsch. Wenn ick et dir sache, Junge.«

»Sie haben vorher nichts gesehen oder gehört?«

»Jesehen oder jehört? Junge, du bist jut! Det Pärchen im dritten Jeschoss hab ick jehört, den janzen Morjen. Die ham kopuliert, zum wat weeß ick wievielten Mal, und dann mittendrin macht et plötzlich platsch!«

»Wissen Sie, um wie viel Uhr das war?«

Balke zog das Handtuch von der Schulter, fuhr sich damit über den Kopf. »Wie viel Uhr? Wat weeß icke, Junge? Vor dir macht et platsch und die Joldfische und det komplette Wasser aus den Teich klatschen dir in et Jesicht und dann liegt da eener vor dir und ick kieke uff die Uhr? Meenste, ick habe keene anderen Sorjen in det Moment jehabt?«

»Doch, natürlich«, versuchte Braig, den Mann zu beruhigen. »Es hätte ja zufällig sein können.«

»Nee, Junge, dat hätte et nich!«, beharrte Balke.

Braig trat einen Schritt zurück, weil sein Gesprächspartner mit dem Handtuch plötzlich wie ein Verrückter seine Haare zu rubbeln begann, beschloss, die Unterredung zu beenden. Der Mann stand immer noch unter Schock, war in absehbarer Zeit wohl kaum zu tiefer gehenderen Überlegungen fähig. Er verabschiedete sich von ihm, wandte sich der Wohnungstür zu.

»Eens sach ick dir, Junge«, rief Balke ihm hinterher. »Ick will heute noch zurück nach Berlin. Bei euch hier isset mir zu jefährlich. Setzde dich in de Sonne und dann fliegt dir beinahe een ausjewachsener Kerl ufn Kopp! Nee, da lebste ja selbst Kottbusser Tor jemütlicher als hier! Nix für unjut, Junge, aber so isset nu mal!«

Braig musste an sich halten, nicht laut loszulachen, trat ins Treppenhaus. Die Menschenmenge vor dem Gebäude schien sich wieder beruhigt zu haben. Er folgte den Stufen in die Höhe, bis er im obersten Stockwerk angekommen war, sah das Schild mit der Aufschrift *Pirsch/Dr. Meyer* an der linken Tür. Braig klopfte, nannte seinen Namen.

Nach kurzem Warten wurde die Tür geöffnet. Er sah sich seinem Kollegen Dolde gegenüber, grüßte. Der Spurensicherer bat ihn, stehen zu bleiben, reichte ihm dann Plastiküberzüge für seine Hände und Schuhe. »Für das große Zimmer, in dem es passiert ist. Den Rest der Wohnung bin ich schon durch«, erklärte Dr. Dolde. Er zeigte auf einen Fleck am Türrahmen und der angrenzenden Wand. »Er muss ihn schon hier an der Tür mit Pfefferspray oder einer ähnlichen Substanz attackiert haben. Wahrscheinlich ohne jede Vorwarnung.«

Braig schlüpfte in die Schutzüberzüge, musterte die Tapete, die etwa in Kopfhöhe von Spuren einer ätzenden Substanz gezeichnet war. »Dasselbe Zeug wie auf dem Wasen?«

»Wir müssen es noch untersuchen«, antwortete Dolde. »Dem ersten Augenschein nach aber: ja.« Er winkte Braig, ihm zu folgen, führte ihn durch eine geräumige Diele. »Hier hat er ihn noch mal traktiert. Die Scheibe ist völlig verätzt.«

Die Spuren der säurehaltigen Substanz waren nicht zu übersehen. Der gesamte obere Teil der hellen Milchglastür, die ins Wohnzimmer führte, war zu einer trüben, undurchsichtigen Masse mutiert.

»Der hat ihn an der Wohnungstür überfallen und durch die Diele verfolgt«, überlegte Braig.

»So stelle ich mir das ebenfalls vor«, stimmte Dolde ihm zu. »Und hier, an der Glastür, versuchte das Opfer sich zu wehren und wurde deshalb erneut mit dem Zeug attackiert.«

»Was ist mit dem Täter?«, fragte Braig. »Hat der nichts davon abbekommen?«

Der Spurensicherer hob abwehrend seine Hände. »Er könnte eine Atemschutzmaske getragen haben. Wenn nicht …«

»… war er dem Zeug ebenfalls ausgesetzt. Zwar bei Weitem nicht in dem Ausmaß wie sein Opfer, aber …«

»Viel kann er nicht abbekommen haben«, erklärte Dolde. »Schau dir die Zerstörungen in diesem Zimmer an. Der Arzt muss sich trotz seiner schrecklichen Schmerzen und der Tatsache, dass er wohl kaum noch etwas erkennen konnte, mit Händen und Füßen gewehrt haben. Trotzdem hat es der Täter geschafft, das Fenster zu öffnen und ihn hinauszustoßen.« Er schob die Glastür zurück, gab den Blick auf einen völlig verwüsteten Raum frei, dessen Funktion als Wohnzimmer allenfalls noch an dem weißen Mehrsitzersofa und dem davor stehenden Tisch zu erkennen war. Das restliche Mobiliar, sämtliche Stühle wie auch die schmale Vitrine lagen umgestürzt oder zwei Hände breit von der Wand gezerrt durcheinander auf dem Boden, ergänzt von teilweise zu Bruch gegangenen Gläsern und Porzellan.

»Oh, nein!« Braig fiel es angesichts des Tohuwabohus vor ihm nicht schwer, sich den Kampf auf Leben und Tod, der hier stattgefunden hatte, vorzustellen.

»Vielleicht haben wir Glück«, versuchte Dolde, ihn aufzumuntern, »und finden irgendwelche Stoffreste oder Fasern. Vielleicht sogar einen Knopf oder DNA-Spuren des Täters. Bei der brutalen Auseinandersetzung muss er Blessuren davongetragen haben. Das ist anders nicht möglich.«

»Schafft ihr das zu zweit?«

Der Spurensicherer holte tief Luft. »Was bleibt uns anderes übrig? Der Sonntag geht dabei drauf, das ist klar.« Er wies auf den Tisch. »Aber bevor ich sentimental werde ... Das *Menschenschinder* – dort liegt es. Ich habe nichts verändert. Außer den Kollegen war noch niemand in der Wohnung.«

Braig stakste auf Zehenspitzen zu dem Tisch, sah das Blatt, von einer Vase beschwert, fast genau in der Mitte liegen. Er musterte das Schriftbild, erkannte die Ähnlichkeit sofort. »Dieselbe Handschrift«, sagte er laut.

»Ich habe noch keinen Vergleich durchgeführt. Aber ich denke, du hast recht, ja.«

»Wir haben es auf jeden Fall mit einem skrupellosen Typen zu tun«, überlegte Braig. »Der Kerl ist derart abgebrüht, dass er nach der heftigen Auseinandersetzung und dem lauten Tumult, den er hier verursacht hat, nicht sofort flieht, sondern extra noch dieses Papier hinterlegt. Dabei muss er erst noch drei Stockwerke überwinden, um aus dem Haus zu kommen.«

»Es ist ihm dennoch gelungen, unerkannt zu verschwinden. Die Kollegen haben alle Bewohner befragt, die sie erreichen konnten. Drei Leute waren im Haus, wie ich hörte. Alle drei rannten zu den Fenstern auf der Rückseite und starrten nach unten, wo der Strandkorb-Typ Zeter und Mordio schrie. Bis die endlich realisiert hatten, was passiert war, war der Verbrecher weg.«

»Das heißt, der Mann im Strandkorb sorgte mit seinem Gezeter dafür, dass der Täter unbeobachtet über die Vorderseite fliehen konnte.«

»Ich fürchte, so lässt sich das sagen, ja.«

»Wo ist diese Frau Pirsch? Sie war zur Tatzeit nicht in der Wohnung?«

Dolde wies zur Eingangstür. »Ihre Nachbarin hat sie zu sich geholt. Die sind wohl befreundet. Mir war das recht, damit ich in Ruhe arbeiten kann.«

»Dann will ich dich auch nicht länger stören. Ich werde versuchen, mit der Frau ein paar Worte zu wechseln.«

Braig lief ins Treppenhaus, streifte die Schutzüberzüge von seinen Händen und Schuhen, läutete an der Nachbarwohnung. *Margit Bingler* las er auf dem Namensschild. Es dauerte fast eine Minute, bis im Inneren der Wohnung Schritte zu hören waren und die Tür geöffnet wurde. Eine jugendlich wirkende, kaum vierzigjährige Frau mit blonden Wuschelhaaren streckte ihm den Kopf entgegen. Ihre Augen schienen angegriffen, eine Träne perlte ihr über die linke Wange. Sie hatte ein Taschentuch in der Hand, wischte sich quer übers Gesicht.

»Mein Name ist Braig. Ich bin der ermittelnde Kommissar«, stellte er sich vor, seine Kennkarte in der Rechten. »Ich würde gerne mit Frau Pirsch sprechen.«

»Sie können sich vorstellen, wie es Tina geht?«, krächzte die Frau. Sie hustete, versuchte, ihre Stimme wieder in Gang zu bringen.

»Das ist mir vollkommen klar. Ich werde Frau Pirsch nicht lange in Anspruch nehmen.« Er merkte, wie es in ihr arbeitete, nickte ihr zu. Widerstrebend gab sie die Tür frei.

Braig wartete, bis sie ihm den Weg wies, folgte ihr dann ins Wohnzimmer. Die Wohnung schien spiegelverkehrt mit den Nachbarräumen identisch. Auch hier eine helle Milchglastür, alles jedoch in unversehrtem, wohl aufgeräumtem Zustand. Die Frau auf dem Sofa blickte ihm mit müden Augen entgegen. Er schätzte sie auf Mitte, Ende dreißig, bemerkte ihre auffällig langen, dunklen Haare, die ihr etwas wirr über die Schulter hingen. Sie trug eine weiße Bluse und dunkle Jeans, griff nach der Tasse dampfenden Tees, die vor ihr auf dem Tisch stand.

Braig wartete, bis sie einen Schluck getrunken hatte, stellte sich dann vor.

»Wir haben uns so aufs Volksfest gefreut«, begann sie unvermittelt.

Braig griff nach einem Stuhl, nahm zwei Schritte neben ihr Platz. Er bemerkte den kritischen Blick der Wohnungsinhaberin, konzentrierte sich auf die Partnerin des Mordopfers. »Herr Dr. Meyer und Sie?«

»Heute Mittag. Endlich mal wieder ein freier Sonntagnachmittag. Die ganze Woche schon haben wir überlegt, was wir unternehmen.«

»Sie arbeiten in einem Seniorenheim hier in Ludwigsburg?«

»Keine fünf Minuten mit dem Fahrrad«, bestätigte Tina Pirsch.

»Aber heute Morgen haben Sie gearbeitet.«

»Frühschicht«, sagte die Frau. »Und dann wollte ich mich eine Stunde aufs Ohr legen und …« Sie stockte mitten im Satz, starrte ihn mit großen Augen an.

»Wann sind Sie nach Hause gekommen?«

Tina Pirsch schien zu überlegen.

»Kurz nach elf«, mischte sich Margit Bingler ins Gespräch. »Ich stand unten an der Haustür. Ich habe auf sie gewartet.«

»Sie haben es mitbekommen?« Er machte eine Kopfbewegung in die Richtung der Nachbarwohnung.

»Balkes Schreien war nicht zu überhören. Das ganze Haus rannte zusammen.«

»Und vorher? Die Auseinandersetzung hier oben …«

Margit Bingler hob ihre Schulter, legte die Stirn in Falten. »Ihr Kollege hat mich auch schon gefragt. Ich hatte Musik laufen. Santiano. Ziemlich laut. Nein, ich habe nichts gehört. Tut mir leid.«

»Aber Balkes Schreien …«

»Das Fenster in der Küche war geklappt. Das war nicht zu überhören. Unmöglich. Der tobte minutenlang.«

»Wissen Sie noch, wann das war?«

Die Frau musste nicht lange überlegen. »Zehn vor elf. Das weiß ich ganz genau. Ich riss das Fenster auf, schaute nach unten und … Oh nein, ich möchte nicht mehr daran denken. Aber im gleichen Moment läutete mein Handy, und als ich es hochnahm, sah ich die Zeit. 10.50 Uhr.«

»Zu dem Zeitpunkt schrie Balke schon eine Weile?«

Margit Bingler nickte. »Allerdings. Bestimmt eine oder mehrere Minuten.«

»Und dann?«

»Dann? Ich brach das Gespräch ab – es war meine Mutter – und rannte die Treppe runter, so schnell ich konnte.«

»Sie sahen niemand aus der Nachbarwohnung kommen?«

Die Frau schüttelte den Kopf. »Ich, äh, wissen Sie, ich war dermaßen in Gedanken ... Balkes Schreien und der Körper auf dem Boden ... Ich achtete nur auf die Stufen, weil ich Angst hatte zu stürzen, aber nein, die einzigen Leute, denen ich begegnete, waren meine Nachbarn ein Stockwerk tiefer. Ein junges Paar. Die rissen gerade ihre Tür auf ... Ich weiß noch, dass beide nur notdürftig bekleidet waren. Die kamen in Unterwäsche aus der Wohnung, hatten Badetücher um sich geschlungen und sprangen mir hinterher.«

»Sonst haben Sie niemand gesehen? Irgendjemand, der vom Haus weglief vielleicht?«

Margit Bingler blies Luft durch die Zähne, fuhr sich mit der Zunge über die Lippen. »Es tut mir leid, aber ich war zu aufgeregt ... In dem Zustand ... ich achtete überhaupt nicht darauf.«

»Sie folgten der Treppe bis ins Erdgeschoss«, fuhr Braig fort. »Und dann?«

»Ich rannte ums Haus. Balke stand vor seinem Strandkorb, am ganzen Körper zitternd. Ich starrte auf den Mann auf dem Boden und begriff plötzlich, wer da vor mir lag.«

»Sie haben vorher nicht bemerkt, dass es sich um Herrn ...«, Braig verstummte nach einem Blick auf Frau Pirschs weit aufgerissene Augen, berichtigte sich dann: »... um Ihren Nachbarn handelt?«

Margit Bingler schüttelte ohne ein Wort zu sagen ihren Kopf. Braig zweifelte nicht daran, dass es sich genau so zugetragen hatte. Laute Musik hörend war sie vom Schreien Balkes aus ihrer Traumwelt gerissen ans Fenster gestürzt und hatte nach unten gestarrt, den zeternden Nachbarn und einen seltsam auf den Boden gestreckten Körper vor Augen. Niemand wäre in dieser Situation fähig gewesen, den Anblick rational zu analysieren.

»Und dann merkte ich plötzlich, dass ich noch mein Handy bei mir hatte, und wählte den Notruf.«

»Frau Pirsch war zu diesem Zeitpunkt noch nicht hier?« Braig wandte den Blick zu der Frau auf dem Sofa.

Tina Pirsch schüttelte den Kopf.

»Zuerst kam der Notarzt, dann Ihre Kollegen«, erklärte Margit Bingler. »Also fast gleichzeitig. Ich wusste, dass Tina Frühschicht hat, bin aber sicherheitshalber trotzdem noch mal hoch und habe an der Wohnungstür geklopft. Ein paar Mal. Ich habe auch laut ihren Namen gerufen. Als sich aber nichts tat …«

»Die Tür war verschlossen?«

»Die war zu, ja«, bestätigte Margit Bingler.

»Wann waren Sie oben an der Tür? Bevor der Notarzt kam?«

»Ja. Das dauerte ja ein paar Minuten. Als ich dann die Autos kommen hörte, war ich gerade wieder auf dem Weg nach unten. Und kurz danach sah ich Tina auf ihrem Fahrrad.«

»Sie sind miteinander befreundet?«, erkundigte sich Braig.

»Seit mehreren Jahren, ja«, gab Margit Bingler zur Antwort, den Blick auf ihre Nachbarin gerichtet. Tina Pirsch bestätigte die Worte mit nachhaltigem Kopfnicken. »Wir wohnen seit über acht Jahren auf demselben Stockwerk. Und unsere Männer kamen fast gleichzeitig dazu.« Der kurze Anflug eines Grinsens war schnell wieder aus Margit Binglers Gesicht verschwunden.

»Dann haben Sie sich sofort um Ihre Freundin gekümmert, als Sie sie bemerkten.«

»Ich versuchte, sie davon abzuhalten, ums Haus zu gehen. Aber die vielen Leute, ich meine, der Notarzt, die Sanitäter, die Polizeibeamten … Sie wollte mit eigenen Augen sehen, was passiert war.«

»Das ist nachvollziehbar. Jeder hätte so reagiert.« Er bemerkte die Träne, die sich aus Margit Binglers linkem Auge löste, hörte ihr leises: »Das war nicht gut.«

Braig hatte sofort verstanden. »Der Notarzt war noch anwesend?«

»Er kümmerte sich um sie, ja. Dann gingen wir hoch zu mir.«

»Sie waren nicht in der Wohnung?« Er deutete zur Wand. »Weder Sie noch Frau Pirsch?«

»Ihre Kollegen haben uns dringend gebeten, die Untersuchungen abzuwarten. Tina gab ihnen nur den Schlüssel.«

»Das ist gut so«, bedankte sich Braig. »Vielleicht finden wir so noch Spuren.«

Die Frau auf dem Sofa bewegte sich vorsichtig hin und her, streckte ihm ihren Kopf entgegen. »Es war kein Unfall?«, vergewisserte sie sich mit leiser, nur schwer verständlicher Stimme. »Und er hat es doch auch nicht …«

Braig musterte Tina Pirsch, schüttelte den Kopf. »Nein«, sagte er. »Weder das eine noch das andere. Da sind wir uns absolut sicher. Irgendjemand hatte etwas gegen Herrn Dr. Meyer.«

»Wer?«

Er sah ihre verzweifelte Miene, wandte sich ihr und ihrer Nachbarin zu. »Ihnen fällt niemand ein?«

»Um Gottes willen«, stöhnte Margit Bingler. »Was reden Sie denn da?«

»Sie sollten beide in Ruhe darüber nachdenken.«

Die Frau prustete kräftig. »Da gibt es nichts nachzudenken.«

»Okay.« Braig versuchte, die Situation zu entschärfen. »Verschieben wir das auf später. Der Name Michael Kreitschmer, sagt der Ihnen etwas?«

Beide Frauen zeigten keinerlei Reaktion.

Braig setzte gerade zu einer neuen Frage an, als Margit Bingler sich ihm direkt zuwandte. »War mit dem nicht was in den Nachrichten?«

Er nickte, musterte ihre Freundin. »Aber sonst ist Ihnen der Name nicht bekannt?«

Langsam, wie in Zeitlupe, bewegte die Frau ihren Kopf verneinend hin und her.

»Seit wann leben sie zusammen?«, erkundigte er sich. »Frau Pirsch und Herr …«

»Weihnachten wird es ein Jahr«, erklärte die Nachbarin, den Blick auf Tina Pirschs gequälte Miene gerichtet.

»Er war nicht verheiratet?«

Tina Pirsch mischte sich unverhofft ins Gespräch. »Doch. Aber Ralf lebt seit über fünf Jahren getrennt.«

»Er ist geschieden?«

»Sie haben keinen Kontakt mehr miteinander. Das geht auch ohne Scheidung.«

»Gibt es Kinder?«

»Daniel, sein Sohn«, antwortete Tina Pirsch.

»Wie alt ist er?«

»25.«

»Und wie war das Verhältnis zwischen den beiden?«

Tina Pirsch wandte den Blick von ihm ab, rang sich dann zu einem etwas gequält klingenden: »Nicht besonders«, durch.

»Was bedeutet das?«, hakte Braig nach.

»Daniel hasst seinen Vater«, antwortete sie in flüsterndem Tonfall.

»Er hasst seinen Vater?«

»Ständig will er was von ihm. Meistens Geld. Viel Geld. Erst letzte Woche war er wieder hier. Er macht ihm dauernd Vorwürfe. Dass er sich nicht um ihn und seine Mutter kümmert, sich eine Geliebte hält. Damit meint er mich. Er wurde mal wieder richtig ausfällig. ›Du und deine Schlampe‹, schrie er ihn an, als Ralf sich weigerte, ihm schon wieder einen Hunderter zu geben. Da warf Ralf ihn eigenhändig aus der Wohnung. Zum Dank zog er Pfefferspray aus der Tasche und sprühte es ihm ins Gesicht. Ich musste es ihm den ganzen Abend lang auswaschen.«

»Seinem eigenen Vater?«, fragte Braig.

Tina Pirsch schien zu keiner Antwort mehr fähig. Sie deutete nur noch ein schwaches Kopfnicken an.

11. Kapitel

Natürlich war Braig sofort hellhörig geworden. Das Mordopfer war vor wenigen Tagen schon einmal mit Pfefferspray attackiert worden. Vom eigenen Sohn. Der junge Mann hatte zu genau derselben Waffe gegriffen, mit der sein Vater heute in den Tod getrieben worden war. Das sollte Zufall sein?

Braig war darum bemüht gewesen, ruhig zu bleiben. Er hatte sich danach erkundigt, ob der junge Mann früher schon so rabiat aufgetreten sei, hatte jedoch nur ausweichende Antworten erhalten. Dr. Meyer war immer darum bemüht gewesen, jeden Kontakt zu seiner alten Familie zu vermeiden. Seinen Sohn hatte Tina Pirsch deshalb nur zwei oder drei Mal zu Gesicht bekommen, weshalb es ihr unmöglich war, auf die Frage einzugehen. Auch Margit Bingler hatte zur Vorgeschichte des Streits nichts beizutragen gewusst.

Braig hatte sich daher die Adresse des jungen Mannes wie der rechtskräftig angeblich noch nicht geschiedenen Ehefrau des Arztes geben lassen und beschlossen, beide ohne Voranmeldung sofort aufzusuchen. Mutter und Sohn lebten anscheinend gemeinsam in einem Haus im Stuttgarter Vorort Feuerbach.

Er verabschiedete sich von den beiden Frauen und seinen Kollegen und ließ sich von einem der uniformierten Beamten zum Ludwigsburger Bahnhof bringen. Wenige Minuten später nahm er in der aus Bietigheim kommenden S-Bahn Platz. Er hörte die Mobilbox seines Handys ab, hatte Aupperles immer wieder von heftigem Husten unterbrochene Stimme am Ohr.

»So, da bin ich wieder. Habe das erste Gespräch des Tages hinter mir, deshalb war meine Kiste außer Betrieb. Stöhrs Nachricht von der neuen Sache in Ludwigsburg habe ich deshalb jetzt erst mitbekommen. Du bist gerade vor Ort, nehme ich an. Wenn ich kommen soll, gib bitte Bescheid. Andererseits wäre es mir recht, hier weitermachen zu können. Bin gerade in Ruit, habe einen Termin mit dem zweiten Mann auf der Liste, einem Marcel Schaller. Eben war ich in Denkendorf bei Max Bär. Der hat Kreitschmer garantiert nichts getan. Bär kam erst gestern Mittag mit seiner Familie aus dem Urlaub zurück. Habe die Tickets überprüft. So, jetzt rede ich mit Schaller. Wie gesagt, wenn du mich brauchst, ich schalte das Gerät jetzt nicht aus!«

Braig verzichtete darauf, den Kollegen zurückzurufen, wollte ihn nicht in seiner Unterredung stören. Aupperle musste sich in Ruhe auf seinen Gesprächspartner konzentrieren, um dessen potentielle Täterschaft ausloten zu können. Er hatte die Nachricht gerade zu Ende gehört, als ein neues Gespräch angekündigt wurde. Er warf einen Blick auf den Monitor, sah, dass er Dolde in der Leitung hatte.

»Gibt's was Neues?«, fragte er.

»Vielleicht ist die Sache völlig belanglos«, erklärte der Spurensicherer. »Ich habe ein Feuerzeug entdeckt. In einem Blumentopf unmittelbar neben dem Fenster, aus dem das Opfer gestürzt wurde.«

»Ein Feuerzeug?«

»Ja, zum Anzünden von Zigaretten.«

»Und? Es gehörte nicht dem Arzt oder seiner Partnerin?«

»Nein«, antwortete Dolde. »Ich habe die Frau gefragt. Sie schwört Stein und Bein, dass es nicht von ihnen stammt. Beide seien überzeugte Nichtraucher. Qualm in der Wohnung, das gehe überhaupt nicht. Sie weiß nicht, wie das Feuerzeug in das Zimmer kam.«

»Na ja, der Arzt kann es trotzdem in seiner Tasche gehabt haben. Zufällig irgendwo mitgenommen oder so. Ohne dass er es ihr erzählt hat. Warum auch? So ein Feuerzeug ist nicht viel wert, oder doch?«

»Nein«, bestätigte der Spurensicherer. »Großen Wert besitzt das wohl kaum. Wenn es aber nicht von ihm stammt?«

Braig begriff auf der Stelle, was der Kollege da andeutete. »Es lag in einem Blumentopf gleich neben dem Fenster?«, vergewisserte er sich.

»Direkt daneben, ja.«

»Dann könnte es dem Täter bei dem Kampf oder der Auseinandersetzung dort unbemerkt aus der Tasche gefallen sein?«

»Wäre doch möglich«, spekulierte Dolde. »Auf den ersten Blick war es nicht zu erkennen. In dem Blumentopf fand sich eine dünne Schicht von kleinen Blättern, die von dem Strauch abgefallen waren. Ein Ficus, du kennst das ja sicher. Das Feuerzeug lag mitten zwischen den Blättern.«

»Der Täter könnte es also in der Hektik nach dem Geschehen übersehen haben?« Braig spürte die Unruhe in sich. Es kribbelte in seinen Fingerspitzen. »Ihr habt das Feuerzeug schon untersucht? Fingerabdrücke, DNA, Fasern?«

»So weit sind wir noch nicht. Aber ich werde mich sofort darum kümmern, sobald wir im Labor sind. Es gibt vielleicht aber noch eine Möglichkeit, die Herkunft des Feuerzeugs zu ermitteln.«

»Was meinst du?«

»Na ja, es ist kein gewöhnliches Feuerzeug«, erklärte der Spurensicherer. »Auf beiden Seiten trägt es, ich würde mal sagen, recht auffällige Werbung.«

»Wofür?«

»Ich denke, das solltest du dir selbst ansehen. Ich schicke es dir, okay?«

Braig glaubte, den Kollegen leise lachen zu hören. »Okay. Und danke schon mal.« Er beendete das Gespräch, wartete auf den Eingang des Fotos.

Keine Minute später hatte er es auf dem Monitor.

Ein wahrhaftig auffälliges Feuerzeug. Es zeigte auf beiden Seiten einen üppigen Busen, der mit zwei Worten und einer Stuttgarter Telefonnummer beschriftet war. Der Text in der Mitte, die Zahlenkombination auf den Brüsten. *Nachtclub Intim.*

Braig schaute sich unwillkürlich um, musterte die Blickrichtung der übrigen Fahrgäste. Niemand schien ihn zu beachten, die meisten schauten aus dem Fenster oder unterhielten sich miteinander. Er schob das Smartphone trotzdem näher an sich heran, versuchte, es mit seinem Körper abzudecken. Mit diesem Motiv auf dem Monitor gesehen zu werden, das musste nicht sein. Er warf einen letzten Blick auf die Telefonnummer, speicherte es dann ab. Im gleichen Moment hatte er Dolde erneut am Ohr.

»Und?«, erkundigte sich der Spurensicherer. »Du bist dort Stammkunde, habe ich gehört.«

»Deine Witze waren schon besser.«

Dolde lachte. »Zugegeben, ja. Aber vielleicht bringt es uns weiter.«

»Ich rufe dort an«, versprach Braig. »Und sei es nur, um zu erfahren, dass unser Mordopfer dort verkehrte.«

»Und seine Partnerin nichts davon ahnt.«

»Oder sie genierte sich, es zuzugeben.«

»Das wäre nachvollziehbar, oder?«

Braig hörte die Durchsage, dass sich die Bahn Feuerbach nähere, verabschiedete sich von seinem Kollegen. Er war froh, ein paar Schritte an der frischen Luft machen zu können, nahm erfreut die deutlich gestiegene Temperatur wahr. Die Sonne stand an einem fast wolkenlosen Himmel, es schien erneut ein angenehmer Spätsommertag zu werden. Braig sah die am Nordwesthang des Killesbergs gelegenen Straßenzüge vor sich, lief auf sie zu. Keine fünf Minuten später hatte er das in eine grüne, fast parkähnliche Landschaft gebettete Haus der Meyers erreicht. Büsche, Sträucher und ein fast unüberschaubares Ensemble unzähliger Blumen schmückten den Vorgarten. Blüten in allen Variationen und Farben wechselten einander ab. Ihr Duft lag schwerem Parfüm gleich in der Luft.

Braig läutete an der neben der niedrigen Holzpforte angebrachten Glocke, bemerkte, dass es sich bei den Blumen ausschließlich um Rosen handelte. Offensichtlich handelte es sich bei der ehemaligen Familie des neuen Opfers ebenfalls um Liebhaber dieser exquisiten Pflanze. Er überlegte gerade, ob das Zufall war, als die Haustür geöffnet wurde. Eine Frau Mitte fünfzig musterte ihn mit strengem Blick. Sie trug ein langes, dunkelgraues Kleid aus festem Stoff, dazu eine fast farblose, ehemals wohl grüne Weste, hatte die Haare zu einem Knoten aufgesteckt. Unvorteilhafter kann man sich kaum kleiden, ging es ihm durch den Kopf. Er trat in den Garten, lief auf die Frau zu, stellte sich vor.

Sie betrachtete ihn misstrauisch, starrte dann auf seinen Ausweis, den er ihr entgegenstreckte. Ein kleiner, hellbrauner Mischlingshund drückte sich an ihr rechtes Bein, hob seine Nase erwartungsvoll Braig entgegen. »Frau Meyer?«, erkundigte er sich.

Statt einer Antwort bellte der Hund. Er schnupperte an den Schuhen des Besuchers, legte sich dann auf den von der Sonne erwärmten Fußabstreifer, wälzte sich dort hin und her.

»Was wollen Sie?«, fragte die Frau.

Braig wandte seinen Blick von dem Hund zu seiner Gesprächspartnerin. »Ich muss mit Ihnen sprechen. Könnten wir vielleicht ins Haus?«

Die Frau schüttelte den Kopf. »Das geht jetzt nicht.«

Er musterte sie überrascht, hob seine Hände. »Besser wäre es schon. Uns drinnen zu unterhalten, meine ich.«

»Heute nicht«, erklärte sie rigoros.

Der Hund lag für einen Moment absolut reglos da, wälzte sich dann erneut hin und her.

»Na gut«, seufzte Braig ärgerlich, »dann bleiben wir eben hier draußen. Frau Meyer, es geht um Ihren ehemaligen Mann.«

»Ich habe keinen Mann.«

Er hörte den Hund leise bellen, wandte den Blick nach unten. Das Tier sprang auf, nahm den Fußabstreifer ins Maul, riss ihn zu sich her. »Aber Sie waren mit Ralf Meyer verheiratet.«

»Das ist schon lange vorbei.«

Braig trat einen halben Schritt zurück, weil der Mischling den Fußabstreifer immer heftiger bearbeitete, fühlte sich zunehmend genervt. »Sie sind geschieden?«

»So gut wie.«

»Sie leben getrennt.«

Die Frau nickte.

»Aber rechtskräftig geschieden sind Sie noch nicht?«

»Nein. Ich will ihn nicht mehr sehen.«

Tina Pirsch hatte ihn also korrekt informiert. Offiziell waren Ilse und Ralf Meyer immer noch miteinander verheiratet, auch wenn sie längst getrennte Wege gingen.

»Ich muss es Ihnen trotzdem mitteilen: Ihr ehemaliger Mann ist tot.«

Sie zuckte nur kurz zusammen, zeigte sonst keine Reaktion.

»Er wurde ermordet«, erklärte Braig. »Heute Vormittag.« Er behielt ihr Mienenspiel fest im Blick, bemerkte, dass es sich kaum veränderte. Entweder hatte sie sich sehr gut im Griff, oder es existierte wirklich keine emotionale Verbindung mehr zwischen den ehemaligen Partnern.

»Wieso erzählen Sie mir das?« Keine Betroffenheit, nicht der Ansatz einer Gefühlsregung war zu erkennen. Keine Trauer, nicht einmal eine Spur von Verbitterung über eine jetzt endgültig beendete, offensichtlich schon längst gescheiterte Beziehung zweier Menschen. Stattdessen versteinerte Teilnahmslosigkeit.

Braig lief es kalt über den Rücken. Dies war der letzte Rückblick auf ein einstmals gemeinsames, zumindest in seinen Anfängen doch wohl glückliches Leben? »Hatten Sie keinerlei Kontakt mehr zu Ihrem Mann?«

Sie schüttelte nicht einmal mehr ihren Kopf. Der Hund hatte sein Spiel beendet, trottete leise knurrend zu seiner Herrin. Die Frau beugte sich nieder, nahm den Mischling in ihre Arme. Wärme und Zuneigung überfluteten ihr Gesicht. Sie wog das vor Wonne quietschende Tier hin und her, drückte ihren Kopf auf seinen Leib. Ihre Emotionen hatten einen neuen, vielleicht dankbareren Partner gefunden.

»Gehen Sie zu seiner Schlampe«, erklärte sie unvermittelt, ihr Gesicht im Leib des Hundes verborgen, »erzählen Sie es ihr, damit Sie eine trauernde Witwe finden.« Der Hund hielt absolut still, er schien die Liebkosung zu genießen.

»Sie sprechen von Frau Pirsch in Ludwigsburg?«

»Fragen Sie meinen Sohn.« Sie wies ins Innere des Hauses, drehte sich um, den Hund immer noch im Arm. »Daniel!«

Aus dem oberen Stockwerk meldete sich eine schwache, verschlafen klingende Stimme. Die Frau schlurfte einen Schritt zurück, ließ das Tier auf den Boden nieder, schaute nach oben. »Meyers Schlampe. Wo wohnt die?«

Braig hörte irgendetwas von Ludwigsburg, wies laut darauf hin, dass ihm die Adresse bekannt war.

»Also. Was wollen Sie dann noch?«, maulte der Eisberg vor ihm.

»Daniel. Ihr Sohn«, er wies in die Höhe. »Kann ich ihn sprechen?«

Die Frau schüttelte den Kopf. »Erst wenn er ausgeschlafen hat.«

Braig schaute auf seine Uhr, sah, dass es kurz vor zwei war. 13.55 Uhr. Der Moment des ersten Erwachens nach einem ausgiebigen Volksfestbesuch von Samstag auf Sonntag, überlegte er. Er hatte keine Lust, sich einfach so abschieben zu lassen, beharrte auf einem Gespräch mit dem jungen Mann.

Der Eisberg reagierte schneller, als er gedacht hatte. Noch bevor er reagieren konnte, schloss sie die Tür. Im gleichen Moment fiel ihm ein, was er noch hatte fragen wollen. Er drückte erneut auf die Glocke, hielt den Zeigefinger so lange auf dem Knopf, bis die Frau endlich öffnete. Ohne jede Regung starrte sie ihn an.

»Kennen Sie eine Familie Kreitschmer?«

Im Gesicht des Eisbergs zuckte ein kleiner Muskel. »Wieso?«

»Familie Kreitschmer aus Lederberg. Stuttgart-Lederberg.« Sie musste vom Mord auf dem Volksfest aus den Medien gehört haben, die Berichterstattung lief seit vierundzwanzig Stunden auf Hochtouren.

»Monika?«, antwortete die Frau. »Natürlich kenne ich Monika.«

»Monika Kreitschmer aus Lederberg?«, schnappte Braig.

Der Eisberg nickte mit dem Kopf, als wäre es das Selbstverständlichste auf der Welt.

12. Kapitel

Diesmal ließ er sich nicht wieder einfach so abwimmeln. Er schob einen Fuß ins Innere des Hauses, blockierte die Tür. »Das müssen Sie mir genauer erzählen«, erklärte er.

Ilse Meyer trat mehrere Schritte zurück, als wollte sie sich vor ihm in Sicherheit bringen. »Dürfen Sie das überhaupt?«, schnaufte sie.

»Das darf ich, ja«, gab er mit fester Stimme zur Antwort.

Die Frau musterte ihn mit zerfurchter Stirn.

»Und? Woher kennen Sie Frau Kreitschmer?«

»Woher schon? Von Torben natürlich. Manchmal gehen wir gemeinsam in ein Konzert unserer Jungs.«

Braig hatte Mühe, einen klaren Gedanken zu fassen. »Ihr Sohn, Daniel«, er wies nach oben, »er spielt gemeinsam mit Torben Kreitschmer in einer Band? Verstehe ich das richtig?«

»Ja.«

»Seit wann?«

Ilse Meyer blieb still, schien zu überlegen. »Fünf, sechs Jahre.«

»Das heißt, Daniel und Torben sind miteinander befreundet.« Je länger er an der Schwelle des Hauses stand, desto intensiver spürte er den Geruch, der aus dem Inneren kam. Die Wohnung verströmte das Aroma von Bohnerwachs. Braig betrachtete die Frau, überlegte, dass der Geruch gut zu ihr passte.

Die Andeutung eines Kopfnickens signalisierte wohl die Bestätigung seiner Vermutung.

»Gut befreundet«, präzisierte er.

Sie wiederholte ihre Geste.

»Wie ist das Verhältnis Ihres Sohnes zu seinem Vater? Ich nehme an, Ralf Meyer ist sein Vater?«

»Er ist mein Vater, ja«, hörte er eine immer noch verschlafen klingende Stimme von den oberen Stufen der Treppe her. Er blickte an der Frau vorbei, deren Gesichtsausdruck den sauertöpfischen Ton starr beibehalten hatte, sah einen jungen Mann mit blonden Wuschelhaaren auf sich zukommen. Er war mit einem dunkelblauen Hausanzug bekleidet, blinzelte noch etwas müde aus den Augen. Als er die unterste Stufe erreicht hatte, gab er Braig freundlich die Hand. »Daniel Meyer. Meine Mutter hat jedenfalls immer behauptet, dass er mein Erzeuger sei.«

Braig sah sein spitzbübisches Grinsen, musterte sein schmales Gesicht. Daniel Meyer sah trotz seines immer noch verschlafen wirkenden Zustandes nicht nur gut aus, er strahlte auch so viel Lebensfreude aus, wie er es in diesem Haus nie vermutet hätte.

»Ich habe leider eine schlechte Nachricht für Sie«, sagte er. »Ihr Vater ist tot.«

Der junge Mann reagierte anders, als er es erwartet hatte. »Tot? Wieso das denn?«

»Er wurde aus dem obersten Stockwerk eines Hauses in den Tod gestürzt.«

»Aus dem obersten Stockwerk? Doch nicht bei seiner neuen …«

»Sie kennen Frau Pirsch?«

»Was heißt ›kennen‹? Hat sie etwas damit zu tun?«

Braig schüttelte den Kopf.

»Ermordet, sagen Sie? So wie Torbens Vater?«

»Ermordet, ja«, bestätigte Braig.

Sein Gegenüber schien nicht sonderlich berührt. »Was läuft da?«, fragte Daniel Meyer. »Erst Torbens Vater, jetzt meiner?«

»Sie kannten Michael Kreitschmer?«

»Logisch. Wir spielen zusammen in einer Band. Torben und ich. Da bleibt es nicht aus, dass man seinem Alten über den Weg läuft. Der ist völlig durchgeknallt, hat nur seine Firma im Kopf.«

Der junge Mann sprach genauso abfällig über den ermordeten Spediteur wie sein Freund, überlegte Braig. »Was ist mit Ihrem Vater? War der genauso ›durchgeknallt‹?« Er hörte die Frau irgendetwas vor sich hin maulen, warf ihr einen Blick zu. Ilse Meyer beugte sich zu ihrem Hund nieder, zog das Tier mit sich, verschwand im Inneren des Hauses. Eine kräftige Prise Bohnerwachs stieg ihm in die Nase.

»Wenn Sie schon danach fragen«, meinte Daniel Meyer. »Auf seine spezielle Art, ja.«

»Und wie äußerte sich diese spezielle Art?«

Die Antwort ließ nicht lange auf sich warten. »Sich von einem Tag auf den anderen Hals über Kopf davonmachen und Frau und Kind sitzen lassen, weil die den eigenen Ansprüchen nicht mehr genügen, zeugt schon davon, dass einer durchgeknallt ist, finden Sie nicht?«

»Soweit ich weiß, werden in unserer Gesellschaft über dreißig Prozent aller Ehen geschieden. Ganz schön viele Durchgeknallte nach Ihrer Definition«, konterte Braig.

»Scheidung? Wir reden hier nicht von Scheidung«, beharrte Daniel Meyer. »Mein Vater machte sich davon, weil er sich seiner Familie schämte, um es deutlich zu sagen.«

»Gab es einen Grund dafür?«

»Schauen Sie uns doch an. Wir sehen ja nicht gerade aus wie zwei Prachtexemplare, die man gerne der Öffentlichkeit vorführt.«

»Sie?«, fragte Braig. Im Fall der sauertöpfischen Ehefrau mochte das ja nachvollziehbar sein, was den Sohn betraf allerdings … Er wollte nicht wissen, wie viele junge Frauen hinter dem gut aussehenden, blonden Wuschelkopf her waren, noch dazu, wo er als Musiker auftrat.

»Spätestens, als ich zum zweiten Mal durchs Abi flog, war die Sache für ihn gelaufen«, erklärte der junge Mann. »Mit dem Versager wollte er nichts mehr zu tun haben.«

»Hassen Sie Ihren Vater deshalb so?« Braig musterte die Miene seines Gesprächspartners, bemerkte dessen kritischen Blick.

»Was soll das?«

»Vor ein paar Tagen haben Sie ihn mit Pfefferspray attackiert.«

»Oh, nein!« Daniel Meyer winkte mit seiner Rechten ab. »Mir ist der Kragen geplatzt. Ich war bei ihm in Ludwigsburg und wollte ihn zu einem unserer Auftritte einladen, und er speiste mich wieder mit einem Hunderter ab.«

»Den Sie gerne nahmen«, spottete Braig, die etwas anders lautende Schilderung im Kopf, die er von Frau Pirsch erhalten hatte.

»Kiffen hat seinen Preis«, erwiderte Daniel Meyer, ohne jeden Anflug eines schlechten Gewissens. »Vor allem, wenn Sie eine ganze Band damit versorgen müssen.«

»Sind Sie nur bekifft zu Ihren musikalischen Kunstfertigkeiten fähig?«

Statt einer Antwort starrte der junge Mann Braig mit hochgezogenen Augenbrauen an.

»Sie müssen verzeihen, aber ich bin Polizeibeamter.«

»Ja, ja. Trotzdem leben Sie in dieser Welt, oder?« Braigs Gegenüber schnippte sich die Haare aus dem Gesicht. »Sich mit großen Geldscheinen freizukaufen war schon immer seine Methode. Seit seinem rasanten Aufstieg zum Chefarzt hat er es ja.«

»Wo waren Sie heute Morgen?«

»Ich? Das glauben Sie jetzt aber nicht wirklich!« Der junge Mann starrte mit großen Augen zu ihm her, verfiel dann in lautes Lachen. »Ich soll meinen Vater …«

»Ich frage nur, wo Sie heute Morgen waren.«

»Im Bett«, japste Daniel Meyer. »Nach einer halben Nacht auf dem Wasen war ich leider nicht fähig, mich um Herrn Dr. Meyer zu kümmern. Nein, ich habe keinen Zeugen, außer vielleicht meine Mutter und unseren Hund. Aber ob die mitbekommen haben, wann ich …« Er verstummte mitten im Satz, ließ den Rest offen.

»Torben Kreitschmer war ebenfalls auf dem Volksfest?«

»Ja. Und fast immer in meiner Nähe. Obwohl er den halben Nachmittag von Ihnen oder Ihren Kollegen in Beschlag genommen wurde.«

»Wir bemühen uns, den Mörder seines Vaters zu finden«, sagte Braig.

»Ich glaube nicht, dass dessen Tod Torben sonderlich berührt.«

»Seltsamerweise nicht, das haben wir bemerkt. Aber Sie scheinen ebenfalls nicht sehr stark vom Tod Ihres Vaters getroffen.«

»Wir hatten kein besonders enges Verhältnis. Er wollte sich nicht mit mir sehen lassen. Jahrelang hatte er mich gedrillt, mit Nachhilfelehrern ohne Ende zum Erfolg programmiert, und dann entpuppt sich der Sprössling als erbärmlicher Versager. Ein Herr Chefarzt hat keinen Sohn, der zwei Mal vor lauter Prüfungsangst durchs Abi knallt, während heute jeder Popel diesen Abschluss schafft. So einfach ist das.«

»Dann haben Sie Ihren Vater zeitweise als Menschenschinder erlebt.« Braig musterte die Miene des jungen Mannes, versuchte genau zu verfolgen, wie er auf die Erwähnung des Wortes reagierte.

Daniel Meyers Mimik zeigte keinerlei Veränderung. »Spielt das eine Rolle?«, fragte er nur.

Entweder war er ein verteufelt guter Schauspieler oder der Begriff hatte wirklich keine Bedeutung für ihn.

13. Kapitel

Er war noch keine zweihundert Meter weit gelaufen, als Braig die Schweißperlen auf seinem Rücken spürte. Er blieb stehen, schälte sich die Jacke vom Leib, atmete tief durch. Die Sonne stand hoch am Himmel, kleine, weiße Wolken schwebten vor dem tief blauen Firmament. Einer der letzten warmen Spätsommertage des Jahres, überlegte er. Familien mit Kindern schlenderten ihm entgegen, Radfahrerinnen und Radfahrer in luftigen T-Shirts und kurzen Hosen klingelten um die Wette. Er sah die gelösten Mienen der Passanten, hörte ihr Lachen und Schäkern. Die meisten Menschen schienen das Leben in vollen Zügen zu genießen. Nur ich habe nichts Besseres zu tun, als einem Verbrecher hinterherzujagen, der im Abstand von gerade einmal 40 Stunden zwei Männer ermordet hat, arbeitete es in ihm. Einem Verbrecher …

Braig wischte sich den Schweiß von der Stirn. Wieso *ein* Verbrecher, überlegte er. Woher nahm er die Gewissheit, dass es sich um ein und denselben Täter handelte?

Er wandte sich um, blickte nach Westen, sah den Feuerbacher Weg den Hang hochklettern. Der teilweise als Fußweg und Treppe, teilweise auch als Straße ausgebaute, fast geradlinig verlaufende Weg bildete das Reststück einer uralten Fernstraße, die schon im frühen Mittelalter von Neuffen am Rand der Schwäbischen Alb zum markant aus seiner welligen Umgebung ragenden Asperg verlaufen war. Damals hatte es noch kein Stuttgart gegeben, lediglich eine kleine Siedlung am schmalen Feuerbach, aus der viel später der gleichnamige Ort hervorgehen sollte.

Ein Verbrecher, überlegte er, ein einziger Täter. Der Fund der mit *Menschenschinder* beschriebenen Blätter wie die gegen beide Opfer eingesetzte Substanz, wahrscheinlich Pfefferspray, hatte ihm diese Version nahegelegt. Aber war sie auch korrekt?

Er spürte einen leichten Luftzug, hatte das würzige Aroma verschiedener Blumen und Gräser in der Nase. Wenige Meter entfernt sah er die gelb und rot leuchtenden Blüten hochrankender Rosen. Wie im Vorgarten des sauertöpfischen Eisbergs, den er gerade besucht hatte. Und im Garten und der Firma Michael Kreitschmers. War es Zufall, dass die Söhne der beiden Opfer miteinander befreundet waren? Die jungen Männer, die beide so seltsam auf die Nachricht vom Tod ihrer Väter reagiert hatten: In keiner Weise erschüttert, nicht einmal im Entferntesten berührt, als hätte nie eine persönliche Verbindung zu dem Menschen existiert, der gerade gewaltsam seines Lebens beraubt worden war. Auch einem erfahrenen Kriminalisten, als den er sich nach vielen Jahren Berufspraxis schätzte, war dieses Verhalten nur selten begegnet. Weder Torben Kreitschmer noch Daniel Meyer hatten irgendwelche Emotionen gezeigt, stattdessen allein mit sachlicher Kenntnisnahme des Geschehens reagiert.

Wer existiert nicht mehr?

Der Fußabstreifer draußen vor der Tür.

Na, das kann passieren.

So etwa. War das normal?

Der Signalton seines Handys riss ihn aus seinen Gedanken. Er zog das Gerät aus der Tasche, warf einen Blick auf den Monitor. Den ersten Anflug einer Gänsehaut auf dem Rücken hatte er die Stimme am Ohr.

»Braig, wieso verweigern Sie mir als Ihrem Vorgesetzten Einsicht in die Fortschritte Ihrer Ermittlungen?«, polterte Söderhofer in solcher Lautstärke, dass das junge Paar, das Arm in Arm an Braig vorbeischlenderte, überrascht zu ihm hersah.

»Sie sind nicht mein Vorgesetzter«, konterte er nicht weniger gedämpft. Er lief ein paar Schritte, um die unfreiwilligen Zuhörer abzuschütteln, sah sich einer neuen Schimpfkanonade ausgesetzt.

»Muss ich Ihnen die juristischen Grundlagen der staatsanwaltlichen Aufsichtspflicht über Ihren Dienstvollzug zukommen lassen? Braig, im Gegensatz zu Ihnen habe ich ein acht Jahre währendes Universitätsstudium an der Ludwig-Maximilians-Universität zu München mit größtem Erfolg absolviert, muss ich diesen Sachverhalt immer wieder in Erinnerung rufen? So schwer es fällt, wir müssen versuchen, die Welten, die uns trennen, zu überwinden. Also, Braig, was haben Sie zu berichten?«

Braig umschloss das Handy für einen Moment mit seiner Hand, befreite sich mit einem kräftigen: »Arrogantes Arschloch!« vom größten Frust. Das voller Begeisterung auf einem kleinen Dreirad an ihm vorbeistrampelnde Mädchen sah erstaunt zu ihm auf. Die Kleine stoppte abrupt, drehte sich zur Seite. »Mama, Papa! Der Mann hat ›Arschloch‹ gesagt. Ich habe es genau gehört!«

Braig beeilte sich weiterzukommen, informierte seinen Gesprächspartner mit kurzen Worten über seine bisherigen Erkenntnisse.

»Die Söhne von Herrn Dr. Meyer und Herrn Kreitschmer sind miteinander befreundet? Habe ich das richtig verstanden? Beide spielen seit Jahren in derselben Band? Und beide reagierten ohne jede Gefühlsregung auf den Tod ihrer Väter? Ja, Braig, welche Indizien benötigen Sie denn noch? Weshalb haben Sie die beiden noch nicht festgenommen?«

Braig war sich vollkommen darüber im Klaren, welche Litanei jetzt folgen würde. Söderhofers wichtigstes Thema, so sicher wie das Amen in der Kirche. Er hörte sich die ersten Sätze an, nahm das Handy dann vom Ohr.

»Herr Dr. Meyer ist einer der ranghöchsten Mediziner unserer Region. Herr Kreitschmer führte ein wichtiges Unternehmen. Braig, diese beiden Morde sind ein Anschlag auf die bedeutendsten Persönlichkeiten …«

Braig wartete, bis das Gelaber beendet schien, überließ Söderhofer angesichts der bedeutenden Persönlichkeiten den alleinigen Auftritt auf der für den Nachmittag anberaumten Pressekonferenz, drückte die Verbindung dann weg. Bei allem Verständnis für die gesetzlich vorgeschriebenen Regularien, ein längerer Kontakt mit dem arroganten Komplexbolzen war unzumutbar. Dass er sich wenigstens das gemeinsame Erscheinen vor den Medienvertretern ersparen konnte, war ein schwacher Trost. Er wusste nur allzu gut, wie sehr der Oberstaatsanwalt danach gierte, seine Visage in die Kameras zu halten, war froh, sich diese Pflicht ersparen zu können. Vor Publikum oder gar Fernsehkameras aufzutreten, war nicht sein Ding. Diese Momente gehörten für ihn zu den unangenehmsten seines Berufes.

Statt sich noch länger Söderhofers Tiraden auszusetzen, suchte er nach der Nummer des Krankenhauses, in dem Dr. Meyer beschäftigt gewesen war. Kurz darauf hatte er die Klinik-Auskunft am Ohr. Er stellte sich vor, verlangte, den Personalchef zu sprechen.

»Den Personalchef?«, wiederholte sein Gesprächspartner mit mürrischer Stimme. »Guter Mann, heute ist Sonntag.«

Braig beharrte auf seinem Anliegen, erhielt nach langem Hin und Her die private Nummer des Mannes.

Moritz Kapf zeigte sich wenig erfreut über Braigs Anfrage. »Sie möchten mit mir über Dr. Meyer sprechen? Dr. Meyer ist einer unserer Chefärzte.«

»Das ist mir bekannt.«

»Hat das nicht bis morgen Zeit?«

»Nein, das hat es nicht.« Braig blieb hart. »Wir ermitteln in einer dringenden Angelegenheit.«

»Und die hat mit unserem Dr. Meyer zu tun?«

»Allerdings.«

Laut seufzend hatte der Mann schließlich nachgegeben. »Gut, dann treffen wir uns eben heute am Sonntagmittag in meinem Büro. 16 Uhr?«

»16 Uhr.«

Braig lief zügig weiter, trat dann ein paar Schritte nach links, um einer Frau auszuweichen, die ein Feuerzeug aus ihrer Tasche zog, um sich eine Zigarette anzuzünden. Sofort fiel es ihm wieder ein. *Nachtclub Intim*. Er hatte dort anrufen wollen, um sich zu erkundigen, an wen die entsprechenden Feuerzeuge verteilt worden waren.

Braig lief zur Haltestelle der Stadtbahn, sah, dass ihm bis zur Abfahrt etwas Zeit blieb. Er holte sich die Ziffernfolge auf den Monitor, gab sie ein. Nach kurzem Warten hatte er eine kräftige Männerstimme in der Leitung. »*Nachtclub Intim*?«, vergewisserte er sich.

»Nachtclub? Leck mich doch am Arsch!«, brüllte der Mann. »Und gang zum Deifel, du Sauhund!«

»Oh, Verzeihung. Ich habe mich wohl verwählt.«

»Verwählt? Allerdings! I han die Schnauze voll mit diesem Nachtclub! Der Deifel soll euch hole, ihr geiles Lumpepack!« Der Mann schrie so laut, dass es Braig in den Ohren schmerzte, brach dann die Verbindung ohne jede weitere Erklärung ab.

Braig schaute überrascht auf. Manche Leute offenbarten eine Aggressivität, sobald man sie auf dem falschen Fuß erwischte – das war selbst für einen Kriminalbeamten wie ihn überraschend. Nur weil er sich aus Versehen verwählt hatte. Von wegen friedlicher Sonntagnachmittag!

Er gab die Zahlen erneut ein, achtete genau darauf, dass ihm kein Fehler unterlief. Ein Passant schlenderte an ihm vorbei, als er hörte, dass die Verbindung zustande kam. »Nachtclub Intim?«, erkundigte er sich. Er sah den Mann neugierig zu sich her schielen, nahm sich vor, seine Stimme zu dämpfen.

»Himmeldonnerwetter! Schon wieder derselbe Vollidiot! I han's doch grad gsagt, i han mit dem Scheiß-Nachtclub nix am Hut! Der Deifel soll euch hole. Die Nummer isch falsch, ihr verfluchtes Arschpack!«

Braig schaute erschrocken auf, nuschelte eine kaum verständliche Entschuldigung in das Gerät.

»I gang zur Polizei!«, schrie es aus dem Gerät. »Jetzt reicht's endgültig! I han's dem Scheißpack scho hundert Mal gsagt, sie sollet die verdammte Feuerzeug endlich zum Müll werfe, sonscht passiert was! Mir reicht's jetzt endgültig!«

»Wie bitte? Von welchen Feuerzeugen reden Sie?«

Die Stimme des Gesprächspartners drohte sich zu überschlagen. »Fraget Se doch net so saublöd! Wo hent Se denn meine Nummer her? Doch von so nem Scheiß-Feuerzeug! Des isch meine Nummer, net die von dem Drecks-Nachtclub, Sie Rindvieh!«

Braig wollte den Mann gerade nach seinem Namen fragen, als er merkte, dass die Verbindung bereits unterbrochen war. Das Handy ratlos in seiner Rechten, dämmerte ihm, was es mit dem Feuerzeug und der aufgedruckten Telefonnummer auf sich hatte. Nicht er hatte sich verwählt, die Zahlenfolge war falsch. Da hatte ein Nachtclub Feuerzeuge verteilt, die für ihn werben sollten und nicht gemerkt, dass die angegebene Nummer nicht korrekt war. Ein peinliches Versehen. Und verdammt ärgerlich für denjenigen, dessen Nummer fälschlicherweise aufgedruckt worden war. Dass der sich aufregte, ja geradezu explodierte, wenn ihn immer wieder potentielle Besucher des Nachtclubs kontaktierten, schien verständlich. Vielleicht hatte er eine Familie, kleine Kinder. Dann ständig als vermeintlicher Nachtclubbetreiber angerufen zu werden …

Braig wunderte sich nicht länger, weshalb der Mann so aggressiv reagiert hatte. Offensichtlich war er nicht der Erste, der ihm mit dem Anliegen, Infos über den Nachtclub zu erhalten, angesprochen hatte. Und das an einem Sonntagnachmittag … Kein Wunder, dass er damit gedroht hatte, die Polizei zu informieren. Blieb nur die Frage, weshalb der Nachtclub die Feuerzeuge in Umlauf gebracht hatte. Weil erst zu spät bemerkt worden war, dass es sich um die falsche Nummer handelte?

Braig sah die Stadtbahn einfahren, beschloss, die Geschäftsführer des Unternehmens mit der Verbreitung der falschen Telefonnummer zu konfrontieren. Ob das Rätsel, wie das Feuerzeug in die Wohnung des Mordopfers gelangt war, dadurch gelöst werden konnte, blieb offen. Er musste es auf einen Versuch ankommen lassen.

Braig stieg in die Stadtbahn, nahm in einem freien Vierer Platz. Er holte sein Smartphone, suchte nach einem *Nachtclub Intim*. Ein Bild mit zwei üppigen Brüsten, ähnlich dem auf dem Feuerzeug, füllte den Monitor aus, dazu mehrere Zeilen Text samt Adresse und Telefonnummer. Braig gab die Ziffernfolge ein, verglich sie mit der des Feuerzeugs. Der Fehler fiel ihm sofort ins Auge. Schon die zweite Zahl war anders. Eine 4 statt einer 7. Daran also lag es.

Er wollte gerade den Auftrag erteilen, ihn mit dem Nachtclub zu verbinden, als ein Gesprächswunsch signalisiert wurde. Die Kollegen im Amt. Er gab die Verbindung frei, hatte Stöhrs Stimme am Ohr.

»Es ist so, ähm, wir erhielten eine Information Herrn Aupperle betreffend.«

»Herrn Aupperle? Um was geht es?«

»Ähm, da gibt es ein Problem.«

»Nämlich?« Braig war Stöhrs Unfähigkeit, sich verständlich auszudrücken, seit Jahren bekannt. Dennoch musste er oft an sich halten, nicht auszurasten, wenn der Kollege wieder eine seiner speziellen Kostproben lieferte. »Können Sie mir das bitte ins Deutsche oder Englische übersetzen? Das sind die beiden Sprachen, die ich einigermaßen beherrsche.«

»Es ist so, ähm, eine Frau, der Name ist leider nicht bekannt, wohl die Ärztin, übermittelte die Information.«

»Welche Ärztin?«

»Herr Aupperle wurde vom Notarzt abgeholt. Er befindet sich im Krankenhaus.«

»Im Krankenhaus?«, fragte Braig erschrocken. »Weshalb?«

»Das wurde uns, ähm, leider nicht mitgeteilt.«

Braig dachte an Aupperles ständiges Husten, das ihn in den letzten Wochen mehrfach zu besorgten Kommentaren veranlasst hatte. War er doch stärker erkrankt, als er selbst hatte zugeben wollen?

Braig erkundigte sich bei Stöhr nach dem Namen des Krankenhauses, in das der Kollege eingeliefert worden war, stellte überrascht fest, dass es sich um die Klinik handelte, in der Dr. Meyer als Chefarzt tätig gewesen war. Weil er sich dort ohnehin mit dem Personalchef treffen wollte, beschloss er, das

Krankenhaus sofort aufzusuchen. Dann musste er den kurzen Zwischenstopp zu Hause, den er für die folgende Stunde geplant hatte, leider ausfallen lassen.

Er unterrichtete Ann-Katrin über den Notfall des Kollegen und den Zusammenhang mit seinen Ermittlungen und versprach ihr, seine Arbeit nicht allzu weit in den Sonntagabend hinein auszudehnen. Dann stieg er aus der Bahn, um den kurzen Weg zum Haupteingang des Krankenhauses zu Fuß zurückzulegen.

In der Stadt war es noch wärmer als in den Vororten. Die Luft schien zu stehen, kein Windhauch spürbar. Schon nach wenigen Metern kam er ins Schwitzen. Er fühlte sich hungrig und durstig, beschloss, zuerst der Cafeteria der Klinik einen Besuch abzustatten. Nach zwei belegten Brötchen, einem Kaffee und einer Flasche Wasser erkundigte er sich unter Zuhilfenahme seines Dienstausweises nach Aupperles Aufenthaltsort. Der Krankenhausbedienstete musterte die Kennkarte kritisch, erstattete dann zögernd Auskunft.

»Er liegt auf der Inneren. Intensivstation. Da können Sie aber nicht rein.«

Erschrocken betrachtete er die ausdruckslose Miene des Mannes. »Intensivstation?«, vergewisserte er sich. Allein schon die Bezeichnung der Station brachte deutlich zum Ausdruck, wie es um den Kollegen stand. Er sah, dass ihm noch mehr als 20 Minuten bis zu dem vereinbarten Termin blieben, fragte nach einem der für die Abteilung verantwortlichen Ärzte.

Das Labyrinth der Klinik erfolgreich zu bewältigen, erforderte volle Konzentration. Er folgte mehreren langen, schmalen Gängen, wechselte über ein menschenleeres Treppenhaus zwei Stockwerke in die Höhe, suchte dann Zimmer für Zimmer nach einer Aufsichtsperson ab. Erst im zweitletzten

Raum der Station fand er einen in Krankenhausmontur gekleideten Mann seines Alters vor einem Computer sitzen. Er stellte sich vor, zeigte ihm seinen Ausweis, erkundigte sich nach dem Kollegen.

»Ein Herr Aupperle liegt auf der Intensiv«, bestätigte der Mann. »Aber wie es um ihn steht, kann ich Ihnen nicht sagen, selbst wenn ich es dürfte. Ich bin Krankenpfleger. Mit der Intensiv habe ich nichts zu tun, und ein Arzt ist im Moment leider nicht greifbar.«

»Sie kommen nicht an einen Befund zu Herrn Aupperle?«

»Tut mir leid, wirklich.«

Braig wusste aus Erfahrung, wie ernst viele Kliniken den Datenschutz inzwischen nahmen, verzichtete deshalb darauf, den Mann zu bedrängen. Stattdessen wechselte er das Thema. »Kennen Sie zufällig einen Dr. Meyer? Er ist Arzt ...« Braig brach mitten im Satz ab, als er sah, wie sein Gegenüber erbleichte. Das Gesicht des Mannes verlor jeden freundlichen Ausdruck. Er warf sich zurück, reckte seinen Oberkörper kerzengerade in die Höhe.

»Wieso?«, hörte er ihn mit rauer Stimme fragen.

»Sie haben mit ihm zu tun? Beruflich, meine ich?«

»Ich hatte.« Die Art, wie der Mann die Worte formulierte, war Antwort genug. Mit Sympathie hatte das nichts zu tun, nicht eine Spur.

Braig setzte gerade zu einer neuen Frage an, als Schritte auf dem Flur zu hören waren. »Marcel?«, rief eine Frauenstimme.

»Hier.« Sein Gesprächspartner gab sich mit brüchiger Stimme zu erkennen.

»Übernimmst du nachher die Essensausgabe?« Eine junge Krankenschwester war ins Zimmer getreten, nickte Braig freundlich zu. Sie hatte ihre blonden Haare zu einem Pferdeschwanz gebunden, hielt ein leeres Tablett in der Hand. »Ah, du hast Besuch«, sagte sie.

»Die Essensausgabe geht okay«, bestätigte der Mann und fügte dann, mit einer Kopfbewegung auf Braig, hinzu: »Hier, mein Besucher erkundigt sich nach einem Dr. Meyer.«

Die Gesichtszüge der Frau schienen zu entgleisen. Von einer Sekunde auf die andere verwandelte sich ihr so freundliches, sympathisches Lächeln in eine starre Maske. Sie legte die Stirn in Falten, musterte den Besucher mit abweisendem Blick. »Dr. Meyer?«, zischte sie mit verächtlicher Miene. »Da sind Sie hier falsch. Zum Glück.«

Braig zögerte einen Moment mit seiner Antwort. Die Luft in dem Raum schien unter den Gefrierpunkt gefallen zu sein. »Er scheint nicht besonders beliebt zu sein«, sagte er dann.

Die Miene der jungen Frau hellte sich keinen Deut auf. »Was wollen Sie von dem …« Sie verschluckte das letzte Wort, offensichtlich, weil es nicht gerade wohlwollende Assoziationen zum Ausdruck gebracht hätte.

»Nur so«, sagte Braig. Angesichts der überaus starken Antipathien, die die Erwähnung des Mordopfers hier hervorrief, wollte er dessen Tod noch nicht offenlegen. Zumindest im Moment, solange er noch nicht mit dem Personalchef des Krankenhauses gesprochen hatte. Menschenschinder, kam es ihm in den Sinn, hatte sich der Ermordete im Umgang mit Untergebenen oder Kollegen einiges zuschulden kommen lassen?

Er erkundigte sich nach dem Weg zur Station Dr. Meyers, verabschiedete sich. »Polizei«, hörte er den Krankenpfleger sagen, »was hat die alte Drecksau mit der Polizei zu tun?«

Braig folgte den Hinweisschildern zur Chirurgie, sah den Namen des Verstorbenen vor sich. *Chefarzt Dr. Meyer.* Er betrat die Station, näherte sich zwei Frauen, die er aufgrund ihrer Kleidung als Krankenschwestern identifizierte. Sie standen in ein Gespräch vertieft am Rand des Flurs, unterhielten sich offenkundig über dienstliche Angelegenheiten.

»Zum Glück ist der Alte heute nicht da. Ich habe mich deswegen extra für heute eingetragen. Felix schimpfte zwar, aber er kann es verstehen.«

Braig räusperte sich, sah, wie sich die beiden Frauen ihm zuwandten. »Hallo«, grüßte er. »Ich suche das Büro von Herrn Dr. Meyer.«

Ihre vorher noch freundlichen Mienen wurden schlagartig starr. »Der ist heute nicht da«, zischte eine der Frauen, ihn misstrauisch beäugend.

»Was ist mit seiner Sekretärin?«

»Morgen wieder«, stieß die Frau hervor. Sie wandte sich demonstrativ von ihm ab.

Braig blieb freundlich, fragte nach einem Kollegen des Arztes. Keine der beiden Frauen schien ihn zu hören. Erst nach einer Weile wies seine Gesprächspartnerin ans Ende des Flurs. Er bedankte sich, wünschte noch einen schönen Nachmittag. Als er sich in die angegebene Richtung davonmachte, glaubte er ihre Blicke in seinem Rücken zu spüren. Menschenschinder – der Ermordete schien sich beruflich wirklich nicht viele Sympathien erworben zu haben.

Braig erreichte das andere Ende des Flurs, sah das Namensschild an einer offenstehenden Tür. *Dr. Schildner. Assistenzärztin.* Er klopfte, hörte die Aufforderung, einzutreten, sah sich einer jungen Frau in weißer Arbeitskleidung gegenüber, die den Monitor eines Computers studierte. Auf ihrer Brust entdeckte er denselben Namenszug wie an der Tür.

»Einen Moment, bitte.« Sie warf einen letzten Blick auf ihre Daten, wandte sich dann dem Besucher zu. »So. Wie kann ich Ihnen helfen?«, fragte sie. Sie hatte ein schmales, dezent geschminktes Gesicht, war auffallend hübsch. Er schätzte sie auf Mitte dreißig.

»Mein Name ist Braig«, stellte er sich vor. »Ich suche Kollegen von Dr. Meyer.«

Ihr freundlicher Gesichtsausdruck änderte sich nur unmerklich. »Darf ich fragen, weshalb?«

Er zeigte ihr seinen Ausweis. »Es geht um eine polizeiliche Ermittlung«, erklärte er.

»Herr Dr. Meyer ist der Chef der gesamten Abteilung«, blieb sie sachlich. »Wenn Sie mit ihm sprechen wollen, müssen Sie morgen wiederkommen. Heute ist er nicht im Haus.«

»Das würde ich mir gerne ersparen«, sagte er. »Sie kennen ihn nicht näher?«

Dr. Schildner wog ihren Kopf bedächtig hin und her. »Ich bin erst seit zwei Wochen hier. Von ›näher kennen‹ kann da keine Rede sein. Ich könnte Sie höchstens an unseren Oberarzt, Herrn Dr. Busse, verweisen, aber der ist gerade mit einem Notfall beschäftigt. Wie lange das dauert, kann ich Ihnen nicht sagen. Wenn Sie warten wollen …«

»Herr Dr. Busse arbeitet schon länger mit Herrn Dr. Meyer zusammen?«

Die junge Frau wirkte verlegen. »Wie erwähnt, ich bin erst seit zwei Wochen hier. Ich kenne beide Ärzte nur sehr flüchtig. Aber da Herr Dr. Busse nächsten Monat die Klinik verlässt, nehme ich an, dass er einige Zeit hier tätig war.«

»Er verlässt die Klinik?«, hakte Braig nach. »Weshalb?«

Dr. Schildner hob abwehrend beide Hände. »Das müssen Sie ihn selbst fragen. Mit mir hat er noch nicht darüber gesprochen. Und die Gerüchte, die darüber im Umlauf sind …«

»Wie lauten die?«

Die Ärztin schüttelte den Kopf. »Sprechen Sie bitte mit einem der beiden. Ich möchte mich dazu nicht äußern.«

Braig nickte, gab sich mit der Auskunft zufrieden. Er hatte kein Recht, die junge Frau länger mit Fragen zu traktieren. Sie stand am Anfang ihrer Karriere in diesem Krankenhaus und war vernünftig genug, ihren Stand nicht durch ein unbedachtes Wort über ihre Vorgesetzten unnötig zu belasten. Nach so kurzer Zeit fehlte ihr zudem die Erfahrung, sich überhaupt auf diese Thematik einzulassen. Braig erkundigte sich deshalb nach dem Weg zum Büro des Personalchefs, verabschiedete sich dann von Dr. Schildner.

Er passierte erneut die beiden Schwestern, die sich bei seiner Nachfrage nach dem Chefarzt so abweisend verhalten hatten, nickte ihnen zu. Ihre Mienen verdüsterten sich zusehends, je mehr er sich ihnen näherte. Ich bin kein Freund von Dr. Meyer, lag es ihm auf der Zunge, ihr müsst euch nicht in Eisberge verwandeln, wenn ich auftauche. Wie sie wohl reagierten, wenn sie vom Tod des Chefarztes erfuhren?

Er musste nicht lange darüber nachdenken, ihre Reaktion zu erahnen. In wenigen Minuten war es wohl so weit. Sobald Söderhofer den Namen des Ermordeten in der Pressekonferenz erwähnte, würde es die Runde machen, besonders hier im Haus. Ob mehr Tränen der Trauer als der Freude vergossen würden – Braig wagte nicht, das zu beurteilen. Die gerade mal eine Hand voll Personen, die er auf den Arzt angesprochen hatte, allerdings … Er hörte schon die Sektkorken knallen, sah eine Unmenge geleerter Flaschen und Gläser vor sich. Und Gesichter, aus denen die düstere Stimmung wich …

Fast gleichzeitig mit dem gewünschten Gesprächspartner langte er vor dessen Büro an. Er las das Schild mit der Aufschrift *Moritz Kapf, Personalchef,* sah einen schwergewichtigen, groß gewachsenen Mann in gebückter Haltung am Schloss der Eingangstür hantieren. Braig blieb stehen, wartete, bis die Tür aufsprang. Die kräftige Gestalt vor ihm richtete sich wieder auf, traktierte ihn mit neugierigen Blicken.

»Braig«, stellte er sich vor. »Vom Landeskriminalamt. Wir haben miteinander telefoniert. Vielen Dank, dass Sie sich herbemüht haben.«

Kapf nannte seinen Namen, reichte ihm die Hand. »Bitte«, erklärte er, »kommen Sie in mein Büro und nehmen Sie Platz.«

Braig folgte dem Mann in einen großen, von zwei Fenstern in ein helles Licht getauchten Raum. Rechts ein breiter, mit zwei Computern und verschiedenen Aktenordnern bestückter Schreibtisch, links eine Sitzecke mit mehreren Stühlen um einen runden Tisch.

Kapf stellte eine kleine Tasche auf dem Schreibtisch ab, wies dann zu der Sitzecke. »Am besten, wir kommen gleich zur Sache.«

Braig wartete, bis sich sein Gastgeber einen Stuhl ausgewählt und darauf Platz genommen hatte, tat es ihm dann nach. Das Möbelstück ächzte bedenklich, als sich der schwergewichtige Mann darauf niederließ.

»Es geht um Herrn Dr. Meyer«, begann Kapf. »Eine Koryphäe unseres Hauses.«

»Eine Koryphäe«, wiederholte Braig. Diese Einschätzung des Ermordeten hörte er zum ersten Mal. »Dann tut es mir umso mehr leid, Ihnen mitteilen zu müssen, dass Herr Dr. Meyer heute Morgen verstorben ist.«

»Wie bitte?« Kapf warf seinen Oberkörper nach vorne in die Richtung seines Besuchers, starrte ihn mit großen Augen an. Der Stuhl knarzte, als wollte er den Geist aufgeben. »Unser Dr. Meyer?«, vergewisserte sich der Mann.

Braig nickte.

»Was ist passiert? Der war doch kerngesund?« Kapfs Stirn lag in Falten, mit seiner rechten Hand trommelte er nervös auf den Tisch.

»Es war kein natürlicher Tod«, antwortete Braig.

»Mord?«

»Alles deutet darauf hin, ja. Wir kennen den Täter aber noch nicht.«

»Ist das möglich!«, keuchte Kapf und lehnte sich wieder zurück. Dem durchdringenden Knarzen nach schien der Stuhl endgültig am Ende. »Dann ist es natürlich gerechtfertigt, mich in mein Büro zu rufen«, erklärte der Mann. »Dr. Meyer ermordet. Teufel aber auch.« Er kratzte sich an der Wange. »Wann geben Sie es offiziell bekannt?«

»In diesen Minuten«, erklärte Braig. 16 Uhr hatten sie verabredet. Söderhofer suhlte sich wohl schon im Licht der Scheinwerfer.

»Dann müssen wir sofort die Operationspläne für die nächsten Tage ändern. Da muss ich Herrn Dr. Busse informieren.«

»Dr. Busse«, nahm Braig den Namen auf. »Der wird Ihre Klinik aber bald verlassen.«

»Jetzt wohl nicht mehr.« Kapf ließ ein kurzes, sarkastisch klingendes Lachen hören.

»Jetzt wohl nicht mehr? Das heißt, Dr. Meyer war der Grund für seinen Wechsel?«

Der Personalchef atmete kräftig durch. »Was soll ich lange um den heißen Brei reden, Sie werden es ja sowieso erfahren: Er ist der Grund, ja. Die beiden Herren können nicht miteinander. Zwei Alphatiere, wie Psychologen das heute formulieren.«

»Danke für Ihre ehrliche Aussage.« Braig wunderte sich mehr und mehr, wie sachlich und zielorientiert sein Gesprächspartner mit der emotional doch recht aufwühlenden Information umging. Als Manager war er garantiert ein Glücksfall für das Krankenhaus. »Wie weit würde so ein Alphatier gehen, um das andere zu vertreiben?«, fügte er dann provozierend hinzu.

Kapf ließ sich nicht beirren. »Nicht so weit, wie Sie denken. Ich kenne Dr. Busse persönlich. Er hat gekündigt. Damit hat er ja bewiesen, dass er bereit ist nachzugeben.«

»Ich muss dennoch wissen, wann genau er heute hier im Haus war.«

»Das haben wir gleich. Ich bin zwar nicht für die Dienstpläne zuständig, kann sie aber trotzdem auf den Schirm holen. Moment.« Kapf hievte sich von seinem Stuhl, der mit lautem Knarzen Erleichterung signalisierte, holte ein Tablet, legte es auf den Tisch. In wenigen Sekunden hatte er eine Übersicht über die Arbeitszeiten der Krankenhausmitarbeiter auf dem Monitor. »Dr. Busse, hier. Der ist heute seit sieben Uhr auf der Station.«

»Er kann sie nicht zwischendurch für eine kleine Tour nach Ludwigsburg verlassen haben?«

»Nach Ludwigsburg? Also, das kann ich mir nicht vorstellen. Natürlich legt er immer mal wieder eine kurze Pause ein, er will ja mal eine Kleinigkeit essen oder einen Schluck trinken, aber er muss immer verfügbar sein, wenn Not am Mann ist. Nach Ludwigsburg – dort ist es passiert? Nein, das scheint mir unmöglich. Außerdem – seinen Chef umbringen, also, das ist absurd.«

»Sie glauben nicht, mit wie vielen absurden Dingen in und um Stuttgart wir es jeden Tag zu tun haben«, konterte Braig. »Ihren Dr. Busse werden wir noch genauer überprüfen. Aber bitte, wenn Dr. Meyer ein solches Alphatier war, wie Sie sagen, mit wem hatte er noch Auseinandersetzungen? Kollegen, Schwestern, Patienten – auch in den vergangenen Jahren?«

Kapf nahm wieder auf dem knarzenden Stuhl Platz. »Sie haben Humor«, maulte er. »Erwarten Sie allen Ernstes, dass ich Ihnen die Hälfte unserer Belegschaft ans Messer liefere, damit Sie die Leute einkassieren können? Wer bitte soll dann die Arbeit in unserem Haus leisten?«

»Wollen Sie mir sagen, dass Dr. Meyer mit der Hälfte Ihrer Angestellten im Clinch lag?«

Der Mann wischte mit der Rechten durch die Luft. »Nein, das will ich Ihnen nicht sagen. Aber ich will ganz offen sein – Sie werden es ja doch erfahren – ich war oft im Gespräch mit Herrn Dr. Meyer.«

»In Ihrer Funktion als Personalchef.«

Kapf nickte.

»Es gab also ständig Zoff mit dem Herrn.«

»Formulieren wir es etwas konkreter: Weithin anerkannte fachliche Fähigkeiten stehen oft im Kontrast zu mangelnder sozialer Kompetenz.«

»Dr. Meyer konnte also nicht besonders mit den anderen Ärzten«, sagte Braig. »Auch nicht mit dem Pflegepersonal und den Patienten?«

Kapf kratzte sich erneut an der Wange. »Nicht dass jetzt ein falscher Eindruck entsteht: Herr Dr. Meyer ist eine Koryphäe seines Faches. Er könnte jederzeit an anderen Kliniken arbeiten. Jederzeit! Er hat extrem hohe Ansprüche an sich und seine Arbeit, aber auch an alle um ihn herum. Und das wurde in den vergangenen Jahren mehrfach zum Problem: Nicht alle Mitarbeiter können diesen Ansprüchen genügen.«

»Und das ließ er sie spüren«, folgerte Braig.

»So kann man das ausdrücken, ja. Menschen mit außergewöhnlichen Fähigkeiten entwickeln oft einen Hang zur

Überheblichkeit, was den Umgang mit anderen betrifft. Sie können andere verletzen, ohne es selbst zu bemerken. Dr. Meyer ist da kein Einzelfall, das können Sie mir glauben.«

»Das glaube ich Ihnen gern. Trotzdem benötige ich eine detaillierte Auflistung aller Personen, mit denen der Mann irgendwann aneinandergeriet – was auch immer der Anlass war. Jede noch so geringfügige Auseinandersetzung gehört dazu, alles, was Ihnen einfällt. Könnten Sie mir bitte solch eine Übersicht bis morgen erstellen?«

Kapf verzog sein Gesicht, trommelte wieder mit der Rechten auf den Tisch. »Und Sie wollen dann jede einzelne Person, die Sie auf der Liste finden, überprüfen? Sie haben wirklich Humor. Wie viele Hundertschaften an Polizeibeamten planen Sie denn dafür einzusetzen?«

12. Kapitel

Braig war sofort klar gewesen, was der Personalchef des Krankenhauses mit seiner flapsigen Bemerkung hatte andeuten wollen: Der ermordete Arzt war in den vergangenen Jahren mit derart vielen Leuten in Streit geraten, dass die allein aufgrund der großen Zahl wohl kaum alle zu überprüfen waren. Er hatte seine Bitte um eine möglichst genaue Übersicht dennoch wiederholt, Kapf dann nach Michael Kreitschmer gefragt. »Sagt Ihnen der Name etwas?«

»Ist das nicht der Blumenzüchter, der auf dem Volksfest auf rätselhafte Weise ums Leben kam?«

»Der ist es, ja.«

»Und Sie glauben, ich müsse den Mann kennen?«

»Mich interessiert nur, ob Ihnen der Name hier im Zusammenhang mit der Klinik schon einmal begegnet ist.«

»Tut mir leid, nein.« Kapf schien sich seiner Sache sicher. »Und ich verfüge über ein gutes Namensgedächtnis.«

Braig war schon im Begriff gewesen, sich zu verabschieden, als ihm wieder Aupperle eingefallen war. Er hatte Kapf darauf angesprochen und ihn um eine kurze medizinische Expertise zu dessen Zustand ersucht. Wenige Minuten nachdem er das Krankenhaus verlassen hatte, war diese bereits eingegangen. *Tut mir leid, laut zuständigem Arzt befindet sich Ihr Kollege in akuter Lebensgefahr,* hatte er dem Display entnommen. *Er liegt im künstlichen Koma.*

Wieder und wieder hatte er die Nachricht gelesen, anschließend den Weg nach Hause eingeschlagen. Sich unter diesen Umständen am späten Sonntagnachmittag noch länger auf seine Ermittlungen zu konzentrieren, war nur schwer möglich.

So oft er es im Verlauf seiner Berufstätigkeit mit toten oder schwer verletzten Menschen zu tun hatte, es war nur zu ertragen, weil er gelernt hatte, Emotionen weitgehend außen vor zu lassen. Er musste seiner Arbeit empathiefrei nachgehen, um die Ermittlungen sachgerecht durchführen zu können. Natürlich war dies – aller Routine zum Trotz – nicht immer möglich. Oft genug machte ihm der Anblick leidender oder gewaltsam aus dem Leben gerissener Menschen dennoch zu schaffen, besonders, wenn es sich um Personen handelte, die er gekannt hatte. In diesen Fällen fiel es ihm nach wie vor sehr schwer, die dringend notwendige emotionale Distanz aufzubringen. Er war eben auch nur ein normaler Mensch aus Fleisch und Blut. Zu erfahren, dass sein junger, überaus lebenslustiger Kollege, mit dem er seit Jahren immer wieder zusammengearbeitet hatte, in akuter Lebensgefahr schwebte, machte ihm daher genauso zu schaffen wie jedem anderen auch.

Ann-Katrin hatte seine Verfassung sofort bemerkt, kaum dass er sie begrüßt hatte. »Was ist passiert?«

»Mario. Gestern war er noch mit mir unterwegs und jetzt liegt er auf der Intensivstation. In akuter Lebensgefahr.«

»Ein Unfall?«

»Mir ist nichts Dergleichen bekannt. Irgendwas mit seinen Lungen. Er hustet seit Wochen ohne Ende.«

»Er war nicht beim Arzt?«

»Angeblich ist er seit Längerem in Behandlung. Ich weiß aber nicht, ob es wirklich stimmt. Er antwortete ausweichend, als ich ihn fragte.«

»Kennst du seine Partnerin?«

»Ich glaube nicht«, hatte Braig ehrlich geantwortet. »Du weißt doch, wie oft seine Freundinnen wechselten. Kaum hatte ich mich an einen Namen gewöhnt, hörte ich wieder einen anderen.«

»Dann können wir nur hoffen, dass er bald wieder über den Berg ist.«

Notgedrungen hatte er seine Abteilungsleiterin informiert und um personelle Verstärkung ersucht. Maria Schmeckenbecher war angesichts des neuen Mordfalls sofort bereit gewesen, ihm weitere Kollegen zur Seite zu stellen. Bis zu Neundorfs Rückkehr am Dienstagmorgen konnten sie nicht warten.

»Ich werde prüfen, was sich tun lässt«, hatte Schmeckenbecher versprochen. »Du erhältst auf jeden Fall Verstärkung. Noch dazu, wo wir leider wieder den fähigsten Juristen dieses Erdballs an der Backe haben.«

»Der hat mir gerade noch gefehlt. Ich hatte so darauf gehofft, dass er noch ein paar Tage mit seinem Umzug beschäftigt ist und wir so lange von ihm verschont bleiben.«

»Ja, ich fürchte, der ahnt nicht im Geringsten, wie viele Sektflaschen in dem Fall bei uns geöffnet würden.«

13. Kapitel

Als Braig am Montagmorgen kurz vor acht in seinem Büro eintraf, empfing ihn Mandy Prießnitz mit aufgeregter Stimme.

»Gudn Morschn, Härr Hauptgommissar. Der Dach hat schon gut begonnn!«

»Guten Morgen, Frau Prießnitz!« Er begrüßte seine Sekretärin mit freundlichem Lächeln, wartete auf eine Erklärung. »Was war denn los? Hat die neue Diät noch keinen Erfolg gezeigt?«

»Ich räde doch nisch von meiner Diät! Knudsn und Fälsenträttr!«, erklärte die Frau, die Arme in die Seiten gestützt, Entrüstung pur. »Ausgerächnät!«

»Frau Schmeckenbecher hat sie uns zugeteilt?«

Mandy Prießnitz nickte ohne jeden Kommentar.

»Ich habe um Verstärkung gebeten«, sagte er. »Frau Neundorf steht uns erst morgen wieder zur Verfügung und Mario Aupperle liegt im Krankenhaus.«

»Lunge«, erklärte sie, »weschn seiner Lunge! Gerade habe ich mit seiner Partnärin gerädet. Die Frau war nur am Heuln. Sieht gor nich gut aus.«

»Sie haben deren Nummer?«, fragte er überrascht.

»Nu ja, irschendwann hat er mir die gegäbn.«

»Dürfte ich die bitte haben?«

»Aber nadierlich!« Die Sekretärin beschäftigte sich kurz mit ihrem Computer, notierte dann die Telefonnummer. »Hier, bitte! Dass das so gommt, ich habs geahnt. Der arme Kerl! Das hat er nu davon!«

»Wovon sprechen Sie?«

»Nu, seine Wohnung! Ich hab ihn immer gewarnt: Geh weg da! Das is nisch gud!«

»Warum? Was ist mit seiner Wohnung?« Braig ertappte sich bei dem Gedanken, dass er trotz langjähriger Zusammenarbeit nicht wusste, wo und wie Aupperle wohnte. Irgendwo am Rand der Innenstadt, glaubte er einmal gehört zu haben.

»Nu, gleich neben der Neckarstroße. Das is doch keene Luft dort, das is doch das reinste Gift! Das bringen se ja sogar in de Nachrichtn. Geh weg, such dir was Besseres, da erstiggsde im Dregg, hab ich ihm immer gesaacht.«

»Seit wann wohnt er dort?«

»Schon 'ne ganze Weile. Genau weeß ich das nich mehr. Ziemlich am Anfang, als ich hierhergegommn bin. Und ich weeß ooch genau, dass er immer wegwollte.«

»Und warum ist er nicht umgezogen?«, fragte Braig.

»Nu, jetzt frochn se ooch noch! Weschn däm Geld nadierlich, weschn seine vielen Weibergeschichten, des gönnn se sich doch denkn!«

Natürlich wusste Braig von Aupperles ständig wechselnden Partnerinnen, dafür war der Kollege hier im ganzen Amt bekannt. Kaum ein Frauenname, den man nicht irgendwann in schwärmerischem Pathos aus seinem Mund vernommen hatte. Dass dieses ausgeprägte Wechselspiel nicht nur emotionale, sondern auch finanzielle Folgekosten nach sich zog, hatte er bisher aber nicht bedacht. »Kennen Sie seine aktuelle Flamme?«, erkundigte er sich.

»Nö!«, antwortete Mandy Prießnitz in vorwurfsvollem Ton. »Woher denn? Meenn Se, ich bin die Beichtmuddr von Ihre Kolläschn?«

»Nein, natürlich nicht«, verteidigte sich Braig. »Aber immerhin haben Sie vorhin mit ihr telefoniert.«

»Aber ich weeß ja nicht mal den korrektn Namn von der Frau. Irschend was mit Nicky oder so. Dut mir leid!« Sie hielt inne, machte sich auf ihrem Schreibtisch zu schaffen, streckte ihm ein Blatt entgegen. »Damit ich das nich värgässe!«, erklärte sie.

7.50 Uhr. KHK Knudsen ruft an: Er steckt im Stau, kommt etwas später.

»Immerhin hat er angerufen«, meinte Braig. »Das ist doch schon mal was wert!«

»Ich gönnde drotzdäm uf dän Härrn värzichtn!«, maulte die Sekretärin.

»Ach, so schlimm wird's schon nicht werden.«

»Där is und bleibt än mänschenscheuer Muffl!«

Braig kannte den Kollegen gut genug, um nachzufühlen, dass sie ein Stück weit recht hatte. Knudsen erinnerte ihn, obwohl der Mann aus Norddeutschland kam, an den Prototypen des schwäbischen Bruddlers, einen wortkargen, kontaktscheuen Menschen, dem jede höfliche Konversation fremd war. Smalltalk oder diplomatisches Bemühen gerieten ihm zum wahren Greuel. Braig fand das aber nicht weiter schlimm. Er hatte mit Knudsen oft genug zusammengearbeitet, wusste mit dessen Besonderheiten umzugehen. Viel wichtiger schätzte er die absolute berufliche Verlässlichkeit des Mannes und seine Bereitschaft, sich nicht mit scheinbar naheliegenden Lösungen zufriedenzugeben, sondern auch um den Preis langwieriger Ermittlungen nach den Hintergründen und eventuell den Hintermännern eines Verbrechens zu suchen. Deshalb hatte er nichts gegen die Zusammenarbeit mit Knudsen einzuwenden.

»Und der Härr Rössle war heute Morschn och schon hier. Er hat zwei scheene Sachn mitgebracht.«

Braig trat vollends in sein Büro, musste nicht lange überlegen, wovon die Frau sprach. Das Foto im Posterformat prangte unübersehbar mitten an der Wand.

»Dass där sich nich schämd!« Mandy Prießnitz starrte kopfschüttelnd auf den mit einer kurzen Lederhose bekleideten Oberstaatsanwalt.

»Der hat sich sein ganzes Leben noch nicht geschämt«, entgegnete Braig. »Dieses Gefühl ist dem Herrn nicht bekannt.« Er betrachtete Söderhofers feiste Gestalt, die schwabbeligen Fettwülste am oberen und unteren Ende der kurzen Lederhose, seine überaus behaarten Beine, genauso, wie er ihnen am Freitagabend gegenübergetreten war, wandte den Blick dann wieder ab.

»Der Härr Rössle hat mich gefracht, ob ich nich och so en Poster haben will. Ich könnt mirs ja daheeme übers Bett hängn. Der Frächdachs!« Die Sekretärin lachte laut.

»Und was hat er noch mitgebracht?«, fragte Braig.

Sie wies auf seinen Schreibtisch. »Das is genauso geschmackvoll!«, erklärte sie mit verächtlichem Blick.

Braig sah die durchsichtige Kladde, erkannte das Feuerzeug sofort. Innen der Text, außen der Riesenbusen. »Das haben wir gefunden«, erklärte er. »In einem Zimmer, in dem ein Kampf auf Leben und Tod stattfand.«

»Nu ja, wänn se was damit anfangn gönnn. Viel Spoß damit!« Sie trat aus seinem Büro, ließ ihn mit dem Fundstück allein.

Er hatte das Feuerzeug fast schon wieder vergessen. *Nachtclub Intim*. Wieso waren die so dämlich, eine falsche Telefonnummer anzugeben, und wie war das Ding in den Blumentopf neben dem Fenster gelangt? Braig beschloss, der Sache sofort nachzugehen, holte sich die korrekte Rufnummer aufs Display, gab sie ein. Er wusste nicht, ob in dem Nachtclub irgendjemand so früh am Morgen zu sprechen war, hatte völlig überraschend schon nach dem zweiten Läuten eine männliche Stimme am Ohr.

»Nachtclub Intim, Orban.«

»Braig vom Landeskriminalamt. Könnten Sie mich bitte mit Ihrem Geschäftsführer verbinden?«

»Der ist am Apparat«, erklärte der Mann. »Landeskriminalamt? Was kann ich für Sie tun?«

Braig glaubte, eine gewisse Anspannung in seiner Stimme zu spüren. Der Herr hatte es wohl öfter mit der Polizei zu tun. »Es geht um die Feuerzeuge, mit denen Sie werben«, sagte er.

»Ah, unsere Feuerzeuge!« Orban ließ ein lautes Lachen hören. Er schien deutlich erleichtert. »Eine lustige Idee, was? Da wird einem richtig warm in der Hose, wenn man diese Prachtexemplare vor sich hat, was?« Die Begeisterung in seiner Stimme war nicht zu überhören. »Sie hätten gern ein paar davon für Ihre Kollegen, sehe ich das richtig?«

Braig hatte Mühe, seinen Gesprächspartner zu bremsen. »Na ja, über Geschmack lässt sich streiten. Mir geht es weniger um die Feuerzeuge an sich, als vielmehr um die falsche Telefonnummer, die Sie darauf angeben.«

»Die falsche …« Der Mann am anderen Ende schien nicht zu verstehen. »Falsche Nummer?«

»Die Rufnummer für Ihren Nachtclub auf den Feuerzeugen ist leider nicht ganz korrekt. Sie gehört einer Familie …«

»Ah, Moment, Sie sprechen von dem Paket mit den falsch bedruckten Exemplaren vor ein paar Wochen, ja?«, fiel Orban ihm ins Wort. »Die haben wir alle zurückgehen lassen. Das war die Schuld der Druckerei, nicht unsere. Die haben sofort neue Feuerzeuge bedruckt und sie uns zugeschickt. Innerhalb von ein paar Tagen.«

»Aber die Feuerzeuge mit den falschen Nummern haben Sie trotzdem verteilt«, wandte Braig ein.

»Nein, das bringt doch nichts. Die Druckerei hat uns zugesichert, die Fehldrucke sofort zu vernichten«, versicherte der Mann.

»Wieso haben wir dann ein Exemplar mit der falschen Ziffernfolge gefunden?«

»Wo haben Sie das gefunden?«, wollte Orban wissen.

»Das tut nichts zur Sache«, erwiderte Braig. »Ich wundere mich nur, wieso wir auf dieses Feuerzeug stoßen, wenn die angeblich alle vernichtet wurden.«

»Das müssen Sie die Druckerei fragen«, erklärte der Mann. »Wir haben alle zurück…« Er verstummte, schien zu überlegen. »Es sei denn …«

»Was?«

»Da ist eine Sache …« Orban zögerte, hatte offensichtlich Hemmungen, den Sachverhalt zu erklären.

»Was für eine Sache?«

»An dem Tag, als wir die Lieferung mit den falsch bedruckten Feuerzeugen erhielten, hatten wir Geschäftsfreunde zu Besuch. Ich weiß das noch genau, weil ich mich so auf die Dinger gefreut hatte und das Paket sofort öffnete, als der Postbote es brachte. Die Leute waren begeistert, als sie die drallen Möpse entdeckten, und deshalb habe ich jedem sofort ein Feuerzeug überlassen. Dass da eine falsche Rufnummer drauf war, haben wir in dem Moment nicht bemerkt. Wer denkt denn auch an so was?«

Braig schienen die Ausführungen des Mannes plausibel. »Wissen Sie noch, wie viele von den falsch bedruckten Feuerzeugen Sie verschenkt haben?«

»Moment, das habe ich gleich.« Orban überlegte. »Die Geschäftsfreunde an dem Tag … Es waren unsere Getränkelieferanten. Drei Leute, ja, genau, drei.«

»Und nur an diese drei Leute haben Sie die Feuerzeuge verschenkt? Das wissen Sie genau?«, hakte Braig nach.

»Ja. So wie ich es Ihnen erzählt habe. Nur deswegen, weil das Paket genau in dem Moment kam, als die sich bei mir im Büro aufhielten und mir die falsche Nummer noch nicht aufgefallen war. Aber warum interessieren Sie sich denn so für diese falsch bedruckten Exemplare? Gab es Beschwerden?«

»So kann man das formulieren, ja«, antwortete Braig ausweichend. »Wichtig für mich sind jetzt die Namen und die Adressen dieser drei Männer.«

»Die Namen meiner Getränkelieferanten?«, fragte Orban erschrocken.

»Ja. Ich muss wissen, ob die die Feuerzeuge noch haben.«

»Aber weshalb denn?«, zeterte der Mann.

»Die Namen und die Adressen, bitte!«

»Hören Sie!« Orbans Stimme gewann an Schärfe. »Ich verstehe wirklich nicht, warum Ihnen diese Feuerzeuge so wichtig sind. Aber die Namen und Adressen meiner Getränkelieferanten … Ich mache Ihnen einen Vorschlag: Ich rufe die Leute in den nächsten Tagen an und frage sie, ob sie die Dinger noch haben. Falls nicht, erkundige ich mich, wo die Feuerzeuge gelandet sind. Die werden mich zwar für verrückt erklären, aber wenn die Polizei das so will, muss es eben sein. Einverstanden?«

Braig zögerte einen Moment, überlegte. Der Mann hatte offensichtlich Angst davor, ihm die Identität der angeblichen Getränkelieferanten zu offenbaren. Sei es, dass es sich dabei weniger um Getränke-, als vielmehr um Drogenlieferanten handelte oder weil die Herren in andere illegale Geschäfte verwickelt waren. Gleich, wovor Orban sich fürchtete, Braig war an diesen Machenschaften nicht interessiert. Er hatte im Moment alle Hände voll zu tun, die Morde an Kreitschmer und Dr. Meyer aufzuklären, wollte keinen weiteren Kriegsschauplatz eröffnen. »Okay«, gab er sich deshalb zufrieden. »Sie fragen die Leute. Aber ernsthaft. Das Ganze ist kein Spiel. Sollten Sie versuchen, mich zu linken, hetze ich Ihnen die Kollegen der Sitte und der Wirtschaftskriminalität auf den Hals. Ich hoffe, Ihnen ist klar, was das bedeutet.«

»Aber, Herr Kommissar, weshalb sollte ich Sie linken? Was denken Sie von mir?« Die Erleichterung in der Stimme des Mannes war nicht zu überhören.

Braig war dennoch nicht bereit, dessen Vorschlag vollständig zu akzeptieren. »Ich gebe Ihnen vier Stunden. Wenn Sie sich bis 12 Uhr nicht mit einer detaillierten Erklärung über den Verbleib der drei Feuerzeuge bei mir gemeldet haben, schaut die Wirtschaftskrim bei Ihnen vorbei. Irgendwelche Steuerschiebereien finden die garantiert, wollen wir wetten? Ich erwarte Ihren Anruf. Bis dann.«

»Aber …« Bevor der Mann noch zu einem geharnischten Proteststurm ausholen konnte, hatte Braig aufgelegt. Leuten, die in diesem Metier tätig waren, traute er nicht über den Weg. Das mochte nicht nur langjähriger Erfahrung, sondern auch massiven Vorurteilen entspringen, er machte sich keine weiteren Gedanken darüber. Das Einzige, was ihn interessierte, war die Herkunft des offensichtlich doch recht seltenen Feuerzeugs – und sei es auch nur, um eine Verbindung zu dem noch unbekannten Verbrecher ausschließen zu können. Sollte Orban ihm keine Namen nennen, würde er es über den Mann versuchen, dessen Nummer fälschlicherweise auf einigen Feuerzeugen aufgedruckt war. Die Anrufer, die ihn als vermeintlichen Nachtclubbetreiber belästigt hatten, waren über die Liste der über seinen Anschluss geführten Gespräche auf jeden Fall zu ermitteln.

Er holte tief Luft, stutzte. Ein seltsamer, unangenehmer Geruch lag in der Luft. Er hatte ihn schon in der Nase, seit er sein Büro betreten hatte. Ein neues Putzmittel etwa? Er wandte sich seinem Computer zu, nahm überrascht die umfangreichen Ausführungen wahr, die Moritz Kapf ihm hatte zukommen lassen. Es handelte sich um eine Liste mit Namen und Erklärungen, die teilweise recht anschaulich begründeten, weshalb die Personen hier aufgeführt waren. *Es fällt mir schwer,* hatte der Mann einleitend geschrieben, *Mitarbeiter als potentielle Täter zu verunglimpfen, aber gleichgültig, ob ich Ihnen die problematischsten Fälle, die mir bekannt wurden, mitteile oder nicht, Sie werden Dr. Meyers Umgang mit den Kollegen nachspüren, um den für seinen Tod Verantwortlichen zu finden, das ist mir klar. Das wird viel Staub aufwirbeln hier im Haus und für gewaltige Unruhe sorgen, aber weil ich im Interesse unserer Klinik möchte, dass diese Phase schnellstmöglich bewältigt wird, will ich Ihnen gegenüber offen sein. Ich habe dieses Vorgehen mit der Klinik-Leitung abgesprochen und hoffe, Sie wissen unsere Bereitschaft, an der Klärung des Todes von Dr. Meyer mitzuwirken, zu würdigen. Sie sollten bei Ihren Ermittlungen aber im Auge behalten, dass der Tod Herrn Dr. Meyers nicht im Zusammenhang mit seiner Arbeit in unserem Haus stehen muss. Gerade Ihnen als Kriminalbeamtem sollte bewusst sein, dass die meisten Verbrechen auf privaten Auseinandersetzungen beruhen.*

Braig war von der Offenheit Kapfs beeindruckt. Die Zeilen des Personalchefs ließen deutlich erkennen, dass der Ermordete seinen Kollegen, oder besser: Untergebenen gegenüber zeitweise jede Contenance verloren haben musste. Eine Koryphäe auf seinem Fachgebiet, erinnerte er sich an Kapfs Aussage, aber die menschlichen Umgangsformen …

Braig überflog die Darstellungen des Mannes, markierte die Namen mehrerer Personen, die er aufgrund der angefügten Erklärungen vorrangig überprüfen wollte. Fast alle hatte Kapf mitsamt Adresse und Rufnummer aufgeführt.

Melanie Schleich, Operations-Schwester, von allen Ärzten als exzellente Fachkraft beurteilt, von Dr. Meyer aufgrund ihrer Figur als fette Kuh, fette Henne usw. diffamiert, lange in psychiatrischer Behandlung, Ehemann führt dies auf Dr. Meyer zurück und drohte in meiner Anwesenheit, Dr. Meyer zu erschießen. Nicht mehr bei uns tätig.

Dr. Heiner Möbius, Assistenzarzt, fachlich als sehr kompetent beurteilt, aber mangelndes Selbstbewusstsein, von Dr. Meyer als Heinerle, Heintje, Heinole, Mamis Liebling, Baby Heini usw. geschmäht, psych. Behandlung. Dr. Möbius wechselte die Station.

Dr. Cindy Böhla, Assistenzärztin, fachlich als sehr kompetent beurteilt, aufgrund ihres sächsischen Idioms von Dr. Meyer gehänselt. Nicht mehr bei uns tätig.

Christian Ohl, Assistenzarzt, aufgrund seines Privatlebens von Dr. Meyer kritisiert. Nicht mehr bei uns tätig.

Braig war mitten in der Lektüre, als er es an der Tür klopfen hörte. Bent Knudsen betrat sein Büro. Er erhob sich, reichte dem Kollegen die Hand, fügte ein: »Schön, Sie wieder mal zu sehen« hinzu.

»Moin, Moin«, revanchierte sich der Mann. Er war wie fast immer mit einer dunkelbraunen Cordjacke bekleidet, trug schwarze, unübersehbar abgewetzte Jeans, nickte seinem Gegenüber mit ausdrucksloser Miene zu.

Zwei Worte auf einen Schlag, damit war die Sprachgewalt des Kollegen für die nächsten zehn Minuten erschöpft, wusste Braig. Er verzichtete daher auf jeden Smalltalk, informierte Knudsen unversehens über die beiden Verbrechen und den Stand der Ermittlungen und bat ihn, sich in die Protokolle einzuarbeiten. »Dr. Meyers Mobbing-Opfer«, sagte er abschließend. »Acht Leute sind namentlich erwähnt. Wenn Sie die letzten vier übernehmen könnten? Ich kümmere mich um die anderen. Außerdem sind noch einige Personen im Zusammenhang mit dem Tod Kreitschmers zu überprüfen. Aber darum werde ich Felsentretter bitten, sobald er sich meldet.«

Knudsen ließ ein kurzes Brummen hören, was, wie Braig wusste, sein Einverständnis signalisierte, verließ dann das Büro.

Braig widmete sich dem Rest der Aufzeichnungen des Personalchefs, übermittelte dem Mann dann mit einer kurzen Mail seinen Dank für dessen schnelle und ausführliche Reaktion. Leute, die auf seine Bitte hin so umgehend und gründlich zuarbeiteten, gab es leider viel zu selten.

Im Anschluss daran nahm er sich die abschließenden Berichte Dr. Schäfflers und der Spurensicherer, Dr. Meyers Tod betreffend, vor. Im Großen und Ganzen enthielten sie nichts Neues, weder dem einen noch dem anderen war irgendetwas Substantielles, das zu einer Identifizierung des Täters führen konnte, zu entnehmen. Als Todesursache führte der Gerichtsmediziner Genickbruch infolge des Sturzes aus dem Obergeschoss des Hauses an, Prellungen beziehungsweise Quetschungen an den Armen und dem Hals des Opfers belegten Dr. Schäfflers Auffassung zufolge ebenso wie die starken Verätzungen im Gesicht die Aggressionen des Täters. Doldes und Rössles Ausführungen wiesen auf eine Unmenge von Fingerabdrücken in der Wohnung bzw. dem Wohnzimmer des Arztes hin, die aber großteils auf Dr. Meyer oder dessen Lebensgefährtin zurückgeführt werden konnten. Da beide nach der Aussage Frau Pirschs häufig Gäste zu Besuch hatten, konnten die restlichen Abdrücke darauf zurückzuführen sein. Registriert war jedenfalls keiner. Sonst hatten sie leider keine außergewöhnlichen Funde aufzuweisen, mit Ausnahme des Feuerzeugs, wie Rössle bemerkte.

Braig atmete kräftig durch, hatte erneut den seltsamen Geruch in der Nase. Irgendein widerliches Parfüm. Frau Prießnitz? Er versuchte, sich zu konzentrieren, holte sich noch einmal die Aufzeichnungen Kapfs auf den Monitor. Die ersten vier Personen, die der Personalchef von Dr. Meyer gemobbt wusste, wollte er übernehmen, hatte er mit Knudsen abgesprochen. Er druckte die Liste aus, beschloss, die Leute der Reihe nach zu kontaktieren.

Melanie Schleich war Kapfs Angaben zufolge nicht mehr in der Klinik beschäftigt. Ob sie nur das Krankenhaus gewechselt oder überhaupt nicht mehr berufstätig war, konnte Braig nicht ersehen. Er gab ihre Rufnummer ein, hatte nach kurzem Warten den von einer Männerstimme besprochenen Anrufbeantworter am Ohr. Braig zögerte keine Sekunde, legte wieder auf. Er wollte persönlich und ohne umständliches Vorgeplänkel mit den hier aufgeführten Personen in Kontakt treten, verzichtete daher darauf, die Frau um Rückruf zu bitten.

Bei Dr. Heiner Möbius hatte er mehr Glück. Der Arzt nahm das Gespräch an, obwohl er im Dienst war, genehmigte sich gerade die erste Tasse Kaffee an diesem Morgen.

»Polizei«, vergewisserte er sich, nachdem Braig sich vorgestellt hatte. »Und Sie möchten sich mit mir unterhalten.«

»Möglichst bald, ja«, bestätigte der Kommissar.

»Wegen Meyer, richtig?«

»Sie haben davon gehört?«

Der Mann am anderen Ende lachte. »Glauben Sie, es gibt noch ein anderes Thema hier im Haus?«

»Der Zustand Ihrer Patienten.«

»Eins zu null für Sie«, erklärte Dr. Möbius. »Aber gleich darauf folgt Meyers Zustand.«

»Wann kann ich mit Ihnen reden?«

Er schien Braigs Ungeduld zu spüren. »Sie haben es eilig, richtig?«

»Zugegeben, ja.«

»Wenn es nicht länger als zehn Minuten dauert und Sie bereit sind, hier bei mir vorbeizuschauen?«

»Um wie viel Uhr?«

»Moment«, der Arzt schien seinen Dienstplan zu überprüfen, »in vierzig Minuten. Da habe ich die erste Runde hinter mir. Schaffen Sie das?«

»Das schaffe ich«, bestätigte Braig, ließ sich dann genau den Weg vom Zentraleingang zu Dr. Möbius Arbeitszimmer beschreiben. Um die kurze noch verbleibende Zeit auszunutzen, gab er die Nummer der nächsten auf Kapfs Liste aufgeführten Person ein. Kurz darauf hatte er die Stimme einer jungen Frau am Ohr.

»Praxis Dr. Keimlinger.«

»Dr. Keimlinger«, wiederholte er irritiert. »Ich suche eine Frau Dr. Böhla. Dr. Cindy Böhla.«

»Ja, da sind Sie richtig«, erhielt er als Antwort. »Frau Dr. Böhla arbeitet in unserer Praxis.«

»Wäre es möglich, sie kurz zu sprechen? Ich würde gerne einen Termin mit ihr verabreden.«

Seine Gesprächspartnerin zögerte. »Im Moment ist das schlecht. Sie hat gerade eine Patientin bei sich. Um was geht es denn? Kann ich ihr etwas ausrichten?«

»Das möchte ich ihr persönlich sagen. Könnten Sie sie bitten, mich möglichst bald zurückzurufen? In einer ihrer nächsten Behandlungspausen? Es ist wirklich dringend.« Er hörte die Zusage der jungen Angestellten, gab ihr seine Handynummer. Als er das Gespräch beendet hatte, fiel ihm ein, dass er vergessen hatte, danach zu fragen, wo die Praxis lag.

Er musste es später, wenn sich die Ärztin meldete, nachholen. Der Telefonnummer nach musste es auf jeden Fall hier in Stuttgart sein.

Er wandte sich von seinem Schreibtisch ab, hatte erneut den penetranten Geruch in der Nase. Irgendein intensives Parfüm oder Rasierwasser. Plötzlich fiel es ihm wieder ein. Ratz, der Bürgermeister. Vor zwei Tagen hatte er ihn in seinem Büro empfangen. Und noch immer hing dessen Rasierwasser hier in der Luft.

Braig schlüpfte in seine Jacke, informierte Mandy Prießnitz über seinen Besuch im Krankenhaus.

Die Sekretärin strahlte über beide Ohren. »Ändlich 'ne erfreuliche Nachricht«, sagte sie.

Er blieb fragend vor ihr stehen.

»Fälsnträttr gommt heute nich. Er hat gerade abgesagt.«

Braig wusste nicht, ob er die fehlende Verstärkung bedauern sollte oder nicht. Angesichts des unberechenbaren Gemütszustands des Kollegen wie dessen oft von Jähzorn und Gewalt geprägten Verhaltens konnte er Mandy Prießnitz' Erleichterung auf jeden Fall nachvollziehen. Er verabschiedete sich von seiner Sekretärin, folgte dann der Taubenheimstraße bis zur Stadtbahnhaltestelle Augsburger Platz. Fünf Minuten vor dem vereinbarten Zeitpunkt hatte er Dr. Möbius' Arbeitszimmer erreicht.

Der Arzt empfing ihn nach kurzem Warten. Es handelte sich um einen großen, stattlichen Mann mit welligen, dunklen Haaren und einem schmalen, von der Sonne gebräunten Gesicht. Braig schätzte ihn auf Mitte, Ende vierzig, wollte zuerst nicht glauben, bei dieser gut aussehenden, jovial wirkenden Person könnte es sich um eines der Mobbing-Opfer von Dr. Meyer handeln. Er hatte sich den Mann aufgrund der Erfahrungen, die er angeblich mit dem Chefarzt hatte machen müssen, völlig anders vorgestellt: Klein, schmächtig, irgendwie saft- und kraftlos, schon vom Äußeren her nur ein Schatten eines selbstbewussten Menschen. Nein, Kapf musste sich vertan haben: Dieser braun gebrannte Frauenschwarm in seinem weißen Arztkittel konnte mit den Leuten auf der Liste nichts zu tun haben.

»Dr. Möbius?«, fragte er deshalb mit skeptischem Unterton.

Der Mann nickte, bat ihn freundlich in seinen Arbeitsraum. Ein kleines, mit weißen Büromöbeln ausgestattetes Zimmer, das nicht einmal über ein eigenes Fenster verfügte. Dr. Möbius nahm hinter dem Schreibtisch Platz, winkte seinen Besucher zu dem einzigen weiteren Stuhl, über den der Raum noch verfügte. »Was möchten Sie gerne wissen?«, fragte er dann.

Braig hatte das Aroma eines feinwürzigen Rasierwassers in der Nase, das die nüchterne Strenge der karg eingerichteten Umgebung milderte und zu einer angenehmen Atmosphäre beitrug. »Ihr Verhältnis zu Dr. Meyer: Was können Sie mir darüber erzählen?«

Dr. Möbius zog eine Grimasse. »Sie werden schon genug darüber gehört haben.«

»Leider nicht, nein«, widersprach Braig.

»Ich bin froh, wenn mir der Name nicht mehr zu Ohren kommt«, bekannte der Arzt. »Die Zeit, die wir miteinander zu tun hatten, liegt zum Glück lange genug zurück.«

»Wann genau hatten Sie miteinander zu tun?«, griff er die Wortwahl seines Gesprächspartners auf.

Möbius musste nicht lange überlegen: »Vor sechs Jahren kam ich auf seine Station. Seit drei Jahren arbeite ich hier.«

»Dann waren Sie drei Jahre mit ihm zusammen. Beruflich, meine ich.«

»Nicht ganz«, berichtigte der Arzt. »Ein halbes Jahr etwa müssen Sie davon abziehen. Nennen Sie es meine Auszeit.«

Braig glaubte zu verstehen. »Sie versuchten, die gemeinsame Zeit mit einer Therapie zu bewältigen.«

Dr. Möbius' Miene verfinsterte sich. »Mehrere Therapien, wenn wir das schon zur Sprache bringen.«

»Die aber letztendlich doch recht erfolgreich waren, wenn ich Sie mir so anschaue.«

Der Arzt ließ ein lautes Lachen hören. Der freundliche Ausdruck, der sein Gesicht am Anfang ihres Gesprächs geprägt hatte, kehrte wieder zurück. »Danke für das Kompliment. Sie haben recht, ich habe diese schlimmen Jahre überwunden. Dank meiner neuen Partnerin. Ohne sie hätte ich es nicht gepackt. Nicht mit allen Therapien dieser Welt.«

»Dr. Meyer war die Ursache für diese schlimmen Jahre?«

Dr. Möbius bestätigte Braigs Frage mit nachhaltigem Kopfnicken. »Ich möchte mich dazu nicht weiter äußern. Aber Sie können mir glauben: Ich weine dem Sadisten keine Träne nach.«

Braig hatte den Mann keine Sekunde aus den Augen gelassen. In den kurzen Momenten, in denen sie auf den Ermordeten zu sprechen gekommen waren, hatte sich seine Miene verfinstert, war sie zu einer völlig verzerrten Grimasse erstarrt. Er hasste den Chefarzt, das war nicht zu übersehen. Meyer musste ihm – zumindest psychisch – unsägliches Leid zugefügt haben. »Sie hätten sich vorstellen können, ihn umzubringen?«

Sein Gesprächspartner griff wortlos nach einer Kladde, die auf dem Schreibtisch lag, zog ein Papier hervor, reichte es dem Besucher. »Mit dieser Frage habe ich gerechnet. Hier, bitte, lesen Sie.«

Braig nahm das Blatt entgegen.

Sonntag, 24. September.

Hiermit bestätigen wir Herrn Dr. Heiner Möbius, von 8 Uhr bis 18 Uhr als Mitglied des Notarzt-Teams anlässlich des Stuttgarter Volksfestes tätig gewesen zu sein.

»Soweit ich informiert bin, ist es gestern Vormittag passiert«, erklärte Dr. Möbius.

»Es gab keine Möglichkeit, eine kurze Pause einzulegen? Für einen Trip nach Ludwigsburg?«

Der Arzt blieb freundlich. »Ich sehe, Sie haben nicht viel Ahnung, was die Begleitumstände des Volksfestes betrifft. Obwohl man das von einem Polizeibeamten doch erwarten sollte.«

»So viele Einsätze schon am Sonntagmorgen?«

»Bis 13, 14 Uhr waren wir nur damit beschäftigt, die Alkoholleichen der Nacht einigermaßen zu versorgen. Und genau zu demselben Zeitpunkt wurden wir dann schon mit den ersten Betrunkenen und Schlägerei-Opfern des jungen Sonntags konfrontiert. Eine Pause einlegen? Sie haben Humor.«

Braig musterte sein Gegenüber, glaubte dem Mann aufs Wort. Natürlich wusste er längst über die immer hemmungsloseren Saufereien und Ausschreitungen auf dem Volksfest Bescheid.

»Wenn Sie die anderen Betreuer sprechen wollen, mit denen ich die ganze Zeit zusammen war, nenne ich Ihnen gerne die Namen. Fragen Sie sie nach unseren vielen Pausen.«

Braig winkte ab. »Dr. Meyer«, kam er wieder zu seinem zentralen Anliegen. »Könnten Sie es sich vorstellen, dass sich jemand an ihm rächen wollte?«

Der Arzt überlegte keine Sekunde. »Die Frage ist nur, warum es erst jetzt dazu kam. Verdient hatte er es schon lange.«

»Sie sind nicht der Einzige, dem er so übel mitgespielt hat?«

»Das wissen Sie doch. Sie werden Schaltjahre damit beschäftigt sein, alle Opfer Meyers zu überprüfen.«

»Wem würden Sie es an allererster Stelle zutrauen?«

»Woher soll ich das wissen?« Bizarres Grinsen überzog die Miene des Mannes. »Wer immer es war, er hat sich bleibende Verdienste erworben.«

Noch beim Verlassen des Krankenhauses setzte Braig sein Handy wieder in Betrieb. Sofort meldete sich die Mobilbox mit einem Anruf Dr. Böhlas, die wissen wollte, weshalb er sie kontaktiert habe. Er lief ein paar Schritte zum Rand des Vorplatzes, ließ sich erneut mit der Ärztin verbinden. Diesmal hatte er sie sofort am Apparat. Er stellte sich vor, bat sie um ein kurzes Gespräch unter vier Augen.

»Geht es um Meyer?«, erkundigte sie sich, kaum dass er seinen Beruf erwähnt hatte.

»Weshalb fragen Sie?«

»Sein Tod läuft auf allen Kanälen.«

»Sie hatten mit ihm zu tun.«

»Allerdings. Die schönste Zeit in meinem Leben«, prustete sie.

Er verabredete ein kurzes Treffen in ihrer Praxis in Esslingen gegen elf Uhr, steckte das Handy weg. Esslingen, überlegte er, dieselbe Vorwahl wie Stuttgart. Er machte sich auf den Weg zur S-Bahn, gab sich noch einmal den Gedanken an das Gespräch mit Dr. Möbius hin. Der Mann hatte nichts mit dem Tod Dr. Meyers zu tun, daran hegte er keinen Zweifel, sein selbstbewusstes Auftreten war nicht gespielt. Möbius hatte die sadistischen Attacken des Chefarztes, so traumatisch sie zeitweise auch gewirkt haben mochten, überwunden, durch mehrere Therapien, wie er selbst bekundet hatte, vor allem aber durch die Hilfe seiner neuen Partnerin. Angesichts des Auftretens des Mannes schien Braig diese Erklärung plausibel. Um dennoch auf Nummer sicher zu gehen, rief er Mandy Prießnitz an und beauftragte sie, eine Liste der gestern auf dem Volksfest tätigen Ärzte zu besorgen.

14. Kapitel

Esslingens Altstadt mit ihren autofreien, schmalen Gassen, schmucken Fachwerkfassaden und lauschigen Plätzen verzauberte Braig jedes Mal aufs Neue, wann immer er dort unterwegs war. An einem Tag wie diesem, wo die Sonne nur ab und an für wenige Minuten hinter kleinen Wolken verschwand und eine immer noch spätsommerlich warme Luft durch die Straßen strömte, kam die außergewöhnliche Atmosphäre ganz besonders zur Geltung. Während anderswo hupende, lärmende und stinkende Blechkarossen jede Minute Aufenthalt und jeden Atemzug in der Stadt zur Tortur und zum größten Gesundheitsrisiko werden ließen, konnte er die Zeit hier mit allen Sinnen genießen. Kaum aus dem Bahnhof getreten, verlangsamte er seinen Schritt, um tief Luft holend durch die stimmungsvollen Gassen zu schlendern. Lauthals miteinander parlierende, lachende und scherzende Menschen tummelten sich auf den Straßen, Eis schleckende, junge Mütter mit Kinderwagen und trotz der warmen Luft in viel zu dicke Jacken gekleidete Senioren verweilten tratschend auf den zahlreichen Stühlen vor den Eisdielen und Cafés.

Braig beobachtete das relaxte Treiben mit zunehmendem Neid. Ohne lange zu überlegen, nutzte er die bis zu dem Gespräch mit Dr. Böhla verbleibende Zeit zum Besuch einer Bäckerei. Er genehmigte sich einen Kaffee und zwei mit Käse belegte Brötchen, nahm draußen vor dem Laden auf einem der Stühle Platz. Er beobachtete die vorbeischlendernden Passanten, hörte den Signalton seines Handys. *Orban,* entnahm er überrascht dem Display. Er gab das Gespräch frei, hatte den Geschäftsführer des Nachtclubs am Ohr.

»Damit Sie meinen guten Willen sehen«, sprudelte der Mann los. »Ich habe mit unseren Getränkelieferanten gesprochen. Mit allen dreien. Den Letzten hatte ich eben gerade an der Strippe.«

»Und? Wer von den Herren vermisst das Feuerzeug?«

»Keiner«, erklärte Orban. »Das sei ein einzigartiges Stück, hörte ich von allen drei. Diese drallen Möpse gibt niemand freiwillig aus …«

»Moment. Das kann aber nicht sein«, fiel Braig ihm mit kräftiger Stimme ins Wort. »Einer muss das Ding weitergegeben oder verloren haben, sonst hätten wir es nicht gefunden.« Er hatte wohl deutlich zu laut gesprochen, sah jedenfalls die Gesichter mehrerer Passanten, die auf der Gasse an ihm vorbeischlenderten, auf sich gerichtet. »Oder Sie haben mich belogen, was die Anzahl der verschenkten, falsch bedruckten Exemplare betrifft«, fügte er mit gedämpfter Stimmlage hinzu.

»Nein, nein, nein.« Die Stimme Orbans drohte sich zu überschlagen. »Warum sollte ich Sie denn belügen, Herr Kommissar?«

»Sie werden schon Ihre Gründe haben. Ihre angeblichen Getränkelieferanten …«

»Das sind nicht meine *angeblichen* Getränkelieferanten. Sie sind es wirklich.«

»Ist mir doch egal!«, polterte Braig, jetzt wieder eindeutig zu laut. »Ich will endlich wissen, wo das falsch bedruckte

Feuerzeug herkommt.« Er wandte den Blick zur Seite, um den erneut gaffenden Gesichtern auszuweichen.

»Möglicherweise …« Die Stimme seines Gesprächspartners hatte deutlich an Kraft verloren.

»Ja?«

»An dem Tag, als das Paket kam … Sie wissen schon, das mit den falschen Telefonnummern …«

»Ja. Was wollen Sie? Eine weitere Lüge?«

»Nein, wirklich nicht.« Orban verstummte für einen Moment. »Außer den Getränkelieferanten war noch jemand da. Nur kurz, sehr kurz sogar. Deshalb habe ich das völlig vergessen.«

»Wer soll das gewesen sein? Wen zaubern Sie jetzt noch aus dem Hut?«

»Niemand, wirklich. Wir waren mitten in den Verhandlungen, als dieser Banker auftauchte.«

»Welcher Banker?«, fragte Braig.

»Ein Herr Theissen.«

»Und? Warum erzählen Sie mir das?«

»Warum?« Orban schnappte nach Luft, schien zu hyperventilieren. »Weil ich dem auch eines der Feuerzeuge gab.«

»Jetzt auf einmal? Sie wollen mich doch nur verarschen!«

Orbans Antwort kam postwendend. »Nein, Herr Kommissar, wirklich nicht! Ich gab dem Mann ein Exemplar aus dem geöffneten Karton, der mitten im Büro stand. Ich wollte ihn damit vertrösten, weil ich ihm immer noch keine Zusage für sein Angebot erteilen konnte.«

»Was für ein Angebot?«

»Ein Kredit für neue Räumlichkeiten für den Nachtclub. Das tut aber nichts zur Sache.«

»Diesem Banker gaben Sie auch noch eines der falsch bedruckten Dinger. Wem noch? Wie viel von dem Zeug haben Sie denn noch verteilt?«

»Keines, Herr Kommissar. Das war es. Diese vier«, beeilte sich Orban mit seiner Antwort.

»Und? Wo ist das Exemplar dieses Bankers?«

Orbans Erklärung ließ auf sich warten. »Da muss ich erst noch nachfragen, Herr Kommissar«, äußerte er etwas kleinlaut.

Braig seufzte laut. »Also. Sie wissen ja: Bis zwölf Uhr haben Sie Zeit.« Er brach das Gespräch ab, steckte das Handy weg. So wie er Orban jetzt erlebt hatte, würde sich der Mann sofort um die Antwort auf seine Frage kümmern – vorausgesetzt, er hatte ihn nicht belogen, aus welchem Grund auch immer. Er widmete sich seinen Brötchen, trank den Rest des Kaffees, machte sich dann auf den Weg zu der Arztpraxis.

Dr. Cindy Böhla holte ihn an der Rezeption der Praxis ab, kaum dass er sich bei ihren Mitarbeiterinnen vorgestellt hatte. Sie nannte ihren Namen, reichte ihm die Hand, bat ihn in einen der Behandlungsräume.

Braig musterte die zurückhaltend auftretende Frau, schätzte sie auf Ende dreißig. Eine auffallend dünne, fast zerbrechlich wirkende, kleine Person mit kurzen, dunkelblonden Haaren. Ob es an ihrem schmächtigen Körperbau lag oder an der Art, wie sie fast schüchtern zu ihm aufsah, bei ihr glaubte er Folgen von Meyers Mobbing zu erkennen. Er wartete, bis sie hinter einem schmalen Schreibtisch Platz genommen hatte, setzte sich dann auf einen der Stühle mitten im Raum.

»Dr. Meyer«, eröffnete er das Gespräch. »›Die schönste Zeit in meinem Leben‹, haben Sie vorhin am Telefon geäußert. Das war ironisch gemeint.«

»Allerdings.« Dr. Böhla nickte. »Meine Art, diese Jahre zu bewältigen. Normalerweise versuche ich, nicht mehr daran zu denken.«

»Sie fühlten sich von ihm gemobbt?« Er musterte ihr Gesicht, wandte seinen Blick nicht von ihr ab.

Sie schien Schwierigkeiten zu haben, zu einer Antwort zu finden. »Das ist so ein Modewort. Es klingt so harmlos.«

»Dr. Meyers Verhalten Ihnen gegenüber war aber nicht harmlos.«

»Das war es nicht, nein.« In ihre Wangen schien Farbe zu kommen. »Alles, nur nicht harmlos.«

»Können Sie mir ein Beispiel nennen?«, fragte er.

Dr. Böhla seufzte laut. »Sie zwingen mich, alles wieder wach werden zu lassen.«

»Irgendein Beispiel?«

»Er machte mich nieder. Mitten in schweren Operationen. Sticheleien ohne Anfang und Ende, vor allen Kolleginnen und Kollegen, obwohl höchste Konzentration gefordert war.«

»Warum?«

»Ich weiß es nicht. Es fing an, als er meinen Vornamen erfuhr. Cindy. Von dem Moment an stand ich auf seiner Abschussliste. ›Zonencindy. Sachsenpüppi. Von drüben rübergemacht. Her mit den Bananen! Oh, baut doch die Mauer wieder auf!‹ Und alles in völlig überzogenem, sächsischem Slang. Jedenfalls in einem Dialekt, den er selbst für Sächsisch hielt.«

»Sächsisch?«, hakte Braig nach. »Weshalb?« Er sah den verlegenen Gesichtsausdruck der Frau.

»Ich bin in Dresden geboren. Das hat er wohl in meinen Papieren gesehen.«

»Aber Sie sprechen doch hochdeutsch. Ich höre bei Ihnen nicht einmal den Hauch eines sächsischen Idioms.«

»Das spielt doch keine Rolle. Viel schlimmer waren ja auch seine ständigen Beschimpfungen während der Operationen. Vor allem in den Momenten, wo jeder Handgriff, jede Sekunde zählt. Du versuchst, in höchster Eile ein Blutgefäß abzudichten, konzentrierst dich ganz auf deine Arbeit und mittendrin brüllt er los: ›Die Sachsenschlampe schludert schon wieder! Die hat doch keine Ahnung! Bei welchem Metzger ging die denn in die Lehre? Schafft mir die Zonentussi vom Tisch weg, sonst verreckt mir der Kerl unter den Fingern!‹« Sie verstummte, wandte den Blick zur Seite. »Wissen Sie, wie entwürdigend das ist?«

Braig musste nicht lange nachdenken, konnte sich die Szene nur allzu gut ausmalen.

»Zwei, drei Mal können Sie das ertragen. Aber schon nach wenigen Wochen hatte ich Angst. Angst vor jeder Operation, Angst davor, Fehler zu machen. Fehler, die mir vorher nicht einmal im Traum passiert wären.«

»Warum ließen Sie sich das gefallen?« Er hatte den Satz noch nicht zu Ende gesprochen, da war ihm schon klar, wie dämlich er war. Naiv und dämlich zugleich. Eines erwachsenen Menschen mit einem Hauch Lebenserfahrung nicht würdig.

Dr. Böhla ging einfach darüber hinweg. »Zwei Jahre hielt ich es aus. Zwei grauenvoll lange Jahre. Dann ging es nicht mehr.«

»Sie wechselten den Arbeitgeber und suchten Heil in einer Therapie«, interpretierte er ihre Aussage.

»Ich war mehrere Wochen in einer Klinik am Bodensee. Ohne das aufopferungsvolle Engagement der Leute dort hätte ich es nie geschafft.«

»Dann können Sie sich jetzt über den Tod Ihres ehemaligen Peinigers umso mehr freuen.« Braigs Blick ruhte in der Miene seines Gegenübers.

»Freuen?« Die Mimik der Ärztin zeigte keinerlei Veränderung. »Was ändert das an den zwei Jahren? Die stecken in mir drin, da kann mir niemand helfen.«

»Darf ich wissen, wo Sie gestern am Vormittag waren?«

Dr. Böhla hielt seinem Blick stand. »Sie glauben, ich hätte mit seinem Tod zu tun?« Sie schüttelte den Kopf. »Was sollte mir das jetzt noch bringen?«

»Sie würden mir trotzdem helfen, wenn Sie mir mitteilen, wo Sie gestern Vormittag waren.«

»Zu Hause«, antwortete sie. »Allein. Ich habe niemand, der mir ein Alibi geben könnte.«

15. Kapitel

Obwohl die Sonne nach wie vor von einem ungetrübt blauen Himmel strahlte und die Menschen um ihn herum die warme Luft in vollen Zügen genossen, konnte Braig sich auf dem Rückweg von der Arztpraxis der stimmungsvollen Atmosphäre der schmalen Altstadtgassen nicht mehr ungetrübt hingeben. Das Bild der schmächtigen Frau, ihre Worte, mit denen sie das Verhalten des Ermordeten beschrieben hatte, gingen ihm nicht mehr aus dem Sinn.

Die Sachsenschlampe schludert schon wieder! Bei welchem Metzger ging die in die Lehre?

Nicht ein Mal war das passiert, nicht zwei oder drei Mal, sondern zwei Jahre lang, manchmal Tag für Tag, wie sie im Nachhinein noch bekannt hatte. Vor allen Kolleginnen und Kollegen, Ärzten und Schwestern, die dem Chefarzt bei der Operation assistierten. Abhängig von der Stimmung Meyers, von der Laune, mit der er den Operationssaal betrat, dem Stress, dem er sich während der Arbeit ausgesetzt sah. Hatte sie Glück, wurde er nur phasenweise ausfällig, lief es schlechter, prasselten seine verbalen Attacken vom Anfang bis zum Ende ihrer anstrengenden Tätigkeit auf sie ein.

Warum war ihr keiner von den Kolleginnen und Kollegen zu Hilfe geeilt, hatte er sie gefragt.

»Die hatten doch alle Angst, genauso zum Opfer zu werden wie ich. Insgeheim war wohl jeder froh, dass es mich traf und nicht sie oder ihn.«

Kopfschüttelnd hatte er ihre Aussage wahrgenommen, sich die Angst ausgemalt, mit der sie über zwei Jahre hinweg Tag für Tag in die Klinik gekommen war. Weshalb war niemand aufgestanden, warum hatte keiner das Ekel, das sich Chefarzt schimpfte, in seine Schranken verwiesen?

Sie habe doch sicher Operationsmesser in der Nähe gehabt, hatte er gefragt, ob sie nicht ständig in der Versuchung gewesen sei, dem Kerl eines dieser Werkzeuge in den Leib zu rammen? Sie hatte ihm nicht geantwortet, ihn nur mit ausdrucksloser Miene betrachtet.

Nein, selbst wenn sie je daran gedacht hatte, den Sadisten zum Schweigen zu bringen, Braig glaubte nicht, dass Dr. Böhla es getan hatte. Nicht diese schmächtige, immer noch von der Pein der vergangenen Jahre gezeichnete Person. Der Name Michael Kreitschmers war ihr ebenso wie auch vorher schon Dr. Möbius nur aus den Nachrichten geläufig. Er hatte beide am Ende des jeweiligen Gesprächs auf den Mann angesprochen und nur ahnungsloses Kopfschütteln geerntet. Wo immer der Zusammenhang zwischen den Mordopfern lag, bisher war er auf keinen anderen Sachverhalt gestoßen als den, dass die Söhne der beiden Männer miteinander befreundet waren. Ihm blieb nichts übrig, als sich mit weiteren Opfern Dr. Meyers zu beschäftigen.

Den Esslinger Bahnhof schon in Sichtweite, blieb er stehen, gab die Nummer des nächsten auf Kapfs Liste aufgeführten ehemaligen Krankenhaus-Mitarbeiters ein. *Christian Ohl, Assistenzarzt, aufgrund seines Privatlebens von Dr. Meyer kritisiert,* hatte der Personalchef notiert. *Nicht mehr bei uns tätig.*

Braig musste nicht lange warten, hörte eine junge Frau etwas von einer »Praxis …« sagen. Der Rest ihres Satzes ging im lauten Getöse eines auf der nahen Neckarstraße vorbeirumpelnden Lastwagens unter.

»Ich muss dringend Herrn Dr. Ohl sprechen«, erklärte er mit kräftiger Stimme.

»Einen Moment, bitte.« Jetzt war die Frau wieder einigermaßen zu verstehen.

Er trat ein paar Schritte zurück, suchte den Schutz einer nahen Hauswand, hatte dann den Arzt am Apparat. Der Mann arbeitete in einer Praxis im Zentrum von Nürtingen, zeigte sich überraschend kooperativ.

»Ein persönliches Gespräch. Möglichst bald. Es geht um Meyer, richtig?«

Die Nachricht vom gewaltsamen Tod des Chefarztes schien erstaunlich schnell die Runde gemacht zu haben. »Sie haben davon gehört?«

»Wer hat denn nicht davon gehört?«, konterte Dr. Ohl. »Die Schlagzeilen sind doch nicht zu übersehen. *Chefarzt-Koryphäe ermordet*. Also, wenn Sie bei mir vorbeischauen wollen, müssen Sie sich noch etwas gedulden. Auf mich warten noch ein paar Patienten. Meine Mittagspause beginnt heute wohl nicht vor eins. Ich pflege dann hier in der Praxis eine Kleinigkeit zu mir zu nehmen. So ab 13.30 Uhr stünde ich Ihnen zur Verfügung. Wenn es nicht allzu lange dauert?«

Braig nahm das Angebot des Arztes an, sah, dass ihm noch etwas Zeit bis zu dem vereinbarten Termin blieb. Die Züge nach Nürtingen verkehrten alle paar Minuten, sie benötigten kaum mehr als eine Viertelstunde.

Er kehrte in einem der zahlreichen Imbisse im Bereich des Bahnhofs ein, bestellte einen Salat und einen Kaffee, setzte sich auf einen der Stühle vor dem Laden. Dem Salat fehlte Salz. Er stand auf, holte sich an der Theke einen Streuer, würzte vorsichtig nach. Jetzt hatte er den richtigen Geschmack auf der Zunge.

Er ließ sich den Salat schmecken, trank von dem Kaffee. Dr. Ohl, überlegte er, ein weiteres Opfer des sadistischen Chefarztes. Mit welchen Methoden Meyer den Mann wohl schikaniert hatte? Das Handy läutete, riss ihn aus seinen Gedanken. Orban. Der schon wieder. Genervt nahm er das Gespräch an.

»Theissen, der Banker, Herr Kommissar«, sprudelte der Geschäftsführer des Nachtclubs los. »Ich bin am Abkotzen!«

»Wieso? Was ist mit dem Mann?« Sofern er überhaupt existierte, schoss es ihm durch den Kopf.

»Er ist krankgeschrieben«, stöhnte Orban. »Ich habe alles versucht. Aber ich kann ihn nicht erreichen. Und im Moment komme ich hier nicht weg. Sonst würde ich schnell nach Esslingen fahren …«

»Nach Esslingen? Wieso?«

»Weil er dort wohnt. Direkt unter der Burg. Ich war schon bei ihm, deshalb würde ich das sofort finden. Aber, wie gesagt, im Moment kann ich nicht weg.«

»In Esslingen unter der Burg«, überlegte Braig. »Wo genau?«

»Die Straße heißt Obere Beutau. In der Nähe der Burgstaffel. Die Treppen, die zur Burg hochführen.«

Nur ein paar Minuten vom Bahnhofsvorplatz entfernt, wusste Braig. »Ich kenne die Straße«, sagte er. »Und der Mann ist krankgeschrieben?«

»Sein Kollege hat es mir erzählt.«

»Theissen«, wiederholte Braig den Namen. »Richtig?«

»Richard Theissen, ja.«

»Gut. Ich hoffe, Sie haben mir keinen Bären aufgebunden.«

»Aber nein, Herr Kommissar! Wo denken Sie hin? Es ist so, wie ich es Ihnen sagte. Ich habe Theissen eines der falsch bedruckten Feuerzeuge gegeben. Weil er von dem Motiv so begeistert …«

»Ja, ja, ist schon gut! Also dann. Wir hören voneinander.« Er drückte die Verbindung weg, trank den Rest des Kaffees, machte sich dann auf den Weg. Die autofreie Bahnhofstraße bis zur Brücke über den Roßneckarkanal, dann an der St. Dionys-Kirche vorbei quer über den Marktplatz bis zur Unterführung, hinter der die überdachte Burgstaffel steil in die Höhe führte. Obere Beutau. Eine schmale, gewunden ansteigende, idyllisch anmutende Pflastersteingasse wie aus einem mittelalterlichen Bilderbuch. Auf beiden Seiten Haus an Haus, etliche mit schiefen, leicht geneigten Fassaden, alle paar Meter duftende, hochrankende Blumenstauden. Er überprüfte die Hausnummer, entdeckte den Klingelknopf neben dem Namensschild: *Richard Theissen.*

Die Glocke war kurz aus dem Obergeschoss zu hören, ging dann aber im Geschrei einer Gruppe Jugendlicher unter, die die schmale Straße laut palavernd hochstürmten. Braig wartete, bis die jungen Leute verschwunden waren, musterte die Fenster. Überall helle Vorhänge, nirgends eine Bewegung.

Ein älterer Mann schlurfte schwer atmend einem heftig an der Leine zerrenden Hund hinterher die Gasse aufwärts. Braig folgte dem Gespann mit seinem Blick, drückte nochmals auf die Klingel. Wieder war die Glocke aus dem Obergeschoss zu hören. Er schaute nach oben, glaubte, hinter einem der Vorhänge für einen kurzen Moment eine Bewegung wahrgenommen zu haben. Der Mann war wohl wirklich krank, hatte deshalb aber weder Kraft noch Lust, einen Fremden zu empfangen. Wahrscheinlich war er nur wegen Braigs Läuten aus dem Bett gekrochen.

Braig sah dennoch keinen Grund, Theissen in Ruhe zu lassen. Nicht, wo er sich jetzt extra zu ihm herbemüht hatte. Er benötigte nur eine kurze Auskunft über den Verbleib des falsch bedruckten Feuerzeugs, dann war die Sache erledigt. Nicht mehr und nicht weniger. Er drückte deshalb erneut auf die Klingel, jetzt über mehrere Sekunden hinweg, klopfte gleichzeitig mit seiner Faust an die Tür.

»Herr Theissen, ich weiß, dass Sie zu Hause sind. Jetzt öffnen Sie doch endlich die Tür!«, rief er mit lauter Stimme.

Der Ton der Glocke war noch nicht verhallt, als ein lautes Geräusch aus dem Inneren zu hören war. Ein heftiger Schlag, dann ein Klirren, als wäre ein Teller oder eine Tasse auf dem Boden zerschellt.

Braig streckte gerade die Hand aus, um erneut an die Tür zu klopfen, als sie abrupt geöffnet wurde. Ein etwas verwirrt dreinblickender Mann lugte durch den Spalt, musterte ihn mit nervösem Blick. Er hatte kurze, dunkle Haare, ein auffallend bleiches, ausgezehrt wirkendes Gesicht. Bekleidet war er mit einem weiten, dunklen Sweatshirt und abgetragenen Jeans. Braig schätzte ihn auf Ende vierzig, sah das Handtuch, das er in seiner Rechten hielt. Allem Anschein nach war er gesundheitlich wirklich angeschlagen und hatte das Bett nur seinetwegen verlassen.

»Herr Theissen?«, fragte Braig.

Der Mann schüttelte den Kopf, wischte sich mit dem Handtuch über den Mund. »Herr Theissen ist im Moment leider nicht zu Hause. Wenn Sie ihn sprechen wollen …«

»Er ist beim Arzt?«, fragte Braig.

Sein Gesprächspartner nickte. »Es geht ihm aber wieder besser. Ich habe ihm geholfen. Allein hätte er es noch nicht geschafft.«

»Wann etwa ist er wieder zurück?«

Der Mann kratzte sich am Arm. »Nicht vor drei, halb vier, schätze ich. Sie wollen ihn über Mittag beobachten.«

»Drei, halb vier«, überlegte Braig. »Gut, dann versuche ich es später noch mal.«

Sein Gegenüber schien erleichtert. »So ist es am besten, ja. Ich werde ihm ausrichten, dass Sie ihn sprechen wollen, Herr …?«

»Das tut nichts zur Sache«, wehrte Braig die Frage ab. »Wir kennen uns nur vom Sehen. In der Bank«, fügte er hinzu. Er überlegte, ob er den Mann nach dem Feuerzeug fragen sollte, ließ es dann aber sein. Falls Theissen doch in irgendeiner Weise in den Tod Meyers involviert war – so unwahrscheinlich das jetzt auch klang – wollte er ihn nicht vorwarnen. Deshalb verzichtete er auch darauf, sich als Polizeibeamter zu erkennen zu geben. Er musste sich jetzt um das Gespräch mit Dr. Ohl kümmern, im Anschluss daran konnte er immer noch eine kurze Zwischenstation in Esslingen einlegen und persönlich bei Theissen vorbeischauen.

Er sah das zustimmende Nicken seines Gegenübers, verabschiedete sich. Der Mann warf ihm einen letzten Blick zu, schloss dann die Tür.

Braig nahm denselben Weg zurück zum Bahnhof, hatte Glück. Der Regionalexpress nach Tübingen rollte an den Bahnsteig, kaum dass er die Treppen hochgelaufen war. Er suchte sich einen Platz im oberen Stockwerk, gab sich dem Blick auf die Landschaft hin. Esslingens östliche Neckarvororte flogen an ihm vorbei, das Kraftwerk von Altbach, dann die schier unüberschaubare Gleisvielfalt des Plochinger Bahnhofs. Der Zug legte einen kurzen Halt ein, bog nach Süden ab, passierte die Mündung der Fils in den Neckar.

Braig versuchte, sich für einen Moment von seinen Ermittlungen zu lösen, wenigstens ein paar Minuten lang zu entspannen, so wie ihm das sonst auf seinen Bahntouren meist gelang, spürte die Unruhe, die in ihm nagte. Irgendetwas stimmte nicht, irgendeinen Sachverhalt hatte er übersehen. Ohl, überlegte er, hatte es mit ihm zu tun? Die Stimme des Arztes hatte vertrauenerweckend geklungen, in keiner Weise aufgeregt – aber war es wirklich seine Arbeit in der Praxis in Nürtingen, die ihn veranlasst hatte, Braigs Erscheinen hinauszuschieben, ihm über den Mittag hinweg noch Zeit zu geben, bis er ihn bei sich empfing? Er spürte das Kribbeln in seinen Fingerspitzen, wusste nicht, wie er die Bitte Ohls, ihn erst gegen 13.30 Uhr aufzusuchen, beurteilen sollte. Was, wenn der Arzt Meyer in den Tod gestürzt und die Mittagszeit jetzt zur Flucht genutzt hatte? Dann war er längst über alle Berge, gewarnt ausgerechnet von der Person, die ihn für sein Verbrechen zur Rechenschaft hatte ziehen wollen.

Braig trommelte nervös mit seinen Fingern gegen das Fenster, sah den Zug in Wendlingen einfahren. Dr. Ohl, der ehemalige Assistenzarzt von Meyer, als Täter? Er versuchte, sich daran zu erinnern, was Kapf als Hinweis auf die Ursache des Zerwürfnisses zwischen den beiden Männern angegeben hatte. *Von Dr. Meyer seines Privatlebens wegen kritisiert,* hatte der Personalchef angeführt. Was immer das zu bedeuten hatte. Ausufernder Konsum von Drogen, zu viel Alkohol, nächtliche Sauftouren vor wichtigen Operationen? Möglicherweise beruhte die Kritik des ehemaligen Chefarztes aber auch auf völlig irrationalen, allein dessen Willkür entsprungenen Fundamenten. Meyer konnte sich an irgendeiner Eigenschaft oder einem Verhalten Ohls gestört haben, die niemand sonst erwähnenswert fand. Für Ohl selbst allerdings war die gemeinsame Arbeit dadurch zur Hölle, zu derart unerträglichen Stunden eskaliert, dass er sich gestern dazu hatte hinreißen lassen …

Braig starrte aus dem Fenster, sah das Flussbett des Neckar an sich vorbeifliegen. Der Zug hatte sich wieder in Bewegung gesetzt, eilte jetzt direkt auf Nürtingen zu. Hoffentlich sind das nur wirre Gedanken, überlegte er, hoffentlich täuscht mich mein Gefühl, was diesen Assistenzarzt betrifft. Um sich abzulenken, holte er sich den Stadtplan Nürtingens auf den Monitor, prägte sich den kürzesten Weg vom Bahnhof zu Ohls Praxis ein. Fünf Minuten, schätzte er, bei schnellem Gang sogar noch weniger. Er hörte das Signal einer eingegangenen SMS, drückte sie sofort weg, nachdem er sie überflogen hatte. Die über seinen Rücken wandernde Gänsehaut konnte er dennoch nicht vermeiden.

Wann endlich erhalte ich Bericht über die Verhaftung der Täter? Leitender Oberstaatsanwalt Söderhofer.

»Blöder Hund!«, maulte er leise vor sich hin. Die Arroganz des Widerlings war nicht mehr zu ertragen. Seine Kollegin Neundorf hatte es sich längst angewöhnt, den aussagekräftigen Begriff »Kotzbrocken« zu verwenden, sobald die Sprache auf den Mann kam. Vielleicht sollte er es ihr gleichtun, um sich emotional wenigstens von einem Teil der Aggressionen zu befreien, die Söderhofer stets aufs Neue in ihm auslöste. Hatte Meyer sich ähnlich aufgeführt wie dieser Kotzbrocken? Oder musste er sich den Psychoterror, den dieser Krankenhaus-Sadist zu verantworten hatte, noch eine oder mehrere Dimensionen unerträglicher vorstellen?

Die Durchsage des Zugführers, dass sie jetzt Nürtingen erreichten, riss ihn aus seinen Überlegungen. Er verließ den Zug, kämpfte sich durch die dicht gedrängte Menschenmenge zum Vorplatz des Stationsgebäudes, querte dann die Bahnhofstraße. Der Weg war nicht weit, vielleicht vierhundert Meter. Nürtingens Zentrum lag eingepfercht zwischen der Bahnlinie und dem Neckar, durchpflügt von einem Gewirr schmaler Straßen. Unzählige Leute waren unterwegs. Massen von Jugendlichen nutzten ihre Mittagspause, Eis schleckend oder Pommes-Tüten in der Hand durch die Stadt zu flanieren. Der Eingang zur Praxis war von einer Gruppe heftig miteinander palavernder, junger Leute belagert. Braig bemerkte ihn erst, als er bereits mehrere Meter daran vorbeigelaufen war. Er machte kehrt, drückte sich an zwei pickligen Milchgesichtern vorbei, fand die Eingangstür unverschlossen.

Im Treppenhaus roch es intensiv nach frischem Reinigungsmittel, der Boden glänzte wie frisch poliert. Er querte den Vorraum, sah das Praxisschild auf der linken Seite, versuchte vergeblich, die Tür zu öffnen. Ein großer Pfeil unmittelbar daneben wies auf die Glocke. Braig drückte auf den Knopf, hörte ein sanftes Summen aus dem Inneren. Wenige Sekunden später wurde die Tür geöffnet.

Der auffallend große, mit einem hellen Hemd und weißen Hosen bekleidete Mann war mitten im Kauen. Er hielt ein mit Käse belegtes Brot in seiner Linken, musterte Braig mit neugieriger Miene.

»Ich bin etwas zu früh. Sie müssen entschuldigen.« Er zog seinen Ausweis aus der Tasche, streckte ihn dem Mann entgegen. »Braig, LKA. Wir haben telefoniert.« Er sah, dass sein Gegenüber immer noch den Mund voll hatte, fügte hinzu: »Sie sind Herr Dr. Ohl?«

Der Arzt nickte, säuberte seine Rechte mit einem Papiertaschentuch, reichte sie dem Besucher. »Wenn es Sie nicht stört«, er wies auf sein Brot, bat ihn dann in die Praxis. Sie bestand aus mehreren hellen Räumen, war komplett mit weißen Fliesen ausgelegt. Ein angenehmer Duft nach würzigen Kräutern lag in der Luft.

Dr. Ohl führte ihn in eine kleine Küche, auf deren Anrichte eine dampfende Tasse Tee und ein kleiner Becher mit grünem Salat warteten. »Darf ich Ihnen etwas von meinem Tee anbieten?«

Braig bedankte sich, ließ sich eine leere Tasse reichen, griff nach der Thermoskanne, schenkte die Tasse halb voll. Der Arzt wies auf die kleine Sitzecke am Fenster, nahm gemeinsam mit seinem Besucher Platz.

»Dr. Meyer«, erklärte der Mann. »Dass es so schnell mit ihm zu Ende geht, hätte kein Mensch gedacht.« Er nahm einen weiteren Bissen von seinem Brot, fuhr sich über den Mund, um einen Krümel abzuwischen.

»Meinen Sie wirklich?«, konterte Braig. »Ich habe inzwischen einiges über den Mann erfahren. So überraschend scheint mir sein gewaltsames Ende jetzt nicht mehr.«

Dr. Ohl lachte leise. »Sie spielen auf seinen sadistischen Charakter an«, sagte er. »Meyers Tod als Rache für seine skrupellose Menschenverachtung.«

»Könnte ich mir vorstellen, ja. Nach allem, was ich in den vergangenen Tagen gehört habe. Sie nicht?«

»Ich?« Der Arzt hielt mitten im Kauen inne. »Na ja, wenn es tatsächlich so wäre, würde ich mich jetzt aber doch fragen, warum der- oder diejenigen, die das getan haben, so lange damit warteten. Meyer trieb doch seit Jahren sein Unwesen.«

»Sie waren auch eines seiner Opfer.« Braig formulierte den Satz nicht als Frage, sondern als feststehende Tatsache.

»Von dem Moment an, wo er über meine Homosexualität Bescheid wusste. Damit kam er überhaupt nicht zurecht.«

»Das war die Ursache?«, fragte Braig überrascht. *Seines Privatlebens wegen kritisiert,* hatte Kapf formuliert. »Sonst nichts?«

Ohl trank von seinem Tee. »Sonst nichts? Sie sind gut.« Er setzte die Tasse wieder ab. »Für ein krankes Hirn wie Meyer bedeutet das den Weltuntergang.«

»Wir leben im 21. Jahrhundert.«

»Ja, und? Noch nichts von Putin, Saudi-Arabien, religiösen Fundamentalisten gehört? Meyer rannte dauernd in die Kirche. Was lassen die römischen Pfaffen denn ständig vom Leder?«

»Okay«, gab Braig zu. »Homophobe Irre finden sich wohl wirklich überall. Aber die meisten müssten doch begriffen haben, dass Sexualität Privatsache ist. Und ein Arzt an einem großen Krankenhaus …« Er stockte, wusste nicht weiter. »Man sollte doch glauben, in diesem Fall einen halbwegs aufgeklärten Menschen vor sich zu haben.«

»Sie meinen, ein Arzt sei per se ein besserer Mensch? Dass ich nicht lache!« Dr. Ohl schüttelte den Kopf. »Haben Sie noch nichts von den perversen Quälereien eines Dr. Mengele gehört? Es gab genügend Nazi-Ärzte, Bildung hin oder her. Hinterwäldlerische Vollidioten finden sich in jedem Metier. Obwohl ich Meyer nicht zu denen zählen würde.«

»Sondern?« Braig trank von dem Tee. Er war heiß, schmeckte nach herb-würzigen Kräutern.

»Meyer ist, oh, jetzt muss ich es anders formulieren, er *war* ein Sadist. Ein arroganter, menschenverachtender Sadist. Es machte ihm Spaß, anderen wehzutun, andere leiden zu sehen. Verletzen, in der Wunde stochern, so lange, bis diese sich zu einem großen Geschwür auswächst – das war sein Leben. Davon zehrte er. Dafür lebte er. Deshalb behandelte er mich wie die letzte Schwuchtel. ›Huu, warum ist es hier denn so warm – ach so, wir haben einen Schwanz auf dem Tisch liegen, da blüht unser warmer Bruder auf.‹ So etwa ging das während unzähliger Operationen. Vom Anfang bis zum Ende, alle paar Tage. Bis er ein anderes Opfer fand. Dazu die teilweise grinsenden, meist aber verlegenen Blicke meiner Kolleginnen und Kollegen. Und das mitten in der Anspannung einer Operation. Wissen Sie, wie ich mich fühlte?«

»Warum haben Sie sich nicht gewehrt?«, fragte Braig.

»Was hätte ich denn tun sollen? Ihn abstechen?« Der Arzt war dabei, den Rest des Brotes zu zerkauen, schleuderte ihm seine Antwort mit vollem Mund entgegen.

»Sie haben nicht daran gedacht?«

Dr. Ohl winkte mit seiner Rechten ab. »Sie wollen wissen, wo ich war, als es passierte, richtig? Von welcher Zeit sprechen wir?«

»Sonntagvormittag«, antwortete Braig.

»Hier.« Er zog ein Blatt mit einer Telefonnummer aus seiner Tasche, reichte es dem Besucher. »Damit erreichen Sie meinen Partner. Fragen Sie ihn, wo ich war. Damit Sie nicht länger dem Falschen hinterherrennen.«

»Sie haben ein Alibi?«

»Rufen Sie ihn an. Oder, wenn Ihnen das nicht reicht, fahren Sie zu ihm. Mike arbeitet in Reutlingen. Er wird es Ihnen bestätigen. Wir waren übers Wochenende in Frankfurt bei Freunden. Von Samstag früh bis Sonntagabend. Tut mir leid, dass Sie sich umsonst zu mir herbemüht haben. Natürlich habe ich oft daran gedacht, dem perversen Schwein an die Gurgel zu gehen, um endlich Ruhe zu haben. Aber deshalb den Rest meines Lebens hinter Gittern verbringen? Nein, das war es mir nicht wert.«

16. Kapitel

Langsam aber sicher entwickelte sich in Braigs Vorstellung ein Bild des Ermordeten, das diesen zwar nicht körperlich, wohl aber in einigen seiner markantesten menschlichen Umgangsformen wiederauferstehen ließ. Alle, mit denen er bisher über den Krankenhaus-Chefarzt gesprochen hatte, waren sich einig, was dessen Charakterzüge betraf: Dr. Meyer hatte einen ausgeprägten Hang, andere psychisch zu erniedrigen, sie zu beleidigen und zu quälen, sofern er sich das von seiner beruflichen Position her hatte erlauben können. So exzellent er als Chirurg gearbeitet haben mochte, sein Umgang mit anderen Menschen war eine Katastrophe. Seine Angewohnheit, Mitarbeiter und Untergebene in geradezu sadistischer Manier fertigzumachen, war mit nichts zu rechtfertigen. Der Mann hätte schon längst zur Rechenschaft gezogen werden müssen.

Ohl hatte ihm noch weitere Beispiele von Meyers menschenverachtenden Kommentaren geliefert; allesamt dermaßen primitiv und plump, dass man sie bestenfalls verwahrlosten Pubertierenden, die seit Jahren auf der Straße lebten, zuzuschreiben gewillt war. »Als Schwuler bin ich es gewohnt, in einer Minderheitenposition zu leben und deshalb oft Außenseiter zu sein«, hatte er erklärt. »Aber noch als praktizierender Arzt derart beleidigt und verletzt zu werden wie von Meyer, das war auch für mich eine neue Erfahrung.«

Vielleicht, hatte Braig überlegt, hatte dieses langjährige Leben in einer Minderheitenposition Ohl geholfen, Meyers Entgleisungen besser zu ertragen, nicht unter ihnen zusammenzubrechen oder zu einem psychischen Wrack zu verkommen, so wie das etwa Dr. Böhla zeitweise ergangen sein musste. Von irgendwelchen Therapien, die notwendig gewesen waren, sich von den Folgen der erlittenen Quälereien zu befreien, hatte Ohl nichts berichtet, es schien, als hätte er es aus eigener Kraft in einen neuen Lebensabschnitt geschafft.

Braig glaubte nicht, dass der Arzt mit dem Tod Meyers zu tun hatte. Zur Sicherheit war er wenige Minuten, nachdem er die Praxis verlassen hatte, telefonisch beim Partner des Mediziners vorstellig geworden, um sich nach dessen Verbleib am letzten Wochenende zu erkundigen. Der Mann hatte den zweitägigen Aufenthalt in Frankfurt bestätigt, war zudem bereit gewesen, ihm die Bahnfahrkarten sowie die Namen und Telefonnummern des besuchten Paares zu übermitteln. Braig hatte darauf verzichtet. Natürlich waren die freundlichen Worte des Partners kein Beweis, sie konnten vom Anfang bis zum Ende abgesprochen sein; er beließ es dennoch dabei, weil er beim Besuch Ohls nicht eine Sekunde das Gefühl gehabt hatte, der Mann könne mit dem Mord zu tun haben.

Auch was den Tod Michael Kreitschmers anbelangte, hatte er von dem Arzt nichts Neues erfahren.

»Kreitschmer? Der aus den Nachrichten?« Ohls ratlose Miene war nicht gespielt gewesen.

»Sie haben den Mann nicht gekannt?«

Der Arzt hatte nur seinen Kopf geschüttelt.

Auf dem Weg zum Bahnhof war Braig in einem Imbiss eingekehrt, um sich eine Portion Pommes und eine Cola zu genehmigen. Zwischendurch hatte er sich im Büro nach Aupperles Zustand erkundigt, aber keine neuen Informationen erhalten.

»Ich weeß gor nich, was ich saachen soll«, war Mandy Prießnitz auf seine Nachfrage hin in Tränen ausgebrochen.

Braig hatte versucht, die Frau zu trösten, sie stattdessen aber mit jedem Wort in noch größere Panik versetzt.

»Der is so een netter, junger Mann, wieso muss däm das passiern?«

Kurz nach 15 Uhr hatte er dann den Zug zurück genommen.

Die Bahnhofstraße in Esslingen wie auch das Areal um den Marktplatz herum waren jetzt am Nachmittag von weit mehr Menschen belebt als noch wenige Stunden zuvor. Horden von Jugendlichen schlenderten durch die Fußgängerzone, Mütter mit Kinderwagen, Seniorinnen und Senioren standen eifrig schwatzend beieinander. Braig hatte Mühe, vorwärtszukommen, fühlte sich angesichts der warmen Temperaturen leicht verschwitzt, als er zum zweiten Mal an diesem Tag vor der Wohnung Richard Theissens angelangt war. 15.42 Uhr. Jetzt musste der Mann, den Worten seines Freundes zufolge, wieder zu Hause sein.

Braig läutete, hörte wieder den Hall der Glocke aus dem Obergeschoss. Zwei ältere Männer schlenderten die Gasse abwärts, wichen einer korpulent anmutenden, mit einer dicken Jacke und einem Kopftuch bekleideten Frau, die einen Kinderwagen vor sich herschob, aus.

Er drückte erneut auf die Klingel, klopfte an die Tür. »Herr Theissen?«

Der Mann lag wohl im Bett und schlief. Nach dem anstrengenden Arztbesuch am Mittag benötigte er vielleicht Zeit, sich zu erholen.

Braig trat einen Schritt zurück, schaute nach oben. Die Vorhänge hingen absolut bewegungslos hinter den Fenstern. Nicht ein Windhauch war zu bemerken.

Oder Theissen war von seinem Arztbesuch noch nicht zurück, das Haus leer, sein Läuten vergeblich. Welche Praxis hatte er aufgesucht? Er wusste es nicht. Im Vertrauen darauf, den Mann jetzt hier anzutreffen, hatte er es versäumt, danach zu fragen.

Er trat einen Schritt nach vorne, läutete ein weiteres Mal. Wenn Theissen jetzt nicht reagierte …

»Was wellet Sie eigentlich do?«

Überrascht drehte Braig sich zur Seite, sah die beiden älteren Männer, die vorhin die Straße abwärts gekommen waren, unmittelbar neben sich stehen. Zwei salopp gekleidete Herren Mitte sechzig, beide mit kurzärmeligen Sommerhemden und hellen, luftigen Hosen.

»Was ich will?«, fragte Braig. Die unverhohlene Neugier der offensichtlich gelangweilten Senioren veranlasste ihn zu lautem Lachen.

Die beiden Männer taxierten ihn von Kopf bis Fuß, blieben dann an seinen Schuhen hängen. Er folgte ihren Blicken, sah die schmutzigen Schlieren, die sich quer über seinen linken Schuh zogen. Von einer Pfütze, in die er auf dem Esslinger Marktplatz getreten war.

»Ganz genau«, wiederholte der ältere der Männer. »Was Sie hier wellet?«

»Darf ich wissen, was Sie das angeht?«, fragte Braig überrascht. Die Neugier mancher Leute war doch kaum zu bremsen.

»Was mi des agoht, fragt der Hanswurscht«, erklärte der Mann, seinem Begleiter zugewandt. Sein Gesicht gewann kräftig an Farbe, lief dunkelrot an. »Des isch mei Häusle, junger Mann!«, fauchte er dann.

»Ihr Haus.« Braig konnte sich augenblicklich vorstellen, wie Theissen sich als Mieter dieses Gebäudes fühlen mochte: Überwacht von früh bis spät. Wahrscheinlich wurde jeder Besucher, vor allem aber jede *Besucherin* registriert, jeder

Kontakt des Mieters sorgsam in Augenschein genommen. Seltsam, dass er heute Mittag unbeobachtet davongekommen war. Er sah die immer noch leicht gerötete Miene des Hausbesitzers, versuchte, beruhigend auf den Mann einzuwirken. »Na, das ist aber gut, dass Sie sich so um Ihr Eigentum kümmern. Ich möchte aber nicht zu Ihnen, sondern zu Ihrem Mieter.« Er lächelte, um die Situation zu entspannen, merkte aber am seltsamen Gesichtsausdruck des Mannes, dass ihm das ganz und gar nicht gelang.

»Zu meinem Mieter?«, fragte der Alte. Er bewegte sich keinen Zentimeter, starrte ihn kopfschüttelnd an, die Stirn in Falten gelegt.

»Zu Herrn Theissen«, erklärte Braig. »Er wohnt doch hier, oder?« Er wies auf das Namensschild neben der Tür, das die Korrektheit seiner Aussage bestätigte, schaute mit triumphierender Miene zu seinem Gesprächspartner.

»Sie machet wohl Witze, junger Mann, ja?« Der Senior schien in keiner Weise beeindruckt. Er wandte seinen Blick nicht von ihm ab, blieb aufrecht vor ihm stehen.

Braig wusste nicht, was der Mann wollte, bemerkte, dass ihn dessen Begleiter nicht weniger kritisch musterte. Waren sie etwa angetrunken, suchten sie Streit? Männer in dem Alter? Er konnte es sich nicht vorstellen, nahm keinen Alkoholgeruch und keinerlei Anzeichen von Trunkenheit an den beiden wahr. »Wieso soll ich Witze machen?«, wiederholte er die seltsame, kaum logisch nachvollziehbare Vermutung. »Ich will zu Herrn Theissen, was ist daran so ungewöhnlich?«

Die Männer betrachteten ihn wie ein Wesen von einem fremden Planeten.

»Der Theissen isch tot«, sagte der Ältere. »Wisset Sie des net?«

17. Kapitel

Braig glaubte, nicht richtig zu hören. Er musterte die Miene seines Gegenübers, sah keine Anzeichen dafür, dass der Mann ihn an der Nase herumführen wollte. »Tot?«

Eine Gruppe Jugendlicher sprang vorbei, einem Ball hinterher, laut miteinander schreiend.

»Er ist heute Mittag bei seinem Arztbesuch gestorben?«, fragte Braig.

»Heute Mittag?«, brummte der Mann. Er schüttelte den Kopf. »Ha, Sie blicket au gar nix. Der isch scho zwei Woche tot. Scho komisch, dass Sie des net wisset.«

»Wie bitte?«, rief Braig. »Herr Theissen soll schon vor zwei Wochen gestorben sein?« Er schüttelte den Kopf. »Und wieso war er dann heute Mittag noch beim Arzt?«

»Wer war heut Mittag beim Dokter?«

Braig zeigte auf das Haus vor ihm. »Herr Theissen. Ihr Mieter. Sein Freund hat es mir selbst erzählt.«

»I woiß net, was Sie do schwätzet«, erwiderte der Alte. »Mir sind vom letzten Donnerstag bis gestern zu unserem Sohn nach Hamburg gfahre, da war der schon beerdigt. Letzten Mittwoch.«

Er spürte, wie ihm schwindlig zu werden drohte, hatte Mühe, einen klaren Gedanken zu fassen. »Wir sprechen schon von derselben Person? Herrn Theissen, dem Angestellten einer Bank?«

»Ja, von wem denn sonscht? Dem han i mei Häusle vermietet, seit zwei Jahr.«

»Seltsam«, überlegte Braig. »Aber wieso hat mir dann sein Freund heute Mittag erzählt, er sei beim Arzt?«

»I woiß net, von wem Sie schwätzet. I kenn koin Freund von dem. Der Theissen war gschiede und hat mal des oine oder andere Weibsstück mit sich geschleppt, des han i gsehe. Von nem Freund woiß i nix. I glaub, da hat Sie oiner ganz schön verarscht heut Mittag.«

Braig musterte seinen Gesprächspartner mit angestrengter Miene. Je länger er darüber nachdachte, desto klarer wurde ihm, dass der Mann ins Schwarze getroffen hatte. Der Kerl, von dem er hier vor wenigen Stunden empfangen worden war, hatte ihn belogen, bewusst in die Irre geführt. Weshalb? »Aber warum erzählt der mir dann solche Märchen?« Er wies zu der Tür.

»Was woiß i?« Der Mann wandte sich seinem Begleiter zu. »Des war halt a ganz besonderer Witzbold.« Beide Männer lachten.

»Wieso ist Herr Theissen gestorben?«, fragte Braig. »War er krank?«

Sein Gegenüber wischte mit der Rechten durch die Luft. »Quatsch! Der hat sich umbracht. A Ladung Tablette, saget se.«

»Selbstmord?«

Der Mann nickte. »Zu viele Weiber wahrscheinlich. Und in seiner Bank solls au Schwierigkeite gebe han.«

»Er hat Geld unterschlagen?«

»Was woiß i? Fraget Se bei der Polizei. Die werdet's wisse.«

»Ich bin von der Polizei.« Braig zog seinen Ausweis vor, zeigte ihn den Männern.

Ungläubig musterten sie seine Daten. »Landeskriminalamt? Und no wisset Sie net, dass der scho lang tot isch und sich umbracht hat?«

»Das kann passieren, ja.« Ihn interessierte nicht, was die beiden von ihm dachten. Was ihm dagegen zu schaffen machte, war die Frage nach der Identität des Mannes, den er hier vor wenigen Stunden angetroffen hatte. Und was den Unbekannten dazu bewogen hatte, ihn derart dreist zu belügen. Richard Theissen in Behandlung eines Arztes zu erklären, obwohl er bereits seit mehreren Tagen tot war. Das Unbehagen, das er heute Mittag auf der Fahrt nach Nürtingen gespürt hatte, jetzt wusste er, woher es kam. »Ein Mann Ende vierzig, mit kurzen, dunklen Haaren, ein ausgezehrt wirkendes, bleiches Gesicht. Ungefähr zehn Zentimeter kleiner als ich. Relativ dünn. Fast etwas kränklich wirkend. Haben Sie den hier schon mal gesehen?«

Die Stirn in Falten gelegt schüttelten beide den Kopf.

»Die Angehörigen von Herrn Theissen. Kennen Sie seine Familie?«

»Der hat nur noch einen Bruder«, erklärte der Hausbesitzer. »Der kümmert sich jetzt um die Räumung.«

»Meine Beschreibung passt nicht auf ihn?«

Sein Gesprächspartner lachte. »Noi, wirklich net. Der jonge Theissen isch das blühende Lebe. Gut beieinander. Außerdem höchstens 30 oder 35. Den han i bei der Beerdigung widergsehe. Jetzt am Wochenende will er noch mal komme. Da war ja noch niemand drin, seit der tot isch. Da muss endlich mal danach guckt werde.«

»Natürlich war jemand drin. Oder glauben Sie, ich hatte es heute Mittag mit einem Geist zu tun?«, erwiderte Braig.

Seinem Gegenüber schien es die Sprache verschlagen zu haben. Er verharrte bewegungslos auf der Stelle, starrte mit weit aufgerissenem Mund zu ihm her. »Also, jetzt, wo Sie des saget«, brachte er nach einer Weile schließlich hervor. »An den han i gar net denkt.«

»Wie kam der ins Haus?« Braig wandte sich der Tür zu, nahm das Schloss ins Visier. »Der muss einen Schlüssel gehabt haben«, sagte er dann, »ich kann keine Beschädigung erkennen.«

»Schlüssel? Von wem?«

Statt einer Antwort musterte er seinen Gesprächspartner.

»Von mir net!« Der Mann wedelte abwehrend mit seinen Händen durch die Luft. »I han zwar en Schlüssel. Aber den geb i doch net her!«

»Sie haben einen Schlüssel?«

»Dahoim«, erklärte der Mann.

»Wo ist das? Weit weg?«

»Ach was! Zwoi Minute!«

Braig beschloss, die Chance zu nutzen. Sollte sich der unbekannte Fremde noch im Haus aufhalten, würde er ihn zur Rede stellen, weshalb er ihn so dreist belogen hatte. Sich auf jeden Fall aber kurz nach dem Feuerzeug umschauen, das war ja der Grund seiner Anwesenheit hier.

Er bat den Hausbesitzer, den Schlüssel zu holen, wartete, bis die Männer gegangen waren, zog dann sein Handy aus der Tasche. Er gab Orbans Nummer ein, hatte den Mann augenblicklich am Apparat. »Sie haben mir einen schönen Bären aufgebunden«, maulte er. »Theissen, der Banker. Er sei krankgeschrieben, haben Sie mir erzählt.«

»Ja, das habe ich von einem seiner Kollegen erfahren. Wieso? Stimmt es etwa nicht?«

»Nein, das stimmt nicht!«, donnerte Braig. »Theissen ist tot. Seit zwei Wochen!«

»Wie bitte?« Orban schien es für einen Moment die Sprache verschlagen zu haben. Plötzlich aber sprudelte er los. »Das hat mir sein Kollege aber erzählt. Heute Mittag, als ich dort angerufen habe. Theissen sei krankgeschrieben, ich erinnere mich noch an seine Worte. Er wisse nicht, wie lange. Tut mir leid, das ist alles, was ich dazu sagen kann. Hundertpro, Herr Kommissar!«

Braig nahm die Veränderung in der Stimme des Mannes wahr, die Verunsicherung, die jetzt seine Tonlage prägte. Orban war offenkundig selbst falsch informiert worden, er hatte von Theissens Tod nichts gewusst. Er verzichtete deshalb darauf, den Mann weiter mit Vorwürfen zu traktieren, beendete das Gespräch. Sollte er doch den Nachmittag damit verbringen, darüber nachzudenken, wieso man ihn belogen hatte, Braig interessierte das nicht weiter.

Er überprüfte seinen Mail-Account, sah, dass zwei Mails eingegangen waren.

Zwei Ärzte gesprochen. Beide Alibi. Jetzt zum Nächsten. Knudsen.

So sehr er sich über die Mitteilung des wortkargen Kollegen freute, sie offenbarte, dass auch Knudsen noch keinen Schritt weitergekommen war. Lag es daran, dass sie bisher einfach noch nicht genügend Leute überprüft hatten? Oder war die Überlegung, den Mörder Meyers in dessen beruflichem Umfeld zu suchen, vom Ansatz her falsch?

Er sah sich im Moment außerstande, dies zu beantworten, holte die andere Mail aufs Display. Obwohl sie genau an seine Überlegung anzuknüpfen schien, fühlte er sich augenblicklich genervt.

Die Söhne festgenommen? Wann endlich ausführlicher Rapport? Leitender Oberstaatsanwalt Söderhofer.

»Blöder Hund«, schimpfte er vor sich hin. Was sollte er noch alles tun? Er konnte sich nicht vierteilen. Sollte sich das leitende Oberrindvieh doch seinen ausführlichen Rapport selbst erstellen.

»Hier sind die Schlüssel!«

Er schaute auf, sah die beiden Senioren vor sich stehen.

»Aber vorher …« Der Hausbesitzer musterte ihn eingehend. »Ihren Ausweis … Sie sind wirklich von der Polizei?«

Braig zog das Dokument vor, reichte es dem Mann. Angesichts der vielen Berichte über falsche Polizeibeamte nahm er ihm sein Misstrauen nicht übel. »Ich gebe Ihnen die Nummer des Landeskriminalamtes«, sagte er deshalb. »Rufen Sie dort an und erkundigen sich nach mir. Braig ist mein Name.« Er sah die prüfenden Blicke der beiden Männer, mit denen sie das Foto auf seinem Ausweis mit ihm selbst verglichen, nahm das Dokument wieder zurück.

»Sie müsset entschuldige, Herr Hauptkommissar«, rechtfertigte sich der Mann. Er schien den Ausweis gelesen zu haben. »Aber heutzutag, da woiß ma ja nie.«

»Wollen Sie anrufen?«

Sein Gesprächspartner winkte ab, zeigte zur Tür. »Jetzt überprüfet Sie mei Haus.«

Braig nahm die Schlüssel, steckte sie ins Schloss. Er spürte keinerlei Widerstand, öffnete die Tür. Wer immer sich heute Mittag in dem Haus aufgehalten hatte, er musste die passenden Schlüssel zur Verfügung gehabt haben, das Schloss schien jedenfalls nicht manipuliert worden zu sein.

Braig warf einen kurzen Blick zurück, sah die neugierigen Mienen der beiden Männer. Er winkte ihnen, stehen zu bleiben, griff nach seiner Waffe. Zum Glück hatte er daran gedacht, sie mitzunehmen. Er stieß die Tür vollends auf, lauschte. Kein Geräusch. »Hier ist die Polizei«, rief er laut. »Wir betreten jetzt das Haus.« Im Plural wirkte die Aussage seines Erachtens überzeugender als im Singular. Er starrte ins dämmrige Dunkel der Diele, hörte seine Worte verhallen. Dann war es wieder ruhig. Nur auf der nahen Schnellstraße dröhnten unzählige Motoren.

18. Kapitel

Er drückte auf den Schalter neben der Tür. Grelles Licht flammte auf. Rechts lag das Wohnzimmer, der Boden voll mit Kleidungsstücken, Taschen, Papier, alles achtlos durcheinander. Gegenüber die Küche: Auch hier ein Chaos aus ungespültem Geschirr, Töpfen, verschiedenen Lebensmitteln. Die Tür dahinter war verschlossen.

Braig schob sich langsam vor, drückte beherzt auf die Klinke, stieß die Tür zurück. Sie prallte auf die Wand, vibrierte eine Handbreit zurück. Er starrte ins Innere, sah, dass es sich um die Toilette handelte. Dem unangenehmen Geruch zufolge war sie vor nicht allzu langer Zeit benutzt worden.

Braig verharrte auf der Stelle, lauschte erneut auf Geräusche. Immer noch absolute Ruhe. Er sah die hölzerne Treppe am Ende der Diele, näherte sich der abgenutzt wirkenden Konstruktion. Zwei Meter dahinter führten ausgetretene Steinstufen in den Keller, vom grellen Licht der Diele nur unzureichend ausgeleuchtet. Er starrte in die Höhe, konnte nur die Umrisse des hölzernen Geländers erkennen. Versteckte sich der Fremde irgendwo dort oben?

Braig beschloss, die Sache sofort zu überprüfen. Er spurtete die Treppe hoch. Sie ächzte und knarzte, als läge sie in ihren letzten Zügen. Angestrengt starrte er durchs dämmrige Dunkel, erkannte die Umrisse zweier Türen. Er drückte auf die Klinke, stieß die erste Tür zurück. Typisches Schlafzimmer-Mobiliar. Zwei Betten, ein breiter Schrank, herausgerissene Schubladen. Auf dem Boden zwei große Taschen, gefüllt mit Kleidung, Büchern, irgendwelchem Krimskrams.

Blieb nur noch die letzte Tür auf der anderen Seite der Diele. Er stakste auf Zehenspitzen zu ihr hin, öffnete sie abrupt. Ein Schwall stickiger Luft strömte ihm entgegen. Er warf einen Blick ins Innere, sah das Inventar eines Badezimmers vor sich. Wanne, Dusche, Waschbecken. Der feuchten Luft nach lag die letzte Benutzung auch dieses Raumes noch nicht lange zurück.

Braig hatte keinen Zweifel mehr, dass der Fremde ausgeflogen war. Heute Mittag, unmittelbar nachdem er hier aufgetaucht war. Um ganz sicherzugehen, warf er zur Sicherheit noch einen Blick in den Keller. Zwei mit Ausnahme einer Waschmaschine und einem fast bis zum Rand gefüllten Korb mit Schmutzwäsche leere Räume.

Er stieg die Steintreppe wieder hoch ins Erdgeschoss, widmete sich dem Durcheinander im Wohnzimmer. Wer immer sich hier aufgehalten hatte – seine Aktivitäten waren von äußerster Hektik geprägt gewesen. Den quer über den Boden verstreuten Gegenständen nach das Werk eines Einbrechers. Hatte Braig ihn heute Mittag mitten in seinem Wüten überrascht? Dann war auch die aus der Not geborene Lüge des Mannes nachvollziehbar, auf die Braig hereingefallen war.

Er hörte die Stimme des Hausbesitzers aus dem Eingangsbereich, versuchte, sich darüber klar zu werden, was ihn das Ganze überhaupt anging. Gab es noch Verbindungen zu seinen aktuellen Ermittlungen oder hatte er es hier mit einem profanen Einbruchsdelikt zu tun? Dann war es reine Zeitverschwendung, dass er sich noch in diesem Haus aufhielt. In dem Chaos, das in mehreren Räumen herrschte, nach einem speziellen Feuerzeug zu suchen, kam ohnehin einer Sisyphos-Arbeit gleich. Zu welchem Ergebnis er auch immer gelangte – für den Fortgang seiner Untersuchungen war es weitgehend wertlos. Richard Theissen, der Mann, der von Orban eines der falsch bedruckten Feuerzeuge erhalten hatte, war seit zwei Wochen tot, er konnte nicht mehr verraten, an wen er das auffällige Stück weitergereicht hatte – sofern es sich überhaupt um das Exemplar handelte, das sie in der Wohnung von Dr. Meyer gefunden hatten.

Braig kramte in einem der Papierstapel, die auf dem Boden verstreut lagen, sah, dass es sich um irgendwelche Immobilienangebote handelte. Wohnungen im Kreis Esslingen, die zum Verkauf standen, mitsamt Lagebeschreibung und Preisvorstellung der Besitzer. Er überflog die Angebote, schüttelte den Kopf. 235.000 Euro für zwei Zimmer, 320.000 für drei. Wer sollte das bezahlen, überlegte er.

Er legte den Stapel zurück, griff in die Schublade, die völlig schief aus dem Wohnzimmerschrank ragte, ihres Inhalts offenbar zur Hälfte beraubt. Überweisungsformulare eines Girokontos, auf Richard Theissen ausgestellt, dazu Rechnungsbelege verschiedener Restaurants, plötzlich ein Bündel Geldscheine. Fünfer-, Zehner-, Zwanziger-Euronoten. Die hatte der Einbrecher offensichtlich übersehen. Oder infolge Braigs Auftauchen nicht mehr an sich reißen können.

Er beschloss, die Kollegen vom Einbruchsdezernat zu informieren, nahm das Geld an sich, um es für sie aufzubewahren. Neunzehn verschiedene Scheine, insgesamt 270 Euro. Er steckte es in seine Tasche, spürte irgendeine scharfe Kante schmerzhaft in seinen Zeigefinger schneiden. Verärgert zog er die Hand zurück, musterte die schmale Wunde, aus der ein winziger Tropfen Blut perlte. Mit was für Banknoten hatte er es hier zu tun?

»Herr Kommissar, was isch los? Könnet mir komme?«, hörte er die Stimme des Hausbesitzers.

Er fuhr sich mit der Zunge über die schmerzende Stelle, warf einen Blick auf das Geldbündel. Fünfer-, Zehner-, Zwanziger-Euronoten, die er vor wenigen Sekunden schon einmal betrachtet hatte. Und ein Stück Plastik, das an dem untersten Geldschein haftete. Fast genauso breit wie die Euroscheine, nur nicht ganz so lang. Dafür mit einer wirklich sehr scharfen Kante. Kein Wunder, dass er sich daran geschnitten hatte.

Er musterte das Foto, das links eingeschweißt war, erkannte den Mann sofort. Der Name daneben bestätigte nur, dass er sich nicht täuschte. Zu häufig hatte er sich in den letzten Tagen mit ihm beschäftigt. Was dessen Personalausweis allerdings in diesem Haus zu suchen hatte, war ihm schleierhaft. Mit allem hatte er gerechnet, nur nicht damit, hier in einer Schublade des Wohnzimmerschranks von Richard Theissen in Esslingen auf das Dokument zu stoßen, das sie seit Freitagabend vergeblich suchten. Er fühlte, wie ihm schwindlig wurde, suchte sich einen der Stühle, um darauf Platz zu nehmen. Das in Plastik eingeschweißte Dokument drohte vor seinen Augen zu verschwimmen.

BUNDESREPUBLIK DEUTSCHLAND
PERSONALAUSWEIS
KREITSCHMER
MICHAEL
STUTTGART

19. Kapitel

Er hatte mehrere Minuten benötigt, wieder zu einem klaren Gedanken zu finden. Michael Kreitschmers Personalausweis, der seit dem gewaltsamen Tod des Mannes verschwunden war, hier in der Wohnung Richard Theissens, unter einem Geldbündel versteckt in einer kleinen Schublade. Wie konnte das sein? Was hatten die beiden inzwischen verstorbenen Männer miteinander zu tun gehabt?

»Was isch da los?« Die kräftige Stimme des Hausbesitzers riss ihn aus seinen Gedanken. Der Mann war in den Eingangsbereich des Wohnzimmers hinter ihm getreten, das Gesicht von unverhohlener Neugier gezeichnet. »Da hat aber oiner gwütet!«, schimpfte er. »Des sieht ja aus wie im Saustall!«

Braig reagierte augenblicklich. Mit einem Mal war ihm klar, was er zu tun hatte. Dieses Haus war nicht nur die ehemalige Wohnstätte eines vor vierzehn Tagen verstorbenen Mannes, es stand auch im direkten Zusammenhang mit einem, vielleicht sogar zwei brutalen Morden. Es durfte daher auf keinen Fall von Unbefugten betreten werden, wollte man die Vernichtung von wichtigen, eventuell zum Täter führenden Spuren verhindern.

Er streckte beide Arme aus, schob den Mann aus dem Raum. »Bitte, verlassen Sie sofort das Haus«, erklärte er. »Hier muss alles genau untersucht werden.«

»Wie bitte?«

Braig hatte Mühe, den widerstrebenden Hausbesitzer aus der Diele zu bugsieren, reagierte unwirsch auf dessen Protest.

»Ja, und was isch mit meine Schlüssel?«

»Die muss ich vorerst behalten. Sobald wir unsere Arbeit beendet haben, bekommen Sie sie wieder zurück.« Er schob den Mann vollends auf die Straße, ließ die Tür ins Schloss fallen.

»Jetzt aber, hallo!«, hörte er ihn schimpfen.

Braig trat ein paar Schritte von der Tür zurück, informierte die Spurensicherer über seine Entdeckung. Er nannte Dolde die genaue Adresse, bat den Kollegen, die Zimmer auf Fingerabdrücke und DNA-Spuren zu untersuchen. »Ich warte im Haus«, beendete er das Gespräch.

Er streifte sich Plastiküberzüge über seine Schuhe und Hände, setzte sich in der Küche auf einen Stuhl. Sofort hatte er den stechenden Geruch abgestandener und vergammelter Essensreste in der Nase. Die Umgebung wirkte alles andere als einladend. Ungespülte Teller, Tassen und Töpfe auf der Anrichte, dem Herd und der Spüle, teilweise verdorbene Lebensmittel, angefaultes Obst und verschimmeltes Gemüse dazwischen.

Er drehte sich zur Seite, um die abstoßende Szenerie nicht voll im Blickfeld zu haben, suchte nach der Nummer des Esslinger Polizeireviers. Nach zwei vergeblichen Anläufen schien er mit dem richtigen Kollegen verbunden.

»Jan Aichele«, stellte sich der Beamte vor. »Sie wollen Informationen über den Suizid von Herrn Richard Theissen?«

»Haben Sie die Protokolle der Kollegen zur Hand?«

»Ich benötige die Aufzeichnungen nicht«, erklärte Aichele. »Ich war selbst an der Untersuchung beteiligt.«

»Oh, da habe ich ja wirklich Glück. Wären Sie so freundlich, mir Ihren Wissensstand kurz darzulegen?«

»Kein Problem. Das war vor zwei Wochen, am frühen Montagmorgen. Herr Theissen war in derselben Nacht im hiesigen Krankenhaus an einer Überdosis Schlaftabletten verstorben, nachdem er selbst noch am späten Sonntagabend per Notruf um Hilfe nachgesucht hatte. Zwei Kollegen von der Streife waren in sein Haus eingedrungen, hatten ihn aber nur noch ohnmächtig vorgefunden. Er lag im Wohnzimmer, auf dem Sofa. Auf Anordnung des Notarztes wurde er sofort ins Krankenhaus gebracht. Weder der Gerichtsmediziner noch ich konnten irgendwelche Anzeichen von Fremdeinwirkung feststellen. Als ich am Montagmorgen das Haus untersuchte, waren alle Räume in tadellosem Zustand. Im Wohnzimmer fand ich neben der leeren Tablettenschachtel einen kurzen Abschiedsbrief. In seiner Handschrift, wie ich selbst durch einen Vergleich feststellte.«

»Wissen Sie zufällig noch den Inhalt, ganz grob?«

»Ja, schon«, antwortete Aichele, »das waren ja nur zwei Sätze. *Danke für alles. Aber die pressen mich aus, ich schaffe das nicht mehr. Richie.*«

»*Die pressen mich aus*? Was hat er damit gemeint? Wissen Sie Bescheid?«

»Ich habe mit seinem Bruder gesprochen. Daniel Theissen. Er ist der einzige Angehörige, soweit ich informiert bin. Er wohnt in Hannover. Sie haben aber oft miteinander telefoniert oder sich auch getroffen. Er scheint ihn recht gut gekannt zu haben. Den Eindruck hatte ich jedenfalls. Richard Theissen sei von seinen Vorgesetzten übel behandelt worden, meinte der Bruder. Er war deshalb sogar in Behandlung und wollte den Arbeitgeber schon lange wechseln.«

»Von seinen Vorgesetzten übel behandelt?« Der Sachverhalt kam Braig gut bekannt vor. »Wer war das konkret?«, hakte er nach.

»Ich konnte dem nicht nachgehen, tut mir leid«, entschuldigte sich Aichele. »Es lag ja kein Straftatbestand vor, sondern Suizid. Eindeutig Suizid. Sein Bruder erzählte nur was von einer Bank. Die Immobilienabteilung einer Bank. Mehr kann ich dazu nicht sagen.«

»Sonst stand nichts in dem Abschiedsbrief?«

»Nur die Anrede. *Lieber Dan, lieber* …«, Aichele zögerte, schien zu überlegen, »*Mark*. Ja, der Name stand noch da, jetzt fällt es mir wieder ein.«

»Wer soll das sein? Dan ist sein Bruder, vermute ich mal. Wen meint er mit Mark?«

»Ein Freund oder Kollege. Glaubte jedenfalls sein Bruder, als ich ihn darauf ansprach. Der wusste es aber auch nicht genau.«

Braig bedankte sich für die Auskunft, bat den Kollegen um eine Kopie des Briefes und die Telefonnummer des Bruders. Er wollte sich gerade verabschieden, als ihm eine kurze Erwähnung Aicheles am Anfang ihres Gespräches einfiel. »Habe ich das richtig verstanden: Die Wohnung Theissens war in tadellosem Zustand, als Sie sie untersuchten?«

»Aufgeräumt bis in den hintersten Winkel. Das fiel mir auf. Er wollte wohl einen guten Eindruck hinterlassen, dachte ich noch.«

Einen guten Eindruck hinterlassen, überlegte Braig, nachdem er die Verbindung beendet hatte. Und jetzt dieses Chaos. Wer ist dafür verantwortlich? Der unbekannte Fremde, der ihn heute Mittag so dreist belogen hatte? Was hatte der in dem Haus gewollt? War er etwa ebenfalls auf der Suche nach dem Feuerzeug?

Er gab die Nummer Daniel Schieks ein, erreichte den Kollegen an seinem Arbeitsplatz. Schiek war der erfahrenste Phantombildzeichner des Amtes, er hatte Braig bereits in unzähligen Ermittlungen assistiert. Sein Ruf reichte weit über Baden-Württemberg hinaus; oft genug wurde er von Europol in andere Länder vermittelt, um dort bei der Fahndung nach dringend gesuchten Kriminellen behilflich zu sein. Braig schilderte ihm sein Anliegen, bat um einen Termin in den folgenden Stunden, um gemeinsam das Porträt des Fremden zu erstellen. Sie einigten sich auf 17.30 Uhr im Büro Schieks.

»Wenn du früher zurück bist, auch gut. Ich stehe zur Verfügung«, schloss der Kollege.

Braig erhob sich von seinem Stuhl, stakste auf Zehenspitzen ins Wohnzimmer. Die Plastikhüllen um seine Schuhe verursachten bei jedem Schritt ein schrilles Quietschen. Er nahm sich die restlichen Schubladen des großen Schrankes vor, wühlte sich durch deren Inhalt. Empfehlungsschreiben verschiedener Handwerker mit Übersichten über die von ihnen angebotenen Dienstleistungen, Broschüren kleiner und größerer Bauunternehmen mit Abbildungen bisher schon von ihnen erstellter Gebäude sowie Prospekte mit den unterschiedlichsten zum Verkauf stehenden Immobilien aus dem gesamten Umland Stuttgarts und Esslingens. Schließlich, in einer der letzten Schubladen, Unmengen von Vordrucken mit Kredit- und Hypothekenkalkulationen in fast allen Größenordnungen. Alle Blätter trugen das Signum der Genter Privatbank, wohl der ehemalige Arbeitgeber Theissens. Braig erinnerte sich an Anzeigen und Plakate des Unternehmens, hatte jedoch noch nie mit ihm zu tun gehabt. Theissen sei von seinen Vorgesetzten übel behandelt worden, hatte Aichele von dessen Bruder gehört. Er musste mit dem Mann sprechen, um die genauen Hintergründe zu erfahren.

Braig gab die Nummer Daniel Theissens ein, hörte nur die Aufforderung, seinen Wunsch auf der Mobilbox zu hinterlassen. Er stellte sich und sein Anliegen in aller Kürze vor, bat den Mann, baldmöglichst zurückzurufen. Anschließend läutete er bei Torben Kreitschmer an, um sich nach einer eventuellen Verbindung zu Richard Theissen zu erkundigen. Der junge Mann ließ ihn fast eine halbe Minute warten, bis er sich endlich meldete. Ohrenbetäubende Klänge, ein Gemix aus Rock und Heavy Metal, machten seine Stimme nur schwer verständlich. Braig stellte sich laut schreiend vor, forderte Kreitschmer auf, die Musik leiser zu drehen.

Wieder dauerte es auffallend lang, bis sein Gesprächspartner endlich reagierte. »Zufrieden?«, nuschelte er in den Apparat.

Der ist bekifft, ging es Braig durch den Kopf, an einem normalen Montagnachmittag. Der hat den Tod seines Vaters schon vergessen. »Sie scheinen gut drauf zu sein«, sagte er.

»Wir proben gerade«, antwortete Kreitschmer. »Da geht es immer laut her.«

»Ich habe nur eine kurze Frage. Wenn Sie mir die beantworten könnten?« Wenn du nicht völlig neben dir stehst, lag es Braig auf der Zunge. Er verzichtete aber darauf, den Gedanken laut zu äußern, weil er den Mann nicht gegen sich aufbringen wollte.

»Nur her damit«, tönte es aus dem Lautsprecher.

»Richard Theissen. Sagt Ihnen der Name etwas?«

»Wer soll das sein?«

»Ich will nur wissen, ob Sie den Mann kennen. Im Zusammenhang mit Ihrem Vater.«

»Richard Eisen?«

»Theissen«, berichtigte Braig. »Ein Banker und Immobilienmakler aus Esslingen.«

Torben Kreitschmer schien zu überlegen. »Nie gehört«, sagte er dann, von einem kreischenden Gitarrensolo begleitet. »Was ist mit dem Typ?«

»Sie erinnern sich nicht, ob Ihr Vater mit ihm zu tun hatte?«

»Mein Alter? Was soll er mit einem Makler zu tun haben?«

»Die Verbindung muss nicht unbedingt beruflicher Natur sein. Vielleicht kannte er ihn privat.«

»Einer von seinen Blumenfreaks? Kann ich mir nicht vorstellen. Den Namen hätte ich gehört.«

»Vielleicht sollte ich Ihre Mutter fragen. Die kennt sich im Umfeld Ihres Vaters wohl besser aus als Sie.«

»Sie sind wohl auf Ecstasy, was?«

Braig glaubte, nicht richtig zu hören.

»Meine Mutter ist voll durch den Wind, seit der Alte abgenabelt hat. Reden Sie lieber mit unseren Koi-Karpfen, die haben im Moment den besseren Durchblick.« Torben Kreitschmers Lachen ging in anschwellenden Instrumental-Akkorden unter.

Braig wollte den jungen Mann gerade darum bitten, noch einmal über Richard Theissen und eine eventuelle Verbindung zu seinem Vater nachzudenken, als es an der Tür des Hauses läutete. »Hat ja doch keinen Sinn«, murmelte er vor sich hin und brach die Verbindung ab. Er lief in die Diele, öffnete.

Dolde und Rössle standen vor dem Eingang.

»Immer, wenn du mal pünktlich Feierabend mache willsch, hasch die Dame und Herre Hauptkommissare am Hals«, maulte Rössle. »Und nadierlich pressiert's, wie immer.«

»Moment mal«, konterte Braig. »Ihr seid doch daran schuld, dass wir jetzt dieses Haus untersuchen. Wer hat denn gestern das auffällige Feuerzeug in der Wohnung in Ludwigsburg entdeckt?«

»Wie bitte?« Rössle und Dolde zogen Plastiküberzüge vor, streiften sie über Schuhe und Hände. »Was hat denn das Feuerzeug mit dem Haus hier zu tun?«

Braig wartete, bis beide fertig waren, trat dann einen Schritt zurück, um die Männer passieren zu lassen. »Zugegeben, die Sache ist nicht so einfach. Der Mann, dem das Feuerzeug wahrscheinlich gehörte, lebte hier.«

Die Kollegen schauten sich in den Räumen des Hauses um, musterten das Inventar.

»I han denkt, der isch längst tot«, meinte Rössle.

»Seit 14 Tagen, ja.«

»Aber dann kann der ja net gestern in Ludwigsburg …«

»Das behaupte ich ja auch nicht«, seufzte Braig. »Aber irgendwie müssen er oder dieses Haus doch mit der Sache zu tun haben. Wie soll ich mir denn sonst erklären, dass ich in einer dieser Schubladen hier auf den Ausweis von Michael Kreitschmer, unserem Opfer vom Volksfest gestoßen bin?«

Er trat ins Wohnzimmer, schilderte mit kurzen Worten, was es mit Richard Theissen auf sich hatte und wie er auf ihn aufmerksam geworden war.

»Der hat sich umbracht, der Dackel.« Rössle schüttelte den Kopf. »Gibt's Hinweise, warum?«

»Angeblich Probleme mit Vorgesetzten.«

»Des hent mir doch in letzter Zeit scho a paar Mal ghört.«

»Ja. Aber zu Theissen habe ich noch keine genaueren Informationen. Mir fehlen noch sämtliche Hintergründe. Die angeblichen Probleme mit den Vorgesetzten können auch Zufall sein.«

»Ond wer war der Kerl, der heut Mittag …?«

»Ich weiß es nicht«, gestand Braig.

»Ein Einbrecher?« Rössle deutete auf das Chaos im Wohnzimmer. »Oder sieht's bei dir dahoim au so aus?«

»Nach einem Kindergeburtstag«, frotzelte Braig. Er sah Dolde nach einem der Papierstapel greifen, die verstreut unter dem Tisch des Wohnzimmers lagen.

»Haha«, maulte Rössle. »Und was erwartet der Herr Hauptkommissar jetzt von uns? Fingerabdrück, han i ghört, richtig?«

Braig nickte zustimmend.

»In welchem Zimmer?«

»Im Prinzip …«

»Alle achtzig Deifel von Sindelfinge, sag bloß net, in dem ganze Stall«, fiel Rössle ihm mitten ins Wort, mit der Rechten durch die Luft fuchtelnd.

»Vorrangig hier im Wohnzimmer. Dann noch in der Küche und oben im Schlafzimmer. Fingerabdrücke und …«

»Alles. I verstand.«

Der Spurensicherer schien wirklich schlecht gelaunt. Braig überlegte, was er tun sollte, um ihn etwas aufzumuntern, hörte Doldes Stimme.

»Immobilienangebote noch und noch.« Er kniete auf dem Boden, über verschiedene Papiere gebeugt.

»Theissen war Makler von Beruf«, erklärte Braig. »Immobilienmakler.«

»Meyer, Ralf. Kreitschmer, Michael.« Dolde hatte ein Blatt in der Hand, musterte es konzentriert. Braig sah, dass es leicht zerknittert und am Rand eingerissen war.

»Die beiden Opfer«, sagte er. »Vom Volksfest und in Ludwigsburg.«

»Das ist mir schon klar«, erklärte der Spurensicherer. »Ich verstehe nur nicht, was ein Blatt Papier mit diesen Namen hier zu suchen hat.«

»Wie bitte?« Braig starrte irritiert zu dem Kollegen. »Was für ein Papier?«

»Ein kariertes Blatt«, erklärte Dolde. »Mitten in dem Stapel Immobilienangebote. Mit den Namen von Ralf Meyer und Michael Kreitschmer. Und dazu noch denen von zwei anderen Männern. Reiner Boll und Adolf Hoppenstedt. Mit einem kleinen Unterschied.«

»Was für ein Unterschied?«

»Hier.« Der Spurensicherer erhob sich, reichte Braig das Papier. »Meyers und Kreitschmers Namen sind durchgestrichen. Die anderen nicht.«

»Durchgestrichen?« Braig achtete nicht auf die Klingeltöne seines Handys, starrte nur auf das Blatt.

»Alle Idiote von Sindelfinge, des klingt aber net gut«, hörte er Rössles Stimme. »Wenn ihr au des denket, was mir so grad durch den Kopf geht.«

Schwer atmend musterte er die Abfolge der Namen.

~~*Meyer, Ralf*~~
~~*Kreitschmer, Michael*~~
Boll, Reiner
Hoppenstedt, Adolf

20. Kapitel

Sein Handy war längst verstummt, als Braig seine Umgebung wieder vollständig wahrnahm.

»Mir fällt nur eine Erklärung ein, wieso die beiden Namen durchgestrichen sind«, meinte Dolde, das Papier in Braigs Hand im Blick.

Auch wenn der Spurensicherer seine Vermutung nicht ausgesprochen hatte, wusste Braig nur allzu gut, was der Kollege damit andeuten wollte. »Aber wir leben doch nicht in Amerika«, versuchte er, sich gegen den Gedanken zu wehren.

»Wir leben nicht dort, nein«, bestätigte Dolde. »Aber Verrückte, Lügner und Verbrecher gibt's nicht nur dort, sondern auch bei uns. Und zwar in nicht geringer Anzahl. Auch wenn wir das nicht wahrhaben wollen.«

Braig wusste, wie recht der Spurensicherer mit seiner Aussage hatte. Ein Verbrechen bisher unbekannter Art auszuschließen, nur weil man es nicht gewohnt war, zeugte ebenso von unprofessioneller Unfähigkeit, sich der Realität gewachsen zu zeigen, wie den Fehler zu begehen, einen kriminellen Akt nur deshalb als unmöglich zu erachten, weil er auf Anhieb zu brutal erschien. Nichts war zu verrückt, als dass es nicht passieren konnte. So absurd die Überlegung Doldes auf den ersten Blick auch anmuten mochte, er durfte sie nicht auf die leichte Schulter nehmen, musste sich vielmehr sofort auf sie einlassen, um Schlimmeres zu verhindern. Sofern es noch zu verhindern war.

»Ihr wollt mir also tatsächlich sagen«, nahm er deshalb die Kommentare seiner Kollegen auf, »dass ich dieses Blatt ernst nehmen soll.«

»Ich an deiner Stelle würde es auf jeden Fall ernst nehmen, ja«, bestätigte Dolde.

Braig sah das zustimmende Nicken Rössles, warf erneut einen Blick auf das Papier. »Dann muss ich also davon ausgehen, dass irgendjemand gerade damit beschäftigt ist, vier Leute umzubringen.«

Rössle streifte den Plastiküberzug von seiner rechten Hand, kratzte sich am Hals. »I an deiner Stell dät mi vorrangig um die zwoi Untere kümmern. Vielleicht hasch Glück und sie lebet noch.«

Braig nickte, las die Namen laut vor. »Reiner Boll und Adolf Hoppenstedt. Sagen sie euch was?« Er sah die abwehrenden Kopfbewegungen der Kollegen, zog sein Handy vor, gab die Nummer des Amtes ein. Schon nach dem zweiten Läuten hatte er die etwas atemlos klingende Stimme seiner Sekretärin am Ohr.

»Oh, Frau Prießnitz, Sie sind noch da«, begrüßte er sie.

Ihre Antwort ließ zwei, drei Sekunden auf sich warten. »Nu, wenn ich ährlich bin, eischentlich bin ich gerade auf dem Absprung.«

»Hm, tut mir leid. Aber ich hätte da noch eine dringende Bitte.«

»Nu rücken Se schon raus damit. Dann nähme ich halt die nächste Bahn.«

»Die Überprüfung zweier Namen. Alles, was es über die beiden gibt, einschließlich aktueller Adresse und Erreichbarkeit.«

Er glaubte, einen leisen Seufzer zu hören. »Und? Wie lauten sie, die Namen?«

»Reiner Boll und Adolf Hoppenstedt.« Zur Sicherheit wiederholte er die Namen, indem er sie der Reihe nach buchstabierte. Um sie trotz ihrer Eile zu größter Sorgfalt anzuspornen, fügte er dann noch hinzu: »Möglicherweise sind die Männer in höchster Gefahr.«

»Wie soll ich jetzt das verstähn?«

»Ich fürchte, es gibt eine Person, die ihnen nach dem Leben trachtet.«

»Um Gottes willen«, kreischte Mandy Prießnitz. »Nu, da wärde ich doch alles versuchen, Ihnen zu helfen, damit Sie die finden. Ooch wenn ich zwee oder drei Bahnen später nähmen muss.«

»Ich bedanke mich ganz herzlich, Frau Prießnitz. Ich wusste doch, dass ich mich auf Sie verlassen kann.« Er unterbrach die Verbindung, bemerkte, dass Knudsen vor wenigen Minuten versucht hatte, ihn zu erreichen. Der Kollege musste noch einen Moment warten.

»Vielleicht findet ihr noch mehr solcher Hinweise.« Er wies auf das Blatt mit den vier Namen, reichte es Dolde, der es sorgsam in einer Plastikkladde verwahrte. »Daniel Schiek wartet auf mich. Das Phantombild des Mannes von heute Mittag«, verabschiedete er sich.

Er trat aus dem Haus, nahm die immer noch überraschend warme Luft erfreut zur Kenntnis. Nachdem er immer noch einen Rest der durchdringend nach vergammelten Lebensmitteln riechenden Küche des Hauses in der Nase zu spüren glaubte, beeilte er sich, kräftig durchzuatmen. Er verzichtete auf die Fahrt mit einem Stadtbus von der nahen Haltestelle zum Esslinger Bahnhof, schlug stattdessen den Weg ein, auf dem er hergelaufen war. Über den Marktplatz schlendernd, erinnerte er sich an Knudsens vergeblichen Anruf, ließ sich mit dem Kollegen verbinden. Wenn der sonst so wortkarge Mann zu einem Gespräch bereit war, musste er die Gelegenheit nutzen.

»Braig«, meldete er sich. »Tut mir leid, ich war gerade mit Rössle und Dolde beschäftigt.«

»Kein Problem.«

»Es gibt Neuigkeiten?«

»Nicht direkt.«

Er passierte die Agnes-Brücke über den Roßneckarkanal, fühlte sich von Knudsens kurzen Antworten genervt. »Das heißt?«, fragte er.

»Zwei sind im Ausland.«

»Zwei von den Ärzten oder Schwestern, die wir überprüfen wollten?«

»Hm«, bestätigte Knudsen. »*Ärzte ohne Grenzen.* Beide in Afrika. Somalia. Seit einem halben Jahr.«

»Na gut, dann können wir die schon abhaken. Es sei denn, einer von denen ist gerade auf Heimaturlaub.«

»Nein. Die Zentrale behauptet, die sind dort. In Somalia.«

Ein Stück Arbeit weniger, überlegte Braig. Zwei Personen, die sie von der Liste der potentiellen Täter streichen konnten. »Sie notieren es in Ihrem Bericht?«

»Hm.«

»Und die anderen? Sie haben gemailt, Sie hätten sie bereits überprüft.«

»Schmiedele, Andrea. Krankenschwester. Mutter von zwei Kindern. Ein und drei Jahre. Eindeutiges Alibi fürs ganze Wochenende. Mit Mann, Kindern und befreundeter Familie auf einem Campingplatz bei Horb. Die andere Familie hat es mir gegenüber bestätigt.«

»Na, prima«, freute sich Braig. Er wich einer Gruppe johlender Jugendlicher aus, die auf Skateboards durch die Bahnhofstraße bretterten, hörte nur einen Teil von Knudsens Erklärungen.

»… Alibi hat er nicht.«

»Verzeihung, von wem sprechen Sie gerade?«

»Keidel, Jörn. Wie gesagt, ohne Job. Alkoholiker, eindeutig.«

»Von Meyer gemobbt?«, hakte er nach.

»Gemobbt?« Knudsens intensives Brummen signalisierte einen heftigen Gefühlsausbruch des Kollegen. »Der Mann ist ein Wrack. Nichts mehr außer Saufen.«

»Sie glauben, Meyer ist daran schuld?«

»Der hat ihn ruiniert. Systematisch.« Knudsen schien Mühe zu haben, ruhig zu bleiben. »Keidel hatte eine große Karriere vor sich. Ich las seine Beurteilungen. Uniklinik Heidelberg. Uniklinik Göttingen. Und jetzt!«

»Der Mann ist Arzt?«

»Chirurg. Viele komplizierte Operationen. Und jetzt nur noch Wein und Korn.«

»Dann hätte er allen Grund, sich an Meyer zu rächen.«

»Mit 3,5 Promille?« Knudsen ließ ein abfälliges Zischen hören.

»Aber er hat kein Alibi. Verstehe ich das richtig?« Braig hatte den Vorplatz des Bahnhofs erreicht, folgte der breiten Treppe in die Unterführung.

»Trotzdem«, beharrte der Kollege. »Nie.«

Braig gab sich zufrieden. Er vertraute Knudsens langjähriger Erfahrung. So wortkarg der Mann war, er verfügte über genügend Praxis, sich ein fundiertes Urteil über seine Ermittlungen zu bilden. Er bat ihn, den Bericht möglichst bald zu mailen, beendete das Gespräch.

Wieder zwei Verdächtige, die sie von ihrer Liste streichen konnten. Eigentlich musste er froh darüber sein, konnte er so doch einen kleinen Teil der Arbeit als erledigt abhaken. Weitergebracht in seinen Ermittlungen hatten ihn die Erkenntnisse des Kollegen allerdings nicht. Auch wenn er jetzt fast eine Handvoll verdächtiger Personen ausschließen konnte, dem wahren Täter war er dadurch nicht einen Schritt nähergekommen. Dieses mühsame Unterfangen lag nach wie vor wie ein schwerer Felsbrocken vor ihm, den er einen hohen Berg hinaufwälzen musste. Zumal er seit dem seltsamen Fund in Theissens Wohnzimmer nicht ausschließen konnte, dass es der Täter auf weitere Opfer abgesehen hatte. Opfer, denen möglicherweise schon in den nächsten Stunden das schlimmste Unheil drohte. Wenn sie es nicht schafften, den Verbrecher daran zu hindern …

Er hörte einen Zug an den Bahnsteig fahren, beeilte sich, ihn zu erreichen. Keine halbe Stunde später war er im Amt angelangt. Die Befürchtung, es könne weitere Opfer geben, der Mörder Kreitschmers und Meyers sei mit seinem Wüten noch nicht am Ziel, machte ihm zunehmend zu schaffen. Was er vor weniger als einer Stunde noch als abstruse Wahnidee zur Seite schieben wollte, fand jetzt langsam aber sicher Raum in seinen Gedankengängen und setzte sich dort als neue, zusätzliche Belastung fest. Ob es ihnen gelingen würde, die beiden möglicherweise bedrohten Männer rechtzeitig zu identifizieren?

Er trat in sein Büro, nahm erleichtert die Anwesenheit seiner Sekretärin wahr. Die Frau hatte ihren Dienstschluss offensichtlich verschoben, um seinem Wunsch nachzukommen.

»Nu, da sind Se ja endlich«, begrüßte sie ihn, die Augen starr auf den Monitor ihres Computers zentriert. »Da ham Se mir ne scheene Ente ins Wasser gesätzt.«

»Vielen Dank, dass Sie Ihren Feierabend verschoben haben, Frau Prießnitz. Ist es schwierig, die Männer zu finden?«

Die Sekretärin widmete sich noch einen Moment ihren Recherchen, sah dann zu ihm auf. »Reiner Boll«, sagte sie. »Wissen Se, wie viele Leute mit dem Namen durch die Lande schleichn?«

»Oh? Sind es so viele?«

»Siebzähn allein mit e-i. Und dreizähn mit a-i.«

»E-i? A-i?«

»Reiner«, erklärte Mandy Prießnitz. »Den Namen gönn'n Se mit e-i schreiben oder mit a-i. Sie ham ihn am Telefon mit e-i buchstabiert. Ich weeß ja nich, ob Se sich da nich däuschn, deshalb hab ich ooch die mit a-i ausgedruckt. Sie finden se alle uf Ihrem Schreibtisch.«

»Vielen Dank.«

»Bei zwee Reiners, beide mit e-i, gibt's Schwierigkeiten. Vom eenen finde ich keene Adresse, vom andern keen Delefon. Das müsste man noch 'ne ganze Weile versuchen. Und was diesen Adolf Hoppenstedt angeht, den anderen Dyp, nach dem Sie suchen …«

»Den Namen gibt es noch öfter?«, spekulierte er.

»Nee!«, ereiferte sich die Sekretärin. »Den gibt's nich! Überhaupt nich!«

Braig trat einen Schritt zurück, musterte sie eindringlich. »Den Namen gibt es nicht?«, vergewisserte er sich.

»Den gibt's nich. Ich bin jetzt schon 'ne Weile am Suchen, aber … Ich find eenfach niemand mit dem Namen.«

»Dann muss ich das dem Nachtdienst übergeben«, erklärte er.

»Ich hab's in mehreren Registern versucht«, rechtfertigte sich Mandy Prießnitz. »Adressbuch, Telefonverzeichnis, Polizeilisten, BKA-Unterlagen, Europol-Fahndung, keene Ahnung …« Sie hob beide Hände, sah ratlos zu ihm auf. »Es kann nich sein, dass der eene oder andere Buchstabe nich stimmt?«

»Wenn ich das wüsste.« Braig zog sein Handy vor, holte das Foto der Namensliste auf den Monitor. »Adolf Hoppenstedt«, sagte er. »So wird es geschrieben.« Er reichte ihr das Gerät, sah ihr zustimmendes Nicken.

»Genau so«, erklärte sie. »Den Namen gibt's nich!«

Er seufzte laut auf, suchte nach einer Erklärung. Mit allem hatte er gerechnet, nur nicht damit. Dass es schwierig werden könnte, die derzeitige Adresse oder die aktuelle Rufnummer herauszufinden oder dass sich einer der Männer gerade an einem unbekannten Ort im Urlaub oder auf Geschäftsreise befand. Dass aber der Name an sich nirgends zu entdecken war …

Er warf einen Blick auf seine Uhr, sah, dass er sich beeilen musste, weil der Zeichner auf ihn wartete. Im selben Moment spürte er das heftige Stechen in seinem Kopf, ein deutliches Zeichen zu starker Belastung. Er stöhnte laut auf, massierte seine Schläfen.

»Au weh, ham Se wieder Schmärzn vor lauter Stress«, bekundete sie ihr Mitleid.

Er lief zum Wasserhahn, klatschte sich kaltes Wasser ins Gesicht und in den Nacken, trank ein halbes Glas voll. »Das war wieder ziemlich viel, heute«, sagte er.

»Und nu finde ich ooch noch den Kerl nich, nach dem Se suchn!«

Er nahm sich das Handtuch neben dem Waschbecken, fuhr sich übers Gesicht. »Das ist nicht Ihre Schuld, Frau Prießnitz.

Ich werde die Kollegen bitten, sich der Sache anzunehmen. Wenn es nicht anders geht, mit Variationen des Namens. Vielleicht hinten mit zwei *t* statt dem *dt* oder so. Etwas anderes fällt mir jetzt auch nicht mehr ein. Ich bin einfach zu abgekämpft.«

»Mit zwei *t*. Das werde ich jetzt noch versuchen. Mal sähn, ob das was bringt. Sie ham noch eenen Dermin?«

»Ja, bei Daniel Schiek. Ein Phantombild erstellen.«

»Nu, dann viel Erfolg. Aber dann machen Se ooch Schluss. Sie brauchen Ihren Feierabend. Ihre Frau und die Kleene wardn doch garandiert. Dänkn Se an den Härrn Aupperle, dun Se sich das nich an!«

Er war schon dabei, das Büro zu verlassen, als ihn ihre Worte innehalten ließen. »Mario. Den hätte ich fast vergessen. Wissen Sie was Neues?«

Mandy Prießnitz winkte ab. »Nee. Dut mir leid.«

Aupperle, ging es ihm durch den Kopf, als er den Stufen abwärts folgte, um zu Schieks Büro zu gelangen, die unablässige Beschäftigung mit seinen Ermittlungen hatte die Gedanken an den problematischen Gesundheitszustand des Kollegen völlig verdrängt. Hoffentlich war es den Ärzten gelungen, seinen Zustand zu stabilisieren und ihn langsam wieder auf den Weg der Besserung zu bringen. Aupperle hatte wohl über Jahre hinweg seine Gesundheit vernachlässigt und trotz zunehmender Probleme einfach so in den Tag hineingelebt ... Er durfte nicht vergessen, heute Abend noch im Krankenhaus anzurufen und sich nach dem Kollegen zu erkundigen. Wenn es nicht anders ging, wieder auf dem Umweg über den Personalchef. So zuvorkommend der bisher reagiert hatte, würde er wohl aktuelle Informationen erhalten.

Schieks Bürotür stand offen. Er blieb unmittelbar vor ihr stehen, klopfte.

»Ja, bitte?«, hörte er die Stimme des Grafikers.

Braig trat in den Raum, sah den Kollegen vor einem Bildschirm sitzen, auf dem das Profil eines Mannes zu erkennen war. »Du bist mitten in der Arbeit«, sagte er.

Schiek sprang von seinem Stuhl, reichte ihm die Hand. »Nur ein Probelauf. Neue Software. Ich muss morgen nach Wien, Gespräch mit den Kollegen dort.« Er zeigte zu seinem Riesenbildschirm, der einen Teil der Seitenwand einnahm, griff nach einer Tastatur. »Wir können sofort anfangen. Auf dem ganz Großen, okay?«

Braig nahm neben ihm auf einem Rollstuhl Platz, schilderte ihm seine Begegnung mit dem Unbekannten.

»Das bedeutet, du hast den Mann nur kurz vor Augen gehabt und ihn dir auch nicht besonders eingeprägt«, schlussfolgerte Schiek.

»So ist es«, gestand Braig. »Leider.«

»Kein Grund zur Sorge. Das sind wir gewöhnt. Du weißt doch, was meine Geräte hier alles können.« Schiek ließ sich die Form des Kopfes, der Nase und der Augen beschreiben, erkundigte sich nach den Augenbrauen, den Wimpern, den Haaren und dem Kinn. Er zauberte immer neue Entwürfe, korrigierte sie, fügte neue Variationen an, nahm andere weg. Eine gute Viertelstunde später prangte das Gesicht des Unbekannten überlebensgroß auf dem Riesenbildschirm, genauso wie Braig ihn in Erinnerung hatte.

»Der wirkt etwas gehetzt, fast krank«, meinte der Grafiker, »als wäre er nicht gerade erfreut über deinen Besuch. Kann das sein?«

»Den Eindruck hatte ich von Anfang an«, bestätigte Braig. »Hat das Auswirkungen auf sein, ich sage mal *normales* Aussehen?«

Schiek musterte das Gesicht an der Wand, pfiff leise vor sich hin. »*Normales* Aussehen gibt es nicht. Du siehst morgens anders aus als abends, hungrig anders als satt. Und auch deine psychische Verfassung hat Einfluss auf deine Physiognomie, das weißt du selbst. Bist du zornig, siehst du ganz anders aus als wenn du dich wohlfühlst. Manche Leute erkennst du trotz veränderter Gefühlslage schnell wieder, weil ihr Aussehen von charakteristischen Merkmalen geprägt wird, die von ihren Emotionen unberührt bleiben. Es gibt aber eine nicht unbedeutende Anzahl von Menschen, deren Physiognomie in großem Ausmaß von ihrer Psyche abhängig ist, sodass sie von Fremden, die sie nicht kennen, bei konträren Gemütszuständen nur schwer identifiziert werden können. Und ich fürchte, wenn ich mir unseren Unbekannten hier so anschaue, der könnte zu dieser Gruppe gehören. Seine Miene scheint mir extrem von seiner Anspannung geprägt. Du hast ihn in einer emotionalen Ausnahmesituation erlebt – in seinem gewohnten Auftreten ist das ein ganz anderer Mensch.«

»Du meinst, es wird schwer, ihn zu identifizieren«, überlegte Braig.

»Stell dir vor, er wäre ein Kollege«, erklärte Schiek, »ein Polizeibeamter in Uniform draußen auf der Straße. Er tritt selbstbewusst auf, versucht, durch seine Haltung Autorität auszustrahlen und als Respektsperson wahrgenommen zu werden. Wie groß sind die Chancen, ihn aufgrund unseres Phantombildes zu erkennen?«

Braig winkte resigniert ab. »Du nimmst mir aber auch jede Hoffnung.«

»Nein, das nicht. Ich möchte dir nur von Anfang an klarmachen, dass es schwer wird, den Mann auf diese Tour zu ermitteln.« Der Zeichner schwieg einen Moment, musterte das Porträt. »Wir haben eine neue Software«, fuhr er dann fort. »Mit ihr kann ich versuchen, stark ausgeprägte Gefühlsverzerrungen zu reduzieren. Diesen gehetzten Ausdruck, zum Beispiel. Ich kann es versuchen, verstehst du? Es gibt keine Garantie, dass es funktioniert und der Herr in seinem Alltags-Face vor uns aufersteht. Aber ich werde mich bemühen, okay?«

»Das kostet viel Zeit?«

»Schon, ja. Du brauchst nicht zu warten. Falls es klappt, maile ich dir die Entwürfe zu. Mein Angebot, vielleicht hilft es.«

Braig bedankte sich bei Schiek, lief zurück in sein Büro. Mandy Prießnitz war wohl erst vor Kurzem gegangen; auf seinem Schreibtisch hatte sie eine Notiz hinterlassen, nach der es ihr trotz weiterer neuer Anläufe nicht gelungen war, einen Adolf Hoppenstedt aufzutreiben. Auch einen *Adolf Hoppenstett* gab es nicht. *Kann es nicht sein, dass Ihnen der Name falsch überliefert wurde??*, hatte sie in fetten Lettern und mit zwei Fragezeichen versehen angefügt.

»Keine Ahnung, woran es liegt«, murmelte Braig vor sich hin. Er kam nicht dazu, erneut in endlose Grübelei darüber zu verfallen, warum der Mann nicht zu identifizieren war, weil sein Telefon läutete. Die Nummer war ihm unbekannt, irgendein Handy. Er nahm ab, nannte seinen Namen.

»Braig?«, wiederholte eine Männerstimme in fragendem Tonfall. »Sie sind Polizeibeamter?«

»Das bin ich, ja. Und wer sind Sie?«

»Daniel Theissen. Sie haben heute Nachmittag angerufen und darum gebeten, dass ich mich melde. Ich nehme an, es geht um meinen verstorbenen Bruder.«

»Das ist richtig. Vielen Dank, dass Sie so schnell zurückrufen. Sie haben einen Moment Zeit?«

»Dreißig Minuten etwa. Ist das okay?«

»Auf jeden Fall. Sie wohnen nicht in der Nähe von Stuttgart, wenn ich richtig informiert bin, oder?«

Der Mann am anderen Ende lachte. »Nein, ich denke, Hannover liegt ein paar Kilometer weiter nördlich.«

»Das ist mir im Moment etwas zu weit«, bekannte Braig. »Sonst hätte ich mich gerne persönlich mit Ihnen unterhalten.«

»Persönlich? Ist es so wichtig?«

»Das kann man sagen, ja.« Braig zögerte, überlegte, inwieweit er seine Ermittlungen vor seinem Gesprächspartner ausbreiten sollte. »Eine für Sie sicher seltsam klingende Bitte vorweg: Könnten Sie mir ein aktuelles Foto von Ihnen zumailen?«

»Wie bitte?« Daniel Theissen schien Mühe zu haben, Braigs Anliegen nachzuvollziehen. »Aber wozu denn? Was wollen Sie mit einem Foto von mir?«

»Um auszuschließen, dass ich Sie mit einer anderen Person verwechsle.«

»Also, das verstehe ich wirklich nicht. Mein Bruder ist tot und die Polizei ...« Er hielt mitten im Satz inne, konfrontierte Braig mit einem Vorschlag. »Geben Sie doch einfach meinen Namen ein. Daniel Theissen. Musikstudio. Hannover. Dann haben Sie mein Foto. Es ist ziemlich neu. Vor zwei Monaten etwa aufgenommen. Extra für meine neue Website.«

Braig fuhr sich durch die Haare, ärgerte sich, dass er nicht schon früher auf die Idee gekommen war. »Sie haben ein Musikstudio?«, fragte er.

»Ich bin Klavierlehrer. Das mit dem Studio ist nur ein Zusatz. Manche Schüler finden es reizvoll, sich mit bestimmten Stücken aufnehmen zu lassen. Auf Youtube oder Whatsapp können sie es anschauen. Einige haben echt Talent.«

Braig stellte das Telefon auf Zimmerlautstärke, gab den Namen des Mannes am Computer ein.

»Ich höre die Tastatur klappern. Haben Sie mich schon auf dem Monitor?«

»In dem Moment, ja.« Er hatte Theissens Website gerade aufgerufen, als der Klavierspieler auch schon loslegte. Freundlich in die Kamera lächelnd ließ er seine Hände über die Tasten eines Klaviers gleiten, ABBAs *Thank you for the Music* stimmungsvoll zu Gehör bringend. Braig musste sich erst gar nicht auf das Gesicht des Mannes fokussieren, um zu erkennen, dass er ihm noch nie begegnet war. Jedenfalls nicht in den letzten Wochen. Und garantiert nicht heute Mittag in Esslingen. Daniel Theissen hatte keinerlei Ähnlichkeit mit dem Unbekannten im Haus seines Bruders.

Er dimmte die Computer-Lautstärke, nahm den Telefonhörer wieder ans Ohr. »Sie haben's ganz schön drauf als Musiker, mein Kompliment«, sagte er.

»Danke. Mit dem Foto sind Sie auch zufrieden?«

»Alles bestens, ja. Sie müssen entschuldigen, dass ich nicht selbst auf die Idee gekommen bin.«

»Trotzdem müssen Sie mir jetzt eine Frage beantworten: Weshalb interessiert sich die Polizei für mein Aussehen?«

Braig suchte nicht lange nach einer Antwort. »Weil ein Mann, dessen Identität wir nicht kennen, im Haus Ihres Bruders beobachtet wurde.«

»In Esslingen? Wer soll das sein?«

»Das wissen wir nicht. Ich hoffe, Sie können uns helfen.«

»Ein Einbrecher?«, fragte Theissen. »Aber was will der dort? Bei Richard gibt es nicht viel zu holen.«

»Wohl kaum ein Einbrecher«, erwiderte Braig. Er dachte an die Aussage des Esslinger Kollegen, die Wohnung sei in hervorragendem Zustand, alles ordentlich aufgeräumt gewesen, hatte das Bild der mit Essensresten und benutztem Geschirr übersäten Küche vor Augen. »Ein Mann, der sich länger im Haus Ihres Bruders aufgehalten hat.«

»Wann soll das gewesen sein?«

»Jetzt, in den letzten Tagen.«

»Davon weiß ich nichts«, erklärte Theissen. »Ich kann mir auch überhaupt nicht vorstellen, wer das sein soll. Richard lebte seit seinem Zusammenbruch ziemlich isoliert. Er hatte jedes Vertrauen in andere Menschen verloren.«

»Von welchem Zusammenbruch sprechen Sie?«, fragte Braig.

»Er hatte einen totalen Blackout. Letztes Jahr, drei Tage vor Weihnachten. Auf offener Straße. Mitten in Sindelfingen. Danach lag er mehrere Wochen im Krankenhaus. Ich habe ihn drei Mal besucht, einmal gemeinsam mit meiner Frau und unseren Kindern, um ihn aufzumuntern. Das half alles nichts. Er war nur noch ein Wrack. Willenlos, ohne Antrieb. Hätten ihn die Ärzte nicht in eine Spezialklinik vermittelt ….« Theissen hatte Mühe, weiterzusprechen, verstummte für mehrere Sekunden. »Er hätte den Sommer nicht mehr erlebt.«

»Sie meinen, er hätte sich vorher schon …«

»Die Klinik hat ihm gutgetan. Meine Frau und ich dachten, er sei über den Berg. So kann man sich täuschen.«

»Was war der Auslöser für den Zusammenbruch? Gab es ein konkretes Ereignis oder war er schon immer depressiv?«

»Nein, Richard war nicht depressiv. Er lebte viel zu gern, um in schlechte Gedanken abzudriften. Das kam erst in den letzten Jahren. Nach seiner Scheidung und mit dem neuen Job.«

»Was war so schlimm daran?«

»Er arbeitete als Bankkaufmann hier in Hannover. Na ja, das brachte nicht allzu viel. Immer so, dass es gerade reichte. Zum Glück hatten sie keine Kinder. Kurz vor seiner Scheidung setzten ihm dann irgendwelche Idioten den Floh ins Ohr, es doch mit Immobilien zu versuchen. Das große Geld warte nur auf ihn. Er wechselte nach Stuttgart zu dieser Privatbank. In die Immobilienabteilung. Damit fing es an.«

»Was war das Problem?«, fragte Braig.

»Zwei Tage nach der Scheidung hatte seine Ex einen Autounfall. Sie war auf der Stelle tot.«

»Hatte er seine Hände im Spiel?«

»Nein! Wie kommen Sie denn auf die abstruse Idee?«, protestierte Theissen. »Sie als Polizeibeamter sind wohl immer aufs Schlimmste programmiert?«

»Mag sein«, bekannte Braig. »Wenn Sie ständig damit zu tun haben …«

»Der Unfall passierte auf Mallorca, nur um das klarzumachen. Dorthin hatte sich seine Ex schon vor der Scheidung verabschiedet. Richard arbeitete zu der Zeit schon eine Weile in Stuttgart, er hörte erst eine oder zwei Wochen später davon. Aber natürlich machte es ihm zu schaffen. Und dann hatte er vom ersten Moment an diesen raffgierigen Kerl am Hals.«

»Von wem sprechen Sie?«

»Sein Vorgesetzter in der Privatbank. Hätte er damals geahnt, was mit dem Job auf ihn zukam, er hätte sich nie darauf eingelassen.«

»Er wurde von dem Mann gemobbt?«

»Jeden Monat, immer an den letzten Tagen, ausführliches Briefing des gesamten Teams. Detaillierte Präsentation der erzielten Erfolge. Anzahl der Immobilienverkäufe, Höhe der Verkaufssummen, Anzahl der vermittelten Hypotheken und Kreditverträge, Ermittlung des erzielten Gesamtbetrages. Über Stunden hinweg vor versammelter Runde. Alle Mitarbeiter mussten daran teilnehmen. Und wurden dann, je nach Erfolg, vom Chef persönlich ausgezeichnet oder auch nicht.«

»Das klingt nach Psychoterror«, meinte Braig.

»Nein, das nennt sich *Briefing* oder *Evaluation*. Und dient der Leistungssteigerung und dem Teamwork.«

»Es gab keinen Betriebsrat?«

»Um Gottes willen, was haben Sie für kommunistische Anwandlungen?« Theissen ließ ein bitteres Lachen hören. »Muss ich noch erwähnen, dass Richards Briefings stets negativ ausfielen?«

»Er verkaufte zu wenig?«

»Nein, das war nicht der Punkt. Er vermittelte zu wenig langfristige Kredite. Damit erzielte die Bank nämlich horrende Gewinne. Die Konditionen für die Kunden waren katastrophal, Richard hat es mir oft genug erzählt. Deshalb hatte er Skrupel, sie den Leuten anzudrehen. Und landete beim allmonatlichen Briefing daher fast immer am Pranger. Er und sein Kollege Markus. Der war der Einzige, mit dem er in den letzten Monaten vor seinem Zusammenbruch überhaupt noch Kontakt hatte, wenn ich das richtig mitbekommen habe.«

»Markus?«, fragte Braig. »In seinem Abschiedsbrief erwähnt er einen Mark. Ist der damit gemeint?«

»Ich nehme an, ja. Gesehen habe ich den Mann allerdings nur ein einziges Mal. Und das ist auch schon wieder eine Weile her.«

»Er war nicht bei der Beerdigung?«

»Nein.« Theissen verstummte für einen Moment, schien nachzudenken. »Ich habe ihn nicht gesehen. Außer meiner Familie waren nur eine Handvoll Leute anwesend, da hätte er mir auffallen müssen.«

»Aber Sie würden ihn erkennen, wenn Sie ihm irgendwo begegnen. Richtig?«

»Erkennen? Na ja, wenn er mir gegenübertreten würde, schon.«

»Könnten Sie mir sein Aussehen bitte beschreiben?«

»Puh.« Theissen stöhnte laut auf. »Sie haben vielleicht Ideen.«

»Wie alt ist er?«, versuchte Braig zu helfen. »So etwa? Was schätzen Sie?«

»Mitte vierzig, würde ich sagen, vielleicht auch etwas älter. Aber so genau …«

»Die Farbe seiner Haare: Dunkel oder eher blond?«

»Dunkel«, antwortete Theissen. »Kurz geschnitten. Ein schmales Gesicht. Ziemlich bleich, so habe ich ihn jedenfalls in Erinnerung.«

Braig sah sofort den Mann vor sich, der ihm am Mittag in Esslingen gegenübergetreten war. »Dann maile ich Ihnen jetzt ein Bild. Genauer gesagt, ein Phantombild. Geben Sie mir bitte Ihre E-Mail-Adresse?« Er notierte sich die Daten, nahm sein Handy zu Hilfe, um die Verbindung mit Theissen nicht zu unterbrechen, bat Schiek um die Übermittlung des Porträts.

»Ich bin aber noch nicht so weit«, entschuldigte sich der Grafiker. »Er ist noch in dem Zustand, wie du ihn mir beschrieben hast.«

»Kein Problem. Vielleicht erkennt er ihn trotzdem.«

Braig musste nicht lange warten.

»Der sieht etwas abgehetzt aus«, erklärte Theissen. »Aber ja doch, das könnte dieser Markus sein.«

»Sie sind sich sicher?«

Sein Gesprächspartner stöhnte erneut auf. »Sicher? Ich habe den Mann nur ein einziges Mal zu Gesicht bekommen, das dürfen Sie nicht vergessen. Wenn Sie von mir jetzt eine eidesstattliche Versicherung verlangen, dass es sich hier um den Ex-Kollegen meines Bruders handelt, nein, die kann ich Ihnen nicht geben.«

»Ich verlange überhaupt nichts«, erwiderte Braig. »Ich möchte nur wissen, ob Sie glauben, dass das Porträt diesen Markus darstellen könnte.«

»Wenn Sie das so formulieren, ja. Er kommt dem Mann, so wie ich ihn in Erinnerung habe, sehr nahe.«

»Vielen Dank, das hilft mir sehr. Wie heißt er eigentlich mit Nachnamen, das haben Sie mir noch nicht erzählt?«

»Sein Nachname?«

»Ja«, sagte Braig. »Markus …?«

»Tut mir leid, aber … Da müsste ich erst überlegen. Keine Ahnung, ob Richard mir den je genannt hat. Er stellte ihn mir nur als seinen Kollegen Markus vor.«

»Vielleicht können Sie noch darüber nachdenken«, bat Braig. »Wenn nicht … Ich werde morgen bei der Bank vorbeischauen, dann werde ich ihn auf jeden Fall erfahren.«

»Dann haben wir alles besprochen?«

Braig wollte gerade zustimmen, als ihm das Blatt aus der Wohnung einfiel. »Eine Frage noch: Sagen Ihnen die Namen Dr. Ralf Meyer und Michael Kreitschmer etwas?«

»Dr. Ralf Meyer und …«

»… Michael Kreitschmer.«

»Nein, nie gehört. Wer soll das sein?«

»Was ist mit Reiner Boll und Adolf Hoppenstedt?«

Theissen wiederholte beide Namen, verneinte dann erneut. »Stehen die irgendwie in Zusammenhang mit meinem Bruder?«

»Ich weiß es nicht«, bekannte Braig. »Ehrlich gesagt, ich hoffte, Sie könnten mir weiterhelfen.«

»Tut mir leid«, erklärte der Mann. »Aber wenn Richard die gekannt haben sollte, mir gegenüber hat er sie nicht erwähnt. Ich kann mich jedenfalls nicht daran erinnern.«

21. Kapitel

Die schmalen Gassen, durch die er sich bewegte, waren von einer fast undurchdringlichen Menschenmenge belebt. Er hatte Schwierigkeiten vorwärtszukommen, schob sich mühsam durch die schmalen Lücken zwischen den verschwitzten und unangenehme Gerüche absondernden Leibern hindurch, kämpfte sich Schritt für Schritt weiter. Oft genug blieb er im Gewoge der Körper stecken; nur unter vollem Einsatz seiner Kräfte gelang es ihm dann, sich wieder zu befreien. Besonders Widerspenstigen rammte er seine Ellenbogen in die Seite. Je lauter der Schmerzensschrei, der seiner Attacke folgte, desto breiter der Spalt, der sich ihm öffnete.

So mühsam es war, sich einen Weg durch die Masse zu bahnen, das Papier in seiner Hand ließ ihn ständig weitereilen. Vier Namen waren darauf verzeichnet; zwei, für die jede Hilfe zu spät kam; zwei weitere, deren Schicksal allein in seiner Hand lag. Er musste vorwärts, die Männer finden, sie vor dem Mörder schützen, demjenigen zuvorkommen, der bereits zwei Leben zerstört hatte. Wenn nur nicht immer neue Ansammlungen menschlicher Leiber ihn derart in seinem Fortkommen behindert hätten …

Er schwitzte am ganzen Körper. Ströme von Schweiß schossen aus seinen Achseln, nässten seinen Rücken, die Brust, den Bauch. Braig kämpfte um jeden Meter, warf sich mit letzter Kraft in die Menschenmenge. Er fuhr seine Ellenbogen aus, versuchte, das Bollwerk vor sich aus dem Weg zu räumen, kam dennoch nur langsam, viel zu langsam vorwärts. Was, wenn der Mörder in diesem Moment zu seiner nächsten Attacke ansetzte, das dritte Opfer auf der Liste schon bedrohte?

Braig schnappte nach Luft. Sein Herz pochte wild. Er ruderte mit den Armen durch die Luft, schrie, so laut er konnte. »Lasst mich doch durch, ihr Idioten …«

Im gleichen Moment spürte er die Hand in seinem Gesicht. Sie fuhr ihm zärtlich über die Stirn, die Wangen, den Mund.

»Psssst«, hörte er Ann-Katrins flüsternde Stimme. »Was ist los mit dir? Was hast du wieder geträumt?«

Langsam tauchte er aus dem Traum in die Realität. Er sah ihre besorgte Miene unmittelbar über sich, fühlte ihre Fingerspitzen über seine Stirn gleiten.

»Du bist völlig verschwitzt«, hauchte sie. »In welcher Welt warst du unterwegs?«

Er musste nicht lange überlegen, hatte die Antwort schnell parat. »Die Liste mit den vier Namen. Mir war, als kämen wir zu spät.«

Am Abend, nach seiner Rückkehr aus dem Amt, hatte er ihr davon erzählt. Er war gerade noch rechtzeitig gekommen, seine Tochter in den Schlaf zu wiegen, hatte nach seinem Telefonat mit Daniel Theissen noch über eine Stunde im Büro damit verbracht, den bisherigen Verlauf seiner Ermittlungen schriftlich zusammenzufassen, um die Kollegen und die Staatsanwaltschaft auf den neusten Stand zu bringen.

Bei dem Mann, den er am Mittag in Esslingen in der Wohnung Richard Theissens angetroffen hatte, handelte es sich nach der Aussage von Theissen wahrscheinlich um einen Kollegen seines Bruders, einen Immobilienmakler, von dem dieser sich nur an den Vornamen Markus erinnerte. Wieso sich dieser Markus in der Wohnung von Richard Theissen aufgehalten hatte, war ungeklärt – genau wie die Frage, ob er etwas mit dem dort gefundenen Ausweis Michael Kreitschmers und dem Blatt mit den Namen der ermordeten Männer zu tun hatte. Auch der Grund für die falsche Auskunft, mit der er Braig am Mittag abgefertigt hatte, harrte einer Erklärung.

Der Spekulation, bei dem Mann handele es sich um den Mörder Kreitschmers und Meyers und er habe die Wohnung Richard Theissens als Versteck benutzt, um von dort aus den Tod zweier weiterer Personen, nämlich Reiner Boll und Adolf Hoppenstedt, in die Wege zu leiten, fehlte bisher jeder Ansatz eines Beweises. Ja, es war nicht einmal klar, ob zwei Männer dieses Namens überhaupt existierten und wenn ja, ob deren Leben gefährdet war. Weshalb sollte jemand vier völlig verschiedenen Leuten nach dem Leben trachten? Und: Durfte man einer kleinen, zufällig gefundenen Auflistung von vier Namen dermaßen viel Bedeutung zumessen, wie er es im Moment tat?

Braig war nach langem Überlegen zu einem eindeutigen Ja gekommen. Er hielt es für dringend geboten, Reiner Boll und Adolf Hoppenstedt zu identifizieren und beide unter polizeilichen Schutz zu stellen, solange die Frage einer möglichen Gefährdung nicht geklärt war. Das Blatt mit den vier Namen als harmlos abzutun, schien ihm zu riskant – niemand konnte ausschließen, dass es den Gedanken eines real existierenden Täters entsprungen und nur aus Versehen in ihre Hände geraten war.

Kurz nach 20 Uhr hatte er seine Ausführungen beendet und sich die Website der Genter Privatbank auf den Monitor geholt. Das Unternehmen präsentierte die von großen Glas- und Metallelementen dominierten, hypermodern wirkenden Fassaden mehrerer Filialen, wies in dicken Lettern auf die konkurrenzlos günstigen Kreditkonditionen und die große Auswahl an einzigartig gelegenen und dennoch preisgünstigen Immobilien hin, die es anzubieten hatte.

Braig hatte die Übersicht über die Standorte, an denen die Bank vertreten war, betrachtet und Stuttgart angeklickt. Kurz darauf war etwa ein Dutzend überwiegend männlicher Gesichter vor ihm erschienen, die wie die Klone ein und derselben Person alle mit üppig gegelten Haaren und unnatürlich verzerrten Mienen vom Monitor grinsten. So sehr er sich bemüht hatte, den ihm nur mit Vornamen bekannten Mann zu identifizieren, es war ihm nicht gelungen. Weder vom Aussehen noch vom Namen her. Die Stuttgarter Filiale beschäftigte zwar Kevins, Rafaels, Patricks, Nigels und Noahs – aber nicht einen Markus. Auch wenn er seine Augen noch so strapaziert hatte, der Gesuchte war nicht aufgetaucht.

Er hatte sich die Rufnummer der Bank notiert und sie eingegeben. Die salbungsvolle Stimme einer jungen Frau hatte ihn gebeten, seinen Wunsch auf dem Anrufbeantworter zu hinterlassen und ihm zugleich versprochen, ihn baldmöglichst zu erfüllen. Braig hatte darauf verzichtet und beschlossen, das Gespräch auf den nächsten Morgen zu verschieben.

22. Kapitel

Das Ungetüm war weit über Fellbach hinaus zu sehen. Wie ein unwirkliches Betonskelett ragte es inmitten einer bunt gemischten Häusermenge in den Himmel. Unten schmal, nach oben immer breiter, jeder Harmonie spottend, 107 Meter hoch. Unverputzt, im oberen Drittel seit langer Zeit immer noch ohne Außenwände, nach drei Seiten offen. Der einzige Wolkenkratzer in der sonst vor allem von niedrigen Gebäuden geprägten 40.000-Einwohner-Stadt.

Den Anblick als nicht besonders vorteilhaft zu bezeichnen, sei maßlose Schönfärberei, überlegte Braig. Zwei Drittel der Wohnungen waren verkauft worden, soweit er gehört hatte, den kompletten oberen Bereich dagegen hatten die Bauherren nicht losschlagen können. Wohnungen, so teuer wie komfortable Großstadtvillen. Daher fehlte das Geld, den Wolkenkratzer zu vollenden. Ob unfertiger Rohbau oder nicht, das Ding passte hierher wie die Faust aufs Auge. Je länger er das groteske Bauwerk betrachtete, desto deutlicher wurde ihm dessen Absurdität.

»Sie finden mich in der Nähe des großkotzigen Schandmals«, hatte Reiner Boll ihm am Telefon erklärt. »Wir wohnen keine dreihundert Meter davon entfernt.«

Braig war am frühen Morgen erst wenige Minuten vorher im Büro eingetroffen, als Mandy Prießnitz aufgeregt in sein Büro stürmte. Er hatte sich mit Neundorf und Knudsen über den Verlauf ihrer Vorträge an der Polizeihochschule in Villingen-Schwenningen unterhalten, sie dann kurz über den Stand seiner Ermittlungen informiert. Sie waren übereingekommen, dass Neundorf die bisher durchgeführten Befragungen akribisch genau auf Ungereimtheiten überprüfen sollte, während Knudsen und er selbst sich die restlichen Personen aus dem Umfeld der Ermordeten beziehungsweise die Identifizierung der beiden Männer auf der in Theissens Wohnung gefundenen Liste zum Ziel nehmen würden. Über den aktuellen Zustand Aupperles hatte niemand Bescheid gewusst.

»Es dut mir leid, wenn ich störe. Aber ich habe eenen Reiner Boll aus Fellbach in der Leitung. Und ob Sie es gloobn oder nich, där Mann ist een Bekannter von dem Kreitschmer.«

Braig war sofort hellhörig geworden. »Einen Reiner Boll, genau wie auf dem Blatt?«

»Reiner mit e-i«, hatte die Sekretärin erklärt. »Soll ich Sie verbindn?«

Er hatte sich bei Neundorf und Knudsen entschuldigt und das Gespräch sofort angenommen.

»Polizei? Und es geht um Michael?«, hatte Boll sich vergewissert.

»Michael Kreitschmer. Sie kennen ihn?«

»Ja, aber sicher. Wir sind beide passionierte Rosenzüchter. Ich kann immer noch nicht fassen, was mit Michael passiert ist.«

»Dann muss ich dringend mit Ihnen sprechen. Persönlich«, war Braig direkt zur Sache gekommen.

»Wegen Michael. Ja, gut. Aber ob ich Ihnen da helfen kann …«

»Wann geht es bei Ihnen? Heute Morgen noch?«

Braig hatte von Boll erfahren, dass er als Stadtbahn-Fahrer bei den SSB arbeitete und erst zur Nachmittagsschicht aus dem Haus musste, ihm dann seinen umgehenden Besuch angekündigt.

Das Zweifamilienhaus unweit des Fellbacher Stadtkerns war leicht zu finden. Das unförmige Betongerippe ragte wenige Steinwürfe davon entfernt in den Himmel, vom Wohnzimmerfenster Bolls aus unübersehbar präsent. Der Mann hatte helles, schütteres Haar, war mit einem dunkelblauen Jeanshemd und einer schwarzen Hose bekleidet. Er bot Braig Kaffee an, ließ sich mit ihm auf dem Familiensofa nieder.

»Fellbach ist in aller Munde«, erklärte der Mann, den Blick des Besuchers aus dem Fenster im Visier. »Aber nur, weil sich die komplette Umgebung über uns lustig macht.«

»Na ja«, meinte Braig. »Das passt nicht hierher.«

Boll trommelte mit beiden Händen auf den Tisch. »Seltsam, dass das allen sofort auffällt. Nur den Hohlköpfen nicht, die dafür verantwortlich sind.«

»Ja, über einen Gemeinderat, der so etwas genehmigt, muss man sich schon wundern.«

Braigs Gesprächspartner lachte. »Das haben Sie vornehm umschrieben. Sonst reden die Leute nicht so um den heißen Brei. ›Die Trumps von Fellbach.‹ Und so ähnlich. Aber bitte, wir sollten die Politiker nicht über einen Kamm scheren. Nur die beiden konservativen Fraktionen stimmten dafür. Es gab genügend Gemeinderäte, die sich vehement dagegen wehrten.« Er trank einen Schluck von seinem Kaffee, fuhr dann fort. »Und sind wir doch ehrlich. Was großkotzige Wahnideen betrifft, sind wir im Raum Stuttgart dank unserer politischen Elite doch wahrhaft Weltmeister.«

Braig war sofort klar, worauf Boll anspielte. Seit Jahren wurde im Herzen der Landeshauptstadt auf Veranlassung eines undurchsichtigen Geflechts von Politik und Wirtschaft mit unvorstellbarem Milliardenaufwand ein Loch gebuddelt, das einmal einen Bahnhof beherbergen sollte – obwohl alle Experten wussten, dass dessen Leistungsfähigkeit auch nicht annähernd die des bestehenden Hauptbahnhofs erreichen würde und das sinnlos verbaute Geld dringend für die Optimierung des an vielen Stellen maroden Gleisnetzes im gesamten Land benötigt wurde. Weder die Vergeudung derart riesiger Mengen an Steuergeldern noch die Tatsache, dass das Herzstück des Bauwerks in eklatantem Ausmaß gegen die geltenden baulichen Normen verstieß, hatte die Verantwortlichen in Justiz und Politik dagegen einschreiten lassen. Stattdessen wurden alle ernsthaften Einwände mit hohlen Phrasen abgetan.

»Das ist richtig«, pflichtete er seinem Gastgeber deshalb bei. »Der Fellbacher Phallus ist nur eine harmlose Variante des Stuttgarter Machwerks.«

»Und weder Michael noch ich zeichnen dafür verantwortlich«, bekundete Boll, seine Tasse an den Lippen.

Braig tat es ihm gleich, trank von dem Kaffee. Er schmeckte würzig und stark, genau, wie er es liebte. »Sie hatten nur als Blumenfreunde miteinander zu tun?«, fragte er.

»Nur als Blumenfreunde, ja. Das heißt aber nicht ...« Boll verstummte mitten im Satz, stellte seine Tasse auf den Tisch. »Ich will sagen, die Beschäftigung mit den Pflanzen bedeutet uns sehr viel. Michael, den anderen in unserer Gruppe und mir. Das ist nicht nur eine Nebensache, nicht, dass Sie das falsch verstehen.«

»Sie sind Blumenzüchter mit Leib und Seele?«

»So kann man das sagen, ja. Auch wenn es vielleicht etwas altmodisch klingt. Es trifft aber genau den Kern.«

»Wie oft haben Sie sich getroffen?«, fragte Braig. »Regelmäßig?«

»Das hing immer davon ab, inwieweit unsere Arbeit das erlaubt hat«, antwortete Boll. »Freitagabends, sofern ich nicht Schicht hatte, war ich dabei. Manchmal auch samstags oder sonntags, das hing vom Wetter ab. Meistens trafen wir uns bei Michael. Er hat den größten Garten. Wie das jetzt weitergeht ...« Er hob beide Hände, musterte sein Gegenüber mit unschlüssigem Gesichtsausdruck.

»Vergangenen Freitagabend. Sie waren auf dem Volksfest?«

Boll schüttelte den Kopf. »Ich war nicht dabei, nein. Spätschicht. Wir fuhren zusätzliche Züge. Wegen der vielen Besucher. Von Michaels Tod habe ich erst am nächsten Morgen erfahren. Herbert, einer meiner Blumenfreunde, hat mich informiert.«

»Sonst wären Sie mitgegangen? Wenn Sie freigehabt hätten, meine ich?«

»Ja, natürlich. Den Termin hatten wir lange vorher verabredet. Wir unternehmen viele Touren gemeinsam. Ausstellungen, Garten- oder Pflanzenschauen, Besuche anderer Züchter. Manchmal begleitet mich sogar meine ganze Familie. Mein Sohn vor allem. Er ist 14 und voller Begeisterung dabei. Ich glaube, ich habe ihn angesteckt.« Bolls Miene war von unübersehbarem Stolz geprägt.

»Wie groß ist die Gruppe?«

»Je nachdem«, erklärte der Mann. »Das hängt davon ab, wer Zeit hat oder arbeiten muss. Meistens sind wir so um die zehn Leute. Ohne Ehepartner und Kinder, meine ich.«

»Und die meisten gehen recht freundlich miteinander um, nehme ich an. Oder gibt es auch Differenzen und Auseinandersetzungen?«

»Auseinandersetzungen?«, wiederholte Boll das letzte Wort. »Wieso denn? Wir treffen uns doch, um unserer gemeinsamen Passion zu frönen.« Verwundert schüttelte er den Kopf.

»Ich habe ein Problem«, versuchte Braig, zum Kern seines Anliegens vorzudringen. »Es gibt da möglicherweise eine Person, die etwas gegen Sie und Herrn Kreitschmer hat.«

»Gegen Michael und mich? Wer soll das sein?«

»Das weiß ich leider nicht«, gestand Braig. »Ich bin hier, weil ich hoffe, dass Sie mir in dieser Frage weiterhelfen können.«

»Aber wieso soll jemand etwas gegen mich haben? Wie kommen Sie überhaupt auf die Idee?«

Braig trank den Rest des Kaffees, stellte die Tasse auf den Tisch.

»Darf ich Ihnen nachschenken?«, erkundigte sich Boll.

»Vielen Dank, nein.« Der Kommissar massierte seine Schläfe, versuchte sich zu konzentrieren. »Dr. Ralf Meyer. Sagt Ihnen der Name etwas?«

»Ist das nicht der Arzt, der gestern oder vor ein paar Tagen … genau wie Michael?«

»Sie kannten den Mann?«

»Nein! Woher denn?«, wehrte Boll die Vermutung ab. »Ich hörte in den Nachrichten davon.«

»Sie hatten nie mit Dr. Meyer zu tun? Privat oder als Patient?«

»Nein!« Die Stimme des Mannes hatte an Schärfe gewonnen. »Wieso soll ich denn …?«

»Ich muss Sie das fragen«, beharrte Braig. »Adolf Hoppenstedt. Ist der Ihnen bekannt?«

»Adolf wie?«

Braig wiederholte den Namen.

Boll schüttelte den Kopf. »Nie gehört.«

»Sie sind sich absolut sicher?«

»Aber ja!« Der Mann sprang aus seinem Sessel, starrte unschlüssig zu seinem Besucher. »Ich glaube, Sie sind bei mir an der falschen Stelle.«

Braig hörte den Signalton seines Handys, ärgerte sich, dass er vergessen hatte, es abzuschalten. Er zog es vor, sah, dass es sich um einen Anruf aus seinem Büro handelte. »Wenn Sie mich für einen Moment entschuldigen.« Er wandte den Kopf zur Seite, nahm das Gespräch an.

»Der Geschäftsführer von diesem gomischen Immobiliendings«, hörte er die Stimme seiner Sekretärin. »Genter Bank oder wie die heeßen. Endlich hab ich ihn erreicht. Einen Gregor Längfeld.«

»Oh, das ist prima. Haben Sie einen Termin ausgemacht?«

»10.30 Uhr. In Stuttgart. Wenn Ihnen das reicht?«

Braig schaute auf seine Uhr, sah, dass ihm noch fast eine ganze Stunde blieb. »Das reicht gut, ja. Vielen Dank, Frau Prießnitz.«

Gregor Längfeld. Er versuchte, sich den Namen einzuprägen, wandte sich wieder seinem Gastgeber zu. »Genter Privatbank. Hatten Sie je mit dem Unternehmen zu tun?«

Boll musterte ihn mit skeptischem Blick. »Mit Banken habe ich nichts am Hut. Wir sind froh, wenn wir über die Runden kommen. Meine Frau arbeitet zwar ebenfalls, aber …«

»Sie haben auch keine Wohnung ge- oder verkauft oder vermietet?«

»Tut mir leid, nein. Das Haus hier gehört meinen Schwiegereltern. Irgendwann wird es wohl an ihre drei Kinder verteilt. Wir haben nichts zu verkaufen oder zu vermieten.«

»Und privat? Sie kennen keinen Banker oder Makler?«

Boll schien zu überlegen, schüttelte dann den Kopf. »Mein Schwager arbeitet beim Finanzamt. Er ist Beamter. Aber sonst …«

Braig griff in seine Jackentasche, zog das von Schiek bearbeitete Phantombild hervor, das er am Morgen auf seinem Schreibtisch gefunden hatte. Der Grafiker hatte es auf DIN A4 ausgedruckt, weil es in dieser Größe viel besser zur Geltung kam als auf dem kleinen Smartphone-Monitor. Es war ihm tatsächlich gelungen, den gehetzt wirkenden Gesichtsausdruck des Unbekannten abzumildern. »Es ist leider kein echtes Foto und ich weiß auch nur den Vornamen des Mannes: Markus. Haben Sie ihn schon einmal gesehen?«

Sein Gesprächspartner beugte sich nach vorne, betrachtete das Porträt. »Wer soll das sein?«, fragte Boll. »Ein Banker oder Makler?«

Braig hob beide Hände, um sich symbolisch für seine Unkenntnis zu entschuldigen. »Wie gesagt: Ich hoffe auf Ihre Hilfe.«

»Nein«, erklärte der Mann. »Tut mir wirklich leid. Aber die kann ich Ihnen nicht geben. Ich weiß nicht, wer das sein soll. Mir ist er jedenfalls nicht bekannt.«

23. Kapitel

Gregor Längfeld empfing Braig in überraschend legerer Aufmachung. Ein buntes, kurzärmeliges Hemd, hellblaue Jeans, rote Sneaker. Kein Jackett, keine Krawatte. Nicht gerade der Stil, den er beim Chef einer Bank erwartet hatte.

Der kleine, dem Kommissar gerade bis zur Schulter reichende Mann empfing ihn am Infopoint des Unternehmens. Er war von einer von einem schmalen Haarkranz gesäumten Glatze und einem dichten Schnurrbart gezeichnet, bat ihn nach einer kurzen Vorstellung in sein großzügig ausgestattetes Büro. Ein breiter Schreibtisch, mehrere Laptops und Computer, eine bequeme Sofagarnitur aus hellem Leder. Längfeld bat seinen Besucher, auf dem Dreisitzer Platz zu nehmen, erkundigte sich, ob er ihm etwas zu trinken anbieten dürfe.

Braig ließ sich ein Glas Wasser reichen. Er fühlte sich zwar nicht durstig, wusste aber aus Erfahrung, dass bestimmte Verhaltensweisen wie etwa das gemeinsame Trinken dazu beitrugen, das Verhältnis zwischen ihm und seinem jeweiligen Gesprächspartner zu entkrampfen und eine vertrauensvollere Atmosphäre zu schaffen. Die meisten Menschen, denen er in seiner Funktion als Polizeibeamter begegnete, waren nur selten bereit, sich seinen Fragen ganz zu öffnen.

Von Anfang ihrer Unterhaltung an achteten sie auf jedes Wort, das sie ihm, dem offiziellen Vertreter des Staates gegenüber äußerten. Diesen automatisch einsetzenden Schutzmechanismus abzumildern, bedurfte es vertrauensbildender Gesten. Sich Zeit für die Begegnung zu nehmen, sein Gegenüber nicht plump mit seinen Fragen zu überfallen, ihm vielmehr die Gelegenheit zu geben, sich seinem Besucher gegenüber als großzügiger Gastgeber erweisen zu können, gehörte zu den Grundbausteinen dieses Vorgehens.

Braig nahm das Glas, setzte sich auf das Sofa. Er wartete, bis Längfeld in einem der Sessel Platz genommen hatte. Schon auf der Fahrt nach Stuttgart hatte er sich darüber Gedanken gemacht, wie er das Gespräch anpacken sollte, um den Geschäftsführer des Unternehmens zum Reden zu bringen. Mit dem Verweis auf Richard Theissen zu beginnen, schien ihm wenig ratsam, der Selbstmord des Mannes war wohl ein Stück weit auf die schikanösen Arbeitsbedingungen der Bank zurückzuführen, die Längfeld zu verantworten hatte. Ihn mit dieser Teil-Schuld zu konfrontieren, bedeutete, den Mann von Anfang an in eine trotzige Verteidigungshaltung zu drängen, die jeden Ansatz zu einem einigermaßen offenen Austausch sabotierte. Nein, Richard Theissen durfte erst am Ende ihres Gesprächs auftauchen, falls sich das so arrangieren ließ.

Er zog daher das Phantombild aus seiner Tasche, präsentierte es seinem Gegenüber. »Ihr Mitarbeiter«, erklärte er, bevor Längfeld sich äußern konnte. »Sie erkennen ihn?«

Der Blick des Mannes wurde unruhig, er huschte zwischen dem Bild und seinem Besucher hin und her. Er schien überrascht, hatte offensichtlich nicht damit gerechnet, dass ein Angestellter seines Unternehmens Anlass für Braigs Gesprächswunsch war.

»Ähm.« Ein Hauch von Unsicherheit, dann hatte er sich wieder im Griff. »Ein Ex-Mitarbeiter«, korrigierte er Braigs Aussage.

»Ex?«

»Er ist nicht mehr für uns tätig.«

Das hatte Daniel Theissen offenbar nicht gewusst. »Seit wann?«

»Er beendete seine Tätigkeit vor 14 Tagen.«

Vor 14 Tagen, überlegte Braig. Etwa zur Zeit von Richard Theissens Selbstmord. »Wer hat gekündigt? Herr …?« Er ließ den Namen offen, hoffte, ihn auf diese Weise endlich zu erfahren.

»Wir trennten uns in gegenseitigem Einvernehmen«, erklärte Längfeld. »Es war für beide Seiten das Beste.« Er musterte das Phantombild, wog seinen Kopf hin und her. »Das gereicht ihm aber nicht zum Vorteil«, fügte er dann hinzu.

»Wieso?«

»Na ja, ich weiß nicht, vom wem es stammt, aber in seiner bei uns üblichen Aufmachung sieht er doch viel besser aus. Ich kann mir nicht vorstellen, dass er diese Darstellung autorisiert hat.«

»Von wem sprechen wir?«

»Von Markus Traufler, oder?«

»Markus Traufler«, wiederholte Braig. Endlich hatte er den Namen erfahren. »Was stört Sie an dem Bild?«

Längfeld stöhnte laut auf. »Mein Gott, in unserer Branche achten wir darauf, unseren Mitarbeitern ein vorteilhaftes Erscheinungsbild zu vermitteln. Davon kann hier keine Rede sein. Der Gesichtsausdruck, die Art, wie er sich hier gibt – mit der Physiognomie hätte Traufler bei uns kein Bein auf den Boden bekommen. Außerdem scheint er drastisch abgenommen zu haben. Wann wurde das Bild gemacht?«

»Gestern«, sagte Braig.

»Gestern. Mein Gott, was ist in den paar Tagen, seit ich ihn nicht mehr gesehen habe, passiert?« Längfeld wandte den Blick kopfschüttelnd zu seinem Besucher. »Darf ich fragen, weshalb Sie sich für ihn interessieren?«

»Das ist eine komplizierte Sache«, versuchte Braig, eine ehrliche Antwort vorerst zu umgehen. »Zuerst möchte ich Sie aber um die Daten von Herrn Traufler bitten. Adresse, Telefonnummer, E-Mail-Adresse, Familienstand und so weiter.« Längfeld wollte gerade zu einer Replik ansetzen, als Braig noch etwas einfiel. »Und bitte, das ist äußerst wichtig: Herr Traufler darf nichts von meinem Besuch und unserem Interesse an seiner Person erfahren. Das muss unter uns bleiben. Unbedingt.«

»Meine Herren, das klingt ja …« Der Mann erhob sich, lief zu seinem Schreibtisch, machte sich an einem seiner Laptops zu schaffen. Kurz darauf flutschte ein Papier aus dem Drucker. »Trauflers Daten. Hier«, erklärte er.

Braig nahm das Blatt entgegen, überflog den Text. Markus Traufler wohnte in Remseck, war 48 Jahre alt und 14 Monate zuvor in den Dienst des Unternehmens getreten. Über seinen Familienstand war nichts aufgeführt.

»Er hat erst vor etwas mehr als einem Jahr bei Ihnen angefangen«, sagte er. »Und jetzt ist er schon wieder ausgeschieden. Was war die Ursache für seine Entlassung?« Braig hatte seine Frage bewusst so formuliert, als wäre Längfeld der aktive und Traufler der passive Part bei diesem Geschehen gewesen.

Sein Gesprächspartner korrigierte ihn umgehend. »Herr Traufler wurde nicht entlassen. Wir trennten uns in gegenseitigem Einvernehmen«, wiederholte er seine schon kurz vorher geäußerte Angabe.

Braig ließ nicht locker. »Weshalb haben Sie sich getrennt?«

»Unterschiedliche Berufsauffassung. Seine Vorstellung vom Umgang mit Kunden war mit der unseres Hauses nicht kompatibel.«

Der Meister der Plattitüden, überlegte Braig. Warum engagierte er sich nicht in der Politik? Ein Spitzenamt wäre ihm sicher. Er musste sich zusammenreißen, ruhig zu bleiben, trank einen Schluck Wasser. »Was macht er jetzt? Beruflich, meine ich?«

»Das dürfen Sie mich nicht fragen. Darüber hat er uns nicht informiert.«

»Können Sie mir etwas zu seinem Familienstand sagen?«

Längfelds Antwort ließ keine Sekunde auf sich warten. Ihr Aussagegehalt entsprach dem seiner vorherigen Formulierungen. »Das Privatleben meiner Mitarbeiter ist absolut tabu. Es entspricht nicht den Gepflogenheiten unseres Hauses, uns da in irgendeiner Weise einzumischen.«

Braig musterte sein Gegenüber, hatte Mühe, sich zurückzuhalten, dem Mann nicht den Rest seines Wassers ins Gesicht zu schütten. »Aber Sie werden doch trotz der Gepflogenheiten Ihres Hauses wissen, ob Herr Traufler, der immerhin 14 Monate bei Ihnen tätig war, verheiratet ist, Kinder hat, mit einer Freundin zusammenlebt oder so ähnlich?«

»Soweit ich informiert bin, ist er geschieden«, erlaubte sich Längfeld, von den Gepflogenheiten seines Hauses abzuweichen.

»Das heißt, er lebt allein?«

»Das ist mir nicht bekannt.«

»Wie steht es mit Freunden? Unter den Kollegen hier, meine ich? Irgendeine Person, mit der er näher Kontakt hatte?« Richard Theissen, lag es Braig auf der Zunge. Er verzichtete darauf, den Namen auszusprechen, wusste Längfelds Antwort im Voraus.

»Wie ich Ihnen schon sagte: Es entspricht nicht den Gepflogenheiten unseres Hauses, uns in die privaten …«

»Ja, ja.« Braig konnte nicht mehr an sich halten, fiel seinem Gesprächspartner mitten ins Wort. Der Kerl war wirklich reif für einen Spitzenposten in der Politik. Irgendein hohes Amt in Berlin, wo seine hohlen Phrasen nicht weiter auffielen, weil man ohnehin nichts anderes zu hören bekam. »Markus Kreitschmer«, fragte er. »Haben Sie den Namen schon einmal gehört?«

»Kreitschmer?« Längfeld kratzte sich an der Nase. »Was unsere Kundenbeziehungen betrifft, dürfen Sie von mir keine Aussage erwarten.«

»Das heißt so viel wie: Ja. Herr Kreitschmer war also Ihr Kunde«, konterte Braig.

Sein Gegenüber wedelte abwehrend mit seiner rechten Hand hin und her. »Das haben Sie gesagt.«

»Noch mal: Markus Kreitschmer ist Ihnen bekannt?« Juristisch hatte er keine Handhabe, den Mann dazu zu zwingen, ihm Auskunft zu geben. Um Längfeld das abzuverlangen, war er auf eine richterliche Anordnung angewiesen, und ob er die so schnell einfordern konnte, stand in den Sternen. Also versuchte er es trotz seines zunehmenden Widerwillens gegen seinen Gesprächspartner mit freundlichen Worten. »Ich fürchte, Ihnen ist nicht bewusst, dass es sich hier um eine Mordermittlung handelt. Herr Kreitschmer, von dem wir sprechen, wurde am letzten Freitag getötet. Sie sollten sich also gut überlegen, ob Sie meine Arbeit unterstützen oder torpedieren wollen.«

»Die Sache mit Herrn Kreitschmer ist mir bekannt. Das stand ja groß in der Zeitung. Sie wollen aber doch nicht behaupten, Traufler sei in den Tod des Mannes involviert?«

Braig ging nicht auf die Frage ein. »Herr Kreitschmer war Kunde Ihrer Bank, richtig?«, erklärte er stattdessen.

Längfeld begnügte sich mit wortlosem Nicken.

»Gab es irgendwelche Schwierigkeiten mit ihm?«

»Nein.«

»Auseinandersetzungen über die Fälligkeit oder den Zinssatz von Krediten?«

»Nein!«, betonte sein Gesprächspartner mit Nachdruck. »Da gab es nichts. Überhaupt nichts.«

»Hatte Traufler mit Kreitschmer zu tun? Kundenbetreuung oder Ähnliches?«

Längfeld schüttelte den Kopf. »Herr Traufler arbeitete in einer anderen Abteilung. Immobilien. An- und Verkauf sowie Vermietung. Mit Herrn Kreitschmer kam er nie in Berührung. Der hatte mit unseren Kreditvermittlern zu tun. Betriebskredite. Das sind zwei völlig unterschiedliche Bereiche.«

»Herr Traufler kam nicht zufällig …«

»Das ist nicht möglich«, beharrte der Mann mit kräftiger Stimme. »Sie werden ja wohl auch nicht eingesetzt, den Verkehr zu regeln, wenn eine Ampel ausfällt, oder?«

Braig schüttelte den Kopf. »Trotzdem muss es irgendwo einen Berührungspunkt gegeben haben. Ihnen fällt nichts ein?«

»Sie gehen also tatsächlich davon aus, dass Traufler …« Längfeld sprang von seinem Sitz, musterte den Besucher mit aufgeregter Miene.

»Ich weiß es nicht«, gestand Braig. »Aber ausschließen kann ich es nicht, dass er in die Sache verwickelt ist.« Und dass er möglicherweise zwei weiteren Menschen nach dem Leben trachtet, ging es ihm durch den Kopf. Den Gedanken behielt er allerdings für sich.

»Aber wieso?«

Braig sah die Augen des Mannes auf sich gerichtet, war dennoch nicht bereit, auf dessen Frage einzugehen. »Dr. Meyer. Kennen Sie den Mann?«

»Sie sprechen von dem zweiten Mordopfer, ja?« Längfeld wartete auf das zustimmende Nicken seines Gegenübers, setzte dann hinzu: »Nur von gelegentlichen Treffen. Charity-Events, da bin ich seit Jahren engagiert. Genau wie Herr Dr. Meyer. Wir trafen uns ab und an. In der Liederhalle etwa.«

»Herr Traufler war ebenfalls dabei?«

Längfeld wehrte mit beiden Händen ab. »Nein, was denken Sie denn? Das sind exklusive Events nur für Führungskräfte. Eine auserlesene Gruppe besonders ums Gemeinwohl bedachter Menschen.«

»Aha«, sagte Braig. Er ersparte sich den Kommentar, der ihm auf der Zunge lag, fühlte sich unwillkürlich an Söderhofer erinnert. Derselbe arrogante Kotzbrocken, dasselbe elitäre Gelaber. Wahrscheinlich mischte der oberstaatsanwaltliche Widerling bei den auserlesenen Führungsidioten ebenfalls mit. Er versuchte, seine zunehmende Übelkeit zu verdrängen, hatte Mühe, sich auf seine Ermittlungen zu konzentrieren. »Über Ihre Bank kam Herr Traufler also eher nicht mit Dr. Meyer in Kontakt.«

Längfeld trat einen Schritt zurück, nahm wieder in dem Sessel Platz. »Er suchte mal nach einer Wohnung«, erklärte er. »Da bot ich ihm unsere Dienste an.«

»Dr. Meyer?«

»Ja.«

»Und diese Wohnungssuche, die übernahm Herr Traufler?«

Der Mann kratzte sich wieder an seiner Nase. »Das kann ich Ihnen nicht sagen. Herr Traufler war in unserer Immobiliensparte tätig, also ist es möglich, ja.«

»Es wäre Ihnen aber ein Leichtes nachzuprüfen, ob er konkret für Dr. Meyer tätig wurde. Ein Blick in Ihre Unterlagen …«

»Ja.« Längfeld stöhnte laut auf. Er lief zu seinem Schreibtisch, nahm den Telefonhörer auf, bat einen Mitarbeiter, die

Sache zu überprüfen. »Was tut man nicht alles für unsere Polizei«, erklärte er dann in unüberhörbar vorwurfsvoller Tonlage.

»Ein Reiner Boll. Kennen Sie den?«

Der Banker blieb neben seinem Schreibtisch stehen, überlegte einen Moment lang, schüttelte dann den Kopf. »Nein. Nie gehört. Wurde der ebenfalls ...«

»Sie haben keinen Reiner Boll unter Ihren Kunden?«

Längfeld schnappte nach Luft, wandte sich zur Seite, bearbeitete einen seiner Laptops. »Ich habe ein sehr gutes Namensgedächtnis. Aber weil Sie es sind ...« Er hämmerte im Stehen auf die Tastatur, drehte sich wieder zu seinem Besucher. »Nein. Ein Reiner Boll kam definitiv nicht mit unserem Haus in Kontakt.«

»Wie steht es mit einem Adolf Hoppenstedt?«

»Wer denn noch alles?«, stöhnte der Banker. »Sie wollen mir doch nicht erzählen, dass Traufler die alle ...?« Längfeld schüttelte den Kopf. »Das kann doch nicht sein!« Er machte sich wieder an seinem Laptop zu schaffen, hatte offenbar Schwierigkeiten, sich zurechtzufinden. »Oh, nein!«

Braig fürchtete um das Wohlergehen der Tastatur.

Es klopfte. Ein Mitarbeiter betrat den Raum, grüßte. »Die Immobilienakte Dr. Meyer«, sagte er.

»Ja. Was haben Sie gefunden?«

»Die Angelegenheit blieb ohne Ergebnis. Dr. Meyer zeigte nach kurzer Zeit kein Interesse mehr.«

»Das ist ohne Belang«, maulte Längfeld. »Ich wollte wissen, ob Traufler in die Sache involviert war.«

»Er begleitete den Kunden zu einer Besichtigung in Leonberg. Ein Neubau. Wie gesagt, ohne Ergebnis.«

»Herr Traufler kam also persönlich mit Herrn Dr. Meyer in Kontakt«, vergewisserte sich Braig.

»Bei der Besichtigung dieses Neubaus in Leonberg, ja«, bestätigte der Mann.

»Nur bei dieser einen Sache? Sonst nicht?«

»Herr Dr. Meyer zeigte, wie gesagt, kein weiteres Interesse an unseren Diensten.«

Braig bedankte sich bei dem Mann für die Information, nickte ihm freundlich zu, als er den Raum verließ.

»Damit ist das ja geklärt«, brummte Längfeld. » Der andere Kandidat: Hoppentreff, sagten Sie?«

»Hoppenstedt, Adolf«, berichtigte der Kommissar.

Der Mann hämmerte wieder auf die Tastatur ein, ächzte und stöhnte. »Nein, kein Hoppenstedt unter unseren Kunden. Ich sagte Ihnen doch, wir treten nicht mit jeder x-beliebigen Person in Geschäftsbeziehungen. Unser Engagement zielt primär auf eine betuchte Klientel. Die Elite unserer Gesellschaft, ein überschaubarer Zirkel außergewöhnlich erfolgreicher Persönlichkeiten. Die wissen das distinguierte und bis in die letzte Faser ihres Wesens höfliche Auftreten unserer Mitarbeiter zu schätzen.«

»Aber Herr Traufler ließ dieses distinguierte Auftreten vermissen.« Braig sah die Veränderung in der Miene seines Gesprächspartners. Der Mann legte seine Stirn in Falten, musterte ihn mit scharfem Blick.

»Wenn Sie das so formulieren wollen«, erklärte er.

»Immerhin schaffte Traufler noch rechtzeitig den Absprung. Im Gegensatz zu Herrn Theissen.«

Es war nicht zu übersehen, wie jede Farbe aus dem Gesicht des Bankers wich.

24. Kapitel

Der Mann heißt Markus Traufler. Längfeld, der Chef der Bank, bei der Traufler tätig war, hat ihn erkannt. Sowohl Kreitschmer als auch Dr. Meyer hatten mit dem Unternehmen zu tun. Beruflich kam Traufler auf jeden Fall mit dem Arzt in Kontakt, ob auch mit Kreitschmer, ist nicht klar.«

Noch auf dem Weg von der Bank zur Stadtbahnhaltestelle Charlottenplatz informierte Braig Neundorf über den Inhalt seines Gesprächs.

»Was ist mit Boll und Hoppenstedt?«, hakte sie nach, »handelt es sich bei den beiden um Kunden der Bank?«

»Definitiv nein. Längfeld hat die Namen überprüft. Ihm selbst waren sie auch unbekannt.« Mitten in seiner Antwort fiel ihm etwas ein, das er ihr unbedingt mitteilen wollte. »Ich weiß nicht, ob es etwas zu bedeuten hat. Aber der Banker brachte etwas zur Sprache, was mich aufhorchen ließ.«

»Was meinst du?«

»Er wunderte sich über Trauflers Aussehen. Der Mann müsse drastisch abgenommen haben, meinte er.«

»Wann hatte er ihn zum letzten Mal gesehen?«

»Vor 14 Tagen etwa.«

»In der kurzen Zeit soll er drastisch abgenommen haben?«, antwortete Neundorf mit unüberhörbarer Skepsis. »Lässt sich das nicht eher aus der Tatsache heraus erklären, dass es sich bei dem Porträt um ein Phantombild handelt?«

»Das habe ich mich auch gefragt. Aber ob Phantombild oder nicht: Der Mann, der mir vor der Wohnung Theissens entgegentrat, sah wirklich dünn aus. Knochig, ausgezehrt, bleich, so habe ich ihn in Erinnerung. Und genau das war es, was der Banker als drastische Veränderung wahrnahm. Nehmen wir einmal an, Traufler hat in der kurzen Zeit wirklich deutlich abgenommen, worauf könnte das zurückzuführen sein?«

»Na ja«, überlegte Neundorf. »Vielleicht war der Mann krank. Das wäre das Naheliegendste.«

»Klar. Das könnte die Ursache sein, ohne Zweifel.«

»Möglicherweise stand er aber auch unter Stress. Außergewöhnlich starkem Stress. Immerhin hatte er in den Tagen zuvor seinen Job verloren, wie du erfahren hast.«

»Das dürfte nicht ohne Folgen geblieben sein, ja.«

»Außergewöhnlich starkem Stress sieht man sich aber auch ausgeliefert, wenn man gerade zwei Menschen ermordet hat und mitten in der Planung steckt, wie man dasselbe Schicksal zwei weiteren Personen zuteilwerden lassen kann.«

»Genau dieselben Gedanken gingen mir auch durch den Kopf.«

»Wir können es zumindest nicht ausschließen, nach alldem, was du inzwischen über den Mann erfahren hast«, erklärte sie. »Wir müssen ihn sofort überprüfen. Du weißt, wo er wohnt?«

»Ja. In Remseck. In der Kennedyallee.«

»Kennedyallee? Das ist Pattonville.«

»Pattonville bei Ludwigsburg?«, erwiderte er. »Du täuschst dich. Der Banker hat mir Trauflers Adresse extra ausgedruckt. Ich habe sie schwarz auf weiß.«

»Schon klar. Aber ich kenne die Kennedyallee«, Neundorf ließ ein kurzes Lachen hören. »Verzeihung für das Wortspiel. Die Kennedyallee ist die Hauptstraße von Pattonville. Der Ort wurde in den Fünfzigerjahren des vergangenen Jahrhunderts von der US-Armee errichtet und nach dem Namen eines wichtigen Generals benannt. Pattonville beherbergte sogar eine amerikanische Highschool mit bis zu 1200 Schülern. Als die Amis in den Neunzigerjahren abzogen, wurde der Ort auf die drei Städte Remseck, Kornwestheim und Ludwigsburg verteilt. Für die inzwischen, ich glaube, 7500 Einwohner ergaben sich mehrere Kuriositäten. Die Kennedyallee verläuft genau in der Mitte von Pattonville. Alle Hausnummern mit ungeraden Zahlen sowie die nach Osten verlaufenden Seitenstraßen gehören zur Stadt Remseck, die Häuser mit den geraden Zahlen und die nach Westen führenden Straßen dagegen zur Stadt Kornwestheim. Die Wohnungen auf der östlichen Seite der Kennedyallee sind unter der Telefonvorwahl Remsecks zu erreichen, die auf der westlichen Straßenseite unter der Vorwahl Kornwestheims. Und unmittelbar im Norden schließt sich der Ludwigsburger Stadtteil Grünbühl mit der dritten Telefonvorwahl an. Willst du in der Kennedyallee also deine Nachbarn auf der anderen Straßenseite anrufen, musst du zuerst die passende Vorwahl eingeben. Oder du schreibst ihnen eine Karte, dann aber bitte mit der richtigen Postleitzahl für eine der drei Städte.«

»Das höre ich zum ersten Mal«, bekannte Braig.

»Ich weiß es auch nur, weil Johannes vor ein paar Wochen damit ankam. Ein Mitschüler von ihm war nach Pattonville gezogen, und wir besuchten ihn dort.«

»Auf jeden Fall mache ich mich jetzt auf den Weg in die Kennedyallee. Vielleicht habe ich Glück und dieser Traufler ist wirklich unser Mann. Frau Prießnitz soll versuchen, herauszufinden, ob wir was über ihn haben. Überhaupt alles, was sie über ihn finden kann. Familienstand und so. Könntest du ihr das bitte ausrichten?«

»Das werde ich sofort tun. Du gehst aber auf keinen Fall allein zu dem Typ. Wenn es sich tatsächlich um den Mörder von Kreitschmer und Meyer handelt, müssen wir mit allem rechnen. Ich komme mit. Wo treffen wir uns?«

»Ich nehme die Stadtbahn nach Remseck. Am besten, du holst mich in Mühlhausen ab.«

»Die Haltestelle am Neckar unterhalb vom Schloss.« Neundorf kannte den Stuttgarter Stadtteil. »Okay, dann bis gleich. Ich starte sofort.«

Braig steckte das Handy weg, strebte durch die immer zahlreicher auftretenden Passanten dem Charlottenplatz zu. Der Mittag war nicht mehr weit, viele nutzten die Arbeitspause, um sich etwas zum Essen zu besorgen oder an die frische, immer noch warme Luft zu kommen. Je mehr er sich der Stadtbahnstation näherte, desto dichter wurde die Menschenmenge. Er sah das Alte und den Seitenflügel des Neuen Schlosses, beide gerade mal einen Steinwurf von ihm entfernt. Eigentlich eine traumhaft schöne Szenerie im Herzen der Stadt, hätte der ohrenbetäubende Lärm der nahen Bundesstraße den Aufenthalt hier nicht in unzumutbarer Weise beeinträchtigt. Das ständig ab- und anschwellende Heulen unzähliger Motoren mitsamt dem Getöse quietschender Reifen und unablässig startenden und bremsenden Fahrzeugen lag wie der Pesthauch des automobilen Wahnsinns über der gesamten Umgebung. Die ursprünglich so schöne, zwischen, auf und an liebliche Hügel und

Berghänge gebettete Stadt war infolge dieses Fluches dabei, ihren Charme endgültig zu verlieren.

Er versuchte, sich in Gedanken auf seine Ermittlungen zu konzentrieren, kam erst dazu, als er sich in der Bahn niedergelassen hatte. Sollte es ihnen in den nächsten Stunden tatsächlich gelingen, den Mann festzunehmen, dem er das gesamte verlängerte Wochenende hinterhergerannt war? Neundorfs spontaner Entschluss, ihn bei der Festnahme des mutmaßlichen Täters zu begleiten, verminderte das Risiko, dass er sich der Verhaftung entziehen konnte, in erheblichem Ausmaß. Ob Traufler wirklich so gefährlich war, dass es einer zweiten Person bedurfte, wagte er nicht zu beurteilen; sie taten auf jeden Fall gut daran, äußerste Vorsicht walten zu lassen, wenn sie ihm gegenübertraten. Kreitschmer und Dr. Meyer waren nicht fahrlässigem Verhalten oder einer affektbeladenen Situation zum Opfer gefallen, sondern mit voller Absicht getötet worden – die bei den beiden Leichen aufgefundenen Blätter mit dem jeweiligen Kommentar *Menschenschinder* bezeugten diesen Sachverhalt zur Genüge. Und wenn das Papier mit den vier Namen wirklich darauf hinwies, dass Traufler zwei weiteren Männern nach dem Leben trachtete, mussten sie damit rechnen, dass er zu allem entschlossen war. Bei der Festnahme des mutmaßlichen Mörders jedes leichtfertige Vorgehen aus dem Spiel zu lassen, war also das Gebot der Stunde.

Braig bemerkte, dass die Bahn den Max-Eyth-See erreicht hatte, machte sich zum Aussteigen bereit. Der Zug passierte den Stuttgarter Vorort Hofen, überquerte zum zweiten Mal den Neckar, erreichte dann Mühlhausen. Braig querte die Straße, musste nur wenige Minuten auf seine Kollegin warten. Im gleichen Moment, als er neben Neundorf Platz nahm, signalisierte sein Handy einen Anruf seiner Sekretärin. Er nahm das Gespräch an, stellte es auf Raumlautstärke.

»Markus Draufler. Sie wollten alles wissen, was ich über ihn finde«, erklärte Mandy Prießnitz.

»Traufler mit T«, sagte Braig.

»Sache ich doch«, bestätigte die Frau. »Draufler mit T vorne.«

»Genau.«

Braig bemerkte Neundorfs Grinsen.

»Besonders viel hamn wr nich, damit Se das gleich wissn.«

»Berichten Sie doch einfach, was Sie gefunden haben, Frau Prießnitz.«

»Also. Markus Draufler. 1970 geborn. In Heilbronn. Abidur in Würzburg. Ausbildung zum Sporkassenbedriebswird. Dädig in Frankfurd, Goblenz und Stuttgart bei Banken und Sporkassen. Seit zwee Jahren bei der Genter Brivadbank in Stuttgart. Een Mal geschiedn und zwee Mal wegen zu hoher Geschwindigkeit verwarnt. Mehr hamn wr nich.«

»Über Familienangehörige, Kinder oder seine Ex haben Sie nichts gefunden?«

»Nu. Das hamn Se mir ooch nich aufgedragn. Wenn Se wolln?«

»Ja, bitte, Frau Prießnitz. Vielen Dank.«

Braig beendete das Gespräch, sah Neundorfs grinsende Miene.

»Draufler mit T vorne«, ahmte sie das sächsische Idiom der Sekretärin nach.

»Gonzendriern Se sich bidde uf die andern Vergehrsdeilnähmr«, konterte Braig.

»Traufler«, wurde Neundorf wieder ernst. »Die Biografie klingt geradezu langweilig. Der Typ geht auf die fünfzig zu, ist geschieden und wurde als Raser erwischt. Das ist purer Durchschnitt. Wieso ist der plötzlich zum Killer mutiert?«

»In ein paar Minuten kannst du ihn persönlich danach fragen. Wenn wir Glück haben und alles gut geht.«

»Was seine beiden Opfer betrifft«, Neundorf war unmittelbar vor den ersten Häusern Aldingens in Richtung Kornwestheim abgebogen, »ich habe eure Berichte studiert. Menschenschinder. Besser kannst du die Typen nicht charakterisieren. Einer widerlicher als der andere.«

»Das kannst du laut sagen. Einige ihrer Opfer taten mir richtig leid, als ich mit ihnen sprach. Ich frage mich nur, warum sich nicht schon längst jemand gegen deren Willkür und Schikanen zur Wehr setzte.«

»Das haben garantiert schon mehrere Leute versucht. Aber gegen solche skrupellosen Sadisten kommst du nur an, wenn du jeden Ansatz von Anstand und Rücksichtnahme beiseiteschieben kannst. Das schafft nicht jeder. Die beiden Typen hätte man längst aus dem Verkehr ziehen müssen. Der Personalchef der Klinik gab dir doch deutlich zu verstehen, dass er wusste, was für ein Schwein dieser Arzt war.«

»Nicht nur der Personalchef«, bestätigte Braig. »Mir kam es vor, als wüssten sämtliche Beschäftigten darüber Bescheid. Aber der Personalchef wies gleich darauf hin, dass es sich bei Meyer um eine medizinische Koryphäe handele.«

»Und deshalb konnte sich der Kerl alles erlauben. Wenn einer dem offiziellen Ruf des Unternehmens nützt und dadurch für Kundschaft, Einnahmen und Gewinne sorgt, hat er einen Freibrief zu tun und zu lassen, was immer er will. Auch seine Kollegen und Untergebenen über jedes erträgliche Maß hinaus zu stressen und in den psychischen Ruin zu treiben. Euren Ausführungen war zu entnehmen, dass mehrere Mitarbeiter Therapien benötigten oder sich gar einer klinischen Behandlung unterziehen mussten, um wieder in ein einigermaßen normales Leben zurückzufinden.

Und dabei sind diese Kreitschmers und Meyers garantiert keine Einzelfälle. Psychopathen dieses Kalibers gibt es überall, in allen Berufen. Und kaum jemand eilt ihren Opfern zu Hilfe.«

Sie waren am Ortseingang Pattonvilles angelangt, bogen in die John-F.-Kennedy-Allee ein. Die Straße verlief weitgehend geradlinig, öffnete sich in kurzen Abständen nach rechts und nach links führenden, ebenfalls US-amerikanisch benannten Seitenstraßen. Chicagoweg, Oregonweg, Bostonring, Washingtonring, Texasstraße. Viele der meist mehrstöckigen Häuser zeigten frisch verputzte Fassaden. Kleine Grünflächen lockerten die dichte Bebauung auf. Gehwege und Straßen waren jetzt um die Mittagszeit dicht belebt. Sie orientierten sich an den Hausnummern, passierten das gesuchte Gebäude, brachten das Fahrzeug etwa hundert Meter weiter zum Stehen.

Eine Gruppe laut schreiender und miteinander schäkernder Jugendlicher wirbelte an ihnen vorbei, als sie auf die Straße traten. Die meisten trugen Rucksäcke oder Schulranzen auf den Rücken, lutschten Eis oder andere Süßigkeiten. Braig und Neundorf duckten sich nieder, versuchten ruhig zu bleiben und verschiedenen durch die Luft fliegenden Gegenständen auszuweichen. Den grellgelb gemusterten Sportschuh, der von der Seite her auf ihn zuschoss, bemerkte Braig erst in letzter Sekunde. Er riss seinen Kopf nach unten, spürte das Leder an seiner Wange vorbeischrammen.

»Mein Gott, bin ich froh, dass Johannes dieses Alter bald überwunden hat.« Neundorf schnappte nach Luft, als sie die gesuchte Haustür einigermaßen unbeschadet erreicht hatten. »Wie steht's mit Ann-Sophie? Bald geht's los, wie?«

Braig wedelte mit beiden Händen durch die Luft. »Meine Tochter doch nicht!«

Lachend musterten sie die Namensliste neben den Klingelknöpfen. *Traufler.* Kein Vorname. Der Anordnung auf dem Blechschild nach im ersten Obergeschoss. Braig überlegte gerade, bei wem er läuten sollte, um sich Zutritt zum Haus zu verschaffen, als die Tür geöffnet wurde. Eine junge Frau um die dreißig trat auf die Straße. Sie grüßten, schoben sich ins Treppenhaus. Es schien frisch gereinigt, intensives Citrus-Aroma lag in der Luft. Er deutete lautlos nach oben, sah Neundorfs zustimmendes Nicken. Die Steintreppen glänzten frisch poliert. Sie folgten ihnen nach oben, erreichten das erste Obergeschoss. Drei Wohnungen, eine links, die zweite in der Mitte, die mit dem gesuchten Namensschild rechts.

Neundorf läutete. Der melodische Gong der Glocke verhallte ohne Reaktion. Sie lauschten angestrengt, vernahmen nur das Schimpfen einer Frau aus einem der höher gelegenen Stockwerke und den Lärm der Fahrzeuge draußen auf der Straße. Neundorf drückte erneut, jetzt länger und kräftiger als vorher. Wieder verebbte der Klang der Glocke, ohne dass sich etwas rührte.

Braig sah den fragenden Blick seiner Kollegin, überlegte. War Traufler unterwegs oder versteckte er sich in der Wohnung? Er trat einen Schritt nach vorne, legte ein Ohr an die Tür. Im gleichen Moment hörte er Schritte auf der Treppe. Er wandte den Kopf, sah einen kräftigen, mit einer blauen Arbeitshose bekleideten Mann die Stufen herunterkommen. Einen großen Eimer in der Hand, blieb der Mann stehen, musterte zuerst Braig, dann Neundorf.

»Sie wollen zu Herrn Traufler?«, fragte er.

»Markus Traufler, ja. Sie kennen ihn?«

»Allerdings. Ich wohne ein Stockwerk höher und bin der Hausmeister.« Er wies zur Wohnungstür. »Sie haben aber Pech. Herr Traufler ist nicht da.«

»Wo ist er?«

»Keine Ahnung. Er hat mir vor 14 Tagen nur erzählt, dass er zwei Wochen wegfährt und ich doch bitte ein Auge auf seine Wohnung werfen soll. Mittwoch wollte er wieder zurück sein. Morgen also.«

»Wissen Sie, wohin er wollte?«

»Tut mir leid. Das war zwischen Tür und Angel, ich hatte es eilig und er, glaube ich, auch. Wir wechselten nur ein paar Worte, für mehr hat es nicht gereicht. Ich kann ihm aber gerne etwas ausrichten, wenn er morgen wieder hier ist. Oder haben Sie seine Handynummer?«

»Leider nein. Können Sie sie uns geben?«

»Nein. So nahe stehen wir uns jetzt doch nicht.«

»Aber Sie haben die Schlüssel zu seiner Wohnung«, sagte Braig. »Als Hausmeister. Richtig?« Er zog seinen Dienstausweis, streckte ihn dem Mann hin. »Mein Name ist Braig«, fuhr er mit gedämpfter Stimme fort, »und das ist meine Kollegin, Frau Kriminalhauptkommissarin Neundorf. Wir sind vom Landeskriminalamt.«

»Kriminal…« Der Mann schien zu erstarren. Er musterte sie mit erschrockener Miene, achtete kaum auf ihre Dokumente. »Aber was wollen Sie von Herrn Traufler? Er hat doch nicht …?«

Neundorf versuchte den Mann zu beruhigen. »Keine Angst. Wir sind nur bei Ermittlungen auf ihn gestoßen und müssen jetzt unbedingt ihn und seine Wohnung überprüfen. Zum Glück haben wir Sie getroffen, sonst hätten wir unsere Techniker rufen müssen, uns die Tür zu öffnen. Das erspart uns eine Menge Zeit und Arbeit.« Sie versuchte, möglichst freundlich und vertrauensvoll zu wirken, um die Bedenken ihres Gesprächspartners zu zerstreuen, erkundigte sich nach dessen Namen.

»Klaus Rinser«, erklärte der Mann. »Wie gesagt, ich wohne einen Stock höher.«

»Sie haben die Schlüssel oben?«

Rinser nickte.

»Dann möchte ich Sie bitten, sie zu holen. Wir warten solange.«

»Sie dürfen wirklich in die Wohnung? Ich meine, ohne die Anwesenheit Herrn Traufters?«

»Hier, bitte, mein Ausweis. Rufen Sie im Landeskriminalamt an und erkundigen sich nach meinem Kollegen und mir.« Der alte Trick. Neundorf wusste aus Erfahrung, dass spätestens jetzt, mit dieser Aufforderung, jeder Widerstand brach. Sie mussten sich die Erlaubnis im Nachhinein besorgen. Das Argument »Gefahr im Verzug« wirkte fast immer.

»Also gut«, erklärte der Mann. Er machte sich gar nicht die Mühe, den Ausweis genau zu betrachten, stapfte stattdessen die Treppe hoch. »Ich bin gleich wieder da.«

Neundorf deutete zur Tür. »Er fährt zwei Wochen weg, hat er seinem Nachbarn erzählt. Weißt du, was das möglicherweise bedeutet?«

Braig wusste sofort, was sie meinte. »Du glaubst …?«

»Reiner Boll oder Adolf Hoppenstedt. Einer von denen.« Sie stampfte mit dem Fuß auf den Boden. »Oder gleich beide. Was denkst du?«

Er winkte mit seiner Rechten ab, war froh, dass Rinser wieder die Treppe herunterkam. Sie nahmen den Schlüssel entgegen, bedankten sich.

»Sie sind per Handy erreichbar?«, fragte Neundorf.

Der Hausmeister nickte.

»Dann melden wir uns, wenn wir fertig sind«, sagte sie, sich die Zahlenkombination notierend.

Markus Traufler war wirklich nicht zu Hause. Sie hatten sich fast lautlos, den Schlüssel möglichst langsam drehend, Zugang zur Wohnung verschafft, waren dann mit lautem Rufen und entsicherten Waffen in die verschiedenen Räume vorgedrungen.

Eine schöne, helle Wohnung. Drei Zimmer, Küche, Bad, Toilette. Die Möblierung schien dürftig und etwas chaotisch, von einem prägenden Stil war nichts zu bemerken, im Gegenteil. Hier eine weiß lackierte Vitrine, dort eine schwarze Truhe, hier ein wackliger Kiefernholztisch, dort ein schweres Eichenholzbett. Relikte aus verschiedenen Lebensabschnitten, Hinweise auf wechselnde Familienverhältnisse. Allen Räumen gemeinsam der angenehm herbe, leicht rauchige Duft.

»Rasierwasser?«, fragte Braig.

Neundorf nickte, den Daumen erhoben.

Küche und Schlafzimmer waren sehr einfach ausgestattet, gerade das Allernotwendigste; im Wohn- und einer Art Arbeitszimmer dagegen hatte Traufler mitnichten gespart. Ein überdimensional großer Bildschirm, mehrere Laptops, eine teuer anmutende Hi-Fi-Anlage samt Lautsprecherboxen in allen Ecken und CDs und DVDs in kaum überschaubaren Mengen. Dazu im Arbeitszimmer neben dem Schreibtisch ein monströser Billardtisch und eine Dartscheibe an der Wand.

Neundorf öffnete die Tür des Schreibtischs, wuchtete mehrere dicke Aktenordner auf die Arbeitsplatte. »*Genter Privatbank*«, las sie laut. »*Mietwohnungsangebote*.«

»Das ist Vergangenheit«, kommentierte Braig. »Wahrscheinlich kam er noch nicht dazu, das Zeug wegzuwerfen.«

»Dazu fehlt ihm die Zeit«, sagte sie. »Der hat im Moment Wichtigeres zu tun.« Sie stöberte die Ordner durch, machte sich dann an den Rest des Schreibtischs.

Er sah vom Bildschirm des Laptops auf, den er eingeschaltet hatte, musterte sie mit besorgter Miene.

»Boll oder Hoppenstedt«, erklärte sie. »Obwohl ich bis jetzt noch nichts gefunden habe, das darauf hinweist.«

Braig schaute die verschiedenen Dokumente durch, die auf der Festplatte verzeichnet waren, merkte, dass es sich ausschließlich um berufliche Inhalte handelte. »Zinsberechnungen, Kreditkalkulationen, Steuerminderungsvorschläge. Nichts für uns«, sagte er.

Er suchte weiter, wandte sich dann dem anderen Laptop zu. Jetzt schien er es mit privatem Material zu tun zu haben. Steuererklärungen auf Trauflers Namen; Korrespondenz mit einem Anwalt, die Scheidung von seiner Frau betreffend; Übersichten über interessante Fahrradtouren. Das schien eines seiner Hobbys; Braig stieß jedenfalls auf eine Unmenge Dateien, die den Verlauf landschaftlich reizvoller Radwege aufzeigten. Er klickte sich durch weitere Dokumente, hörte Neundorfs Frage.

»Ist das die Verbindung?«

Er sah auf, wandte sich dem Bildschirm eines weiteren Laptops zu, den sie ihm entgegenschob. Sie hatte eine DVD-Hülle in der Hand, wies auf die Aufschrift. *Richie*. »Das ist doch Theissens Vorname. Richard. Trauflers verstorbener Kollege, in dessen Wohnung du ihn getroffen hast.«

»Richard Theissen, ja«, bestätigte er, die beiden Männer betrachtend, die, Biergläser in den Händen, einander fröhlich zuprosteten. Den erhitzten Gesichtern nach waren sie nicht mehr ganz nüchtern.

»Und? Du kennst Theissen von Bildern, oder?«

Er musterte die beiden Männer, bemerkte die rot angelaufene Nase des rechten Mannes, glaubte, Traufler zu erkennen. »Die haben ganz schön was intus«, meinte er. »Gibt es keine bessere Aufnahme?« Wenn es sich hier wirklich um Traufler handelte, dann hatte er – wie es Längfeld ebenfalls aufgefallen war – inzwischen drastisch abgenommen.

Neundorf klickte weiter, präsentierte Bild um Bild. Männer und Frauen mit Biergläsern, dieselben Personen am Tisch einer Gastwirtschaft, später am Ufer eines Sees.

Braig erkannte niemanden. Traufler war nicht mehr dabei; wahrscheinlich hatte er selbst fotografiert. Die andere immer wieder auf verschiedenen Motiven auftauchende Person mochte Richard Theissen sein – von den Fotos her, auf denen er den Verstorbenen bisher gesehen hatte, konnte er ihn jedoch nicht identifizieren. »Tut mir leid. Du darfst nicht vergessen, dass ich Theissen nur von ein paar Bildern her kenne – und das waren fast alles Passfotos. Diese Aufnahmen hier, na ja, ich würde mal sagen, ein Sommerausflug in lustiger Runde. Da siehst du anders aus als auf einem offiziellen Porträtfoto. Außerdem glaube ich, dass die Bilder hier schon ein paar Jahre alt sind. Traufler hat inzwischen deutlich abgenommen, genau wie Längfeld mir das erklärte.«

»Gut. Dann versuchen wir es eben mit der nächsten Scheibe.«

Kurz nach drei Uhr hatten sie sämtliche Ton- und Bildträger sowie alle anderen Materialien, die sie in der Wohnung gefunden hatten, durch. Teilweise nur die Beschriftung studiert, teilweise auch stichprobenartig den Inhalt überprüft. Private Aufnahmen früherer Beziehungen Trauflers waren dabei, Bilder und Filme von Aufenthalten in verschiedenen Ländern, dazu Unmengen beruflicher Unterlagen, die alle mit der Vermittlung von Krediten, dem Aufspüren von Steuertricks und dem Verkauf und der Vermietung von Immobilien zu tun hatten. Nicht ein Hinweis jedoch auf die Verbrechen an Kreitschmer und Meyer.

»Für mich gibt es nur eine Erklärung«, meinte Neundorf. »Traufler musste jederzeit damit rechnen, dass wir ihm auf die Schliche kommen. Wo würden wir zuerst nachschauen? In seiner Wohnung. Deshalb achtete er darauf, die Räume absolut sauber zu halten. Hier nichts zu hinterlassen, was ihn in irgendeiner Weise in Verbindung zu den Morden bringen könnte.«

»Du meinst, er hat irgendwo ein Versteck?«

»Du kennst es besser als ich«, gab sie zur Antwort.

»Esslingen. Richard Theissens Wohnung.« Natürlich hatte er längst darüber nachgedacht. Insofern war es nicht wirklich neu, was sie andeutete. »Vor vierzehn Tagen bringt Theissen sich um. Kurz darauf wird er beerdigt. Um die Wohnung kümmert sich so schnell niemand, weil sein Bruder weit weg in Hannover lebt und sich erst jetzt am nächsten Wochenende um deren Räumung kümmern kann. Und was den neugierigen Vermieter betrifft: Der fährt unmittelbar nach der Beerdigung zu seinem Sohn nach Hamburg. Mehr als eine ganze Woche also, in der sich Traufler in Esslingen verstecken konnte, ohne gestört zu werden. Und genau in der Zeit werden Kreitschmer und Meyer getötet.«

»Aber dann tauchst überraschend du gestern dort auf und erklärst, in ein paar Stunden wiederzukommen. Da musste er reagieren. Wer weiß, vielleicht hast du Boll oder Hoppenstedt das Leben gerettet. Vorläufig jedenfalls.«

»Du meinst …«

»Ist doch möglich. Freitagabend Kreitschmer, Sonntagmorgen Meyer. Vielleicht war er gestern mit den Vorbereitungen für den nächsten Kandidaten beschäftigt. Aber dann kommst du ihm in die Quere.« Neundorf gähnte. »Fragt sich nur, wo er jetzt steckt und was er plant.«

Braigs immer lauter knurrender Magen hinderte ihn daran, sich noch länger den Kopf über Trauflers Aufenthaltsort zu zerbrechen. Seit Stunden versuchte er, seinen Hunger zu unterdrücken. »Tut mir leid, aber ich kann nicht mehr. Wenn ich jetzt nicht bald was Gescheites zwischen die Zähne kriege …«

Sie suchten den Hausmeister, gaben ihm die Schlüssel, machten an der nächstgelegenen Imbissbude Halt. Er ließ sich gerade die ersten etwas zu fett geratenen Pommes schmecken, als sein Handy einen Anruf Söderhofers signalisierte. Zum dritten oder vierten Mal an diesem Mittag. Er drückte die Nummer weg, sah Neundorfs fragende Miene. »Wer wohl?«, nuschelte er kauend.

Sie trank von ihrer Schorle, winkte ab.

Vor mehr als einer Stunde schon hatte sich Mandy Prießnitz gemeldet und ihn darüber informiert, dass sie über den Scheidungsanwalt, der irgendwo in Trauflers Daten aufgetaucht war, dessen geschiedene Frau aufgespürt hatte. Sie war unter einer US-amerikanischen Telefonnummer zu erreichen und hatte Braig kurz darauf bestätigt, dass sie sich beruflich und privat neu orientiert hatte und nach Boston gezogen war. Zu ihrem ehemaligen Partner pflegte sie keinerlei Verbindung mehr, sie sah sich außerstande, ihnen einen Hinweis zu geben, wo er sich eventuell aufhalten könne.

Braig war gerade wieder in seinem Büro angelangt, als sein Telefon erneut einen Anruf Söderhofers signalisierte.

»Das ist bestimmt där Härr Oberstaatsanwalt.« Mandy Prießnitz verzog ihr Gesicht. »Der ruft schon den ganzn Middag an und verlangt nach Ihnen. Irschendwas is wiedr im Busch!«

Braig bereute es auf der Stelle, das Gespräch angenommen zu haben. Die Stimme am anderen Ende polterte irgendetwas von fehlendem Respekt, einer Ermittlungsführung wie ein durch eine wertvolle Porzellansammlung trampelnder Elefant und nicht nachvollziehbaren Hirngespinsten bezüglich angeblich gefährdeter Personen. Braig begriff erst nach mehreren Minuten, was den Mann derart in Rage brachte.

»Herr Längfeld ist nicht Ihresgleichen, Braig, was haben Sie sich da wieder gedacht? Bei Herrn Längfeld handelt es sich um den Chef einer wichtigen Bank in unserem Land. Und Sie gehen hin, unterziehen ihn unangekündigt einem gnadenlosen Verhör über einen seiner früheren Mitarbeiter und behaupten dann noch, er habe einen mehrfachen Mörder beschäftigt. Was erlauben Sie sich! Haben Sie denn immer noch nicht begriffen, welche Umgangsformen Persönlichkeiten von solch außerordentlichem Rang …«

Braig sah Neundorf in sein Büro treten, den Blick fragend auf ihn gerichtet. Er legte den Telefonhörer zur Seite, formte mit seinen Lippen lautlos den Namen des Anrufers.

»Was will der Kotzbrocken schon wieder?«, fragte sie mit kräftiger Stimme.

»Längfeld. Ich habe mir erlaubt, einen hohen Bankchef zu befragen.«

»Sonst hat der Vollidiot keine Sorgen? Wahrscheinlich ist der Kerl in seiner Partei.« Sie lief zu dem Poster, das Söderhofer in kurzen Lederhosen zeigte, fing laut an zu stöhnen: »What a sexy man!«

Braig winkte lachend ab, stellte den Apparat auf Zimmerlautstärke, sah sich mit den Namen Boll und Hoppenstedt konfrontiert.

»Das gibt eine Katastrophe, wenn die Öffentlichkeit von dieser schwachsinnigen Theorie erfährt. Nach zwei Unbekannten zu fahnden, nur weil deren Namen auf einem Schmierblatt in einer verlassenen Wohnung auftauchen! Braig, sind Sie des Wahnsinns? Ich habe Herrn Längfeld angefleht, nichts von Ihren unverschämten Überlegungen und

Fragen an die Medien weiterzugeben. Wenn er sich nicht daran hält ...«

»Der ehrenwerte Herr Bankchef ist wohl Mitglied Ihrer Partei, weil Sie sich so ...«

»Braig, was tut das zur Sache!«, fiel Söderhofer ihm ins Wort. »Natürlich kenne ich so eine um die Allgemeinheit verdiente Persönlichkeit wie Herrn Längfeld persönlich. Aber nicht nur, weil wir Mitglieder derselben Partei sind. Wir treffen uns auch ständig bei vielen Wohltätigkeitsaktionen. Haben Sie eine Ahnung, was wir alles Gutes für die ...«

Braig deckte das Mikrofon ab, seufzte laut.

»Oh Gott, ich könnte kotzen!«, prustete Neundorf. Sie schüttelte den Kopf, klopfte mit der Faust auf die Schreibtischplatte.

»Braig!« Söderhofers Wutschrei war über einen halben Meter Entfernung weg zu hören. Braig verzog sein Gesicht, nahm seine Hand vom Apparat.

»Sie hören sofort auf, diesen Schwachsinn länger zu verfolgen! Ich will in Ihren Berichten weder von einem Boll noch von einem Hoppenstedt lesen! Wenn die Medien erst davon Wind bekommen, setzen die das Gerücht von einem Serientäter in die Welt, und wenn die dann noch von diesem Menschenschinder-Gekrakel hören, dann gute Nacht! Was dann los ist, muss ich Ihnen wohl nicht erklären.«

»Das müssen Sie mir nicht erklären, nein.« Braig beendete das Gespräch, sah Neundorfs zustimmende Miene.

»Endlich! Länger hätte ich den Kerl nicht mehr ertragen.«

»Er hat Angst um sein Renommee. Dass er in der Öffentlichkeit nicht bald als der große Supermann auftreten kann, unter dessen Leitung jedes Verbrechen sofort aufgeklärt wird.«

»Als ob wir jemals auch nur einen einzigen sinnvollen Vorschlag von ihm erhalten hätten. Warte nur ab, wenn der nach

Abschluss unserer Ermittlungen wieder seine Fresse in die Kameras halten kann, herrscht eitel Sonnenschein.« Neundorf schüttelte den Kopf, winkte mit der Hand ab. »Aber vergiss den Kotzbrocken. Ich wollte dich nur kurz was fragen.«

»Ja?«

»Ich habe mir eure Gesprächsprotokolle noch einmal vorgenommen. Die ganzen Leute, die ihr befragt habt, wie sie von Kreitschmer und Meyer gemobbt wurden. Ihr habt euch aber nicht erkundigt, ob sie irgendwie mit Traufler in Verbindung standen, richtig?«

Braig schüttelte den Kopf. »Wie denn? Als wir uns mit den Leuten unterhielten, war Traufler uns noch gar nicht bekannt.«

»Okay. Dann werde ich das jetzt nachholen. Telefonisch oder per Mail. Könnte doch sein, dass wir auf diese Tour erfahren, wo Traufler sich zurzeit aufhält.«

»Gute Idee. Ich werde dir …«

»Entschuldigung, dass ich eenfach so dazwischen quatsche«, fiel Mandy Prießnitz ihm ins Wort. Sie wedelte mit einem Blatt Papier durch die Luft. »Aber ich meene, damit darf ich nicht wartn, das muss ich Ihnen sofort mitteiln.«

»Ja, und? Um was geht es?«, fragte Neundorf etwas ungehalten.

»Een Reinhard Boll. Gerade hab ich ihn entdeckt.«

»Reinhard Boll?«, hakte Braig nach.

»Ja, also, nicht Reiner, sondern Reinhard Boll. Der Mann wurde im Zusammenhang mit den Prodesten gegen Mieterhöhungen bekannt. Er wohnt in Böblingen und ist Sprecher von eener dieser Prodestgruppen. Und was gloobn Se, gegen wen der prodestierte?«

Braig und Neundorf warteten ungeduldig auf die Erklärung.

»Genter Privatbank. Sacht Ihnen das was? Denen gehörn anscheinend mehrere Blöcke mit Mietwohnungen in verschiedenen Städten. Keen Reiner, wohl aber ein Reinhard Boll. Das kann doch keen Zufall sein.«

»Das klingt wirklich nicht nach Zufall«, bekannte Braig überrascht. »Den sollten wir überprüfen.« Er nahm das Blatt entgegen, sah, dass sie die Anschrift und die Rufnummer des Mannes darauf notiert hatte, bedankte sich bei der Sekretärin. »Vielleicht ist er wirklich der Mann von unserer Liste. Wenn er gegen die Genter Privatbank protestierte, könnte das ja sein. Ich werde mich sofort um ihn kümmern. Wenn wir Pech haben, ist er in Gefahr. Dann hat er vielleicht Ihnen sein Leben und seine Gesundheit zu verdanken.«

Mandy Prießnitz stakste mit stolz geschwellter Brust aus dem Raum.

»Du schaffst es allein?«, fragte Neundorf.

Braig nickte. Er griff zum Telefon, gab die Nummer ein.

»Dann werde ich jetzt die Leute nach Traufler befragen. Soweit ich sie erreiche.« Neundorf verließ sein Büro, winkte ihm zu. Im gleichen Moment hatte Braig Reinhard Boll in der Leitung.

Er stellte sich vor, beschloss, den Mann nicht schon am Telefon mit seinem eigentlichen Anliegen zu konfrontieren. Er wusste nicht, wie er reagieren würde, wollte ihm direkt gegenüberstehen, wenn er ihn über seine mögliche Gefährdung informierte. »Wir ermitteln gegen eine Reihe von Unternehmen, die durch unzulässig drastische Mieterhöhungen auffielen. Hätten Sie in dem Zusammenhang Material für uns?«, fragte er deshalb.

Reinhard Boll ging sofort auf Braigs Vorschlag ein. »Skandalöse Mieterhöhungen durch die Genter Privatbank«, sagte der Mann. »Da kann ich Sie allerdings mit Material versorgen.«

Braig beließ es bei dieser Auskunft, bat seinen Gesprächspartner, in seiner Wohnung auf ihn zu warten. »Ich mache mich sofort auf den Weg«, versprach er ihm.

25. Kapitel

Das Wetter war dabei, umzuschlagen. War es Braig am Nachmittag, als sie die Wohnung in Pattonville endlich verlassen hatten, vor Hunger und Erschöpfung nicht aufgefallen, sah er sich jetzt nach dem Verlassen des Amtes mit kräftigen Windböen und merklich kühlerer Luft konfrontiert. Das erste Laub des Spätsommers wirbelte vor ihm über den Gehweg, wurde dann jäh in die Höhe gerissen und mitten auf die Fahrbahn geschleudert. Er beeilte sich, den Weg zum Cannstatter Bahnhof zu bewältigen, hielt sich die meiste Zeit im Schatten der Hauswände, um dem Sturm nicht allzu sehr ausgeliefert zu sein.

Die S-Bahn hatte die Strecke nach Böblingen in weniger als einer halben Stunde bewältigt.

»Ich wohne mitten in der Stadt nicht weit vom Oberen See«, hatte Reinhard Boll ihm erklärt, »gerade mal einen Steinwurf östlich vom Wasser.«

Braig kannte die beiden Seen im Zentrum von Böblingen, wusste, dass die Häuser östlich davon bis fast ans Ufer reichten. Eines der schönsten Wohngebiete der Stadt, ging es ihm jedes Mal durch den Sinn, wenn er wieder an Ort und Stelle war.

In Böblingen hatte sich die Luft schon merklich weiter abgekühlt als im fast 250 Meter tiefer gelegenen Bad Cannstatt. Den verkniffenen Gesichtern vieler Passanten nach zu urteilen, schien hier der Herbst bereits Einzug gehalten zu haben. Den Blick auf den Boden gerichtet, die viel zu dünne Kleidung eng an sich gepresst, eilten sie an ihm vorbei auf den Bahnhof zu. Braig fühlte sich von dem langen Tag zunehmend erschöpft, sein Kopf schmerzte, ein penetrantes Dröhnen hing quälend in seinen Ohren. Er hatte vergessen, sich einen Kaffee zu besorgen, hoffte, die Konzentration aufbringen zu können, die er für das Gespräch mit Boll benötigte.

Das weithin lärmende Getöse der Blechlawinen auf der Herrenberger Straße holte ihn wieder in die Realität zurück. Er beeilte sich, auf die andere Seite der Asphaltpiste zu gelangen, hatte den Unteren See erreicht. Braig folgte dessen östlichem Ufer, passierte die modernen Gebäude des Kongresszentrums und der Wandelhalle, sah den Oberen See unmittelbar vor sich: Eine vom frischen Wind aufgewühlte, von unzähligen Wellen gekrönte Wasserfläche, die von Mehrfamilienhäusern und teuren, terrassenförmig angelegten Appartements gesäumt wurde. Er lief die Uferstraße entlang, bog dann nach links ab.

Reinhard Boll empfing ihn an der Eingangstür eines älteren Mehrfamilienhauses. Ein mittelgroßer, von einem muskulösen Körper gezeichneter Mann Mitte sechzig. Trotz der kühleren Temperatur war er nur mit einem sommerlichen T-Shirt bekleidet. Er ölte gerade die Scharniere der massiven Haustür, als Braig das Anwesen betrat. Boll musterte den Besucher, sah dessen Blick fragend auf sich gerichtet. »Sie wollen zu mir?«

Braig zog seinen Ausweis aus der Tasche, gab dem Mann Gelegenheit, ihn zu studieren. »Haben wir miteinander telefoniert? Mein Name ist Braig. Ich bin vom LKA. Sie sind Herr Boll?«

Boll nickte, wischte seine Hand an einem dunklen Tuch sauber, reichte sie ihm. »Hier ist es zu frisch. Gehen wir ins Haus.«

Braig folgte ihm ins Innere. Die Haustür fiel geräuschlos hinter ihnen ins Schloss.

»So, das hat sich gelohnt«, meinte der Mann. »Das Quietschen war nicht mehr auszuhalten.«

Die linke Erdgeschosswohnung lag mit geöffneter Tür vor ihnen. Sie traten ein, liefen direkt auf das geräumige Wohnzimmer zu. Boll bat ihn, auf dem Sofa Platz zu nehmen, verschwand kurz im Bad, um sich die Hände zu waschen. »Was darf ich Ihnen anbieten?«, erkundigte er sich dann.

Braig entschied sich der Einfachheit halber für ein Glas Wasser, wartete, bis sich sein Gastgeber ihm gegenüber niedergelassen hatte. »Dieses Haus gehört der Genter Privatbank?«, fragte er.

Boll warf beide Hände in die Höhe, lachte laut. »Nein, nein, nein, nein! Da haben Sie etwas gründlich missverstanden. Die haben uns erfolgreich vertrieben. Die Wohnung hier gehört meiner Schwester. Sie hat zurzeit beruflich in China zu tun, für mehrere Jahre wahrscheinlich, deshalb leben wir jetzt hier. Unser altes Zuhause …« Er winkte mit seiner Rechten ab.

»Die haben Sie vertrieben?«, nahm Braig die Worte seines Gesprächspartners auf.

»Allerdings«, erklärte der Mann. »Die haben das Haus nur gekauft, um schnell Kohle zu machen. Deshalb mussten die alten Mieter raus. Dann ruckzuck renoviert, die Mieten verdoppelt und betuchteres Publikum her und schon füllt sich der Beutel. Es sei denn, die alten Deppen lassen sich nicht so schnell vertreiben.«

»Wo war das?«

»In Sindelfingen.«

»Oh, dann sind Sie von Sindelfingen nach Böblingen gezogen?« Braig dachte an seinen Spurensicherer. Das musste er Rössle, der in Böblingen wohnte und aus Böblingen stammte und nur mit äußerster Gewaltandrohung auch nur einen einzigen Schritt ins unmittelbar benachbarte Sindelfingen setzte, erzählen.

Boll lachte. »Das gibt es selten, was?«

»Aber Sie sind nicht ganz freiwillig nach Böblingen gezogen, wenn ich das richtig verstehe.«

»Nicht ganz freiwillig, nein.« Bolls Miene verfinsterte sich. Die heiteren Momente waren vorbei. »Und auch nur wegen der Krankheit meiner Frau. Weil ich ihr den alltäglichen Terror nicht mehr länger zumuten wollte.«

»Was genau ist passiert?«

»Nichts Besonders. Das Haus, in dem wir seit über 15 Jahren wohnten, wurde verkauft. Ein Gebäude mit insgesamt acht Wohnungen. Zwei Stockwerke mit drei, eines mit zwei Wohnungen. Der Besitzer war gestorben, die Kinder wollten das Erbe aufteilen. Die Genter Privatbank griff zu. Zwei Jahre keine Mieterhöhung, hatten die alten Eigentümer freundlicherweise in den Vertrag geschrieben. Unmittelbar danach ging's dann los. Renovierungsarbeiten am ganzen Haus. Bessere Dämmung, dagegen war ja nichts einzuwenden. Gleichzeitig aber die erste Mieterhöhung. 10 Prozent. Die zweite genau ein Jahr später, genauso hoch. Und so weiter. Nach vier Jahren war schon die Hälfte unserer früheren Nachbarn ausgezogen. Drei Monate später begann die Generalsanierung: Aus acht Mietwohnungen sollten sechs luxuriöse Appartements werden. Wir hatten sogar die Wahl: Kaufen oder weiterhin mieten.«

»Zu deutlich höheren Konditionen«, überlegte Braig.

»1300 kalt«, erklärte Boll, »für drei Zimmer. Oder 260.000. Ich verdiente gut, ich arbeitete als Schlosser. Es war trotzdem unmöglich. Die Miete und sowieso der Kauf. Unsere beiden Kinder begannen gerade ihr Studium, meine Frau war krank. Multiple Sklerose. Dauernd neue Therapien, von denen die Kasse nur einen Teil bezahlt. Das bin ich meiner Frau schuldig. Wir tun, was geht. Die Wohnung war nicht zu bezahlen.«

»Sie haben verhandelt.«

Der Mann rieb seine Hände aneinander, lachte laut. »Verhandelt – das klingt gut. Was gab es da zu verhandeln? Wir wohnten plötzlich mitten in einer Baustelle. Über, unter und neben uns vom frühen Morgen bis in die Nacht dröhnende Maschinen. Böden rausreißen, den Zuschnitt der Zimmer neu ausrichten, Wände neu positionieren, Fenster vergrößern und und und … Das alles mit einer kranken, oft ans Bett gefesselten Frau. Ja, da können Sie verhandeln, jederzeit.«

»Wer war Ihr Ansprechpartner? Markus Traufler?«

Boll nickte zustimmend. »Ich habe dem Kerl von Anfang an misstraut. Der spielte den Guten, Verständnisvollen. Wochenlange Besuche, ewiges Hin und Her. Und als sie dann endlich begriffen hatten, dass wir unsere Wohnung behalten wollten, so wie sie war, unverändert und zu den gleichen Konditionen, schickten sie den anderen. Ein skrupelloser Halunke.«

»Sie erinnern sich an den Namen?«

Boll donnerte mit seiner Faust auf die Lehne des Sofas. »Längfeld. Glauben Sie, den würde ich vergessen?«

Längfeld, überlegte Braig. Der vornehme Herr, der – laut Söderhofer – so viel Gutes tat. »Wie muss ich mir diese Auseinandersetzung mit den neuen Hauseigentümern vorstellen?«, fragte er. »Bis hin zu körperlichen Attacken?«

Sein Gegenüber musterte ihn mit finsterer Miene. »Wollen Sie mir etwa vorwerfen, ich hätte …«

»Ich will gar nichts«, fiel Braig ihm ins Wort. Er überlegte, inwieweit er den Mann in seine Überlegungen einweihen sollte. »Ich bin nicht gekommen, um Ihnen Vorwürfe zu machen, im Gegenteil. Ich fürchte, Sie sind in Gefahr.«

»Ich?« Boll sprang von dem Sofa, starrte Braig ungläubig ins Gesicht. »Wieso?«

»Ihre Auseinandersetzung mit Traufler und Längfeld, also der Genter Privatbank – erfuhr die Öffentlichkeit davon? Kam die Bank ins Gerede?«

»Allerdings.« Boll schien sich wieder zu beruhigen. »Zwei Kollegen von mir – zufällig hatten die ebenfalls mit Miethaien zu tun. Das war, so seltsam das klingt, unser Glück. Wir schlossen uns zusammen, suchten Mitstreiter, kämpften gemeinsam. Und gingen an die Öffentlichkeit. Mehrere Zeitungen wurden auf uns aufmerksam, sogar das Fernsehen. Und dann kam es zu dem Foto, das uns ein halbes Jahr Aufschub verschaffte: Meine Frau mit schmerzverzerrter Miene im Bett, ein Werbeflyer der Genter Privatbank auf dem Kissen und direkt hinter ihr, durchs geöffnete Fenster gut zu erkennen, das Baugerüst und der Zementmischer, dazu Bauarbeiter mit Arbeitsmaterial in den Händen.«

»Das kam in den Medien?«, fragte Braig.

»Mehrere Zeitungen brachten es, ja. Da ließen sie uns ein paar Monate in Ruhe.«

»Sie stellten die Bauarbeiten ein?«

»Nein, die gingen weiter. Wo denken Sie hin! Aber unsere Wohnung blieb erst mal außen vor. Und weder Traufler noch Längfeld standen länger auf der Matte. Erst wieder nach sechs Monaten. Da fingen sie erneut an. Aber genau zu der Zeit kam zum Glück das Angebot meiner Schwester.«

»Die maßgeblichen Leute dieser Bank treten Ihnen heute also wohl nicht gerade voller Sympathie gegenüber.«

»Sympathie mir gegenüber?«, prustete Boll. »Das Foto mit meiner Frau haben die noch lange nicht verwunden. Ihr scheinheiliges Getue wurde selten so deutlich entlarvt. Das bleibt eine Weile an ihnen hängen, davon erholen die sich nicht so schnell. Ich hoffe es jedenfalls. Wie die mir gegenübertreten? Das habe ich vor zwei oder drei Wochen selbst erlebt, als ich zufällig diesem Längfeld über den Weg lief: Hass, der pure Hass, schlug mir entgegen.«

Keine zehn Minuten später verständigte Braig die Kollegen, Reinhard Boll unter Polizeischutz zu stellen.

26. Kapitel

Prächtige Villen inmitten weitläufiger Gartenanlagen, üppig grüne Büsche, bunt gesprenkelte Blumenrabatten. Massive, für mehrere Fahrzeuge ausgelegte Garagen, Springbrunnen und von Schilfgras eingefasste Teiche, millimetergenau geschnittener Rasen. Mannshohe Zäune, ergänzt von wuchtigem Mauerwerk, schirmten die penibel gepflegten Anwesen von der Straße ab. Wer hier lebte, hatte es zu etwas gebracht, ahnte Braig. Oder ohne jemals eine Hand gerührt zu haben, das Erbe seiner Eltern oder Großeltern angetreten, wie Neundorf süffisant angemerkt hatte.

Er folgte der sanft ansteigenden Fahrbahn mit seinem Blick, sah die Umrisse der mehr als 700 Meter hohen Achalm, des Hausbergs Reutlingens, in den Himmel ragen. Alles passte hierher, die feudal anmutenden Wohnanlagen ebenso wie die protzige Limousine, nur nicht der grauenvoll zugerichtete Körper, den er soeben hatte begutachten müssen.

Er war an diesem Mittwochmorgen kurz vor acht Uhr in seinem Büro eingetroffen, hatte gemeinsam mit Neundorf und Knudsen die neuesten Erkenntnisse und deren Konsequenzen für ihre Ermittlungen besprochen. Sie waren sich nicht einig, ob sie mit Reinhard Boll wirklich die auf der Liste aufgeführte Person identifiziert hatten. Sicher, er hatte es gewagt, sich den skrupellosen Geschäftspraktiken der Bank in den Weg zu stellen und deren rigides Vorgehen durch die Veröffentlichung des Fotos seiner kranken Frau für alle sichtbar zu brandmarken, wie jedoch passte er zu den beiden Männern, die – ebenfalls auf der Liste – dem Wüten des Täters bereits zum Opfer gefallen waren? Die Überprüfung des beruflichen, teilweise auch privaten Verhaltens von Kreitschmer und Meyer hatte unmissverständlich gezeigt, weshalb sie als »Menschenschinder« beschimpft worden waren, aber traf dieser Vorwurf auch Reinhard Boll?

Sie hatten sich gerade darüber unterhalten, ob sie sich der Mühe unterziehen sollten, den Mann genauer zu überprüfen, als der Anruf der Reutlinger Kollegen eingegangen war. Die Überreste eines Mannes, der zwischen seinem eigenen Fahrzeug und dem Garagentor buchstäblich zerquetscht worden war, vor mehreren Stunden schon, wohl gegen Mitternacht.

»Weshalb erledigt ihr das nicht selbst? Seid ihr euch sicher, dass es kein Unfall war?«, hatte er alter Gewohnheit gemäß gefragt.

»Absolut sicher. Das Garagentor war manipuliert, die Stromverbindung zum Antrieb mutwillig zerstört worden. Es konnte nicht funktionieren.«

»Das heißt, der Mann sollte gezwungen werden, sein Auto zu verlassen, um nachzuschauen, warum sich das Tor nicht öffnete.«

»So erklären es unsere Spurensicherer, ja. Und genau diesen Moment nutzten der oder die Täter, um den Wagen wieder in Bewegung zu setzen.«

»Es gibt Spuren fremder Personen?«

»*Einer* fremden Person, ja. Auf dem Fahrersitz und am Steuer.«

»Fingerabdrücke?«

»Das nicht. Fasern.«

»Immerhin.«

»Und wir haben einen weiteren Fund.«

»Nämlich?«

»Ein kleines Blatt. Mit der Bemerkung: *Menschenschinder.*«

»Nein!« Braigs Reaktion hatte seine Kollegen bestürzt aufsehen lassen. Er war vom Stuhl gesprungen, hatte mit seiner Faust auf den Schreibtisch gedonnert, dass die Tastatur des Computers mehrere Zentimeter weit nach hinten gesprungen war. »Menschenschinder!«, hatte er gebrüllt.

Neundorf war sofort klar gewesen, was geschehen war. »Der Name des Opfers?«, hatte sie sich erkundigt.

Braig hatte mehrere Sekunden benötigt, bis er imstande gewesen war, ihre Frage am Telefon zu wiederholen.

»Bohl«, hatte der Reutlinger Kollege erklärt. »Ein Reiner Bohl.«

»Bohl? Mit einem L?«

»Mit einem L und einem H.«

Eine Stunde später waren sie am Tatort angelangt. Knudsen war im Amt geblieben, um alle Ermittlungserkenntnisse zum wiederholten Mal auf bisher übersehene Gemeinsamkeiten zu überprüfen. Eines war jetzt wohl auf jeden Fall klar: Die eben noch diskutierte Überprüfung Reinhard Bolls aus Böblingen wie dessen weiteren Schutz durch die Kollegen konnten sie sich sparen.

Reiner Bohl, das Opfer, war – so hatten die Reutlinger Beamten inzwischen festgestellt – als leitender Ingenieur in einem Autokonzern tätig. Er hatte den gestrigen Abend – wie jeden Dienstag – mit Freunden in einer Tennishalle verbracht, war dann nach geselligem Beisammensein in der benachbarten Wirtschaft kurz nach 23 Uhr aufgebrochen, um nach

Hause zu fahren. Wann genau er dort angelangt war, hatte sich bisher noch nicht feststellen lassen. Es gab weder Augen- noch Ohrenzeugen, was aufgrund der späten Stunde und der isolierten Lage des Anwesens nicht weiter verwunderte, wie sich Braig jetzt vor Ort persönlich überzeugen konnte. Die Nachbargrundstücke waren durch hohe Mauern und dichten Bewuchs uneinsehbar voneinander getrennt, auf der Straße bei Dunkelheit außer wenigen Fahrzeugen kaum Fußgänger unterwegs. Die Garage selbst lag etwa zehn Meter vom Straßenrand und dem Gehweg entfernt im Innenbereich des Privatgeländes, von einer schmalen, asphaltierten Zufahrt erschlossen, die jetzt im Spätsommer auf beiden Seiten von dicht belaubten Büschen und Sträuchern gesäumt wurde. Selbst bei Tageslicht war der Tote von der Straße her nicht zu sehen, die breite Rückfront der großen Limousine verdeckte ihn vollständig.

Weil Bohls Ehefrau nach Aussage einer Nachbarin seit fast einer Woche bei ihrer Schwester in Berlin weilte und die beiden Kinder im Ausland studierten, war der Ermordete zurzeit der einzige Bewohner des Hauses. Somit war es kein Wunder, dass die Leiche erst gegen acht Uhr am Morgen von einem Mitarbeiter des Gärtners, der sich im Auftrag der Besitzer um die Pflege der Außenanlagen des Anwesens kümmerte, entdeckt worden war. Der Mann hatte geplant, den Rasen zu mähen und die Beete von den ersten zu Boden gefallenen Blättern des Spätsommers zu befreien, als er von der Seite her, aus etwa zehn Metern Entfernung, den übel zugerichteten Körper unter der Vorderfront des Fahrzeugs entdeckt hatte. Weil er zuerst geglaubt hatte, eine umgestürzte puppenartige Attrappe vor sich zu sehen, die manchmal zur Abschreckung von räuberischen Vögeln in Gärten aufgestellt wurden, hatte er sich dem Auto bis auf etwa fünf Meter genähert, war dann aber in Panik auf die Straße hinausgerannt und hatte das erstbeste Fahrzeug zum Stehen gebracht. Gemeinsam mit dessen Fahrer hatte er dann die Kollegen verständigt. Die Namen und die Aussagen der beiden Männer waren von den Beamten detailliert protokolliert worden.

»Wir haben beide ausführlich befragt und wollten sie dann nicht länger als unbedingt nötig aufhalten, zumal der Gerichtsmediziner keinen Zweifel daran lässt, dass die Tat bereits vor oder spätestens gegen Mitternacht verübt wurde. Speziell der Gärtner, ein Herr Krakic, war doch ziemlich von der Rolle«, hatte der Reutlinger Oberkommissar Gerd Precht erklärt.

»Das ist kein Wunder. Wenn er sich das hier etwas genauer betrachtet hat …« Braig war es selbst schwergefallen, sich dem Anblick der Überreste des Toten auszusetzen. Die Kollegen hatten gewartet, bis er und Neundorf unmittelbar vor Ort waren, später dann, nachdem alles fotografisch bis ins Detail dokumentiert worden war, das Tatfahrzeug von der Garage weggezogen und die Leiche geborgen. Inzwischen waren trotz des etwas abseits gelegenen Grundstücks derart viele Neugierige aufgetaucht, dass sie vier weitere Beamte angefordert hatten, um das Anwesen vor dem Zutritt Unbefugter zu schützen.

»Wer hat das Papier mit dem Kommentar: *Menschenschinder* entdeckt?«, erkundigte sich Braig.

»Kollege Welzer«, antwortete Precht. »Es steckte zwischen der Frontpartie des Fahrzeugs und dem Leib des Toten. Den Überresten des Leibs, um es genauer zu formulieren. Hier, schauen Sie es sich an.« Er wies auf den Monitor des Laptops, zeigte mit mehreren, aus verschiedenen Richtungen aufgenommenen Fotos, wo sie das Blatt gefunden hatten.

»Das hat er nachträglich so drapiert«, meinte Neundorf. »Der springt in den Karren, zerquetscht sein Opfer zu Brei und dann steigt er aus und drückt sein Pamphlet in dessen Überreste. Der muss wirklich einen unvorstellbaren Hass auf ihn geschoben haben.« Kopfschüttelnd verfolgte sie die Aufnahmen.

»Der untere Rand des Papiers trägt einen braunen Schleier«, wies Precht auf das Blatt. »Geronnenes Blut.«

Sie benötigten mehrere Minuten, wieder zu einem klaren Gedanken zu finden. Bei aller Routine, über die sie inzwischen verfügten, Bilder dieser Art ließen sich nicht einfach so wegstecken. Auch der abgebrühteste Profi hatte daran zu knabbern. Profi, was für ein absurdes Wort in dem Zusammenhang, überlegte Braig. Als ob wir aller Routine, aller beruflichen Erfahrung zum Trotz nicht in allererster Linie Menschen, völlig normale Menschen wie alle anderen wären. Menschen mit Ängsten und Gefühlen. Er hatte Mühe, ruhig zu bleiben, bemerkte an Neundorfs unnatürlich starrer Körperhaltung, dass es auch ihr zu schaffen machte.

»Danke, Kollege«, presste sie hervor, als Precht den Laptop zusammenklappte.

»Und jetzt?«, fragte Braig.

»Traufler«, sagte Neundorf. Sie schnappte nach Luft. »Die Fahndung läuft. Immer noch.«

»Der muss ihn tagelang beobachtet, ihm hinterherspioniert haben. Und niemand, keiner der Nachbarn oder Freunde des Opfers hat es bemerkt.«

»Wie denn auch? Das Grundstück ist nach allen Seiten blickdicht abgeschirmt. Bessere Bedingungen konnte er gar nicht finden.«

»Aber er muss den ganzen Abend auf ihn gewartet haben. Hier im Garten oder irgendwo draußen auf der Straße.«

»Hier im Garten«, überlegte Neundorf. »Das dichte Laubwerk der Büsche. Das sieht kein Mensch, wenn du dich hier versteckst.«

»Und wie kam er über den Zaun?«

Precht wies auf den über zwei Meter hohen Steinsockel am Rand des Gartentors. »Unsere Spurensicherer fanden Fasern. Wahrscheinlich kletterte er in einer ruhigen Minute daran hoch und hievte sich dann über den Zaun. Ein gut trainierter Mann …«

Das war gut möglich, stimmte Braig ihm insgeheim zu. Ein Moment ohne Passanten draußen auf der Straße – und die Mauer war zu bewältigen. Von einem drahtigen Typ, wie er ihn in Theissens Haus gesehen hatte …

»Traufler und dieser Bohl«, grübelte Neundorf. »Wo ist die Verbindung?«

»Menschenschinder«, sagte Braig. »Bohl war leitender Ingenieur, haben die Kollegen ermittelt. Dann gibt es wohl auch einige, vielleicht sogar eine ganze Menge Opfer. Wie bei Kreitschmer und Meyer.«

»Und Traufler fühlt sich als ihr Rächer? Wieso?«

»Wir müssen Bohls Opfer aufspüren. Falls es die gibt. Und sie auf Gemeinsamkeiten mit denen der anderen beiden Ermordeten abchecken. Vielleicht finden wir auf die Weise heraus, weshalb Traufler sich für all diese Leute verantwortlich fühlt und wo er sich versteckt. Und wir müssen endlich diesen Adolf Hoppenstedt auftreiben, bevor es einen vierten Toten gibt.«

27. Kapitel

Beate Deil wies jede Aussage, die ihren Chef in irgendeiner Weise in ein schlechtes Licht rückte, mit aller Vehemenz zurück. »Herr Bohl wird von allen Kollegen sehr geschätzt. Er legt viel Wert auf ein harmonisches Arbeitsklima. Kreativität und von persönlicher Begeisterung getragenes Engagement für unsere beruflichen Aufgaben können sich nur entfalten, wenn wir eine möglichst aggressionsfreie, von einer demokratischen Grundhaltung geprägte Atmosphäre schaffen – das ist die Devise unseres Hauses, mit der er völlig konform geht. Sie werden niemand finden, mit dem er in eine, wie Sie es formulieren, Auseinandersetzung verwickelt ist.«

Noch unterwegs, auf der Rückfahrt von Reutlingen, hatten sie sich mit dem Büro des Getöteten verbinden lassen und sich mit seiner Sekretärin zu einem Gespräch verabredet.

»Herr Bohl ist aber noch nicht im Haus«, hatte die Frau sie sofort beschieden. Sie hatte sich nicht danach erkundigt, weshalb Kriminalbeamte bei ihr vorsprechen wollten, sie stattdessen über die hohe Arbeitsbelastung Bohls informiert. »Ich kann Ihnen nicht versprechen, dass er Zeit für Sie findet, Polizei hin oder her. Sie hätten sich rechtzeitig um einen Termin kümmern müssen. Ich weiß nicht, ob Ihnen bewusst ist, wie viele Aufgaben Herr Bohl zu bewältigen hat.«

»Eingebildete Schnepfe«, hatte Neundorf gezischt. »Wem wird die in Zukunft in den Wertesten kriechen?«

Beate Deil ließ sich immerhin dazu herab, sie persönlich an der Pforte abzuholen. Die gepflegt wirkende, dezent geschminkte Frau war mit einem dunkelblauen Kostüm und einer weißen Bluse bekleidet. Ihr dunkelblondes Haar trug sie überraschend lang bis über die Schultern, was die Strenge ihrer Kleidung deutlich minderte. Sie wirkte weit flotter und hübscher, zudem auch weit weniger überspannt, als Braig es sich nach dem doch recht kühl geführten Telefonat vorgestellt hatte. Ihr Auftreten war zwar unübersehbar von selbstbewusster Haltung geprägt, überschritt jedoch keineswegs die Schwelle, die Arroganz und Überheblichkeit zum Vorschein kommen ließ. Er schätzte sie auf Anfang, Mitte vierzig, stellte sich und Neundorf vor, wies sich dann gemeinsam mit ihr aus.

Beate Deil ließ sich Zeit, die Ausweise zu studieren, bat sie dann, ihr in den nahen Fahrstuhl zu folgen, der sie drei Stockwerke nach oben brachte. »Herr Bohl ist leider noch nicht im Haus«, nutzte sie die kurze Fahrt, ihre Besucher zu informieren. »Sie werden also auf jeden Fall etwas warten müssen.«

Sie führte sie den mit einem dicken Teppich ausgelegten Gang entlang, öffnete die Tür zu ihrem Büro. Es war mindestens doppelt so groß wie die von Braig und Neundorf. Im Vergleich zu diesem luxuriös ausgestatteten Raum wirkte die Zimmerflucht, mit der Mandy Prießnitz sich zu begnügen hatte, wie das letzte Kabuff eines Abbruchhauses. Mehrere großformatige Bilder an den Wänden, geschmackvolle, in Pastellfarben gehaltene, abstrakte Gemälde, wie Braig bemerkte, ein duftender Strauß cremefarbener Rosen auf dem linken Flügel des großen Arbeitstisches, Laptops und Computer-Bildschirme in Hülle und Fülle.

Beate Deil wies auf die dunkelbraune, gediegen wirkende Sitzecke an der Fensterfront ihres Büros, bat sie, Platz zu nehmen. »Darf ich Ihnen einen Kaffee oder ein Wasser anbieten?«, setzte sie hinzu.

Braig bedankte sich, wollte sie nicht länger hinhalten. Es entsprach wohl einer außergewöhnlichen Berufsauffassung, dass sie sich bisher immer noch nicht danach erkundigt hatte, wieso zwei Kriminalbeamte persönlich in ihrem Büro auftauchten, um mit ihrem Chef zu sprechen. Diskretion vor Neugier, besonders oft war ihm das nicht untergekommen. »Frau Deil«, erklärte er deshalb, »wir möchten nicht mit Herrn Bohl, sondern mit Ihnen sprechen.«

Zum ersten Mal während ihrer Begegnung schien sie etwas aus dem Konzept zu geraten. Sie musterte sie überrascht, erst ihn, dann Neundorf, strich sich über ihren Rock. »Oh, das habe ich wohl missverstanden. Sie müssen entschuldigen.«

»Wenn Sie einen Moment Zeit für uns hätten.«

Sie überlegte kurz, warf einen Blick auf ihren Schreibtisch, nahm dann in der Sitzecke ihnen gegenüber Platz. »Ich hoffe, es dauert nicht allzu lange. Herr Bohl kann jeden Moment ...«

»Herr Bohl wird uns nicht stören«, versuchte er, sie zu beruhigen. »Sie können sich voll und ganz auf uns einlassen.« Er sah ihren fragenden Blick, merkte, wie sie ihren Körper straffte. »Um ehrlich zu sein, wir benötigen Ihre Hilfe. Ihre Hilfe und Ihre Diskretion. Absolute Diskretion, um das von Anfang an klar zu sagen.«

Beate Deil musterte ihr Gegenüber, blieb ruhig.

»Herr Bohl wird bedroht«, fuhr Braig fort. »Ernsthaft bedroht. Sein Leben ist in Gefahr.« Sie hatten sich auf der Fahrt darüber unterhalten, wie sie das Gespräch führen sollten, um möglichst ehrliche Antworten zu erhalten. So problematisch es aus ethischen Überlegungen heraus auch schien, sie mussten der Frau die Nachricht vom Tod ihres Chefs anfangs vorenthalten, durften sie erst später damit konfrontieren. Das Risiko, sie mit dieser Botschaft so zu verstören, dass sie ihnen keine auf rationalen Überlegungen basierenden Antworten auf ihre Fragen mehr liefern konnte, war zu groß. Zu oft schon hatten sie sich schockierten oder völlig paralysierten Verwandten, Freunden und Kollegen unverhofft Verstorbener gegenübergesehen, als dass sie sich auf dieses Vorgehen einlassen wollten.

Braig bemerkte die Unruhe, die Beate Deil ergriffen hatte, wartete, bis sie seine Worte einigermaßen verarbeitet zu haben schien.

»Von wem?«, fragte sie.

»Das wissen wir nicht. Wir sind auf Ihre Hilfe angewiesen, das zu erfahren.«

»Auf meine Hilfe? Wie stellen Sie sich das vor?«

»Es handelt sich um einen Mitarbeiter Herrn Bohls. Die Person, die ihn bedroht, arbeitet hier in seiner Abteilung«, äußerte Braig seine Überlegung.

Beate Deil schüttelte energisch den Kopf. »Herr Bohl wird von allen Kollegen sehr geschätzt. Er legt viel Wert auf ein harmonisches Arbeitsklima.«

»Die Person, die ihn bedroht, kann längst in eine andere Abteilung gewechselt sein«, mischte sich Neundorf ins Gespräch. »Oder sie wurde entlassen.«

»Es geht also um die Frage«, präzisierte Braig. »Mit wem hatte oder hat Herr Bohl eine Auseinandersetzung, einen heftigen, vielleicht zuerst auch harmlos wirkenden Streit? Mit wem geriet er irgendwann aneinander? Wurde jemand entlassen oder in eine andere Abteilung versetzt?«

Die Sekretärin schien verstummt. Sie starrte mit unruhig flackernden Augen zwischen ihnen hin und her, spitzte die Lippen, schluckte.

»Es gab also eine Auseinandersetzung«, schlussfolgerte Neundorf. »Eine sehr heftige sogar.«

Beate Deil zog die Nase hoch, murmelte eine kaum verständliche Entschuldigung.

»Mit wem?«, fragte die Kommissarin.

Ihr Gegenüber fuhr sich über den Rock, strich den Stoff zurecht. »Aber die würden ihn doch nicht ...« Die Sekretärin verstummte mitten im Satz.

»Es sind mehrere. Die Namen. Wie heißen sie?«, drängte Neundorf.

»Renken und Köppel. Aber die würden ihm doch nichts tun.«

»Wir werden sie überprüfen. Es handelt sich um zwei Männer, richtig?«

»Ja.«

»Sie arbeiten hier?«

Beate Deil schüttelte den Kopf. »Nicht mehr.«

»Sie wurden versetzt oder entlassen?«

»Entlassen. Es ging nicht mehr anders.«

»Wann war das?«

»Vor ein paar Monaten. Wenn Sie es genau wissen wollen, muss ich nachschauen.«

»Ja, bitte. Außerdem benötigen wir die Vornamen und die Adressen.«

»Thomas Renken und Klaus Köppel. Die Adressen und wann sie entlassen wurden ...« Die Frau erhob sich, stützte sich an der Lehne ihres Sessels ab. »Sie glauben wirklich ...«

»Wir werden die Männer überprüfen. Um was ging es bei dem Streit?«

Ihre Gesprächspartnerin lief zum Schreibtisch, machte sich an einem der Laptops zu schaffen. »Die Adressen«, erklärte sie dann, den Blick zu ihnen gewandt. »Soll ich sie ausdrucken?«

»Bitte«, sagte Braig.

Sie gab den Befehl ein, zog das Blatt aus dem Drucker, reichte es ihnen. Braig sah, dass Renken in Weinsberg wohnte und Köppel in Nagold.

Die Sekretärin fuhr erneut fast geräuschlos über die Tastatur, hielt dann inne. »Im November des letzten Jahres schieden sie aus.«

»Um was ging es bei dem Streit?«, wiederholte Neundorf.

»Na ja.« Beate Deil holte tief Luft. »Die Software zur Reduktion der Abgase. Sie haben es ja vielleicht gehört.«

»Die Software zur Manipulation der Abgaswerte?«, fragten Braig und Neundorf überrascht.

»Ja«, antwortete die Frau. »Das geht ja seit einer Weile durch die Medien.«

»Und was war das Problem? Ich meine, warum stritten die beiden Männer mit Herrn Bohl?«

»Na ja.« Die Sekretärin hatte offensichtlich Schwierigkeiten, die Sache auf den Punkt zu bringen. »Die gesetzlich vorgeschriebenen Grenzwerte … Sie sollten eingehalten werden.«

»Sie *müssen* eingehalten werden«, korrigierte Neundorf ihre Aussage. »Das ist ein Gesetz. Genau wie: Du darfst keinen Menschen töten. Das Gesetz einzuhalten, erfordert aber einen gewissen finanziellen Aufwand. Gehe ich recht in der Annahme, dass das dem lieben Herrn Bohl schlicht und einfach zu teuer war? Deshalb behalf er sich, ich nehme an, nach Rücksprache mit seinen Chefs, mit dem Einbau dieser betrügerischen Software, richtig?« Sie fixierte die Frau mit ihrem Blick, sah deren gequälte Miene.

Beate Deils Gesichtsausdruck war Antwort genug.

»Aber Herr Renken und Herr Köppel waren mit dieser Lösung des Problems nicht einverstanden. Sie wussten nämlich genau wie auch Herr Bohl, dass es sich bei diesem Betrug nicht nur um einen gravierenden Bruch unserer Gesetze handelte, sondern dass er auch unzähligen Menschen die Gesundheit und das Leben kosten würde. Habe ich das korrekt formuliert?«

Ihre Gesprächspartnerin wandte den Blick von ihr ab, fuhr sich mit der Zunge über die Lippen, schluckte. »Das sollten Sie Herrn Bohl persönlich fragen«, versuchte sie sich aus der Affäre zu ziehen.

»Wir würden es aber gerne von Ihnen hören«, beharrte Neundorf. »Herr Renken und Herr Köppel wollten diese Schweinerei nicht mitmachen und wurden deshalb aus Ihrem Laden gemobbt. Auf Betreiben und mit großem Engagement von Herrn Bohl. Richtig?«

Beate Deil wedelte mit ihren Händen durch die Luft. »Was soll ich sagen? Mir taten die beiden Männer leid. Dass die Sache so eskalierte … Jahrelang haben sie sich für die Firma eingesetzt, alle paar Tage Überstunden geleistet und viele Wochenenden durchgearbeitet. Und dann so etwas. Ich wollte nicht, dass es so kommt. Aber ich bin hier nur die Sekretärin. Ich habe nichts zu melden. Ich kann Sie nur bitten, mit Herrn Bohl zu sprechen. Er hat die genauen Informationen über die Sache, ich nicht. Er muss jetzt bald kommen, es ist doch immerhin schon …«, sie warf einen Blick auf den Bildschirmrand des Laptops, »zehn Minuten nach elf. Ich kann mir nicht erklären, warum er noch nicht hier ist. Zumal er mich auch nicht informiert hat, dass er heute später kommt.«

»Sie müssen nicht auf ihn warten. Herr Bohl wird überhaupt nicht mehr kommen«, erklärte Neundorf mit kalter

Stimme. Sie sah den überraschten Blick der Frau, beschloss, die Wahrheit nicht länger zurückzuhalten. »Er wurde ermordet. Heute Nacht.«

Beate Deil reagierte weit heftiger, als sie erwartet hatten. Sie begann am ganzen Körper zu zittern, sackte plötzlich, wie in Zeitlupe, zusammen. Braig sprang von seinem Sitz, versuchte, sie aufzufangen. In letzter Sekunde barg er ihren Körper in seinen Armen.

28. Kapitel

Weder Thomas Renken noch Klaus Köppel tauchten in einer der vom LKA genutzten Datenbanken verdächtiger oder straffälliger Personen auf. Braig und Neundorf hatten Mandy Prießnitz mit der Überprüfung der beiden Männer beauftragt, kaum dass sie das Büro Bohls verlassen hatten.

Beate Deil war erstaunlich schnell wieder zu Kräften gekommen; so unverhofft sie die schockierende Nachricht vom Schicksal ihres Chefs in die Knie gezwungen hatte, so umgehend hatte ihr eiserner Wille dafür gesorgt, sie wieder auf die Beine zu bringen. Sie hatten die Frau aufgefordert, ihnen schnellstmöglich alle Konflikte und Auseinandersetzungen der letzten Jahre zu mailen, in die ihr Chef verwickelt gewesen war, konnten sie doch nicht ausschließen, dass sein Tod letztendlich nicht auf den Streit mit Renken und Köppel zurückzuführen sei.

Die beiden Männer telefonisch zu erreichen, war nur im Fall Renkens gelungen. Braig hatte sich vorgestellt und den Mann um ein persönliches Gespräch gebeten.

»Es geht um die Abgas-Software?«, hatte Renken sich erkundigt.

»Im weitesten Sinne, ja.«

»Jetzt, wo die Medien an der Sache dran sind, interessiert sich auch plötzlich die Polizei dafür. Wo vorher jahrelang alles vertuscht und jeder, der nur ein Wort riskierte, kaltgemacht wurde. Ist schon seltsam, wie das bei uns läuft.«

»Können wir mit Ihnen darüber sprechen?«

»Wann und wo soll das sein?«

»Innerhalb der nächsten Stunde bei Ihnen, wenn das okay wäre.«

»Na, jetzt aber hoppla! Von mir aus, warum nicht. Aber jetzt kommen bald die Kinder aus der Schule. Wenn Sie das nicht stört. Sie wissen, wo Sie mich finden?«

Er hatte die Adresse, die sie von Beate Deil bekommen hatten, bestätigt und sie darauf aufmerksam gemacht, dass er am Ortsrand in der Nähe des Freibads wohnte, sich dann verabschiedet.

Braig kannte Weinsberg, hatte mehrfach schon dort und in der Gegend zu tun gehabt. Die Stadt lag von unzähligen Rebhängen umgeben und von der aus dem 11. Jahrhundert stammenden Burgruine *Weibertreu* gekrönt in einer der ertragreichsten Weinbauregionen des Landes, nur wenige Kilometer von Heilbronn entfernt. Bekannt geworden war sie nicht allein durch die Produkte ihrer zahlreichen Wengerter, vielmehr hatte ihr die auf einen Bericht der mittelalterlichen Kölner Königschronik zurückgehende Sage von den treuen Weibern zu Weinsberg zu landesweiter Berühmtheit verholfen.

Im Gefolge der Kriege zwischen den Herrschergeschlechtern der Staufer und Welfen wurde die Burg im Jahr 1140 unmittelbar vor Weihnachten von König Konrad III. erobert. Während die in der Festung verbliebenen Männer alle hingerichtet werden sollten, erlaubten die Sieger den Frauen freies

Entkommen. Sie durften sogar mitnehmen, was sie mit ihren Händen und auf ihren Schultern tragen konnten. So packten die treuen Weiber von Weinsberg ihre Männer und trugen sie von der Burg ins Tal. Von der cleveren Reaktion der Frauen überrascht, habe Konrad III. sie dem Bericht der Königschronik nach samt ihrem »Gepäck« passieren lassen. Dieser Überlieferung zum Gedenken erhielt die über der Stadt thronende Burgruine den Namen *Weibertreu*.

Kurz vor 13 Uhr waren Braig und Neundorf an der angegebenen Adresse angelangt. Sie hatten sich unterwegs bei einem Bäcker vier Brezeln und zwei Becher Kaffee besorgt und als Ersatz für das ausgefallene Mittagessen zu sich genommen.

Renken schien in einem kleinen, von einem Nutzgarten gesäumten Einfamilienhaus zu wohnen. Die Gartentür stand offen. Sie lasen den Namen der Familie auf einer bunten Porzellantafel am gemauerten Pfosten des Zauns, sahen sich sechs verschiedenen, in bunten Buchstaben ausgeführten Vornamen gegenüber. *Rike, Simon, Amelie, Thomas, Micki, Donald Renken*. Den Karikaturen nach, mit denen die beiden letzten Namen geschmückt waren, schien es sich bei Micki um eine Katze und bei Donald um einen Hund zu handeln.

»Auch wenn Renken in die Taten verstrickt sein sollte«, meinte Neundorf. »Humor scheint er zu haben.«

»Das geht bestimmt auf die Kinder zurück«, überlegte Braig.

»Egal. Mama und Papa haben es erlaubt. Solche Eltern sind mir sympathisch.« Sie drückte auf die Glocke, folgte dem mit feinen Kieseln ausgelegten Weg durch den Garten zum Haus. Beete mit verschiedenartigen, meist reifen Salatköpfen, Zwiebeln, Bohnen und Kohl auf der linken, ein breites Gestrüpp wuchernder Kürbispflanzen und Kartoffeln auf der rechten

Seite. Das würzige Aroma frischer Kräuter strich ihnen in die Nase.

Die Haustür wurde geöffnet, lautes Bellen war zu hören. Ein kleiner, mit einer Arbeitsschürze bekleideter Mann wischte sich die Hände an einem Tuch sauber. Sein Gesicht war gerötet, die Stirn glänzte vor Schweiß. »So ein sanftes Läuten«, sagte er. »Das können nicht die Kinder sein.«

Neundorf zog ihren Ausweis aus der Tasche, wartete, bis Braig sich ebenfalls ausweisen konnte, stellte sich dann vor. »Wir kommen wohl in einem unpassenden Moment«, erklärte sie, das schweißnasse Gesicht des Mannes vor Augen.

»Das habe ich Ihnen am Telefon schon erklärt«, konterte der Hausherr. Er stellte sich als Thomas Renken vor, wies darauf hin, dass er die Rolle des Hausmanns innehatte, während seine Frau als Krankenschwester fürs Geldverdienen zuständig war, bat sie dann ins Innere. »Das Haus riecht jetzt aber nach Essen«, warnte er.

Sie folgten Renken in die mit allerlei Spielzeug, Schuhen und Gartengeräten vollgestellte Diele, wurden von einem heftig mit dem Schwanz wedelnden Mischling begrüßt. Neundorf klopfte dem Hund auf den Rücken. Das Tier jaulte vor Freude, warf sich rücklings auf ihre Schuhe.

Braig hatte längst den großen Wohnraum betreten und auf die Aufforderung des Hausherrn hin an dem langen Tisch Platz genommen, als es Neundorf endlich gelang, sich von dem Vierbeiner zu lösen und den Männern zu folgen. Der appetitanregende Geruch frisch zubereiteten Essens lag in der Luft.

»Wenn Sie nachher mithalten wollen«, bot Renken an, »ich habe genug vorbereitet. Es gibt Weißkohl mit Kartoffelgratin überbacken, dazu Endivien- oder Tomatensalat. Alles aus dem eigenen Garten.« Er warf einen Blick auf die Uhr. »Heute ist Mittwoch. Dann werden die Kinder in zwanzig Minuten etwa kommen. Beide.«

»Herzlichen Dank für die freundliche Einladung«, bedankte sich Braig. »Wir haben es aber eilig. Wenn wir uns sofort unterhalten könnten?«

Der Mann wies zum anderen Ende des Raumes, wo eine rustikal wirkende Kücheneinrichtung zu sehen war. »Gerne. Lassen Sie mich vorher aber bitte noch schnell nach dem Herd schauen.« Er machte sich an den Töpfen zu schaffen, kehrte dann mit zwei Karaffen und drei Gläsern auf einem runden Tablett zurück. »Hier, der erste Traubenmost des Jahres und stilles Wasser. Aus eigenen Trauben. Bedienen Sie sich.«

Braig machte es Neundorf nach, mischte den Most mit Wasser. »Sie haben einen eigenen Weinberg?«, fragte er.

Renken schüttelte den Kopf. »Das ist zu viel gesagt. Nur eine winzige Parzelle. Geerbt – wie das Haus. Von den Eltern meiner Frau.«

Sie tranken einen Schluck, gaben ihrer Überraschung Ausdruck. Der Most schmeckte selbst im verdünnten Zustand sehr süß, hinterließ zudem ein äußerst angenehmes Aroma im Gaumen.

»Sehr gut!«, urteilte Braig. »Die Trauben haben Sie selbst gepresst?«

Renken zeigte in den Garten. »Die haben wir selbst gepresst, ja. Wir verfügen noch über eine uralte Handpresse. Als Ingenieur reizt es mich immer wieder, das Monstrum in Gang zu setzen. Ein bald 100 Jahre altes Wunderwerk. Es funktioniert immer noch. Jeder Schaden lässt sich einfach reparieren. Und die Kinder haben ihren Spaß dabei.«

»Sie sind Ingenieur von Beruf«, nahm Braig das Stichwort auf, um zum Thema zu kommen. »Aber im Moment …«

»Ingenieur aus Leib und Seele«, bekräftigte der Mann. »So nannte man das früher, oder?« Er trank von dem süßen Most, nickte. »Mein Vater, meine beiden Brüder. Der Ingenieur liegt bei uns sozusagen in der Familie.«

»Und der Hausmann?«, fragte Neundorf. »Um es vorweg zu sagen: Ich finde es top, wenn die Frau das Geld verdient und der Mann sich um den Haushalt kümmert. Mein Partner arbeitet auch nur auf halbem Niveau.«

Renken stellte sein Glas zurück, wog seinen Kopf hin und her. »Prinzipiell gebe ich Ihnen recht«, sagte er, Neundorf zugewandt. »Rollentausch, warum nicht. Eine Zeit lang ist das auch für mich okay. Freiwillig habe ich den Hausmann allerdings nicht übernommen. Die verfluchten Schweine haben uns dazu gezwungen.« Der Hund stupfte ihn mit der Schnauze, winselte. Renken bückte sich zur Seite, kraulte das Tier.

»Von wem sprechen Sie?«

»Das wissen Sie doch. Klaus und ich waren nicht bereit, die Abgas-Betrügereien noch länger mitzumachen. Hunderttausende Karossen auf die Straße zu bringen, die die erlaubten Grenzwerte zum Beispiel was Stickoxide betrifft bis zum 15-fachen überschreiten. Nicht um fünf oder zehn Prozent, nein, um mehrere Hundert Prozent! Wir kannten die Studien zur Genüge, was Stickoxide bewirken. Asthma, Beeinträchtigung und Zerstörung der Lungenfunktion, Tod. Als wir keine Ruhe gaben, warfen sie uns raus.«

»Klaus? Sie sprechen von Herrn Köppel?«

»Ja, wir waren nicht bereit, einzulenken, wandten uns an das Verkehrsministerium in Berlin, später an Umweltverbände und Journalisten. Sie versuchten, uns mundtot zu machen, verunglimpften uns als psychisch gestörte Querulanten. So kam es dann in verschiedenen Medien.«

»Warum wechselten Sie nicht zu einer anderen Firma?«

»Wie bitte?« Renken ließ von dem Vierbeiner ab, lachte laut. »Warum ich nicht ...« Er starrte sie mit großen Augen an. »Was glauben Sie, was ich alles versucht habe?« Er schüttelte den Kopf. »Wissen Sie nicht Bescheid, wie das gehandhabt wird? Solange Sie sich einfügen in die normalen Abläufe und dazu beitragen, die Geschäfte der Firma am Laufen zu halten, sodass die Profite weiter steigen, können Sie gut leben, ohne Zweifel. Aber wehe, Sie erdreisten sich, die Einhaltung allgemeingültiger Gesetze zu fordern, wenn die Chef-Etage das nicht für notwendig hält. Kriminelle Praktiken sind nur dann kriminell, wenn sie von oben nicht toleriert werden. Dienen sie aber der Profitsteigerung der Firma, haben Sie die Chefs gegen sich, wenn Sie es wagen, dagegen zu protestieren. Dann werden Sie als Nestbeschmutzer gebrandmarkt und die hohen Herren sorgen dafür, dass sie nirgends mehr einen Fuß auf den Boden bekommen. Ich bin Spezialist für die Abgasreduktion bei Verbrennungsmotoren – aber seltsam, wo immer ich mich bewerbe, gibt es keinen Bedarf.«

»Herr Köppel hat ebenfalls noch keine neue Stelle gefunden?«, fragte Braig.

»Keine neue Stelle?« Renken musterte ihn mit in Falten gelegter Stirn. »Klaus benötigt keine neue Stelle mehr. Der Medikamentencocktail, den er zu sich nahm, hat ihn von allen Sorgen befreit.«

»Wie bitte?« Braig konnte seine Überraschung nicht verbergen. Er warf seinen Oberkörper nach vorne, starrte verblüfft über den Tisch. »Er hat sich ...?«

Renken bestätigte seine unausgesprochene Vermutung mit einem kurzen Nicken.

»Wann war das?«, fragte Neundorf.

Ihr Gesprächspartner überlegte. »Vor vier bis fünf Wochen etwa.«

»Sie wissen, weshalb?«

»Weshalb wohl? Klaus war der fröhlichste Mensch, den Sie sich vorstellen können. Immer gut drauf. Das blühende Leben. Viele Freunde, Glück mit seiner Frau und den beiden Töchtern. Und dann fing die Scheiße an. Wir warnten Bohl, machten ihn auf den katastrophalen Stickstoff-Ausstoß durch die neue Software aufmerksam. Das kümmerte den nicht – im Gegenteil. Anders kriegen wir das nicht so preiswert hin, war die Antwort. Darum ging es! Preiswerte Produktion, Profite, was kümmern uns die Folgen! Bohl sorgte dafür, dass ein Modell nach dem anderen mit dem Teufelszeug bestückt wurde. Das ging über Jahre hinweg.«

»Das heißt, Bohl wusste von dem Gesetzesbetrug?«

»Ja, natürlich wusste Bohl davon. Und nicht nur er. Was glauben Sie denn?«

»Der Selbstmord von Herrn Köppel«, mischte sich Braig wieder ins Gespräch. »Glauben Sie, er hat mit den Auseinandersetzungen an Ihrem ehemaligen Arbeitsplatz zu tun?«

»Er hat nicht nur damit zu tun.« Renken trommelte mit seinem Zeigefinger auf den Tisch. »Die Betrügereien in der Firma sind die einzige Ursache dafür. Gehen Sie doch hin und fragen Sie seine Frau! Für seinen Tod gibt es nur einen Verantwortlichen: Bohl und das Pack um und über ihm! Die haben ihm jeden Glauben an Recht und Gesetz in unserem Land genommen und jede Lust, noch eine Sekunde länger in diesem Scheiß-Land zu leben. Haben Sie eine Ahnung, wie Sie sich fühlen, wenn Sie über Jahre hinweg mit den hinterhältigsten Methoden gemobbt werden? Klaus war nur noch ein Wrack. Er war monatelang krankgeschrieben. Sogar seine Ehe stand auf dem Spiel. Wenn er nicht in diese Spezial-Klinik überwiesen worden wäre, er hätte sich schon vor ein oder zwei Jahren ins Jenseits katapultiert.«

»Ein Spezial-Klinik? Die Psychiatrie hier in Weinsberg?«

»Nein«, widersprach Renken. »Eine Klinik am Bodensee. Die sind spezialisiert auf Mobbing-Opfer.«

Braig erinnerte sich, in den Gesprächen, die er im Zusammenhang mit Kreitschmers und Meyers Tod geführt hatte, schon von einer Klinik am Bodensee gehört zu haben. »Sie meinen, dort habe man ihm helfen können?«

»Ja, und ob! Es ging ihm deutlich besser, als er zurückkam. In den Wochen und Monaten danach haben wir uns ein paar Mal getroffen.«

»Aber dann ging es wieder abwärts.«

»Anscheinend. Ich war in der Zeit leider mit meinem Schwiegervater beschäftigt. Er lag im Sterben. Wir kamen kaum dazu, uns um andere zu kümmern.«

»Kennen Sie einen Herrn Traufler?«, fragte Neundorf.

»Traufler?«, meinte Renken. »Wer soll das sein?«

»Der Name sagt Ihnen nichts?«

»Nein. Nie gehört.«

Neundorf zog ihr Handy vor, holte das Phantombild des Mannes auf den Monitor. »Hier. Haben Sie den schon mal gesehen?«

Renken legte wieder seine Stirn in Falten, überlegte. »War der nicht gerade zur Fahndung ausgeschrieben?«

»Richtig. Aber sonst haben Sie ihn noch nicht gesehen?«

»Nein. Tut mir leid. Wieso sollte ich den kennen?«

»Darf ich fragen, wo Sie heute Nacht waren?«

»Wie bitte?« Wo ich ...?«

Neundorf nickte.

Renken lachte aus vollem Hals. »Sie sind gut. Sie sind wirklich gut. Wo werde ich wohl gewesen sein? Wir haben gestern den ganzen Mittag und Abend Trauben gepresst. Und bis in die Nacht dann noch aufgeräumt. Meine Frau und die Kinder waren die ganze Zeit dabei. Fragen Sie sie doch, wo ich war. Um elf fielen wir ins Bett, die Kinder natürlich früher, halb tot von der Schinderei. Wo werde ich wohl gewesen sein?«

»Sie müssen verzeihen«, entschuldigte sich Braig. »Das war eine Standardfrage.«

»Eine Standardfrage?« Renken schüttelte den Kopf. »Weshalb?«

»Weil heute Nacht Ihr ehemaliger Chef, Herr Bohl, ermordet wurde.«

Ihr Gastgeber schien zu einer leblosen Säule zu erstarren. Er riss seinen Mund weit auf, starrte Braig ins Gesicht. »Bohl, dieses Dreckschwein?«, hauchte er dann. Seine Miene war von strahlendem Lächeln überzogen.

Braigs Handy begann genau in dem Moment zu läuten, als draußen vor dem Haus laute Kinderstimmen ertönten. Der Hund bellte plötzlich los, sprang aufgeregt im Raum hin und her.

Braig sah, dass Knudsen ihn sprechen wollte, erhob sich von seinem Platz.

»Bohl, dieses Dreckschwein«, hörte er Renken halb entrückt wiederholen.

Er nahm das Gespräch an, legte das Handy ans Ohr. Die Wohnungsglocke läutete, das Bellen des Hundes übertönte alle anderen Geräusche. Braig verstand nur bruchstückhaft, was Knudsen ihm mitzuteilen hatte.

»Traufler. Wir … ihn …festgenommen, er … Amt überführt … In dreißig Minuten … er … im Amt …«

29. Kapitel

Knudsens Anruf hatte sie veranlasst, sich mitten im Trubel der Ankunft seiner Kinder von Thomas Renken zu verabschieden. Der Mann war ohnehin nicht länger in der Lage gewesen, ein Gespräch zu führen, musste sich jetzt voll und ganz um seine Tochter und seinen Sohn kümmern. Beide hatten zuerst den Hund und die plötzlich aufgetauchte Katze begrüßt, sich dann an den Fremden vorbei ihrem Vater zugewandt und ihm fröhlich losplappernd von den aufregendsten Momenten des Morgens erzählt. Renken war gerade noch dazu gekommen, sie den Besuchern vorzustellen, dann war die Flut der in den vergangenen Stunden erlebten Abenteuer erneut über ihn hereingebrochen. Neundorf und Braig hatten ihm für das Gespräch und die Bewirtung gedankt, sich dann auf den Rückweg gemacht.

»Sie haben Traufler erwischt, das hast du richtig verstanden?«, hatte Neundorf nachgehakt.

Braig hatte sich nochmals mit Knudsen verbinden lassen und sich über die Hintergründe der Festnahme des Mannes informiert. Markus Traufler war gegen Mittag von einer Radtour durch Holland nach Pattonville zurückgekehrt. Soweit Knudsen gehört hatte, behauptete der Mann, von der Fahndung nach ihm nichts zu wissen, zumal er seit fast zwei Wochen in Holland unterwegs gewesen sei. Anschuldigungen, in die Verbrechen an drei Männern involviert zu sein, habe er entrüstet zurückgewiesen.

»Er wird in unseren Vernehmungsraum überführt«, hatte Knudsen abschließend mitgeteilt. »In ein paar Minuten müsste er da sein.«

»Er streitet alles ab?«, hatte Braig überlegt.

»Alles.«

»Was heißt das schon.« Neundorf hatte sich nicht beeindruckt gezeigt. »Der ganz normale Schutz-Reflex.«

Braig bemerkte schon auf den ersten Blick, dass es sich nicht um den Mann handelte, den er in Theissens Haus in Esslingen getroffen hatte. Sie waren nach dem Erreichen des Amtes und telefonischer Rücksprache mit Mandy Prießnitz direkt in den Vernehmungsraum marschiert, hatten den Mann dort in Begleitung eines uniformierten Beamten auf sie wartend vorgefunden.

Er stellte sich und seine Kollegin vor, erkundigte sich nach seiner Identität. »Sie sind Markus Traufler?«

»Der bin ich, jawohl«, erklärte der Mann. »Ihre Kollegen haben meinen Ausweis an sich genommen. Ich weiß nicht, weshalb. Nehmen Sie ihn zur Hand und überprüfen Sie ihn. Außerdem wurde während meiner Abwesenheit meine Wohnung durchsucht. Ihre Kollegen behaupten, nach mir würde gefahndet. Ich werde festgenommen und hierher überführt. Weshalb? Können Sie mir jetzt endlich erklären, was Sie von mir wollen?«

Braig beobachtete den Mann, hatte keinerlei Zweifel daran, dass er sich nicht täuschte: Die Person, die ihm in Esslingen gegenübergetreten war, sah ihm zwar ähnlich, vor allem, was die schmale Form des Gesichts, die Partie um die

Augen und die Größe der Nase sowie die Länge und die Farbe der Haare betraf, er war jedoch bei Weitem nicht so dünn wie jener. Die Veränderung, die Längfeld auf dem Phantombild wahrgenommen zu haben glaubte, das knochige, ausgezehrt wirkende Gesicht – der Mann vor ihm zeigte nicht einen Hauch dieses Erscheinungsbildes, er wirkte gesund und wohlgenährt. Nein, ob es ihm passte oder nicht: Der Mann hier war nicht identisch mit dem, den er in Theissens Haus angetroffen hatte.

»Kennen Sie einen Richard Theissen?«, fragte Braig.

»Richie? Natürlich kenne ich ihn. Wir sind Kollegen, außerdem befreundet. Aber es geht ihm leider nicht so gut.«

»Es geht ihm nicht so gut?« Braig musterte sein Gegenüber. Wusste er wirklich nicht, was mit Theissen passiert war, oder markierte er nur den Ahnungslosen? »Sie wissen, wo er wohnt?«

»Na klar. In Esslingen unterhalb der Burg.«

»Und Sie waren schon in seinem Haus.«

Traufler nickte zustimmend. »Ab und an. Wenn wir durch die Kneipen in der Esslinger Altstadt zogen.«

»Wann waren Sie zum letzten Mal dort?«

»Zum letzten Mal? Woher soll ich das wissen? Wir haben uns schon eine Weile nicht mehr gesehen. Wenn Richie wieder in einer depressiven Phase steckt …«

»Sie waren nicht vorgestern, am Montag, in seinem Haus?«, fragte Braig, obwohl er es selbst besser wusste.

»Wie bitte?« Traufler fuhr sich mit der Hand über seine rechte Wange, kratzte sich. Braig glaubte, dort eine Verletzung zu erkennen. »Hören Sie, ich weiß wirklich nicht, was Sie von mir wollen …«

»Vorgestern, am Montag«, fiel Neundorf ihm in scharfem Ton ins Wort. »Waren Sie da im Haus von Herrn Theissen?«

Traufler wandte irritiert den Kopf zu der Kommissarin, schleuderte ihr ein unüberhörbares: »Nein!« entgegen. Er holte tief Luft, polterte dann los. »Ich habe Ihren Kollegen vorhin schon erklärt: Ich war mit meiner Freundin fast zwei Wochen auf Radtour in Holland. Ich bin nur gekommen, um die Wohnung in Pattonville zu kündigen und mich hier abzumelden.«

»Sie wollen umziehen?«

»Nach Holland, ja. Ich wechsle meinen Arbeitsplatz, fange dort neu an.«

»Ihre Freundin«, sagte Braig. »Können wir Sie sprechen?«

»Weshalb?«

»Na ja, ob sie bezeugen kann, dass Sie wirklich die ganze Zeit …«

»Na klar kann sie das bezeugen. Rufen Sie sie an. Wo ist mein Handy? Dort ist die Nummer gespeichert.«

»Das werden wir tun. Ihr Handy ist bei unseren Kollegen …«

»Mein Handy«, rief Traufler. »Schauen Sie sich doch die Bilder an, die ich unterwegs aufgenommen habe. Da finden Sie den Beweis.«

Neundorf nickte, erhob sich von ihrem Platz. »Ich werde mich darum kümmern«, erklärte sie, verließ dann den Raum.

»Kennen Sie einen Markus Kreitschmer?«, fragte Braig.

Traufler flüsterte den Namen kaum hörbar vor sich hin, schüttelte den Kopf. »Nein.«

»Was ist mit Ralf Meyer?«

»Ralf Meyer?« Diesmal wiederholte er den Namen laut.

»Ein Krankenhaus-Arzt«, erklärte Braig.

»Irgendwoher kommt mir der Name … Ja, jetzt erinnere ich mich. Mit dem hatte ich beruflich zu tun. Er suchte eine Wohnung. Ein total verwöhnter Typ. War mit nichts zufrieden.«

Braig erinnerte sich an Längfelds Aussage, Traufler mit der Wohnungssuche für Dr. Meyer beauftragt zu haben. Anscheinend sagte der Mann tatsächlich die Wahrheit. Blieb nur noch, sich nach Reiner Bohl und Adolf Hoppenstedt zu erkundigen.

»Reiner Bohl?« Traufler winkte ab. »Ich weiß nicht, was ich mit all den Leuten soll. Können Sie mir nicht endlich mal sagen, warum Sie mich hier festhalten?«

»Wir halten Sie nicht länger fest«, erklärte Braig. »Mich interessiert nur noch, ob Sie einen Adolf Hoppenstedt kennen.«

»Adolf Hoppenstedt?« Traufler wiederholte den Namen derart laut, dass Braig irritiert aufsah. »Sie fragen wirklich nach Adolf Hoppenstedt?«, rief sein Gegenüber.

Neundorf betrat den Raum, ein Mobiltelefon in der Hand.

»Was ist so seltsam an dem Namen?«, wunderte sich Braig.

Traufler lachte aus vollem Herzen. »Sie haben wirklich Humor! Bei allem, was Sie sich mir gegenüber erlaubt haben, eines muss ich Ihnen lassen: Sie scheinen ein ulkiger Vogel zu sein.«

»Wieso denn? Was ist daran so lustig?«, erkundigte sich Neundorf. »Hier ist das Handy. Voller Aufnahmen aus Holland.«

»Sage ich doch.« Traufler beruhigte sich langsam wieder. »Die Hoppenstedts«, erklärte er dann. »Kennen Sie nicht die Sketche von Loriot? *Weihnachten bei Hoppenstedts* etwa?«

»Loriot?«, maulte Braig. »Hören Sie …«

»Adolf Hoppenstedt«, fiel Traufler ihm ins Wort. »Das ist doch kein Zufall. Diese Kombination stammt von Richie und mir. Das war unsere Strategie, die Zusammenarbeit mit dem Dreckskerl zu ertragen, der uns ohne Ende schikanierte. Er sah dem etwas zu klein geratenen Schauspieler mit seiner Glatze und dem Schnurrbart aus Loriots Sketchen verblüffend ähnlich. Und was den *Adolf* anbelangt: Mein Gott, das können Sie sich vielleicht denken, warum wir ihm den Vornamen des verkommensten Verbrechers, der je gelebt hat, gegeben haben.«

»Von wem sprechen Sie?«, fragte Neundorf.

»Unser ehemaliger Chef. Längfeld, von der Genter Privatbank«, antwortete Traufler.

Braig hatte das Gesicht des Mannes sofort wieder vor Augen. Hoppenstedt. Der Schauspieler, der diese Figur in Loriots Sketchen verkörpert hatte. Die Ähnlichkeit war wirklich verblüffend. »Sie haben recht«, sagte er. »Längfeld sieht diesem Schauspieler wirklich ähnlich.«

»Sie kennen ihn?«, wunderte sich Traufler.

»Ich hatte gestern das Vergnügen, ja.«

Braigs ironische Ausdrucksweise war dem Mann nicht verborgen geblieben. »Adolf«, erklärte Traufler. »Der einzige Vorname, der dem Kerl gerecht wird.«

»Dann wäre Längfeld der vierte Mann auf der Liste?«, spekulierte Neundorf.

»Wieso vierter Mann?« Traufler kratzte sich an der Wange. »Und was für eine Liste?«

»Wer außer Ihnen und Herrn Theissen weiß, dass Sie Längfeld als Adolf Hoppenstedt bezeichnen?«, erkundigte sich Braig.

»Außer uns? Keine Ahnung.«

»Kollegen, Freunde, Partnerinnen?«

»Nein!« Traufler schüttelte den Kopf. »Mit den Kollegen der Bank hatten wir nicht viel am Hut. Die haben sich fast alle auf die miesen Praktiken Längfelds eingelassen und schaufeln damit irre Geld. Mietwohnungen in Eigentumsappartements umwandeln, Hypotheken mit Wucherzinsen andrehen, Abzocke ohne Ende. Die Leute, die es wagten, nein zu sagen, wurden von Längfeld kaltgestellt. Mit den hinterfotzigsten Methoden.« Er zog seine Mundwinkel hoch, kratzte sich erneut. »Adolf Hoppenstedt. Richie und ich. Das war unser gemeinsamer Joke. Wenn wir zusammensaßen, was tranken oder so. Die einzige Methode, den Irrsinn zu überleben. Wer außer uns davon wusste? Niemand!«

»Wieso wurden wir dann mit genau diesem Namen konfrontiert?«

»Sie? Keine Ahnung. Ich habe den Adolf jedenfalls nur in Gesellschaft Richies benutzt.«

»Und Herr Theissen?«

»Richie hat keine Freunde. Der ist durch diesen Scheiß-Job doch völlig platt. Richie war ja sogar in Behandlung. Bei einem Psycho und in einer Klinik. Das ist allein Längfelds Schuld. Der Dreckskerl und seine kriminellen Praktiken …«

»Von welchem Psycho sprechen Sie?«, hakte Neundorf nach.

»Keine Ahnung. Das müssen Sie Richie fragen. Ich weiß nur von dieser Klinik am Bodensee. Er hat mich mal von dort angerufen, da ging es ihm wieder viel besser. Er war kaum mehr zu erkennen. Die scheinen ihm echt geholfen zu haben. Vielleicht hat er denen was von Adolf Hoppenstedt und unserer Methode, den Dreckskerl zu überleben, erzählt. Was weiß ich?«

30. Kapitel

Söderhofers fünfter oder sechster Anruf an diesem Nachmittag wurde Braig avisiert, kaum dass sie sich von Markus Traufler verabschiedet hatten. Dass der Mann nichts mit den Verbrechen zu tun hatte, stand für die Kommissare außer Zweifel. Allein die verblüffende Ähnlichkeit mit der immer noch unbekannten Person, die Braig in Theissens Haus angetroffen hatte, war ihm zum Verhängnis geworden. Braig und Neundorf hatten ihn mit vorsichtig formulierten Andeutungen mit den Problemen ihrer Ermittlungen konfrontiert und sich dann mit Nachdruck für die entstandenen Unannehmlichkeiten entschuldigt. Sie hatten Traufler zugesichert, ihm bei Schwierigkeiten, die den falschen Beschuldigungen entspringen mochten, klärend beiseitezustehen, waren dann in Braigs Büro gewechselt, um ihr weiteres Vorgehen abzusprechen.

»Längfeld? Du glaubst wirklich, er ist der vierte Mann auf der Liste? Ausgerechnet dieser raffgierige Banker?«, fragte Neundorf.

»Das würde doch passen. Längfeld, der Menschenschinder. So wurde er doch von verschiedenen Seiten geschildert.«

»Dann müssen wir uns um ihn kümmern. Ob uns das behagt oder nicht. Um es konkret zu sagen: Wir müssen ihn rund um die Uhr bewachen.«

»Ich fürchte, uns bleibt nichts anderes übrig. Es gibt keinen realen Adolf Hoppenstedt. Frau Prießnitz hat alles versucht. Und Längfeld ist genau der richtige Typ.« Braig bemerkte, wie es in seiner Kollegin arbeitete. »Vielleicht wäre es sinnvoll, du schaust ihn dir erst selbst mal an«, fügte er hinzu. »Möglichst bald. Bevor wir die endgültige Entscheidung treffen.«

Neundorf zeigte sich augenblicklich einverstanden. »Das werde ich tun. Umgehend. Bevor wir Kollegen beauftragen. Was ist mit dieser Klinik? Dir ist es doch auch aufgefallen.«

»Diese Klinik am Bodensee? Ich weiß nicht, wie oft ich im Verlauf der letzten Tage von ihr gehört habe. Egal, ob es sich um Leute handelte, die von Kreitschmer oder von Meyer schikaniert worden waren. Und Renken hat sie heute Mittag ebenfalls erwähnt. Dass sein Kollege dort so vorbildlich therapiert wurde. Obwohl, kurz danach hat er sich umgebracht. Aber du hast recht, diese Klinik taucht im Umfeld von allen drei Getöteten auf. Wir sollten sie uns anschauen. Ich kümmere mich darum.« Er warf einen Blick auf die Uhr. »Kurz nach vier«, sagte er dann. »Heute ist es wohl schon zu spät. Da erreiche ich niemand mehr. Aber morgen. Vielleicht sollte ich persönlich hinfahren. Morgen früh. Wenn du Längfeld übernimmst?«

Söderhofers Anruf ließ ihn jäh verstummen. Er registrierte Neundorfs zustimmendes Nicken, warf einen Blick aufs Display. »Oh, nein, der schon wieder.« Er stöhnte laut auf. »Keine Ahnung, wie oft es der heute schon versucht hat. Ich glaube, ich sollte mal rangehen.«

»Mach das«, meinte Neundorf. »Aber lass mich aus dem Spiel. Den Kerl will ich mir jetzt nicht auch noch antun.« Sie winkte ihm zu, beeilte sich mit einem letzten Kommentar aus seinem Büro zu verschwinden. »Ich kümmere mich um Längfeld. Wir hören voneinander.«

Er griff zum Hörer, legte ihn rücklings auf seinem Schreibtisch ab.

»Endlich bequemt sich der Herr«, dröhnte es aus der Muschel.

»Wir waren den ganzen Tag unterwegs«, gab er zur Antwort, ärgerte sich aber im gleichen Moment derart über sich selbst, dass er jäh verstummte. Es gab keinen Anlass, sich rechtfertigen zu müssen. Er arbeitete seit Tagen rund um die Uhr daran, den Mörder der drei Männer zu finden, hatte sich weiß Gott nichts vorzuwerfen, zu wenig unternommen zu haben.

»Und? Was haben Ihre Ausflugstouren außer Kaffee- und Plauderstündchen gebracht?«

Braig hatte Mühe, an sich zu halten, spürte Gänsehaut über seinen Rücken kriechen. »Markus Traufler hat mit der Sache nichts zu tun.«

»Um das festzustellen, müssen Sie tagelang durchs Land reisen? Das habe ich Ihnen von Anfang an erklärt. Hätten Sie auf mich gehört, hätten Sie sich all Ihre sinnlosen Kaffeefahrten sparen können. Braig, beenden Sie endlich den Schwachsinn vom Serienkiller. Diese verdienstvollen Männer als Menschenschinder zu diffamieren ist allein schon ein unsägliches …«

Er konnte das Gelaber nicht mehr ertragen, ließ den Telefonhörer auf seinem Schreibtisch liegen, wandte den Blick zu dem Poster an der Wand. »What a sexy man.« Neundorfs Worte in Erinnerung fühlte er sich augenblicklich besser. Die einzige Methode, den Mann zu ertragen.

Verwundert nahm er wahr, dass die Stimme am anderen Ende verstummt war, hielt den Hörer wieder ans Ohr.

»Aber vergessen Sie unsere Einweihungsfeier nicht, Braig!«, polterte Söderhofer plötzlich wieder los. »Heute Abend. Wir sehen uns!«

Nicht auch das noch, dachte er.

31. Kapitel

Gegen 18 Uhr war es Neundorf endlich gelungen, Längfeld zu sprechen. Mit Händen und Füßen sowie mehreren unverhohlenen Drohungen, sich bei seinem guten Bekannten, Herrn Oberstaatsanwalt Söderhofer, zu beschweren, hatte er versucht, ihren Gesprächswunsch abzuwehren.

»Erstens hat mich gestern schon Ihr Kollege mit sinnlosen Beschuldigungen traktiert, und außerdem habe ich um 19 Uhr einen wichtigen Termin, den ich wahrnehmen muss«, hatte er gejammert.

»Wo soll das sein?«

»Was?«

»Der Termin um 19 Uhr.«

»In Luginsland. Stuttgart-Luginsland.«

»Na, prima. Das ist doch hier bei uns um die Ecke. Dann treffen wir uns dort. Zwanzig Minuten vor sieben.«

Erst als sie ihm versichert hatte, seine Beerdigung am kommenden Wochenende nicht zu besuchen, hatte er ihr die genaue Adresse mitgeteilt.

Der dicke Daimler war erst wenige Minuten vor 19 Uhr vor dem angegebenen Grundstück angelangt. Neundorf hatte Zeit genug gehabt, das alte Zweifamilienhaus am Rand Luginslands ausführlich zu mustern. Ein von einem teilweise verwilderten Garten umgebenes, wohl aus einer frühen Epoche des vergangenen Jahrhunderts stammendes, massives Gebäude. Architektonisch eher schlicht ausgeführt, von seiner Lage her jedoch ein einzigartiges Juwel. Hinter dem auf einem Südhang gelegenen Haus erstreckte sich ein schmales, grünes Tal, das von sanft ansteigenden Weinberghügeln flankiert wurde. Hoch über allem thronte die Grabkapelle der Königin Katharina auf dem Württemberg.

Neundorf hatte Mühe gehabt, sich vom Anblick der Umgebung zu lösen. Hier zu wohnen, diese Szenerie vor Augen, bedeutete ein besonderes Privileg. Kein Wunder, dass dieser Immobilienbanker die Hand – so vermutete sie jedenfalls – nach diesem Haus ausstreckte. Wahrscheinlich mit dem Ziel, es in ein Ensemble maßlos überteuerter Eigentumswohnungen zu verwandeln.

Das Auftauchen der schwarzen Limousine hatte sie aus ihren Gedanken gerissen. Sie hatte den Mann sofort erkannt, die Ähnlichkeit mit der Figur aus Loriots Sketchen war verblüffend. Sie hatte sich zusammenreißen müssen, ihn nicht als »Herr Hoppenstedt« zu begrüßen.

Wie schon am Telefon war Längfeld ihr nicht gerade freundlich gegenübergetreten. Sie hatte ihn ohne auf die Hintergründe einzugehen auf die vermeintliche Gefahrensituation aufmerksam gemacht und einen dezenten Schutz durch die Polizei angeboten. »Zugegeben: Es ist möglich, dass wir uns täuschen«, hatte sie ihm erklärt. »Dann verschwenden wir unsere Zeit und unsere Kraft. *Unsere*«, hatte sie betont, »nicht *Ihre*. Wenn wir aber keinem Irrtum unterliegen, dann ist es *Ihr* Leben, das auf dem Spiel steht. Dessen sollten Sie sich bewusst sein.«

Zum ersten Mal im Verlauf ihrer kurzen Unterhaltung hatte sie einen Anflug von Unsicherheit bei dem Mann bemerkt.

»Wie würde dieser dezente Schutz aussehen?«, hatte er gefragt.

»Ein Beamter oder eine Beamtin würde Sie zu Ihren Terminen begleiten beziehungsweise vor Ihrem Haus aufpassen. So wie jetzt. Und Sie sollten uns informieren, mit wem Sie sich treffen. Damit wir die Leute überprüfen …«

»Ich kann unsere Klienten nicht überprüfen lassen«, war er ihr ins Wort gefallen. »Glauben Sie allen Ernstes, dann wäre noch ein Einziger bereit, mit uns in Kontakt zu treten?«

Bei der Vielzahl illegaler Geschäfte in eurem Metier würde mich das in der Tat wundern, hatte es Neundorf auf der Zunge gelegen. Sie hatte den Gedanken aber für sich behalten, mit dem Mann stattdessen den vorläufigen Schutz durch einen Beamten vereinbart. »Ich werde in wenigen Minuten von einem Kollegen abgelöst, das ist abgesprochen«, hatte sie ihm erklärt. »Vorher möchte ich mir aber noch kurz die Person anschauen, mit der Sie hier verabredet sind. Sie ist Ihnen persönlich bekannt?«

Längfeld war von ihrem forschen Vorgehen wohl zu überrumpelt, sich noch länger gegen ihre Fragen zu sperren. »Persönlich bekannt? Nein, wieso denn?«

»Darf ich wissen, worum es geht und wie lange der Termin schon steht?«

»Ein Herr Reinhardt. Ihm gehört das Haus hier. Er will es verkaufen. Den Termin haben wir gestern vereinbart.«

»Erst gestern? Dann möchte ich mir den Mann ansehen. Das geht schnell. Sie können mich als Ihre Mitarbeiterin vorstellen.«

Neundorf war gerade mit Längfeld auf dem Weg zur Gartentür, als ein dunkelblauer Golf hinter der schwarzen Limousine einscherte. Sie hatte den Fahrer sofort als Kollegen erkannt, den Banker darüber informiert.

»Na, dann kann mir ja wirklich nichts passieren«, hatte Längfeld gelästert.

Die Begrüßung des Hausbesitzers war kurz ausgefallen. Der Mann war deutlich fortgeschrittenen Alters, hatte die siebzig längst überschritten. Neundorf hatte sich kurz im Haus umgesehen, sich dann von den Männern verabschiedet. Auch die Überprüfung Günther Reinhardts durch die Kollegen im Amt hatte nichts Besorgniserregendes ergeben. Er war 78 Jahre alt, Rentner, in keinem polizeilichen Register verzeichnet. Sie hatte den Beamten in seinem zivilen Fahrzeug dennoch um erhöhte Aufmerksamkeit gebeten, sich dann auf den Weg zum Elternabend der Klasse ihres Sohnes Johannes ins Waiblinger Staufer-Gymnasium gemacht.

Der Anruf des Längfeld an diesem Abend betreuenden Kollegen kam mitten in der Vorstellung der neuen Englisch-Lehrerin. Sie bemerkte die genervten Blicke der anderen Mütter – es war nur ein einziger Vater erschienen – entschuldigte sich und stahl sich aus dem Raum.

Der Beamte am anderen Ende schien außer Atem. »Längfeld, verdammter Mist, er ist … weg«, keuchte er.

»Wie weg?« Sie schrie so laut, dass mehrere Frauen und Männer am anderen Ende des Flurs zu ihr hersahen.

»Weg. Er ist verschwunden.«

»Woher wollen Sie das wissen? Waren Sie im Haus?«

»Ja, das heißt, ich bin, also, im Moment …« Der Kollege kam derart ins Stottern, dass es ihm die Sprache raubte.

»Jetzt mal langsam«, versuchte Neundorf, Klarheit über die Situation am Rand Luginslands zu gewinnen. »Woher wollen Sie wissen …«

Der Mann fiel ihr ins Wort. »Dieser Längfeld. Er kam einfach nicht aus dem Haus. Ich sollte ihn nach seinem Gesprächstermin nach Gerlingen zu seiner Wohnung begleiten.

Zwischen 19.30 Uhr und 20 Uhr sei das wohl der Fall, haben Sie mir erklärt. Er kam aber nicht. Anfangs habe ich mir nichts dabei gedacht, auch weil in zwei Räumen irgendwann das Licht angegangen war. Von außen konnte ich aber nichts erkennen. Gegen neun wurde ich nervös. Fast 21 Uhr und er lässt sich immer noch nicht blicken, dachte ich. Ich wartete noch mal zwanzig Minuten, dann stieg ich aus dem Wagen und lief zum Haus. Ich läutete mehrfach, aber es kam keine Reaktion. Und dann glaubte ich plötzlich, ein leises Stöhnen zu hören. Aus dem Keller, wie mir schien. Ich lief ums Haus, kam zur Rückseite, wo es direkt ins Grüne geht, und fand die Kellertür aufgebrochen.« Er verstummte, schien völlig außer Atem.

Neundorf glaubte, im Hintergrund Geräusche zu hören. »Und dann?«, fragte sie.

»Ich schob die Tür auf und ging rein. Jetzt war das Stöhnen deutlich zu hören. Ich zog meine Waffe und tastete mich langsam vor. Und dann fand ich den Mann. Eingeschlossen in einen der Kellerräume und ein dickes Klebeband über dem Mund.«

»Längfeld«, sagte Neundorf. »Er wurde überfallen …«

»Doch nicht dieser Längfeld!«, schrie der Kollege. »Ein älterer Mann. Der Hausbesitzer. Ein Herr Reinhardt. Längfeld ist weg. Spurlos verschwunden!«

32. Kapitel

Der Gastgeber räusperte sich, so laut er konnte, kämpfte sich an mehreren bestens gelaunten, Sektkelche und Cocktailgläser schwenkenden Gästen vorbei zu einer der hell erleuchteten Glasvitrinen, die an der Wand des weitläufigen Raumes aufgereiht waren.

»Das ist ein Magez«, versuchte der fast alle Nachbarn um mehrere Zentimeter überragende Mann den Lärmpegel zu übertönen. »Ein vielversprechender, junger Berliner Künstler. *Harmonie des Seins.* Eines seiner neuesten Werke.« Söderhofer wandte sich mit angestrengter Pose zur Seite, um sich zu vergewissern, dass auch möglichst viele Gäste seinen Worten lauschten, nahm zuerst Braig und dessen Partnerin, dann das unmittelbar danebenstehende Paar ins Visier. »Wir dachten, wenn wir uns schon hier in der Provinz niederlassen, wollen wir Ihnen wenigstens einen Hauch international anerkannter Kunst zuteil werden lassen, zu der Sie sonst ja keinen Zugang hätten. Außerdem kümmern wir uns speziell um den künstlerischen Nachwuchs, verstehen Sie? Jungen Leuten eine Chance geben, ist unser Ziel. *Magez* hat es uns besonders angetan. Zwei völlig unterschiedliche Materialien – und doch gelingt es dem Künstler auf einzigartige Weise, sie harmonisch miteinander in Beziehung zu bringen, finden Sie nicht auch?«

Braig fühlte die Augen des Oberstaatsanwalts direkt auf sich gerichtet. Ein Hauch international anerkannter Kunst für die Provinzler, dachte er, aha. Er musterte den Inhalt der Vitrine: Zwei annähernd gleich große, Maulwurfshügeln ähnliche Ansammlungen verschiedenfarbigen Materials, unmittelbar nebeneinander platziert. Links eine helle, am Rand ins Weiße tendierende Masse, rechts dasselbe in schlammig-dunklem, am äußersten Ende tiefschwarzem Ton. Je weiter die Anhäufungen voneinander entfernt waren, desto stärker kontrastierten die Farben; je näher sie beieinanderlagen, desto mehr glichen sie sich an, bis sie schließlich in der Mitte im gleichen Farbton ineinander übergingen.

Woraus das Material bestand, war Braig nicht ersichtlich. Genauso wenig, was das Ganze mit einer angeblichen Harmonie des Seins zu tun haben sollte. Die dunkle Masse auf der rechten Seite ließ ihn unwillkürlich an feucht-klebrigen Matsch, morastige, von intensivem Regen aufgeweichte Erde denken. Oder, er zögerte, wollte das Kunstwerk vielleicht zwei neu kreierte Puddingsorten darstellen, die eine auf Vanille, die andere auf verschiedenartigen Pflanzenextrakten basierend? Das erschließt sich wohl nur Weltbürgern wie Söderhofer, uns Tölpeln aus der Provinz bleibt der Sinn verborgen, dachte Braig.

Er wartete auf weitere Erklärungen des Hausherrn, sah seine Augen erwartungsvoll auf sich gerichtet.

»*Harmonie des Seins*«, wiederholte der Oberstaatsanwalt. »Zwei völlig verschiedene Erscheinungen wunderbar zueinander in Beziehung gesetzt, nicht wahr?«

Braig spürte die sanfte Berührung seiner Partnerin, zwang sich zur Andeutung einer zustimmenden Kopfbewegung.

Wo blieb der Geistesblitz, der ihm einen nachvollziehbaren Zugang zu dem Kunstwerk ermöglichte? So sehr er sich bemühte, es wollte nicht gelingen.

»Beeindruckend«, hörte er Ann-Katrins Stimme. Er wandte sich einen Moment zur Seite, bewunderte ihr schauspielerisches Talent. Die einzige Assoziation, die sich ihm bei der Betrachtung der *Harmonie des Seins* auftat, war die Erinnerung an seine in einer schlammigen Pfütze planschende Tochter vor wenigen Wochen. Er hatte das Bild noch deutlich vor Augen: Die vor Begeisterung strahlenden Augen Ann-Sofies, wie sie anlässlich des Geburtstags ihrer Tante mitten im Garten im Matsch des Untergrunds wühlte und ihn dann händeweise in die Luft katapultierte. Ihr am Vortag eigens für das Fest frisch gewaschenes, weißes Kleid war von schmutzig-braunen Flecken übersät, überall in ihren Haaren und auf ihrer Haut klebte die übel riechende Masse. Nur mit Mühe war es ihnen gelungen, die Kleine in ihrem überschwänglichen Spiel zu bremsen und sie anschließend von dem Schmutz zu befreien.

Die *Harmonie des Seins* hatte verblüffende Ähnlichkeit mit dem Zeug, das sie ihr von der Haut und aus den Haaren gewaschen hatten. Ein Haufen klebrigen Matsches vom Boden einer Pfütze. Nur dass die steril verschlossene Glasvitrine ihnen zwar den Anblick des Materials vor Augen führte, sie aber vor dessen üblen Geruch bewahrte.

»Wenn die *Harmonie des Seins* sie zu einem Foto inspiriert?«

Braig fühlte sich aus seinen Gedanken gerissen. Der Oberstaatsanwalt musterte eine der unentschlossen auf das Kunstwerk starrenden Nachbarinnen, ließ ihr Zeit, die Vitrine samt Inhalt mit ihrem Smartphone abzulichten. Als sie das Gerät zur Seite nahm, wies er ins Innere des Raumes. »Dort vorne haben wir noch ein weiteres Werk von Magez.«

Die Frau schien den Vorschlag des Gastgebers gerne anzunehmen. Ohne Zögern wandte sie sich von dem Kunstwerk ab, folgte dem Mann zu einer eifrig miteinander parlierenden Gruppe weiterer Gäste, hinter denen die Umrisse einer anderen Vitrine zu erahnen waren.

Braig sah keine Veranlassung, es der Nachbarin nachzutun. Er bemerkte den fragenden Blick seiner Partnerin, schüttelte den Kopf. »Ein Magez ist genug«, frotzelte er.

»Banause.« Ann-Katrins Miene war von süffisantem Grinsen überzogen. »Sag nur, dir fehlt der Zugang zur *Harmonie des Seins*.«

»Überhaupt nicht. Dieser Haufen Matsch erinnerte mich sofort an Teresas Geburtstag. Ann-Sofie in ihrem weißen Kleid mitten in der Pfütze.«

Seine Partnerin musste an sich halten, nicht laut loszulachen. Sie reichte ihm ihr Sektglas, beugte den Kopf nach vorne, hielt sich die Hand vor den Mund. »Du bist unmöglich«, prustete sie.

Braig sah, wie ihr ganzer Körper vor Lachen vibrierte. »Mir fehlt nicht nur der Zugang zu diesem *Kunstwerk*«, er formulierte das Wort in gestelzter Ausdrucksweise, »mir fehlt der Zugang zum ganzen Haus.«

»Na, wenn ich an die vergangenen Wochen denke, kommt das nicht gerade überraschend«, kommentierte sie, fügte dann schnell beschwichtigend hinzu: »Aber da bist du nicht der Einzige.«

Der Empfang bei den neuen Nachbarn war weniger von förmlicher Etikette geprägt verlaufen, als Braig befürchtet hatte. Zwar sichtbar darum bemüht, von Anfang an einen guten Eindruck zu machen, aber doch salopp in Jeans und eine folkloristisch bunte Bluse gekleidet hatte sie die Hausherrin an Söderhofers Seite empfangen. Nicolette Mander hatte kurze, dunkle Haare, ein leicht gerötetes, etwas zu üppig geschminktes Gesicht. Dem lauten Schimpfen nach, das bis zur Gartentür zu hören gewesen war, hatte sie wohl eine heftige Auseinandersetzung mit ihrer Tochter gehabt, die den Besuchern mit unübersehbar mürrischem Blick Kaugummi kauend gegenübergetreten war. Sie schien ihrer Mutter wie aus dem Gesicht geschnitten, unterschied sich allerdings deutlich in ihrer Aufmachung. Blaue Haare mit blutig roten Strähnen, zerrissene, von etlichen Löchern gezeichnete Jeans. Es bedurfte keiner Erläuterung, in welcher Lebensphase sie sich befand.

»Das ist unsere Katharina. Sie ist 15.«

Nicolette Manders Worte waren im Protest ihrer Tochter untergegangen. »16«, hatte sie sie angegiftet. »In sechs Wochen bin ich 16.« Sie hatte das Kaugummi vor ihrem Mund zu einer großen Blase anwachsen lassen, es dann mit einem lauten Knall zum Platzen gebracht.

Braig war es gerade noch gelungen, das Nasenpiercing der jungen Dame zu bewundern, da hatte sie sich schon wieder davongemacht.

Das Gesicht des Hausherrn war hochrot angelaufen. »Sie müssen entschuldigen«, hatte er mühsam hervorgebracht. »Katharina ...«

»Sie ist in einem schwierigen Alter«, war ihm seine Partnerin zu Hilfe gekommen. Sie hatte sich beeilt, sie auf das außergewöhnlich reichhaltig ausgestattete Büfett aufmerksam zu machen, das gleich hinter dem Eingangsbereich aufgebaut war, hatte darauf gedrängt, sich zu bedienen.

Das Feinste vom Feinen, war es Braig sofort aufgefallen, ein fast unübersehbares, mit Delikatessen aller Art bestücktes Angebot, unbezahlbar für einen normalen Geldbeutel. Er hatte lange überlegt, zu welchem der unzähligen, üppig belegten Fisch-, Fleisch-, Wurst-, Käse- oder Pflanzenhäppchen er greifen, was für ein Getränk er wählen sollte, hatte sich dann an seiner Partnerin orientiert. Da war Söderhofer aber wirklich in die Vollen gestiegen, wahrscheinlich mit den Finanzen der Zahnärztin.

Braig hatte sich gerade von der *Harmonie des Seins* entfernt und eine neue Käsespezialität vom Büfett genossen, als er die Stimme unmittelbar neben sich hörte.

»Ihnen geht dieser saublöde Magez doch voll am Arsch vorbei.«

Überrascht wandte er sich zur Seite, sah Katharina Manders Blick auf sich gerichtet. »Der Magez?«

»Geben Sie es zu. Ich sehe es Ihnen doch an.«

Er schluckte den letzten Bissen, wusste nicht, wie er reagieren sollte. Insgeheim fühlte er sich ertappt. »Hauptsache, Ihrer Mutter gefällt er«, bemühte er sich um eine halbwegs passable Antwort. »Und Ihrem Vater auch.«

»Ach was, mein Vater!« Das blau-rote Haarbüschel vor ihm federte heftig hin und her. »Erstens ist er nicht mein Vater und außerdem: Der tut doch nur so scheinheilig, als würde ihm das gefallen. In Wirklichkeit kotzt der schon aus allen Rohren, wenn er nur den Namen eines dieser *Künstler* hört«, zischte sie, alle Verachtung dieser Welt in der Stimme. »Der macht das nur, um anzugeben.«

»Na ja«, versuchte Braig zu beschwichtigen. »So ist das nun mal mit der Kunst. Dem einen gefällt's, dem anderen nicht.«

»Das ist keine Kunst. Das ist Scheiße!«

Sie hatte ihre Worte so laut von sich gegeben, dass es weithin zu hören war. Mehrere der Umstehenden nahmen Braig und seine Gesprächspartnerin ins Visier.

Oh Gott, schoss es ihm durch den Kopf, womit habe ich das verdient? Weshalb hatte sich das gepiercte Monster gerade ihn zum Streiten ausgesucht?

Vor Katharina Manders Mund wuchs eine neue Kaugummiblase. Sie dehnte sich immer weiter aus, näherte sich seinem Kinn bis auf wenige Zentimeter. Er wandte den Kopf zur Seite, spürte dennoch die Feuchtigkeit in seinem Gesicht, als die Blase platzte.

»Sie haben wohl Schiss, was?«, polterte das Monster. »Und ich dachte, Sie sind Bulle.«

Braig konnte sich denken, woher sie seinen Beruf kannte. Er wollte gar nicht wissen, was Söderhofer über ihn erzählt hatte. Er schaute sich um, bemerkte, dass sich die meisten Gäste wieder von ihnen abgewandt hatten. Nur Ann-Katrin beobachtete ihn mit verschmitztem Grinsen. »Wieso soll ich Schiss haben?«, fragte er. »Und vor wem?«

»Was weiß ich. Für einen Bullen sind Sie jedenfalls ganz schön lahm.«

Ob seine Tochter sich in wenigen Jahren in ein ähnliches Monster verwandeln würde? Was konnte er tun, das zu verhindern? »Was erwarten Sie denn von mir?«, konterte er. »Soll ich sofort meine Waffe ziehen und losballern?«

»Haben Sie überhaupt eine?«

»Sie kennen meinen Beruf. Dann wissen Sie doch aus dem Fernsehen, dass sich Verbrecher nur selten ohne Waffeneinsatz festnehmen lassen.«

»Fernsehen, pah!«, zischte sie unablässig laut ihr Kaugummi schmatzend. »Wie abgefahren ist das denn? Glauben Sie, ich weiß nicht, dass diese dämlichen Krimis nichts mit Ihrem Job zu tun haben?«

Braig konnte seine Überraschung nicht verbergen. »Darüber haben Sie sich schon Gedanken gemacht?«

»Sie halten mich für voll bescheuert, was? Das kleine Baby aus der Nachbarschaft. Hat noch keine Ahnung von der Welt. Soll erst mal erwachsen werden.«

»Das habe ich nicht gesagt«, verteidigte er sich.

»Gesagt nicht, aber gedacht.« Sie musterte ihn mit durchdringendem Blick. »Geben Sie es zu?«

Braig schnappte nach Luft. »Ich gebe es zu, ja.«

Für einen Moment blieb sie ruhig. Sogar ihr lautes Schmatzen kam plötzlich zu einem Ende. Er wusste nicht, was das zu bedeuten hatte, betrachtete sie misstrauisch.

Erst nach mehreren Sekunden schien wieder Leben in sie zu kommen. »Sie sind echt ein cooler Typ«, erklärte sie, ihre Aussage mit mehrfachem Kaugummischnalzen bekräftigend.

»Cool? Wieso?«

»Sie sind der erste Erwachsene, der es zugibt.«

»Na ja«, meinte er.

»Kann ich sie mal sehen?«

»Wen?«

»Ihre Waffe natürlich. Also, ob Sie mir die mal zeigen?«

»Ja, wenn Sie wollen …« Diesen wohl aus reiner Neugierde geäußerten Wunsch hatte er schon mehrfach gehört, manchmal von Kindern, oft aber auch von Erwachsenen. Meistens von Leuten, die keinerlei Beziehungen zur Polizei hatten. »Im Moment habe ich sie allerdings nicht hier. Ich bin ja privat eingeladen, nicht als Kriminalbeamter. Nehme ich jedenfalls an«, fügte er lächelnd hinzu.

»Das finde ich irre. Sie sind echt cool.« Sie ließ ihr Kaugummi mehrfach schnalzen.

Braig ersparte sich eine Antwort, weil er Nicolette Mander mit fragendem Gesichtsausdruck auf sich zukommen sah. »Oh, ich hoffe, liebe Nachbarn«, sie war etwas außer Atem, wandte sich abwechselnd an Braig, dann wieder an Ann-Katrin, die nur wenige Schritte entfernt stand, »ich sehe schon die ganze Zeit meine Tochter in Ihrer Nähe. Hoffentlich hat sie sich benommen, ich meine, Ihnen gegenüber …«

Lautes Kaugummischnalzen unterbrach ihre Worte.

»Kind, wie oft habe ich dir schon … Das gehört sich nicht! Tu das Zeug aus dem Mund!« Ihre Stimme hatte an Schärfe gewonnen.

»Er will mir seine Waffe zeigen«, erklärte ihre Tochter. »Der ist echt cool.«

Nicolette Manders Miene zeigte pures Erstaunen. »Oh.« Sie schluckte. »Eduard, mein neuer Partner hat es mir erzählt. ›Hier müsst ihr keine Angst haben. Unser neuer Nachbar ist der beste Kommissar, den das LKA zu bieten hat.‹«

»Das hat Ihr Partner Ihnen erzählt?« Braig rang um Luft. Wie viel Grad hatte Söderhofers Fieberthermometer gemessen?

»Oder wollen Sie nicht, dass die Leute wissen, dass Sie bei der Polizei …«

»Doch, Mama, das dürfen alle wissen, dass er Bulle ist.« Ihre Tochter war ihr ins Wort gefallen. »Und er will mir wirklich seine Waffe zeigen.«

»Bu… Katharina!« Die Gastgeberin riss ihren Mund weit auf, kämpfte um Luft. »Oh, Sie müssen entschuldigen! Unsere Tochter ist in einem schwierigen Alter …« Sie schien vor Verlegenheit zu schrumpfen. Am liebsten wäre sie wohl im Boden versunken. »Nehmen Sie es ihr bitte nicht …«

»Kein Problem.« Braig hob abwehrend seine Hände. Er sah die erwartungsvolle Miene des gepiercten Monsters auf sich gerichtet, versuchte, Nicolette Mander zu beruhigen. »In meinem Beruf wirft einen so schnell nichts aus der Bahn.« Er hatte den Satz noch nicht ausgesprochen, als sich sein Handy meldete. Mit einer ihm allzu gut bekannten, Neundorfs Anruf verkündenden Melodie.

Ann-Katrin hatte es ebenfalls gehört. »Oh nein«, kam es ihr unwillkürlich von den Lippen.

Braig runzelte die Stirn. »Tut mir leid, aber da muss ich mal …« Er griff in seine Tasche, zog das Handy vor.

»Haben Sie heute Abend nicht frei?« Katharina Mander schnalzte mit ihrem Kaugummi.

»Frei?« Braig zog die Nase hoch. »Das gibt es nicht in meinem Beruf.« Er trat drei Schritte zurück, nahm das Gespräch an.

»Ich fürchte, ich störe«, sagte Neundorf. »Söderhofers Einweihungsparty, richtig?«

»Willst du ihn persönlich sprechen? Ich verbinde dich gerne.«

»Danke. Ich verzichte. Längfeld ist verschwunden. Deshalb rufe ich an.«

»Verschwunden?«, fragte er erschrocken. »Aber doch nicht …«

»Es sieht nicht gut aus. Gegen sieben habe ich mich noch mit ihm getroffen und ihn auf unsere Befürchtungen hin angesprochen.«

»Wie hat er reagiert?«

»Wie wohl? Dasselbe arrogante Arschloch wie dein Gastgeber. Hat sich auch prompt auf ihn berufen.«

»Und dann?«

»Ich forderte einen Beamten an, zu seinem Schutz. Längfeld hatte einen Termin in Luginsland. Verkaufsgespräch. Ich habe den Besitzer persönlich überprüft. Als Längfeld später nicht rauskam, ging der Kollege ins Haus. Die Kellertür hinten war aufgebrochen. Der Besitzer geknebelt in einen Kellerraum gesperrt, Längfeld verschwunden. Sie wurden überfallen, mitten im Gespräch, von einer maskierten Person, so viel wissen wir inzwischen. Weitere Informationen zu erhalten ist mühsam, der Mann ist traumatisiert. Die Fahndung nach Längfeld läuft, ich kümmere mich um alles. Du fährst morgen früh zu der Klinik, okay?«

33. Kapitel

Neundorf hatte gerade einen von einem speziellen Spürhund begleiteten Suchtrupp aus mehreren Beamten von der Rückfront des Hauses aus losgeschickt, als Rössle und Dolde am Rand Luginslands eintrafen. Sie hatte Längfelds Limousine öffnen und den Hund am Fahrersitz Witterung aufnehmen lassen. Das Tier war schnurstracks in das Haus Günther Reinhardts marschiert, hatte dort in sämtlichen Stockwerken ein Zimmer nach dem anderen inspiziert, das Gebäude dann durch die Kellertür wieder verlassen. Heftig schnaufend, die Schnauze immer am Boden, war es dann dem Abhang ein Stück weit ins Tal gefolgt, danach in die Richtung des Friedhofs abgebogen.

Neundorf informierte Rössle und Dolde über den neuesten Vorfall, bat sie, das Haus mit besonderem Augenmerk auf den Keller auf Fingerabdrücke sowie Faser- und DNA-Funde zu überprüfen. Sich mit Günther Reinhardt über das Geschehen zu unterhalten, war nicht möglich gewesen; der Notarzt hatte ihn sofort sediert und ins Krankenhaus bringen lassen, den Beamten dazu jeden Kontakt bis zum nächsten Vormittag untersagt. Der Mann war durch den Überfall traumatisiert, außer einigen unzusammenhängenden Worten, die immer wieder eine völlig vermummte Gestalt zum Inhalt hatten, war ihm nichts zu entlocken gewesen.

Wenige Minuten vor Mitternacht hatte der Hund die Witterung verloren. Er war auf eine schmale Straße am Rand des Friedhofs eingebogen, ihr noch mehrere Meter gefolgt, dann plötzlich unruhig hin und her tänzelnd stehen geblieben.

Völlig erschöpft und kaum noch zu einem sinnvollen Gedanken fähig, nahm Neundorf die Worte des Hundeführers wahr. Sie fühlte sich wie gelähmt, hatte Mühe, sich aufrechtzuhalten. Die Anstrengungen des Tages forderten ihren Tribut, das niederschmetternde Gefühl, von dem unbekannten Verbrecher schon wieder – und sei es auch nur um Haaresbreite – ausgebootet worden zu sein, drohten ihr den Boden unter den Füßen wegzureißen. Noch hatten sie zwar die Leiche Längfelds nicht gefunden, aber – das war ihr klar – es konnte sich nur noch um Minuten handeln, bis der Suchtrupp sie entdeckte. Der nächste oder übernächste Anruf der Kollegen und das, wovor sie sich schon den ganzen Abend fürchtete, war Gewissheit. Und jetzt kam der Hundeführer mit dieser verwirrenden Information.

»Hier muss das Fluchtfahrzeug geparkt haben.«

»Das Fluchtfahrzeug?« Sie musste alle Kraft zusammennehmen, sich auf das Geschehen zu konzentrieren. »Und wo ist die Leiche?«

»Wir haben keine Leiche.«

»Wie: keine Leiche?« Sie spürte, wie ihr schwindlig wurde, hielt sich an der Wand fest. »Aber wenn da das Fluchtauto stand – davon reden Sie doch, oder? – dann muss der Kerl doch vorher die Leiche irgendwo …«

»Es gibt keine Leiche«, wiederholte der Hundeführer. »Unterwegs nicht und auch nicht hier in der Nähe. Ich habe die gesamte Umgebung abgesucht, da ist nichts. Das Tier hätte reagiert, so frisch, wie die Spuren noch sind. Das kann doch alles erst vor ein oder zwei Stunden etwa passiert sein.«

»Dann haben Sie die Leiche übersehen. Sie konnten doch trotz Ihrer Lampen nicht alles überprüfen, jetzt bei Nacht: jeden Abhang, jedes Gestrüpp ...«

»Hören Sie, Frau Neundorf. Ich weiß nicht, wie gut Sie sich mit der Leistungsfähigkeit unserer Spürhunde auskennen.« Die Stimme des Mannes klang genervt. »Ich kenne meinen Spike gut, sehr gut. Ich habe ihn vor über einem Jahr von Frau Deuschler übernommen. Sie erinnern sich vielleicht daran. Soweit ich weiß, waren Sie es selbst, die unsere Kollegin verhaftet haben. Zusammen mit Herrn Braig. Ich betreue Spike wie erwähnt seit über einem Jahr. Er ist einer der besten Spürhunde, mit denen ich je arbeiten durfte. Er hat uns schon mehrfach geholfen, Leichen aufzuspüren. Ich weiß inzwischen genau, wie er sich verhält, wenn er sie wittert. Und ich weiß, wie er reagiert, wenn er der Spur eines Vermissten folgt. Sie selbst haben ihn die Witterung im Auto dieses Längfeld oder wie immer der Mann heißt, aufnehmen lassen. Und der Spur dieses Typen sind wir gefolgt. Bis hierher, wo sein Entführer mit ihm in ein Auto stieg. Ob der Mann im Moment noch lebt, kann ich nicht sagen. Aber vorhin, als er hier ankam, war er noch lebendig, das zeigt mir mein Spike. Sie sollten jetzt nicht über die Leistungsfähigkeit meines Tieres grübeln, sondern alles tun, das Schwein zu fassen, das den Mann entführt hat. Vielleicht erwischen Sie ihn ja noch lebendig. Aber unsere Arbeit ist jetzt leider getan.«

34. Kapitel

Der Bodensee zeigte sich von seiner schönsten Seite, als Braig am Donnerstagmorgen gegen 10.20 Uhr in Konstanz auf den Bahnhofsvorplatz trat. Ein strahlend blauer Himmel wölbte sich über dem Wasser und den hoch aufragenden Schweizer Bergen. Einzig die höchsten Gipfel zeigten sich von dunklen Wolken umfangen.

Braig spürte den frischen Wind, der vom Wasser her wehte, knöpfte seine Jacke zu. Er warf einen Blick auf Peter Lenks *Imperia,* musterte die jämmerlichen Vertreter der geistlichen und weltlichen Macht, die sie in ihren Händen trug. Niemand vermochte die Hybris der Herrschenden und die scheinheilige Moral der angeblich guten Bürger so treffend zu entlarven wie dieser Bildhauer. Lenks *Karriereleiter* und der als »Konstanzer Triumphbogen« bezeichnete *Laubebrunnen* waren für Braig Anlass genug, die Stadt zu besuchen. Leider würde er heute wohl kaum Zeit finden, nach ihnen zu schauen.

Noch vor seiner Teilnahme an Söderhofers Einweihungsfeier war es ihm gelungen, den Namen und die Anschrift der Klinik ausfindig zu machen und einen Gesprächstermin für den Morgen zu vereinbaren. Er hatte den Weg vom Bahnhof unterwegs auf dem Stadtplan studiert und sich entschlossen, ihn zu Fuß zurückzulegen, um sich wenigstens ein paar Minuten lang körperlich zu betätigen.

Dave Bushnell, der Geschäftsführer des Unternehmens empfing ihn in seinem großzügig ausgestatteten Büro, kaum dass er sich am Empfang gemeldet hatte. Der große, hagere Mann reichte ihm die Hand, führte ihn zu einem dunkelblauen Ecksofa unmittelbar vor dem großen, fast bis auf den Boden reichenden Panoramafenster, bat ihn, Platz zu nehmen. Er wies auf den kleinen, rechteckigen Tisch vor dem Polster, wo zwei Thermoskannen mit Kaffee und grünem Tee sowie eine Flasche Wasser, Tassen und Gläser samt Milch und Zucker bereitstanden, forderte ihn auf, sich zu bedienen. Braig bedankte sich, schenkte Kaffee ein, gab Milch dazu, wartete, bis sich auch sein Gastgeber versorgt hatte. Der Blick aus dem Fenster bot ein überwältigendes Landschaftspanorama. Der Raum war nach Südwesten hin ausgerichtet, fast der gesamte See mitsamt den ihn überragenden Bergketten lag ihm zu Füßen. Braig sah die Konstanzer Hafenanlagen mit einer ganzen Reihe ein- und ausfahrender Schiffe, den schmalen Lauf des Rheins, der hier das Wasser des Sees aufnahm, erkannte in der Ferne die Appenzeller Hügelkette vor den immer noch von Wolken verhüllten Gipfeln der Schweizer und Österreicher Alpen.

»Sie bewundern unsere Aussicht«, meinte Bushnell, »wollen Sie nicht Gast unserer Klinik werden?«

Braig wandte den Blick zu seinem Gastgeber, sah dessen weit ausholende Handbewegung.

»Dann können Sie das jeden Tag genießen«, ergänzte der Mann. Der leichte Akzent in seiner Aussprache war nicht zu überhören.

»Ich glaube, jetzt verstehe ich, weshalb viele Ihrer Therapien so erfolgreich verlaufen«, scherzte Braig.

Bushnell nahm seine Aussage dankbar auf. »Ohne jeden Zweifel. Die Landschaft trägt sicher dazu bei. Aber wir haben viele exzellente Ärzte und Therapeuten. Und die richtigen Methoden, Menschen, die am Boden liegen, wieder aufzurichten und ihnen zu einer selbstbewussten Haltung zu verhelfen. Das Ferienfeeling allein macht es nicht.«

»Das ist mir klar«, gestand Braig ein. »Von welchen Methoden sprechen Sie?«

»Ist Ihnen Peter Lenks *Karriereleiter* ein Begriff?«

»Allerdings!«, erklärte Braig. »Die Skulptur allein wäre schon einen Besuch Konstanz' wert.« Das an der Außenwand einer Firmenhalle angebrachte Kunstwerk zeigte einen erfolgsgewohnten Menschen auf dem Weg nach oben, der seinen Konkurrenten mit einem gezielten Fußtritt außer Gefecht setzt.

»Besser lässt sich die Problematik kaum darstellen«, meinte Bushnell.

»Es geht Ihnen darum, Mobbing-Opfern zu helfen, richtig?«

Bushnell trank von seinem grünen Tee, wedelte mit seiner freien Hand abwehrend durch die Luft. »Wir sprechen nicht von Mobbing-Opfern. Dieser Begriff wirkt zu verharmlosend. Er reduziert die Verantwortung der Täter, trägt dazu bei, ihre Handlungen zu entschuldigen. Menschen, die zu uns kommen, wurden nicht einfach gemobbt. Sie wurden in ihrem Beruf von ihren Vorgesetzten über lange Zeit hinweg erniedrigt, psychisch ruiniert. In unserer Gesellschaft werden sie als Opfer abgetan, als Personen, die zu schwach sind, sich zu wehren und deshalb unter die Räder kommen. Man müsse ihnen nur zu mehr Selbstbewusstsein verhelfen, sie aufbauen und für den alltäglichen Lebenskampf fit machen, dann funktionierten sie schon wieder, so lautet die offizielle Lesart. Wer es dann immer noch nicht schafft, hochzukommen, wer auf dem Boden bleibt, der hat einfach nicht das Potential, sich durchzusetzen. Das sind dann die Loser, die Memmen, die Opfer. Das Leben sei nun einmal kein Ponyhof, ohne Einsatz der Ellbogen sei es nicht zu bewältigen. Diese Auffassung geistert immer noch durch viele Hirne. Das ist reiner Sozialdarwinismus. Der Starke gewinnt, der Schwache kommt unter die Räder. Dabei ist dieses Denken längst wissenschaftlich widerlegt. Nicht die sogenannten Schwachen sind das Problem, sondern die angeblich Starken. Wir wissen heute aus unzähligen Versuchen der Gehirnforschung, dass die Mehrheit der Menschen Skrupel hat, anderen wehzutun. Personen mit einem normal strukturierten Gehirn unterliegen einer natürlichen Beißhemmung, die sie davor bewahrt, andere zu sehr zu bedrängen, sie zugunsten des eigenen Fortkommens zu überrollen. Empathie, Mitgefühl für andere Menschen oder auch Tiere ist in jedem, der über ein normal ausgebildetes Gehirn verfügt, grundlegend verankert. Es gibt aber leider Menschen, denen diese Hirnregion fehlt oder bei denen dieses Hirnareal aus welchen Gründen auch immer ausgeschaltet oder verkümmert ist. Diese Menschen sind krank, sie sind Psychopathen. Mögen sie auch sonst im Leben noch so erfolgreich sein, das Mitgefühl für das Wohlergehen anderer fehlt ihnen. Deshalb fällt es diesen Psychopathen auch leicht, anderen wehzutun, über sie hinwegzutrampeln, über Leichen zu gehen, wie der Volksmund sagt. Weil sie krank sind, werden sie zu kriminellen Handlungen fähig, ohne dabei Mitgefühl zu empfinden. Sie erniedrigen, ja vernichten andere Menschen, um selbst an die Spitze zu gelangen. Je selbstverständlicher sie sich dieser menschenverachtenden Methoden bedienen, desto stärker bauen sie ihre führende Position aus. Sie empfinden keine Skrupel, ihr Ego ist das A und O ihrer Entscheidungen. Diese erfolgreichen Psychopathen finden sich in sämtlichen Berufen – je höher, desto zahlreicher.« Kurz besann sich Bushnell, dann sprach er weiter. »Vor wenigen Jahren noch galten nur Massenmörder oder Schwerkriminelle als Psychopathen. Bei den meisten von ihnen wurden abnormale Gehirndispositionen festgestellt. Dann begannen Wissenschaftler wie Kevin Dutton, Professor für Psychologie an der Universität Oxford, Menschen, die nie kriminell waren, aber durch Merkmale wie besondere mentale Stärke, innere Härte und das Fehlen jeglicher Empathie in Führungspositionen gelangt waren, denselben Experimenten zu unterziehen wie Schwerkriminelle und Mörder. Die Ergebnisse waren erschreckend: Die Reaktionsmuster beider Gruppen waren verblüffend ähnlich. Mit dem Leid anderer Menschen konfrontiert, zeigten sie keinerlei Gefühlsregung. Sie waren sich vollkommen bewusst, dass ihr eigenes Verhalten anderen immensen Schaden zufügt, empfanden dabei jedoch nichts. Im Gegenteil: Viele von ihnen hatten eine spezielle Fähigkeit entwickelt, Situationen und Personen daraufhin zu analysieren, wann es sich lohnt, zuzuschlagen und potentielle Konkurrenten aus dem Weg zu räumen. Der Kriminalpsychologe Robert Hare von der University of British Columbia nennt sie ›Raubtiere in Menschengestalt‹. Diese Psychopathen finden sich zahlreich in unseren Chefetagen. Jahrzehntelang wurden die neoliberalen Prinzipien gepredigt, dass nur der zählt, der sich rechnet, der kurzfristig Profite erzielt: Jetzt ist die Saat aufgegangen und die Raubtiere in Menschengestalt, die diese menschenverachtende Ideologie am skrupellosesten realisieren, sitzen zahlreicher denn je in den Führungspositionen. Sie sind die Kranken, sie sind das Problem, nicht die Leute, auf denen sie herumtrampeln. Die Ergebnisse der Gehirnforschung sind eindeutig. Das versuchen wir unseren Klienten klarzumachen: Nicht du bist der Patient – dein Chef muss in Behandlung. Du bist völlig gesund, dein Chef muss in die Hand eines Arztes. Stehe zu dir selbst, lass dich von dem kranken Sadisten über dir nicht länger kleinmachen. Der Psychopath, der nur aufgrund einer perversen Wirtschaftsideologie die Position über dir innehat, muss in die Klinik, nicht du. Stehe wieder zu dir selbst, du warst auf dem richtigen Weg, der Typ mit dem kranken Hirn darf dich nicht länger drangsalieren.«

»Psychopathen. Raubtiere in Menschengestalt.« Braig war den Ausführungen des Mannes mit voller Konzentration gefolgt. »Menschenschinder. Das würde es doch genauso treffen, oder?«

»Das würde es wohl genauso treffen, ja«, stimmte Bushnell zu.

»Müssten Sie aber nicht die Psychopathen aus ihren Ämtern jagen, wenn Sie Ihren Patienten grundlegend helfen wollen?«, nahm er seine Worte auf.

Bushnell musterte ihn mit ernster Miene. »Wir sind eine Klinik«, erklärte er, »unsere Aufgabe besteht darin, Menschen, die von kranken Egomanen entwurzelt wurden, wieder zu einem festen Stand zu verhelfen. Wir sind nicht der Reparaturbetrieb einer dem neoliberalen Wahn verfallenen Gesellschaft. Diese Aufgabe können wir nicht leisten. Wir können nur Betriebe, deren Mitarbeiter von Psychopathen terrorisiert werden, darauf ansprechen, endlich wieder für eine humane Arbeitsatmosphäre zu sorgen. Grundlegend neue Strukturen schaffen kann nur die Politik. Aber genau die leidet, wie Sie jeden Tag selbst beobachten können, am allermeisten unter diesem Problem.«

»Besteht nicht die Gefahr, dass Ihre Mitarbeiter die beiden Aufgaben verwechseln?«

»Was wollen Sie damit sagen?«

»Nichts«, erklärte Braig. »Ich denke nur darüber nach, wie frustrierend es auf Dauer sein muss, immer nur die Opfer zu behandeln und mit anzusehen, wie die Psychopathen, die das zu verantworten haben, dabei außen vor bleiben.«

»Ist das in Ihrem Beruf denn anders?«, konterte Bushnell. »Wie oft verhaften Sie die kleinen Fische, während die großen davonkommen?«

»Genau deswegen frage ich«, sagte Braig. »Weil ich weiß, wie frustrierend das auf Dauer ist. Und wie gerne ich oft kurzen Prozess mit den großen Halunken machen würde.«

Sie griffen gleichzeitig nach ihren Tassen, tranken den Rest, der noch übrig geblieben war.

»Sie glauben tatsächlich, einer unserer Therapeuten könnte für die Verbrechen verantwortlich sein, die Sie untersuchen?«

»Wem würden Sie es zutrauen?«, fragte Braig.

Bushnell schüttelte den Kopf, ohne überhaupt erst zu einer Antwort anzusetzen. »Schon allein die Überlegung erübrigt sich«, sagte er nach einer Weile.

»Gibt es eine Übersicht über alle Beschäftigten Ihres Hauses? Vielleicht mit Bild?«

Sein Gastgeber erhob sich wortlos von seinem Platz, kehrte mit einem Tablet-Computer zurück. Er machte sich kurz an dem Gerät zu schaffen, reichte es dann seinem Besucher. »Hier, das sind unsere Ärzte, Psychologen und Psychotherapeuten. Wenn es Ihnen hilft.«

Braig überflog die abgebildeten Porträts, konnte auf den ersten Blick kein bekanntes Gesicht entdecken. Er musterte eine Person nach der anderen, blieb bei einem Dr. Klemens Wutter hängen. Ein freundlich lächelnder Mann etwa Mitte vierzig, hier als promovierter Psychologe vorgestellt. Irgendetwas am Aussehen des Mannes ließ ihn innehalten. Er konzentrierte sich auf das Gesicht Wutters, versuchte sich vorzustellen, in welcher Weise es sich wohl veränderte, wenn der Mann in einer anderen Gemütsverfassung war. Verengte Augenpartien, mehr Falten am Kinn und auf der Stirn …

»Ihr Dr. Wutter«, erkundigte er sich. »War er zufällig der behandelnde Arzt von Herrn Köppel, Herrn Walther und Herrn Theissen?«

Bushnell drehte sich zur Seite, wandte den Blick von seinem Besucher ab. Seine Augen schienen durch die Fensterscheiben in eine imaginäre Ferne gerichtet. »Wir haben uns am Telefon doch schon darüber unterhalten. Fragen, die die Schweigepflicht unserer Therapeuten tangieren …«

»Es unterliegt doch keiner Schweigepflicht, mir mitzuteilen, wer in die Therapie bestimmter Patienten eingebunden war.«

Bushnell lief zu seinem Schreibtisch zurück, zog einen Aktenordner vor, blätterte darin. »Jawohl, Herr Dr. Wutter«, erklärte er dann.

»Bei allen drei Männern?«

Bushnell nickte.

»Was ist mit Frau Dr. Böhla?«

Der Mann ließ keine Regung erkennen, machte sich erneut an dem Ordner zu schaffen. Nach einer Weile rang er sich zu einem kurzen »Ja« durch.

»Dr. Klemens Wutter«, sagte Braig. Er zog sein Smartphone vor, holte das Phantombild auf den Monitor, hielt es seinem Gesprächspartner hin. »Mit etwas Fantasie könnte das Ihr Dr. Wutter sein, auch wenn er abgenommen hat. Korrekt?«

Bushnell nickte ohne jedes Zögern.

»Ihr Foto ist nicht mehr ganz aktuell?«, fragte Braig, den Blick auf die Klinik-Mitarbeiter gerichtet. »Die Bilder sind ein paar Jahre alt?«

Bushnell winkte ab. »Nein. Die meisten stammen aus diesem oder dem letzten Jahr.«

»Aber Dr. Wutter …«

»Er ist krank«, sagte der Mann. »Sehr krank.«

»Er ist zurzeit nicht im Dienst?«

»Mitte August schied er aus.« Bushnell benötigte keine weiteren Worte, den Gesundheitszustand Wutters genauer zu erklären. Sein düsterer Blick war deutlich genug.

»Wo finde ich ihn?«

Sein Gegenüber fuhr sich mit der Hand übers Kinn. »Sie wollen ihn wirklich belästigen?« Er atmete kräftig durch. »Er dürfte zu Hause sein. In Überlingen. Viel wird er nicht mehr unternehmen können.«

35. Kapitel

Kurz nach sieben am frühen Donnerstagmorgen war Neundorf wieder in ihrem Büro. Die Fahndung nach einem unbekannten Fahrzeug mit einem gefangenen, sedierten oder getöteten Mann im Inneren war seit Stunden veranlasst – bisher, wie sie jetzt erfuhr, leider ohne Erfolg. Auch der Bericht der Spurensicherer, den sie unmittelbar nach dem Aufwachen auf ihrem Tablet gelesen hatte, war nicht geeignet, sie in euphorische Stimmung zu versetzen: Im Keller des Reinhardt'schen Hauses hatten sie zwar Fasern gefunden, die von einer Winterjacke stammen konnten, doch ob die dem Täter gehörte und welches Fabrikat sie war, das zu ermitteln, lag in Neundorfs Hand. Noch niederschmetternder war die Untersuchung der Stelle am Straßenrand verlaufen, auf dem der Täter nach Auskunft des Hundeführers sein Auto geparkt haben sollte: Nicht einmal Reifenspuren hatten Dolde und Rössle auf der asphaltierten Fläche sicherstellen können.

»Isch gloob nich, dass wir den noch lebendisch griechn«, seufzte Mandy Prießnitz. Sie war an Neundorfs Schreibtisch getreten, eine Tasse mit einer dampfenden Flüssigkeit in der Hand. »Aber jetzt solltn Se sich ma stärkn, Frau Gommissar.

Hier, das ist een gesunder Made-Ingwer-Dee. Der dud immer gud!«

Neundorf bedankte sich, nahm das heiße Getränk entgegen. »Stammt der von einer neuen Kur?«

Die Augen der Sekretärin leuchteten auf. »Woher wissen Se das denn?« Sie verfiel in ein stakkatomäßiges Dauernicken. »Isch mach seit vorgestern 'ne Dee-Kur. Mit über 50 verschiedenen Dee-Sordn. Gönnn Se sich das vorstelln? Über 50 verschiedene Sordn! Riechn Se, wie wunderbar der dufded?«

Neundorf hatte das aromatische Aroma des Tees in der Nase, stimmte zu. »50 verschiedene Sorten?«, fragte sie.

Mandy Prießnitz wollte gerade antworten, als das Telefon läutete. Sie hielt erschrocken inne, deutete auf den Apparat. »Gähn Se schnell ran, nicht dass mir 'ne wichtige Sache verschwätzn!«

Neundorf nickte, nahm den Hörer auf.

»Ich weiß ja nicht, ob ich jetzt an der richtigen Stelle bin«, hörte sie die Stimme einer Frau. »Aber der Beamte wollte mich direkt weiterleiten.«

»Nennen Sie mir doch bitte Ihren Namen und erklären Sie mir, um was es geht.«

»Brigitte Geibel«, stieß die Anruferin etwas atemlos hervor. »Das Auto. Es geht um das Auto.«

Neundorf wurde sofort hellhörig. »Welches Auto?«

»Das Auto mit dem Mann, der überfallen wurde. Sie suchen es doch.«

»Sie glauben, Sie haben so ein Auto gesehen?«

»Ich glaube das nicht«, betonte Brigitte Geibel. »Ich habe es gesehen.«

»Wo war das? Und wann?« Neundorf musste sich bremsen. Sie fühlte sich von innerer Unruhe ergriffen.

»Also, lassen Sie mich das kurz erklären«, sagte die Frau. »Wir waren auf dem Volksfest. Gerd, mein Mann und ich. Zusammen mit Freunden. Und wir hatten schon ganz schön einen in der Krone auf dem Nachhauseweg. Also vor allem Gerd, ich weniger. Ich musste ja dafür sorgen, dass wir nach Hause kommen. Eine Station mit der S-Bahn. Vom Neckarpark nach Untertürkheim. Und dann, in der Nähe vom Kelterplatz, rutscht mir meine Handtasche aus der Hand. Ich bücke mich nach ihr und mein Gerd torkelt auf die Straße.«

»Und dann?«

»Ja, genau in dem Moment rast das Auto auf uns zu. Viel zu schnell. Aber zum Glück reagiert der Fahrer noch. Der reißt das Steuer auf die Seite und schrammt an die Hausmauer auf der anderen Seite. Und dort bleibt er stecken. Ich zittere am ganzen Leib, aber als ich zu dem Auto schaue, sehe ich, dass der Fahrer wie leblos in seinem Sitz hängt. Das war doch nicht so schlimm, denke ich noch, da merke ich, dass sich auf der Rückbank etwas bewegt. Eine Puppe, in eine dicke Jacke eingehüllt. Aber eine Puppe, die sich bewegt? Und dann sehe ich, dass es sich um einen Mann handelt. Einen kleinen Mann mit einem Haarkranz und einer Glatze. Irgendwie kommt der mir bekannt vor. Aber wie ich noch darüber nachdenke, ob ich den wirklich kenne und wenn ja, woher, kommt wieder Leben in den Fahrer und das Auto rast davon.«

Neundorf hatte es kaum mehr auf ihrem Stuhl gehalten. Sie rutschte nervös hin und her, erkundigte sich nach der Uhrzeit der Beobachtung.

»Gestern Abend zwischen zehn und elf«, antwortete die Frau.

»Und da informieren Sie uns erst jetzt?«

»Ich habe doch erst heute Morgen von dem Überfall in Luginsland mitbekommen und von der Suche nach dem Auto. Wer denkt denn an so was, wenn er vom Volksfest heimkommt? Ich dachte, der hat sich auf die Rückbank gelegt zum Schlafen. Ein kleiner Mann, der passte fast genau hinten rein.«

Neundorf ärgerte sich über ihre heftige Reaktion, fand die Erklärung der Frau plausibel. »Um was für ein Auto handelte es sich?«, fragte sie. »Haben Sie den Typ erkannt?«

»Mhm, das tut mir leid. Ich interessiere mich nicht so für Autos. Und außerdem: Es war ja dunkel um die Zeit.«

»Ja, natürlich.« Neundorf konnte ihre Enttäuschung nicht verbergen. »Was ist mit dem Kennzeichen? Haben Sie zufällig gesehen, aus welcher Stadt das Auto kam?«

»Aus welcher Stadt?« Die Stimme der Frau wurde plötzlich schrill. Sie setzte zu einer neuen Erklärung an, kam ins Husten.

»Hatte das Auto ein Stuttgarter Kennzeichen?«, hakte Neundorf nach.

»Das ist es doch!«, kreischte Brigitte Geibel.

Neundorf wusste nicht, was mit ihrer Gesprächspartnerin los war, wunderte sich über die drastische Veränderung ihrer Stimmlage. »Was ist es?«, fragte sie.

»Das Kennzeichen!« Die Frau schien immer noch außer sich. Anders als Kreischen war der Ton ihrer Sprache nicht zu bezeichnen.

»Das Kennzeichen. Ja?«

»Ich sage es Ihnen doch: Der hatte unser Kennzeichen!«

»Ihr Kennzeichen? Der hatte Ihr Auto gestohlen?«

»Nein! Doch nicht unseres!«, protestierte Brigitte Geibel. »Der war nicht aus Stuttgart, das war kein *S*, sondern ein *UL*.«

»Das Auto kam aus Ulm?«

»Ja, genau. *UL*, dann Gerd Geibel, also *GG* und dann die Zahlen von Gerds Geburtstag. Nur eben nicht aus Stuttgart, sondern aus Ulm«, rief die Frau fast atemlos vor Begeisterung.

»Und Sie sind sich absolut sicher? Der hatte wirklich, bis auf Ulm, Ihr Kennzeichen?«

»Ja, glauben Sie, ich lüge? Und heute Morgen fiel mir auch ein, an wen mich der kleine Mann auf der Rückbank des Autos erinnerte. Es gab früher so einen Comedian. Ich weiß nicht, wie ich den bezeichnen soll. Vielleicht sind Sie zu jung, dann kennen Sie ihn nicht. Aber früher kam der oft im Fernsehen. Loriot nannte er sich. Und in einem seiner Filme gab es einen Herrn Hoppenstedt. Und genau so sah der Mann auf der Rückbank aus!«

36. Kapitel

Dr. Klemens Wutter.

Je länger Braig das Gesicht des Mannes betrachtete, das er in der Klinik abfotografiert hatte, desto sicherer wurde er. Am vergangenen Montag war er ihm in Esslingen begegnet. Wutter hatte gegenüber der Aufnahme zwar deutlich an Gewicht verloren, er war abgemagert, knochig – krank, sehr krank, wie Dave Bushnell betont hatte –, aber er war der Mann, mit dem er unterhalb der Esslinger Burg zusammengetroffen war. Er hatte sich in Richard Theissens Haus aufgehalten, war von Braigs Frage nach dem längst verstorbenen Mann überrascht worden. Seine nur aus der Hektik der Situation zu erklärende Bemerkung, Theissen werde am Nachmittag von seinem Arztbesuch zurück sein, hatte ihn gezwungen, seinen Aufenthalt in dem Haus sofort zu beenden. In aller Eile hatte er seine Sachen gepackt, bevor Braig erneut aufgetaucht war. Ob er gewusst hatte, dass ein Polizeibeamter vor ihm stand? Vielleicht hatte er es geahnt, vielleicht an seinem Auftreten bemerkt. Er war auf jeden Fall so clever gewesen, sofort zu verschwinden, bevor der überraschende Besucher, der von Theissens Tod offensichtlich nichts mitbekommen hatte, wieder vor der Haustür stand. Dass er in der

Hektik des Aufbruchs entscheidende Dokumente zurückgelassen hatte, die die Polizei auf seine Spur bringen sollten, war ihm am Anfang vielleicht nicht einmal aufgefallen: Michael Kreitschmers Personalausweis wie auch die Liste der vier Menschen, denen er nach dem Leben trachtete.

Mitten in dieser Überlegung hatte Braig erschrocken innegehalten, war er doch wie selbstverständlich davon ausgegangen, dass es sich bei dem Mann in Richard Theissens Haus um den Verbrecher handelte, dem sie seit mehreren Tagen – ihm kam es vor, als wären es schon mehrere Wochen – hinterherjagten. Aber war das korrekt? Handelte es sich bei diesem Dr. Wutter wirklich um den Täter, oder erlag er vielleicht nur dem Wunsch, den Mörder der drei Männer endlich identifiziert zu haben?

Braig blieb mitten auf dem Weg zum Bahnhof stehen, hoffte darauf, den Psychologen in Überlingen festnehmen zu können, um eine endgültige Antwort auf die Frage zu erhalten. Unmittelbar nach dem Verlassen der Klinik hatte er Neundorf angerufen und die neuesten Erkenntnisse ausgetauscht. Sie war unterwegs nach Ulm, wo sie Kollegen beauftragt hatte, die Wohnung einer Frau zu stürmen, in deren Auto Längfeld angeblich gesehen worden war.

»Du glaubst, diesen Wutter wiedererkannt zu haben?«

»Auch wenn er anders aussah, abgemagert, faltig, ja. Er sei sehr krank, erklärte der Geschäftsführer der Klinik. Betonung auf *sehr.*«

»Wenn es sich bei ihm wirklich um unseren Täter handelt, dann ist mir klar, warum er sich in Theissens Haus aufgehalten hat. Weil er von dort aus seine Morde verübte. Er wohnt in Überlingen, sagst du, da war eine ruhige, ein paar Tage leer stehende Wohnung unmittelbar vor der Haustür seiner Opfer die optimale Zuflucht. Er musste nicht jedes Mal vom Bodensee nach Stuttgart, Ludwigsburg oder Reutlingen und zurück fahren, immer mit dem Risiko, unterwegs, und sei es nur durch einen dummen Zufall, identifiziert zu werden, sondern konnte wenige Kilometer vom jeweiligen Tatort entfernt schnell abtauchen. Wenn er Theissens Haus nach dessen Tod wirklich als Unterschlupf benutzte, ist auch klar, wie das Feuerzeug dieses Nachtclubs in Meyers Wohnzimmer kam: Wutter hatte es in Theissens Sachen gefunden und an sich genommen. Pech für ihn war nur, dass es ihm dann beim Kampf mit Meyer aus der Tasche fiel und in dessen Wohnzimmer liegen blieb. Dadurch kamen wir ihm erst auf die Spur. Und dann noch der Ausweis Michael Kreitschmers, den er in Theissens Haus vergaß. Richard Theissen konnte Kreitschmer ja nicht getötet haben, der war zu dem Zeitpunkt schon längst tot. Schließlich noch das Papier mit den Namen der vier Opfer. Ich denke, das passt alles.«

»Dann kann ich nur hoffen, dass mir jetzt in Überlingen der Zugriff auf den Typ gelingt. Mit viel Glück hat er Längfeld bei sich. Wenn er ihn tatsächlich nicht getötet hat, wie diese Augenzeugin meint. Dann retten wir dem Typ noch das Leben.«

»Mit viel Glück, ja. Es ist aber weder gesagt, dass er sich schon wieder in Überlingen aufhält, noch dass Längfeld noch lebt. Im Gegenteil, mir scheint beides nicht besonders wahrscheinlich. Der Täter hat bisher alle Opfer getötet, weshalb soll er jetzt bei ihm eine Ausnahme machen? Meine Hoffnung zielt jetzt darauf, den Kerl endlich zu erwischen. Wenn die Frau in Untertürkheim es richtig beobachtet hat, war er heute Nacht mit einem Ulmer Auto unterwegs. Der Wagen ist auf eine Frau Weibold zugelassen. Er wurde bis jetzt nicht als gestohlen gemeldet. Das heißt aber natürlich nichts. Vielleicht hat die Besitzerin den Diebstahl noch nicht bemerkt, vielleicht ist sie gerade im Urlaub. Wenn ich Glück habe, kennt Wutter die Frau oder er ist bei ihr untergekrochen. Ich habe die Kollegen jedenfalls vorgewarnt. Sie wollen kein Risiko eingehen und die Wohnung stürmen. Das würde ich dir genauso empfehlen. Du hast die Überlinger Kollegen informiert?«

»Noch in der Klinik, ja. Sie holen mich am Bahnhof ab.«

»Dann bleiben wir in Verbindung. Wenn die Ulmer sich beeilen und den Kerl dort erwischen, kannst du dir einen Großeinsatz sparen. Oder umgekehrt.«

37. Kapitel

Die Ulmer Kollegen waren gerade dabei, in das Gebäude, in dem Gabriele Weibold wohnte, vorzudringen, als Neundorf dort eintraf. Es handelte sich um eine modern anmutende Wohnanlage für Studenten unweit der Universität mit mehreren Häusern und über 500 Bewohnern. Das Zimmer der Frau lag im obersten Stockwerk mitten in dem Gebäudeensemble.

Peter Leitner, ein muskulöser Mann von annähernd zwei Metern Größe, war nicht bereit gewesen, das von vielen jungen Leuten bewohnte Haus mit einer Gruppe vermummter, schwer bewaffneter Kollegen zu stürmen. »Wenn da oben tatsächlich ein Kerl hockt, der schon drei Leute abgeschlachtet und einen vierten in seine Gewalt gebracht hat, dann brettern wir nicht in Rambo-Manier in dieses Wohnheim rein«, hatte er Neundorf am Telefon erklärt. »Der sieht uns schon von Weitem kommen und hat sich längst in einem der vielen Flure versteckt, bis wir endlich dort oben angelangt sind. Das ist ein Studentenwohnheim. Dann muss der nur was von den Scheißbullen erzählen, die ihm hinterher sind, weil er ein halbes Gramm zu viel gekokst hat, und schon bietet ihm das halbe Haus Unterschlupf. Und wir werden wie eine feindliche Besatzungsarmee empfangen und auf Schritt und Tritt schikaniert.

In dem Umfeld sollen wir dann den ganzen Bau einen halben Tag lang durchkämmen auf der Suche nach … ja, nach wem eigentlich? Wie ich das verstanden habe, kann mir niemand erklären, nach wem wir eigentlich suchen. Jetzt sagen Sie mir plötzlich, es handle sich möglicherweise um einen Dr. Wutter. Das sei der Typ, der schon längst zur Fahndung ausgeschrieben sei, aber ob er es wirklich ist, wissen Sie doch nicht. Ja, das klingt sehr erfolgversprechend. So typisch LKA.«

Leitner hatte seine Leute in Zivil, die Waffen unter der Kleidung versteckt, losgeschickt. Allesamt jung, von den Bewohnern kaum zu unterscheiden, waren sie im Abstand von mehreren Minuten auf das Gebäude zugeschlendert und dann ohne Hektik nach oben gegangen. Eine junge Beamtin drückte gerade auf den Klingelknopf neben dem Namensschild, als Neundorf zu der Gruppe stieß. Sie sah mehrere Kolleginnen und Kollegen links und rechts von der Tür an die Wand gepresst, voll auf die Geräusche aus dem von zwei Studentinnen bewohnten Appartement konzentriert. Eine weibliche Stimme ließ ein kurzes »Moment!« hören, dann war es wieder ruhig. Verdächtig ruhig, ging es Neundorf durch den Kopf. Die Anspannung der Kollegen war fast mit Händen zu greifen.

Die junge Beamtin drückte erneut auf die Glocke, machte sich zusätzlich mit einem lockeren »Hallo!« bemerkbar. Im gleichen Moment tat es im Inneren einen kräftigen Schlag. Ein Möbelstück, das umgestoßen und auf den Boden katapultiert worden war. Das Geräusch war noch nicht verebbt, als das weinerliche Jammern einer jungen Frau ertönte.

»Scheiße!«, hörte Neundorf einen der Beamten leise zischen. Hatte der Verbrecher seine Lage erkannt und die Studentin als Geisel an sich gerissen? Die Anspannung war kaum noch zu ertragen.

Im gleichen Moment wurde die Tür auf der gegenüberliegenden Seite des Ganges geöffnet, eine junge Frau trat aus ihrem Zimmer. Sie sah das halbe Dutzend bewaffneter Leute unmittelbar vor sich, fing laut an zu schreien. Einer der jungen Beamten preschte nach vorne, presste ihr die Hand auf den Mund. Zu spät. Das laute Schreien schien mit lang anhaltendem Echo unüberhörbar in der Luft zu schweben.

Neundorf riss ihren Ausweis aus der Tasche, hielt ihn der jungen Frau vors Gesicht. Die Studentin machte keinerlei Anstalten, sich zu beruhigen, verfolgte mit weit aufgerissenen Augen, wie die Gruppe die gegenüberliegende Tür gewaltsam aufbrach und mit gezückten Waffen ins Innere stürmte. Schreie, schrilles Kreischen, heftiges Poltern und immer wieder die lauten Rufe einer kräftigen Männerstimme: »Polizei! Hier ist die Polizei!«, dann herrschte plötzlich Ruhe.

Neundorf versuchte, die leise wimmernde Gestalt in ihrem Arm zu trösten, schaute sich suchend nach Hilfe um. Eine junge Kollegin trat aus der Wohnung, erkannte ihre Situation. Sie kam zu ihr her, drückte die immer noch zitternde Frau an sich. Neundorf bedankte sich, lief zu dem Appartement Gabriele Weibolds. Es verfügte über zwei helle, großzügig geschnittene Zimmer, eine kleine Küche sowie Dusche und Toilette, sah im Moment, zumindest was den Eingangsbereich und einen der Wohnräume betraf, recht mitgenommen aus. Mehrere Kleidungsstücke, Jacken, Sweatshirts und Hosen lagen gleich hinter der Eingangstür kreuz und quer auf dem Boden. Ähnlich die Situation im vorderen Teil eines der Wohnräume: Vor dem Tisch ein umgestürzter Stuhl, mehrere Bücher und Skripte drum herum auf dem Teppich.

Neundorf trat in das Zimmer, sah einen muskulösen Mann auf dem Boden knien und mit leiser, überraschend sanfter Stimme auf eine junge Frau einreden, die hinter dem Tisch an einem Stuhl lehnte. Sie wartete einen Moment, sah, dass sich beider Aufmerksamkeit auf sie richtete, stellte sich vor.

»Sehen Sie«, erklärte der Mann, auf sie deutend. »Diese Frau ist schuld. Sie hat uns befohlen, Ihr Appartement zu stürmen, weil sich hier ein Verbrecher aufhalten würde. So sind sie, die Damen und Herren vom LKA.« Seine Stimme hatte einen scherzenden Unterton, den die junge Frau jedoch nicht wahrzunehmen schien. Er erhob sich zu voller Größe, überragte Neundorf um mehr als zwanzig Zentimeter, reichte ihr die Hand. »Leitner, Einsatzleitung. Wir haben telefoniert.« Er wies in die Richtung der übrigen Räume. »Außer Frau Weibold ist niemand hier. Falschinformation, was? Sieh an, auch das LKA weiß nicht immer alles.«

»So ist es«, gab Neundorf zu. Sie bemerkte Leitners hämisches Grinsen, bat darum, mit der jungen Frau sprechen zu dürfen.

»Die Kosten für die Tür und so gehen ans LKA«, brummte der Mann.

Neundorf wartete, bis er den Raum verlassen hatte, entschuldigte sich bei Gabriele Weibold für das überfallartige Eindringen. »Ich weiß, dass das Ihnen jetzt zu schaffen macht«, sagte sie. »Es lief auch wirklich unglücklich. Nach dem Läuten hörten wir einen lauten Schlag und dachten, Sie seien in Gefahr.« Sie bemerkte den eingeschalteten Laptop mitten auf dem Tisch, entdeckte auf dem Monitor die Skizze eines menschlichen Beines mitsamt medizinischen Fachbegriffen. »Sie waren gerade am Arbeiten«, überlegte sie.

Gabriele Weibold nickte. Sie hatte – wohl aufgrund der Aufregung – ein bleiches Gesicht, wischte sich immer wieder mit dem Handrücken über die rechte Wange.

»Ich werde mich sofort um Hilfe für Sie bemühen. Eine Psychologin vielleicht. Ist das okay?«

Die junge Frau zuckte mit der Schulter, hob beide Hände. »Ich bin etwas zu eilig aufgestanden und über den Stuhl gestolpert«, erklärte sie. »Und dann hörte ich es plötzlich draußen schreien.«

»Es tut mir wirklich leid«, bekannte Neundorf. »Wir hatten wirklich Angst, Sie seien in Gefahr.«

»In Gefahr? Wieso?«

»Ihr Auto. Sie haben es nicht gestohlen gemeldet.«

»Gestohlen?« Gabriele Weibold lehnte den Oberkörper zurück. »Warum soll ich es als gestohlen melden? Ich habe es doch schon seit drei Wochen nicht mehr.«

»Sie haben es verkauft?«

»Nein.« Die Studentin wies auf den Laptop. »Ich bin am Pauken. In zwei Wochen habe ich Prüfung. Ich komme überhaupt nicht aus dem Haus. Da kann ich gut auf das Auto verzichten.«

»Sie haben es verliehen?«, fragte Neundorf.

Gabriele Weibold nickte.

»An wen haben Sie es verliehen?«

»Was ist mit dem Auto? Warum fragen Sie danach? Hat das irgendwas mit Ihrem Überfall zu tun?«

Neundorf ging nicht auf die Fragen ihrer Gesprächspartnerin ein. »An wen haben Sie es verliehen?«, wiederholte sie.

»Was ist daran so besonders?«, fragte die junge Frau. »Mein Onkel hat es sich ausgeliehen. Er unterstützt mich schon immer. Warum soll ich es ihm da nicht mal leihen?«

»Ihr Onkel?«, fragte Neundorf. »Darf ich wissen, wer Ihr Onkel ist?«

»Sie sind vielleicht neugierig. Ich glaube nicht, dass Sie meinen Onkel kennen. Mit der Polizei arbeitet er normalerweise nicht zusammen. Obwohl ...«

»Sein Name und seine Adresse, bitte.«

»Wutter«, antwortete die junge Frau. »Dr. Klemens Wutter. Er ist Psychologe und arbeitet an einer Klinik am Bodensee.«

38. Kapitel

Überlingen war Braig bisher nur als reizvoller Erholungsort bekannt. Ein Bummel durch die schmalen Gassen der Altstadt rund um den Münsterplatz, Kaffeetrinken auf der wunderschönen Promenade am See und traumhafte Ausblicke auf das Wasser, zum Bodanrück und den Schweizer Bergen – die Stadt war für ihn der Inbegriff von Urlaub und Entspannung.

Dass sich der mehrfacher Morde verdächtige Mann hier in dieser Idylle verstecken sollte, wunderte ihn nicht. Er wusste aus langjähriger Erfahrung, dass Totschlag und Verbrechen mehrheitlich dort wurzelten, wo man es nicht vermutete. Nicht, wie der Volksmund glaubte, die Stadt beherbergte die übelsten Bösewichter, sondern das abgelegene, kleine Dorf. Nicht die Metropole stand in erster Linie für Streit, Hass und Gewalt, sondern die Provinz.

Braig hatte sich im Bahnhof *Überlingen Therme* von Kollegen abholen lassen. Die Beamten waren auf seinen Wunsch hin alle in Zivil erschienen.

»Wutter scheint tatsächlich sehr krank zu sein«, hatte er von Neundorfs Gespräch mit der Nichte des Mannes erfahren. »Er hat sein eigenes Auto offensichtlich unter Medikamenteneinfluss zu Schrott gefahren und sich deshalb den Wagen Gabriele Weibolds geliehen. Obwohl ihm das von den behandelnden Ärzten ausdrücklich untersagt wurde. Sie haben ihn vor drei Wochen auf seinen Wunsch hin aus der Klinik entlassen. Er hätte etwas Dringendes zu erledigen, hat er seiner Nichte erklärt.«

»Ich glaube, wir wissen inzwischen, um was es sich da handelt.«

»Ich fürchte, ja. Im Gegensatz zu der jungen Frau. Sie behauptet, keine Ahnung zu haben, was er damit meinte. Ich glaube ihr. Auch was seinen derzeitigen Aufenthaltsort anbelangt. Sie weiß nicht, wo er zu finden ist. Ich müsste mich schwer täuschen, wenn sie uns belügt. Sie ist viel zu sehr mit den Vorbereitungen auf ihre nächste Prüfung beschäftigt, als sich um ihren Onkel zu kümmern. Obwohl sie ein schlechtes Gewissen hat, seiner katastrophalen Gesundheit wegen.«

»Dann könnte er sich in Überlingen aufhalten. Samt seinem Opfer.«

»Möglich ist es. Längfelds Leiche wurde noch nicht gefunden. Sei vorsichtig.«

Das ältere, gepflegt wirkende Zweifamilienhaus war von einem üppig grünen, parkähnlichen Garten umgeben. Im Erdgeschoss wurde es von einer weitläufigen Terrasse, im zweiten Stock von einem breiten Balkon flankiert. Die gekonnt gespielten Akkorde eines Klaviers waren bis auf die Straße zu hören, sie schienen dem offenstehenden, von einem massiven Metallgitter geschützten Fenster nach aus dem Erdgeschoss zu kommen, wo eine Familie Klops-Wucht wohnte. Braig musterte die beiden Namensschilder, erkannte Wutters Namen an der oberen Wohnung. Er lebe allein, sei seit zwei Jahren geschieden, hatte Neundorf von seiner Nichte erfahren, seine ehemalige Frau arbeite als Ärztin an einem Schweizer Spital. Die Nachbarn kümmerten sich um ihn, falls er gesundheitliche Probleme habe.

Braig musterte die Fenster im oberen Stockwerk; sie waren alle geschlossen, das Innere der Räume von blickdichten Vorhängen abgeschirmt. Ob Wutter sich hier versteckte, wurde nicht ersichtlich; das Auto seiner Nichte war jedenfalls nicht in der Umgebung entdeckt worden. Er blickte die Straße hinunter, wo die Kollegen in zwei verschiedenen Fahrzeugen warteten, läutete im Erdgeschoss. Das Summen der Glocke war für einen Augenblick zwischen zwei Klavierakkorden zu vernehmen, dann verstummte auch das Spiel. Braig wartete auf eine unbekannte Stimme aus dem Lautsprecher im Pfosten des Gartentors, vergeblich. Stattdessen wurde die Haustür geöffnet und eine Frau mittleren Alters schaute erwartungsvoll zu ihm her. Er schob das Tor zurück, folgte dem mit feinen Kieselsteinen ausgelegten Weg zum Haus.

»Guten Tag, mein Name ist Braig«, begrüßte er die Frau. »Sie müssen entschuldigen, dass ich Sie störe. Ich wollte eigentlich zu Herrn Dr. Wutter, aber …«

»Da haben Sie kein Glück. Herr Wutter ist nicht im Haus. Ich kann Ihnen auch nicht sagen, wann er kommt. Er ist schon seit ein paar Tagen weg.«

»Es kann nicht sein, dass er schläft? Nach einem Nachtdienst vielleicht?«

Die Frau schüttelte den Kopf. Sie war mit einer vornehmen, weißen Bluse und einer weiten, grauen Hose bekleidet, musterte Braig aufmerksam. »Er ist nicht hier, ich weiß es genau. Seine Katze schläft seit Tagen bei uns. Das macht sie nur, wenn ihr Herrchen, oder in dem Fall ihr wichtigster Dosenöffner, so nennt man das heute ja wohl, nicht anwesend ist.«

»Sie haben ein gutes Verhältnis zu Herrn Dr. Wutter?«

Braig sah, wie sich die Miene seiner Gesprächspartnerin verfinsterte. »Sie müssen entschuldigen, aber das sind Fragen, die unsere Privatsphäre betreffen und da …«

Er überlegte, ob er der Aussage der Frau, Wutter sei nicht im Haus, vertrauen könne, musterte ihr Gesicht. Sie hatte ihre Stirn in Falten gelegt, schien ihm gegenüber jetzt deutlich reservierter als vorher.

»Ich wollte nicht Ihre Privatsphäre verletzen«, versuchte er, die Situation zu entschärfen. »Ich muss mich nur vergewissern, ob Herr Wutter wirklich nicht anwesend ist.«

»Wieso? Ich verstehe immer noch nicht, was Sie das angeht.«

Braig nahm sein Handy hoch, über das er die Kollegen hatte mithören lassen, bat sie, Stellung zu beziehen, wie sie es vereinbart hatten. Zwei Kollegen an seiner Seite, die anderen beiden an der Vorder- bzw. Rückfront des Hauses.

»Was sollte jetzt das?«, maulte die Frau.

Er zog seinen Ausweis vor, bedeutete ihr gleichzeitig zu schweigen, mit dem Zeigefinger auf den Lippen. Sie nahm seine berufliche Identität offensichtlich überrascht zur Kenntnis, trat einen halben Schritt zurück, ließ ihren Blick über seinen gesamten Körper schweifen.

»Wir müssen in die Wohnung«, raunte er ihr zu, ins Obergeschoss zeigend. »Sollten Sie Schlüssel dafür haben, bleibt die Tür unversehrt.«

Sie benötigte eine ganze Weile, sein Anliegen zu begreifen. Erst als die beiden Kollegen leise, ohne ein einziges Wort zu verlieren, hinzutraten und ebenfalls ihre Ausweise präsentierten, schien sie aus ihrer vorübergehenden Lethargie zu erwachen. »Ich verstehe nicht, was Sie von ihm wollen«, erklärte sie dann in gedämpfter Tonlage. »Er ist *sehr*«, sie betonte das Wort, wiederholte es sogar, »*sehr* krank. Ist Ihnen das bewusst?«

Braig nickte. »Trotzdem«, sagte er. »Es muss sein. Leider.« Er deutete nach oben, machte eine Handbewegung, die das Öffnen einer Tür mit einem Schlüssel symbolisierte.

»Ja.« Sie trat ins Haus zurück, ließ sie eintreten. Die Tür zu ihrer Wohnung stand offen, rechts führte eine helle, sauber geputzte Steintreppe ins Obergeschoss. Frischer Citrus-Duft lag in der Luft.

Braig wartete, bis sie zurückkam und ihm einen Schlüssel reichte.

»Sie wissen, was Sie tun?«, flüsterte sie.

Er nickte, bedeutete ihr, ruhig zu bleiben und in die Wohnung zu gehen, griff nach seiner Waffe. Erschrocken verfolgte sie seine Handbewegung, bemerkte, dass seine Kollegen es ihm gleichtaten, verschwand dann hinter der Tür.

Auf Zehenspitzen erklommen sie die Stufen, nahmen links und rechts von der Tür Aufstellung. Braig steckte den Schlüssel ins Schloss, drehte ihn zwei Mal, schob die Tür zurück. Sie ließ ein kurzes Knarzen hören, sonst blieb alles ruhig.

Er wartete mehrere Sekunden, lauschte auf verdächtige Geräusche, schob sich dann vorsichtig ins Innere. Die Luft roch abgestanden, aber nicht unangenehm. Braig glaubte, irgendein Aroma von Möbelpolitur zu erspüren. Er schaute sich um, hatte eine großzügige, mit hellem Parkett ausgelegte Diele vor sich. Ein einziger niedriger Schrank mit drei Schubladen, direkt daneben drei Kleiderhaken, sonst nichts. Alle drei Türen, die von der Diele zu den verschiedenen Zimmern führten, standen offen.

Er sah sich nach beiden Seiten um, querte dann den langgestreckten Raum, warf einen Blick in das Zimmer gegenüber der Wohnungstür. Ein großer, heller Raum mit zwei hohen Fenstern, aber nur minimalistischer Einrichtung. Ein rechteckiger Tisch mit vier Stühlen und ein schmales Zweisitzersofa, sonst nichts. Kein Schrank, kein Fernsehgerät, keine Bilder. Braig blieb stehen, lauschte erneut. Außer den Schritten seiner Kollegen war nichts zu hören. Sogar die Frau im Erdgeschoss schien sich absolut ruhig zu verhalten.

Er huschte zur nächsten Tür, sah, dass es sich um die Küche handelte. Auch sie nur mit dem Allernotwendigsten bestückt. Einbauschränke und -geräte, kein weiteres Mobiliar. Kein Stuhl, kein Tisch. Wie das Wohnzimmer war auch die Küche sauber aufgeräumt. Nirgendwo schmutziges Geschirr oder übel riechende Essensreste. Der Mann beschäftigte entweder eine tüchtige Reinemachefrau, oder er selbst war ein puristischer Pedant. Dass er in Theissens Haus ein Chaos hinterlassen hatte, war wohl nur seiner überstürzten Flucht zuzuschreiben.

Braig wollte sich gerade vom Anblick der Küche lösen, als er das Geräusch in einem der noch nicht untersuchten Räume hörte. Er verharrte mitten im Schritt, merkte, dass auch die beiden Kollegen wie elektrisiert in die Richtung des Zimmers starrten. Wutter! Der Mann war doch zu Hause, die Nachbarin hatte nicht die Wahrheit gesagt. Der Verbrecher, der in den letzten Tagen drei, inzwischen wohl sogar vier Menschen getötet hatte. Er durfte nicht noch weitere Opfer finden.

Braig wischte sich den Schweiß von der Stirn, vergewisserte sich, dass die Waffe fest in seiner Hand lag. Er winkte dem Kollegen vor ihm, ihn passieren zu lassen, stakste mit zwei großen Schritten an die offene Tür, streckte seine Rechte mit der Pistole um die Ecke. Im gleichen Moment hörte er wieder das Geräusch. Eine Art Wischen oder Kratzen, wie von einem Menschen, der etwas Schweres über den Boden zerrt. Nur, dass es jetzt viel lauter und näher war als vorhin noch.

»Polizei!«, rief er laut. »Hier ist die Polizei! Jede Gegenwehr ist sinnlos!«

Mit einem Mal war es ruhig. Braig spürte seinen Pulsschlag, Schweißtropfen perlten ihm aus den Achseln. Es gab keine andere Chance, er musste es riskieren. Wutter durfte ihnen nicht noch einmal entkommen. Braig konzentrierte sich auf seine Aufgabe, warf sich nach vorne. Dann starrte er um die Ecke.

39. Kapitel

Plötzlich hatte er das Auto vor sich. Ein kleiner, dunkler Japaner mit genau dem Kennzeichen, das seit Stunden ständig über den Monitor gelaufen war. Den ganzen Morgen hatten die Kollegen deswegen gelästert. *UL GG. Uli, gib Gas!*

Ausgerechnet jetzt, wo er sich im Fußballtraining derart das rechte Knie ramponiert hatte, dass jeder Schritt zur Qual geworden war und er sich nur noch humpelnd bewegen konnte. *Uli, gib Gas!* Mit Riesengelächter, lautem Gejohle und kräftigen Schlägen auf seinen Rücken hatten die Kollegen den halben Morgen die Suche nach dem Fahrzeug kommentiert. Und jetzt fuhr es direkt vor ihm.

Er versuchte, den Abstand nicht größer werden zu lassen, griff in die Tasche, zog sein Handy vor. Dann auf die Eins, und schon war er mit dem Revier verbunden. »Ich bin's, Uli. Das Auto ist direkt vor mir. Alarmiert sofort die Kollegen!«

»Welches Auto?«

Er bremste, weil er mitten in Oppelsbohm an der Straßenkreuzung angelangt war, sah, dass das Fahrzeug vor ihm nach links abbog. Er ließ einem von rechts kommenden Wagen die Vorfahrt, beschleunigte dann, um das Auto nicht aus den Augen zu verlieren. »Die Fahndung!«, brüllte er ins Handy. »*UL-GG*.«

»Der? Wo bist du?«

»Mitten in Oppelsbohm! Eigentlich wollte ich kurz bei meinen Eltern in Öschelbronn vorbeischauen, aber der ist jetzt nach links, also Richtung Birkmannsweiler abgebogen. Ich fahr dem hinterher. Jetzt ist aber ein anderer Karren dazwischen. Moment, ich versuche mal, den zu überholen.«

Er wollte gerade beschleunigen, hatte Glück. Das Fahrzeug vor ihm bog nach Bretzenacker ab. Jetzt sah er den Wagen wieder vor sich. *Uli, gib Gas!* Er fuhr so nahe an den anderen heran, dass kein Fahrzeug dazwischen passte, hörte die Stimme des Kollegen.

»Kannst du erkennen, wer am Steuer sitzt?«

Ulrich Brecht starrte nach vorne. »Tut mir leid, das geht nicht. Die haben ein Brett oder so was Ähnliches vor der hinteren Scheibe. Es sei denn, ich überhole …«

»Nein, lass das. Es ist besser, du bleibst hinter ihm, dann kann er nicht zurückstoßen. Wie ich höre, sind zwei unserer Wagen Richtung Winnenden unterwegs. Vielleicht können die ihm den Weg versperren. Wo bist du jetzt?«

»An Birkmannsweiler vorbei. Der biegt jetzt auf die Südumgehung … Nein, verdammter Mist, der fährt in die andere Richtung. Also entweder nach Höfen oder … Moment, gleich kann ich es dir genau erklären. Nein, der fährt wohl nach Winnenden rein. Ja, nach Winnenden. In die Innenstadt, hörst du?«

»Ja, alles klar, die Kollegen hören mit. Die blocken ihn dann, wenn er geradeaus weiterfährt, an der Einmündung der Paulinenstraße in die Schorndorfer ab. Gleich hinter dem Friedhof. Das erste Fahrzeug ist bereits dort. Die schicken jetzt die Passanten weg. Wenige Meter weiter beginnt die

Fußgängerzone, da darf nichts passieren. Der Kerl ist möglicherweise bewaffnet, das kann gefährlich werden. Ihr müsst ihn sofort überwältigen, ist das klar?«

»Im Notfall liegt dort ja der Friedhof«, scherzte Brecht.

»Ha, ha«, kam es zurück.

Er folgte dem Auto um den Björn-Steiger-Kreisel, nahm einem anderen, jetzt wild hupenden Wagen die Vorfahrt, um das Fluchtfahrzeug weiter unmittelbar vor sich zu haben. Sie hatten jetzt die Stadt erreicht, waren keine fünfhundert Meter mehr von der angekündigten Stelle entfernt. Brechts Anspannung wuchs. Das Getöse hinter ihm nahm kein Ende. Obwohl hier viele Leute unterwegs waren, hupte der Fahrer in einem fort, blendete seine Scheinwerfer auf und fuhr bis auf wenige Dezimeter an ihn heran. Er musste sich zusammenreißen, nicht anzuhalten und dem rabiaten Verfolger seinen Polizeiausweis unter die Nase zu halten. Er versuchte, den Hintermann zu ignorieren, konzentrierte sich voll und ganz auf das Fahrzeug vor ihm. Rechts passierten sie jetzt den Friedhof, kurz danach öffnete sich die Straße zu einem kleinen, wie ausgestorben daliegenden Platz. Kein Mensch war zu sehen. Sonst zu jeder Tageszeit von Gruppen fröhlicher, in intensive Gespräche vertiefter Leute bevölkert, Müttern mit Kinderwagen, springenden, tobenden Kindern, Eis schleckenden Jugendlichen, Senioren mit Stock oder Rollator, herrschte jetzt gähnende Leere. Brecht spürte intuitiv, wie seltsam die Szenerie hier am Anfang der Fußgängerzone mitten in der Stadt anmutete, dann ging alles plötzlich sehr schnell. Von links, der Einmündung der Paulinenstraße her, schossen plötzlich zwei Polizeifahrzeuge mitten auf die Fahrbahn, versperrten dem Auto vor ihm den Weg. Der Fahrer riss das Steuer nach rechts, versuchte, dem blau-beigefarbenen Dienstwagen zuvorzukommen, vergeblich. Das Polizeifahrzeug rammte ihn von der Seite, katapultierte ihn auf das Absperrgeländer unmittelbar vor der Häuserfront. Der Schlag hallte wie ein Schuss über den Platz, Staub wirbelte auf, dann hing der kleine, dunkle Wagen in der Absperrung fest. Hinter ihm die weitläufigen Fenster der Zeitung, eine Buchhandlung, eine Bank.

Mit gezückten Waffen sprintete ein halbes Dutzend uniformierter Beamter auf das Fahrzeug zu, machte sich an den Türen zu schaffen.

40. Kapitel

Das Zimmer war leer. Lediglich ein Doppelbett und ein voll verspiegelter Schrank, in dem Braig ein äußerst angespannter Kriminalbeamter entgegenblickte, der mit schussbereiter Waffe in den Raum gestürmt war. Kein Mensch, kein Tier, weder unter dem Bett noch im Schrank versteckt. Die an der Fensterscheibe hin und her reibenden, vom Wind bewegten Äste eines Kirschbaums waren für die Geräusche verantwortlich, die ihn so irritiert hatten.

Auch im Rest der Wohnung war kein lebendes Wesen zu entdecken. Weder im Bad noch der Toilette, sauber geputzt und angenehm duftend und auch nicht im letzten Raum, den sie noch begutachteten. Dieses Zimmer war das einzige, das deutlich aus dem Rahmen fiel. Bestückt mit Schreibtisch, Laptop, Fernsehen und mehreren Büroschränken hatte Braig Mühe, sich zu bewegen. Jedes Eck, jeder Platz war belegt. Unmengen von Ordnern, Skriptsammlungen und Büchern bevölkerten die Schränke, lagerten auf dem Schreibtisch, dem Bürostuhl, dem Boden.

Braig blätterte in den Ordnern, entdeckte Patientenbeschreibungen und deren Leidenswege, dazu ausführliche Darstellungen der Schikanen von Vorgesetzten. Viele dieser

Schilderungen offenbarten Verhaltensweisen, die allein perversen und von sadistischen Neigungen geprägten Hirnen entsprungen sein konnten.

Er wusste nicht, wie lange er schon mit der Lektüre von Wutters Aufzeichnungen beschäftigt war, hatte sich gerade in einem der Berichte festgelesen, als er sein Handy läuten hörte. Er reagierte erst nach einer Weile, sah, dass es sich um seine Kollegin handelte.

»Ich störe?«, fragte Neundorf.

»Menschenschinder«, antwortete er. »Ich studiere gerade Wutters Akten. Mein Gott! Was einige seiner Patienten ertragen mussten, ist noch viel schlimmer, als ich dachte. Kein Wunder, dass der ausrastete.«

»Das heißt, er ist nicht in der Wohnung?«

»Nein. Wir haben alles untersucht. Die Kollegen waren im Keller und der Garage. Weder von ihm noch von Längfeld eine Spur.«

»Dafür haben wir den Wagen«, erklärte Neundorf.

»Das Auto seiner Nichte?«

»Genau. Aber leider ebenfalls ohne Wutter und ohne Längfeld.«

»Wo wurde es entdeckt?«

»Zwischen Schorndorf und Winnenden. Ein junger Kerl hatte es geklaut. In Winnenden gelang es, ihn zu stellen. Sie verhören ihn gerade, um herauszufinden, wo er das Fahrzeug entwendete. Ich bin auf dem Weg dorthin. Vielleicht kommen wir so Wutters Versteck näher. Dann hätte der Crash in Winnenden einen Sinn.«

41. Kapitel

Fast eine halbe Stunde hatten sie benötigt, den Ort zu finden, wo er das Auto gestohlen hatte. Dann, mitten in den Weinbergen, war einem der Beamten der geknickte Pfosten am oberen Ende einer Rebenzeile aufgefallen. Sie hatten die Stelle untersucht, waren mehrere Meter unterhalb auf die Reifenabdrücke im Boden gestoßen. Ein schmaler Holzstapel aus alten Pfosten und zwei Drahtrollen hatte den Platz mitten zwischen den Rebzeilen nach oben hin teilweise abgeschirmt, sodass das Fahrzeug an diesem Morgen auch von eventuell den Weinbergweg passierenden Landwirten nicht entdeckt worden war.

Er hatte nicht beabsichtigt, ein Auto zu stehlen, war Kevin Wissmann Neundorfs Anschuldigungen gegenüber standhaft geblieben. Die Kommissarin war auf der Rückfahrt von Ulm auf direktem Weg nach Winnenden gekommen, hatte sich den jungen Mann sofort vorgenommen.

»Ich latsche doch nicht in den Wingert, um einen Karren zu klauen!«

Der 18-Jährige aus Remshalden-Hebsack, der die ganze Woche schon wegen einer starken grippalen Erkältung krankgeschrieben war, hatte bei seinem Trip durch die Weinberge nur vorgehabt, den Geschmack der neuen Trauben zu überprüfen, auch wenn das von den Besitzern der Rebhänge nicht gern gesehen wurde. Dass er dann plötzlich das Auto entdeckt hatte …

»Zufall! Purer Zufall!«, hatte er betont und versucht, seinen Arm zum Schwur in die Höhe zu strecken, was jedoch aufgrund der starken Prellung, die er sich bei der abrupten Vollbremsung in Winnenden zugezogen hatte, nicht möglich gewesen war.

Die Frage, wie es ihm gelungen sei, das Auto ohne passenden Schlüssel zu starten, hatte er offensichtlich als Beleidigung empfunden. »Der Kübel isch uralt, mindestens sieben oder acht Jahr. Den sollt i net in Fahrt bringe?«

Er hatte zwar darauf verzichtet, zu erklären, mit wie vielen anderen Fahrzeugen er das schon praktiziert hatte, seine Andeutung jedoch war deutlich genug ausgefallen. »Des isch Routine für meine Kumpel und mi.«

Sein Ziel sei es zudem nicht gewesen, mit dem Auto große Touren zu unternehmen, vielmehr habe er nur einer jungen Frau, die in Winnenden wohnte und dort zur Schule ging – »ins Büchner-Gymmi« –, imponieren wollen, sonst nichts. Seine Absicht sei es gewesen, die junge Dame von der Schule abzuholen und nach Hause zu fahren, dann …

»Dann hätten Sie das Auto wieder in den Weinberg nach Hebsack zurückgebracht«, hatte Neundorf gescherzt.

»Aber hundertpro!«, hatte Kevin Wissmann beteuert.

Sie hatten den jungen Mann der Obhut der Sanitäter und eines uniformierten Kollegen überlassen, sich dann auf die Suche nach dem ursprünglichen Versteck des Wagens gemacht.

Neundorf hatte Braig sofort über den Fund informiert, gemeinsam mit ihm dann ihr weiteres Vorgehen erörtert.

»Unsere Spurensicherer haben sich das Auto vorgenommen. Bis jetzt haben sie noch keine Leichenspuren entdeckt.«

»Dann hat er Längfeld irgendwo in den Weinbergen abgelegt«, hatte Braig überlegt. »Remshalden liegt keine 15 Kilometer von Luginsland entfernt. Der wollte offensichtlich sowohl die Leiche als auch das Auto schnellstmöglich loswerden. Und zwar so, dass man beide nicht sofort entdeckt.«

»Aber allzu lange wird es wohl nicht dauern, bis einer der Weinbauern auf sie stößt. Jetzt, wo die Weinlese läuft.«

»Das war ihm sicher auch klar. Wahrscheinlich hatte er in der Nähe ein anderes Fahrzeug, in das er wechseln konnte. Oder … Wie weit ist der nächste Bahnhof entfernt?«

»Geradstetten. Keine zwei Kilometer. Von dort fahren ständig S-Bahnen.«

»Also. Dann hat er sich zuerst der Leiche und dann des Autos entledigt und sich anschließend davongemacht. Gestern am späten Abend noch. Während ihr in Luginsland unterwegs wart.«

»Dann bleibt uns jetzt nichts übrig, als die Weinberge durchzukämmen. Die Fahndung nach Wutter läuft. Wir fangen über Hebsack an.«

Gemeinsam mit sechs Kollegen hatte Neundorf die Suche in Angriff genommen. Rebzeile für Rebzeile stapften sie die teilweise recht steilen Weinberge auf und ab, misstrauisch beäugt von einer Handvoll Nebenerwerbslandwirten, die um ihre Ernte fürchteten. Sie stöberten in Hecken und Gräben, überprüften den Boden auf frische Erdarbeiten. Zwei kleine Weinberghäuschen ließen sie von den zufällig anwesenden Besitzern öffnen, bei einem weiteren gelang es ihnen, das Schloss mit einem Schraubenzieher zu knacken.

Alles vergeblich, keine Spuren unbefugten Eindringens, nirgends die sterblichen Überreste eines Menschen. Es war schon kurz nach 16 Uhr, als sie eine weitere kleine Hütte am Fuß eines steilen Hangs entdeckten. Sie wirkte schon von Weitem baufällig und schief. Die linke Seite war mehrere Zentimeter höher als die rechte, einzelne morsche Bretter hatten sich längst aus ihrer ursprünglichen Fassung gelöst. Allein der Steilhang des Berges gab der rechten Seite noch Halt.

Einer der uniformierten Kollegen streckte gerade seinen Kopf ins Innere der Hütte, als Neundorf den Fuß des Hangs erreichte. Sie hatte sich mehr rutschend als festen Schrittes zwischen den Reben nach unten gekämpft, war froh, endlich wieder ebenen Boden unter die Füße zu bekommen. Als sie den schmalen Weinbergweg erreicht hatte, sah sie das heftige Gestikulieren des Beamten. Er stand vor der schmalen Öffnung der schiefen Hütte, winkte mit beiden Händen.

»Was isch los, Felix?«, hörte sie einen der anderen Kollegen rufen.

Der Mann gab keine Antwort, ruderte nur umso heftiger durch die Luft. Sie beeilte sich, erreichte ihn kurz vor dem anderen Beamten.

»Sie haben etwas entdeckt?«, fragte sie.

Der Uniformierte schnappte nach Luft, trat schwerfällig zur Seite. Sie streckte den Kopf durch die Öffnung, war im ersten Moment nicht imstande, etwas zu erkennen. Ihre Augen benötigten mehrere Sekunden, sich an das Dämmerlicht zu gewöhnen. Sie bemerkte die Umrisse einer Bank, dann den Körper eines Mannes. Er lag der Länge nach darauf hingestreckt, nahm die gesamte Sitzfläche der Bank ein, ragte sogar noch ein Stück weit darüber hinaus. Er rührte sich nicht, seine Augen starrten leblos an die Decke. Längfeld, dachte sie, das kam nicht überraschend.

Trotzdem war sie irritiert. Irgendetwas passte nicht, sie fühlte es intuitiv. Sie schob sich ins Innere der Hütte, ließ ihre

Blicke erneut über die leblose Gestalt gleiten. Der Mann war tot, daran gab es keinen Zweifel. Ihre Unsicherheit resultierte aus anderen …

Plötzlich fiel es ihr wie Schuppen von den Augen. Die langen Beine, die die gesamte Länge der Bank einnahmen und noch weit darüber hinausragten. Der dünne, ausgemergelte Körper. Das knochige, ausgezehrt wirkende Gesicht.

Zitternd am ganzen Körper schob sie sich wieder ins Freie, zog ihr Handy aus der Tasche. Sogar ihre Kollegen hörten Braigs überraschte Stimme, nachdem sie ihm den grausigen Fund mitgeteilt hatte.

42. Kapitel

Dr. Holger Schäffler war wie fast immer, wenn er zum Fundort einer Leiche gerufen wurde, nicht bereit, sich auf eine in alle Ewigkeiten gültige Expertise festzulegen, was die Todesursache des ihm anvertrauten verstorbenen Menschen betraf. »Warten Sie bitte auf die Ergebnisse der Obduktion«, gab er Neundorf auf deren Anfrage zur Antwort. »Erst wenn ich die durchgeführt habe, kann ich Ihnen den Grund seines Dahinscheidens definitiv erklären.«

Die Kommissarin, die seit unzähligen Jahren mit dem Gerichtsmediziner zusammenarbeitete und seine allseits geschätzte fachliche Kompetenz kannte, ließ sich dennoch nicht davon abhalten, nachzubohren. »Aber im Prinzip können wir davon ausgehen, dass Herr Dr. Wutter eines natürlichen Todes starb.«

Dr. Schäffler kniff sich mit Daumen und Zeigefinger in den Nasenrücken und schloss einen Moment die Augen.

Neundorf war diese Geste geläufig, sie wusste aus Erfahrung, dass fast alle seiner im Zustand völliger Konzentration geäußerten Mitteilungen letztendlich von den Obduktionsergebnissen bestätigt worden waren.

»Alles spricht dafür, ja«, bestätigte er. »Es gibt zwar diesen kleinen blauen Fleck am Hinterkopf, aber der wurde meines

Erachtens nicht durch Fremdeinwirkung verursacht. Dazu ist er zu schwach ausgeprägt. Der Verstorbene ist wohl vor seinem Tod aus Versehen mit dem Kopf an einen harten Gegenstand gestoßen, vielleicht hier in der Hütte an einen Balken. Seinem körperlichen Zustand nach leidet er seit geraumer Zeit an einer fortgeschrittenen Krebserkrankung, deren Folgen er nur durch die ständige Einnahme morphinhaltiger Medikamente ertragen konnte.«

Was Wutter mit Längfeld gemacht hatte, wohin er den Mann gebracht und ob er ihn wirklich – wie seine drei früheren Opfer – getötet hatte, es gab keinerlei Hinweise, die zur Klärung dieser Frage beitragen konnten.

»Ich denke, es gibt zwei Möglichkeiten«, überlegte Braig, als Neundorf ihm den vorläufigen Befund Dr. Schäfflers telefonisch mitteilte. »Wutter hat Längfeld so wie die anderen Männer vorher auch getötet. Dann können wir jetzt nichts mehr tun. Wieder mal zu spät, wie so oft.«

»Das ist die eine, wahrscheinliche Version«, stimmte sie ihm zu. »Und die zweite?«

»Er hat ihn zuerst mal nur irgendwo abgelegt. Gefesselt und gut versteckt, damit ihn niemand so schnell findet.«

»Sonst wäre Längfeld längst entdeckt worden«, meinte Neundorf. »Hätte er ihn laufen lassen, wüssten wir längst Bescheid. Also bleiben nur diese beiden Möglichkeiten.«

»Hoffen wir auf den zweiten Fall: Der Typ lebt noch. Er liegt irgendwo gefangen. Das klingt zuerst mal gut. Wovon wir aber keine Ahnung haben: Wo ist das? Und vor allem: Wie lange hält der das durch? Hat er genug Luft? Wann hat er zum letzten Mal etwas getrunken …«

»Verdammter Mist, ja«, schimpfte Neundorf. »Wenn der wirklich irgendwo liegt und nur Wutter darüber Bescheid weiß …«

»Wusste«, korrigierte Braig. »Im Moment weiß vielleicht nur Längfeld, wo er sich befindet. Oder nicht einmal er selbst.«

»Das darf nicht wahr sein! Wenn wir den nicht bald finden …« Sie stampfte vor Wut auf den Boden, überlegte. »Wenn Wutter ihn wirklich irgendwo versteckt hat, wo könnte das sein?«

»Wenn ich das wüsste.«

»Du hast keine Idee?«

Braig blies laut Luft von sich.

»Wo, verdammt?«, schimpfte Neundorf.

»Mir kommt da gerade …« Braig zögerte, weiterzusprechen. »Nein, das ist zu verrückt, das kann nicht sein.«

»Jetzt stell dich nicht so an!«, maulte Neundorf. »Woran denkst du?«

»Wutters Auto«, sagte Braig. »Das Fahrzeug seiner Nichte, meine ich. Diese Frau, die gestern Abend nach dem Volksfestbesuch auf das Auto aufmerksam wurde …«

»Brigitte Geibel.«

»Genau die, ja. War das nicht in Untertürkheim, wo sie das Fahrzeug mitsamt Hoppenstedt, also Längfeld, beobachteten?«

»In Untertürkheim, ja«, bestätigte Neundorf. »In der Nähe vom Kelterplatz.«

»In Luginsland hat Wutter Längfeld überfallen und entführt. Und dann hat er das Auto irgendwann, ich nehme an, noch gestern am späten Abend oder in der Nacht, in den Weinbergen über Remshalden abgestellt, richtig?«

»Ja.«

»Von Luginsland nach Remshalden. Dieser Frau Geibel zufolge hat er Längfeld nicht in Luginsland zurückgelassen, weder tot noch lebendig.«

»Die Kollegen von der Spürhundestaffel behaupten das auch, ja.«

»Er nimmt sein Opfer also erst mal mit. Ob tot oder lebendig, das ist ganz schön gefährlich. Er kann jederzeit in einen Stau oder eine Polizeikontrolle geraten.«

»Ja, deswegen wird er die Sache bald zu Ende bringen wollen. Also Längfeld möglichst schnell irgendwo unterbringen. Ob tot oder lebendig.«

»Das denke ich auch«, stimmte Braig zu. »Aber trotzdem fährt er von Luginsland nicht direkt nach Remshalden. Sondern in die Gegenrichtung nach Untertürkheim. Remshalden liegt nordöstlich, Untertürkheim dagegen südlich. Weshalb?«

»Vielleicht weiß er zuerst mal nicht, wohin er überhaupt soll«, spekulierte Neundorf.

»Das ist möglich«, bestätigte Braig. »Vielleicht weiß er aber doch, wohin er sein Opfer bringen will. Und deshalb fährt er nach Untertürkheim. Das liegt nämlich auf dem Weg nach ...«

»Du meinst?« Neundorf ahnte plötzlich, worauf ihr Kollege hinauswollte. »Dort, wo er sich vorher eine Zeit lang versteckt hat?«

»Bis ich dort auftauchte, ja. Selbst wenn ihm inzwischen klar ist, dass wir das Versteck entdeckt haben – Tag und Nacht kann die Polizei das Haus nicht bewachen. Und die Schlüssel hat er auch noch. Wie weit ist es von Untertürkheim nach Esslingen?«

»Sieben, acht Kilometer«, schätzte Neundorf.

»Er schafft sein Opfer dort ins Haus und fährt sofort weiter nach Remshalden. Auch das ist nicht besonders weit. Kaum mehr als zehn Kilometer. Er versteckt das Auto und läuft ein Stück durch die Weinberge, bis er zu der Hütte kommt. Weiter schafft er es nicht mehr.«

»Und Längfeld liegt derweil gefangen in Esslingen.«

»Vielleicht hat er ihn nicht getötet, weil er spürt, dass er es selbst nicht mehr lange macht«, meinte Braig. »Es ist verrückt, ich weiß.«

»Es ist nicht so verrückt, als dass es nicht stimmen könnte«, konterte Neundorf. »Wir haben nichts zu verlieren. Ich werde die Sache überprüfen. Jetzt sofort.«

Sie war müde, verschwitzt und dazu noch hungrig. Den ganzen Tag schon unterwegs, den mehrfachen Mörder zu fangen. Das war jetzt gelungen, durch eine Verkettung glücklicher Zufälle. Angetrunkene, nach Hause torkelnde Volksfestbesucher hatten dazu beigetragen; ein sexistisches, mit einem üppigen Busen dekoriertes Feuerzeug, das in einen Blumenkübel gefallen war; ein kaum der Pubertät entwachsener Jugendlicher, der einer jungen Frau hatte imponieren wollen. Nicht die hypermoderne Software des Landeskriminalamtes, nicht das populistische Gelaber öffentlichkeitsgeiler, reaktionärer Politiker, nicht die hohlen Sprüche eines in kurzen Lederhosen durch die Bierzelte trampelnden Oberstaatsanwaltes hatten geholfen, den Täter aufzuspüren, sondern allein die mühevolle, nicht immer nur von rationalen Überlegungen geprägte Ermittlungsarbeit mehrerer schlecht bezahlter Polizeibeamter. Und doch hatte Neundorf keine Ahnung, ob dem Täter drei oder vier Menschen zum Opfer gefallen waren.

Sie hatte Esslingen erreicht, umrundete den Äußeren Burgplatz, folgte der Oberen Beutau abwärts. Das Haus – Braig hatte es ihr detailliert beschrieben – lag ruhig, nichts kündete von einem toten oder gefesselten Menschen, den man in einem der Räume abgelegt haben könnte. Neundorf zog den dicken Bund speziell zugefeilter Schlüsselhaken, den ihr einer der uniformierten Kollegen geliehen hatte, aus der Tasche, machte sich am Haustürschloss zu schaffen.

»Zehn Minuten und Sie sind drin«, hatte der junge Beamte erklärt. »Mit denen knacken Sie jedes Schloss.«

Sie benötigte keine zehn Minuten. Die Tür gab knarzend nach. Sie nahm den Haken wieder an sich, lauschte. Kein Geräusch. Nur die kräftigen Stimmen zweier Jugendlicher, die die Gasse hinuntersprangen, dazu das an- und abschwellende Dröhnen der Motoren auf der nahen Schnellstraße. Neundorf stieß die Tür vollends zurück, trat in die Diele. Sie hatte Mühe, etwas zu erkennen, drückte auf den Schalter. Grelles Licht flammte auf. Im gleichen Moment hörte sie das leise Stöhnen. Sie versuchte, sich zu orientieren, blieb ruhig stehen. Jetzt war es deutlich zu vernehmen. Der verzweifelte Versuch eines wehrlosen Menschen, auf sich aufmerksam zu machen.

Neundorf griff nach ihrer Waffe, entsicherte sie, öffnete dann die Tür.

43. Kapitel

Mandy Prießnitz lehnte tränenüberströmt vor ihrem Schreibtisch, als Braig am nächsten Morgen in ihr Büro trat. Ein zerknülltes Papiertaschentuch in der Rechten, war sie dabei, sich die Augen abzutupfen. Reste verlaufener Schminke zogen sich ihre linke Wange hinab.

Braig blieb stehen, musterte sie verwundert. Zum ersten Mal seit einer Woche war es ihm heute Morgen leichter gefallen, aufzustehen. Er war in der Nacht zwar zwei oder drei Mal aufgewacht und jedes Mal erst nach einer Weile wieder im Schlaf versunken, hatte das Läuten des Weckers dennoch bei Weitem nicht so belastend empfunden wie an den Tagen zuvor. Es war ihnen gelungen, den Mörder der drei Männer aufzuspüren und wenigstens sein viertes Opfer lebendig und, wie es aussah, ohne bleibende physische Schäden vor einem frühen, unnatürlichen Tod zu bewahren. Er erinnerte sich noch allzu gut an den Moment, in dem Neundorf ihn fernmündlich darüber informierte, dass sie Längfeld an Händen und Füßen gefesselt und psychisch entsprechend mitgenommen, aber lebendig in Richard Theissens Haus in Esslingen aufgespürt hatte. Wie von einer schweren Last befreit, die er tagelang auf seinem Rücken hatte mitschleppen müssen, so hatte er sich im Anschluss an diese Nachricht gefühlt. Das Wochenende schien gerettet, der schlimmste beruflich bedingte Stress aus dem Weg geräumt.

Umso mehr wunderte er sich jetzt darüber, seine Sekretärin derart aufgelöst anzutreffen. »Guten Morgen, Frau Prießnitz. Was ist passiert?«

Für den Moment einer Sekunde sah sie kurz zu ihm auf, verkrampfte dann jedoch vollends, ließ den Tränen freien Lauf. Er griff nach der Packung mit den Papiertaschentüchern, reichte ihr ein frisches Exemplar.

Die Sekretärin benötigte mehrere Sekunden, bis sie sein Angebot bemerkte, nahm das Tuch entgegen. Sie tupfte sich Teile der Wangen und die Partien um die Augen ab. Dann beugte sie sich nach vorne, wies auf ein Blatt mitten auf ihrem Schreibtisch. »Da! Lesen Sie es selbst!«

Braig hatte Mühe, ihre Worte zu verstehen, wandte sich dem Papier zu. Er sah, dass es sich um ein Schreiben des Krankenhauses handelte, das er vor ein paar Tagen im Zusammenhang mit den Ermittlungen zu Dr. Meyers Tod besucht hatte, überflog den Text.

Wir müssen Ihnen leider mitteilen, dass Ihr Mitarbeiter Mario Aupperle heute seiner Krankheit erlegen ist.

Braig versuchte die Unterschrift des zuständigen Arztes zu entziffern, merkte, dass ihm der gesamte Text vor den Augen verschwamm. Mario Aupperle war seiner Krankheit erlegen? Mario, der junge, stets gut aufgelegte, lebenslustige Kollege? Wie konnte das sein, was war nur los mit dieser Welt? Er klammerte sich an der Schreibtischkante fest, blickte kopfschüttelnd zu seiner Sekretärin. »Aber wieso denn?«, stammelte er.

Mandy Prießnitz gab keine Antwort, griff nach einem frischen Taschentuch, schnäuzte sich kräftig. Sie rang um Luft.

»Mich dürfn Se nich fragen. Erkundigen Se sich bei Frau Neundorf, die wollte mit der Partnerin von Herrn Aupperle sprächn.«

Er legte seiner Sekretärin tröstend die Hand auf die Schulter, wartete, bis sie sich etwas beruhigt hatte. Dann machte er sich auf den Weg zu seiner Kollegin.

Schon als er ihr Büro betrat, bemerkte er Neundorfs angespannte Stimmung. Mit versteinerter Miene stand sie mitten im Raum, die Augen auf einen imaginären Punkt irgendwo in der Ferne gerichtet, schien ihn kaum wahrzunehmen.

»Du hast es gehört?«, fragte er. »Das mit Mario?«

Sie reagierte wie in Zeitlupe. Ihr Blick wanderte durch ihr Büro, senkte sich, nahm dann ihn ins Visier. »Ich habe mich mit seiner Partnerin unterhalten«, sagte sie. »Nicki Runding. Sie waren seit 15 Monaten zusammen. Eine erstaunlich lange Zeit für Mario. Gestern war sie noch einmal im Krankenhaus. Sie hatte einen Termin mit dem zuständigen Arzt. Lungen- und Bronchialheilkunde. Er war über Marios Beruf informiert, wollte von ihr wissen, ob er zeitweise bei der Verkehrspolizei im Außendienst eingesetzt gewesen sei. Über fünf Jahre lang, gab sie ihm zur Antwort, das hatte Mario ihr erzählt. Dann sei es kein Wunder, erklärte der Arzt. Marios Bronchien seien völlig verätzt, von Säure zerfressen. Dieser Befund ergebe sich bei Menschen, die an stark befahrenen Straßen wohnen oder an ihnen arbeiten. Stickoxid bilde in der Lunge in der Kombination mit Wasser Salpetersäure. Es tue ihm leid, aber sie wisse ja, wo die dafür Verantwortlichen zu finden seien.« Neundorf stampfte mit dem Fuß auf den Boden. »Verdammter Mist!«, schimpfte sie. »Wir jagen doch ständig hinter den Falschen her.«

Braig wusste nur allzu gut, wie recht sie hatte.

KBV KRIMINALROMAN

Mathias Wünsche

ENGEL UND TOD

Taschenbuch, 256 Seiten
ISBN 978-3-95441-356-0
10,95 EURO

Ein toter Engel für Lou Parker

Privatdetektiv Lou Parker wird von der Vergangenheit eingeholt: ausgerechnet die Ex-Prostituierte Tina, die Mitschuld daran trägt, dass er vor fünf Jahren den Polizeidienst quittieren musste, bittet ihn um Hilfe, weil sie gegen die Rotlichtgröße Stanko aussagen soll. Eher widerwillig lässt sich Parker darauf ein und erhofft sich im Gegenzug die Namen derjenigen, die an der Intrige gegen ihn beteiligt waren.

Gleichzeitig ist Parker auf der Suche nach seinem spurlos verschwundenen Freund und Kollegen Winkler. Dabei ermittelt er unter Jugendlichen, die von zu Hause abgehauen sind und nun auf der Straße leben. Als ein obdachloses Mädchen ermordet in einem Auto am Köln-Bonner Flughafen aufgefunden wird, trifft es Parker wie ein Faustschlag: es ist der Wagen seines verschwundenen Freundes Winkler …

KBV KRIMINALROMAN

Jürgen Ehlers

DIE SCHLANGE VON HAMBURG

Taschenbuch, 328 Seiten
ISBN 978-3-95441-359-1
10,95 EURO

… und sterben, sterben, sterben

In der Hamburger S-Bahn wird ein toter Student gefunden. In der Brust des jungen Mannes steckt ein auffälliges Schlangenmesser. Nur wenig später entdeckt man eine weitere Leiche in einem anderen Zug. Auch hier ist ein Schlangenmesser die Tatwaffe, aber diesmal kennt Kommissar Kastrup das Opfer, und er beginnt bereits zu ahnen, dass es nicht bei diesen zwei Morden bleiben wird. Fieberhaft leitet er die Suche nach dem Täter ein.

Eine Spur führt zum alten Bunker in der gesprengten Pulverfabrik bei Geesthacht. Jemand hat mit schwarzer Farbe auf den Beton geschrieben: Weil du dieses getan hast, wirst du als Schlange verflucht sein und sterben, sterben, sterben. Doch das ist nicht das Schlimmste, was die Ermittler in dieser Ruine vorfinden …

»Sowohl in die Recherche als auch in die sprachliche Präzision steckt Ehlers viel Arbeit. Er kann mit der atmosphärischen Dichte von Krimi-Größen wie Henning Mankell und Håkan Nesser durchaus mithalten.« (Harburger Anzeiger)

»Der Ästhet unter den deutschen Krimiautoren« (Gießener Anzeiger)

KBV KRIMINALROMAN

Carola Clasen

EIFELMADONNA

Taschenbuch, 288 Seiten
ISBN 978-3-95441-360-7
10,95 EURO

Ihr Wille geschehe!

Hauptkommissarin Sonja Senger genießt ihren Ruhestand und ist zu einer längeren Reise aufgebrochen, während ihre Nachfolgerin, die junge Kommissarin Frieda Stein, Sonjas einsames Forsthaus mitten im Nationalpark Eifel hütet. Eines Nachts wird dem Landidyll jedoch ein jähes Ende bereitet. Schüsse zerreißen die Stille, und Frieda findet einen toten Mann im Garten.
Ein verlassenes Auto und ein aufmerksamer Nachbar verraten der Mordkommission wenig später die Identität des Toten. Was der Mann aus Euskirchen jedoch mitten in der Nacht beim Forsthaus zu suchen hat, bleibt ein Rätsel. Auch von seinem Mörder fehlt nach wie vor jede Spur.

Frieda Stein versucht verzweifelt Kontakt mit Sonja Senger aufzunehmen, aber die ist einfach nicht zu erreichen …

»Carola Clasen hat die Eifeler Schwester der schrulligen Christie-Heldin Miss Marple erfunden.« (Kölnische Rundschau)

KBV KRIMINALROMAN

Moni und Simon Reinsch

FEUER ÜBER DER MOSEL

Taschenbuch, 376 Seiten
ISBN 978-3-95441-314-0
10,95 EURO

Tage der Gewalt in der ältesten Stadt Deutschlands

Bei einer Demonstration vor einer Trierer Asylbewerberunterkunft wird der rechtspopulistische Politiker Michael Witzmann erschossen. Der Mörder kann unerkannt flüchten.

Zeugenaussagen lassen zwar rasch Zweifel an einem Täter aus Flüchtlingskreisen aufkommen, aber dennoch kommt es bei der Maikundgebung zur Katastrophe: Bürgerinitiativen, Wutbürger, Rechts- sowie Linksradikale und Flüchtlinge stoßen aufeinander. In der Moschee ereignet sich ein Brandanschlag. Es gibt zahlreiche Tote und Verletzte.

Kriminalkommissarin Vanessa Müller-Laskowski und ihr Team versuchen, bei dem herrschenden Chaos den Überblick zu behalten. Sie sind auf der Suche nach einem Mörder, und das schien nie so schwer zu sein, wie inmitten dieses Infernos an der Mosel.

KBV KRIMINALROMAN

Volker Dützer

FREIER FALL

Taschenbuch, 384 Seiten
ISBN 978-3-95441-382-9
11,95 EURO

Absturz ins Bodenlose

Gerade als der Polizist Ben Funke sein Leben wieder in den Griff zu bekommen scheint, geschieht die Katastrophe: Als er am Morgen neben der Frau aufwacht, die ihm neue Hoffnung gegeben hat, ist diese tot – erschossen mit seiner eigenen Dienstwaffe. Funkes Erinnerung an die zurückliegenden Stunden ist restlos ausgelöscht, aber eines ist sicher: Niemals hätte er seine Geliebte getötet!

Auf eigene Faust begibt er sich auf die Suche nach dem Mörder. Auf die Hilfe von Profilerin Helen Stein kann er nicht hoffen, denn die Jagd nach einem Serientäter, auf dessen Konto sechs im Westerwald spurlos verschwundene junge Frauen gehen, fordert ihren vollen Einsatz. Funke ist gefangen in einem Albtraum. Gejagt, verletzt und ohne Aussicht, seine Unschuld beweisen zu können.

Der Westerwald: ein raues Land, wie gemacht für Morde!